EDEN CITY

Dans la série

EDEN CITY

Cet ouvrage a été réalisé par les Éditions Milan
avec la collaboration de Sophie Boizard
et de Marianne Magnier-Ripert.
Conception graphique : Bruno Douin
Mise en page : Petits Papiers

300, rue Léon-Joulin, 31101 Toulouse Cedex 9, France
Loi 49-956 du 16 juillet 1949
sur les publications destinées à la jeunesse
www.editionsmilan.com
ISBN : 978-2-7459-2583-1

N. M. ZIMMERMANN

EDEN CITY

LA CITÉ DES DAMNÉS

MILAN

Pour ma mère et sa patiente lecture, Melinda, ce modèle de perfection, et Marie Tourat, qui a été la première à croire en Saralyn : merci à toutes trois pour avoir apporté (contraintes et forcées) leurs avis éclairés à cette trilogie…

N. M. Z.

Prologue

Edencity – de nos jours

Je me redressai à moitié pour alléger la pression sur mes coudes douloureux. Je jetai un coup d'œil à ma montre – 5 heures. Je ne me souvenais plus à quelle heure j'étais arrivée et le ciel se teintait de lueurs blafardes. J'avais froid, du moins je le pensais : mes membres étaient si engourdis que je n'étais plus vraiment certaine de ce que je ressentais. Je me laissai hypnotiser par les couleurs arrivant les unes après les autres et essayai d'imaginer ce soleil qui se couchait, de l'autre côté du monde. Prise d'un sentiment de malaise, je tournai brusquement la tête sur le côté et mon regard se heurta à une silhouette. Elle était encore dans l'ombre, ramassée sur elle-même dans une posture quasi impossible pour un être humain – trop souple, beaucoup trop.

– Mon chat se tient exactement comme vous quand il guette les cafards de ma salle de bains, commentai-je en retournant à la contemplation du ciel.

Ses cheveux retombaient devant son visage et m'empêchaient de distinguer ses traits. J'entraperçus néanmoins son sourire, ou plutôt, je le sentis. Je n'avais pas peur – Lorenzo faisait tout le temps ça : il n'était pas là et, la seconde d'après, il était à vos côtés, semblant n'en avoir jamais bougé. Exactement telles ces couleurs au milieu des nuages qu'on ne voyait apparaître qu'une fois qu'elles étaient déjà présentes. Je n'avais pas peur et j'avais tort, parce que Lorenzo avait faim et que Lorenzo était un vampire.

– Mauvaise chasse ? m'enquis-je de ma voix la plus égale.

Du coin de l'œil, je le vis hausser imperceptiblement les épaules.

– La nuit a été agitée, répondit-il.

– Oui, pour moi aussi. Nous étions de la partie, ajoutai-je, comme pour m'en convaincre.

Je laissai échapper un éclat de rire découragé.

– Les procédures sont trop longues : nous arrivons toujours avec un temps de retard et il ne reste plus qu'à ramasser les corps.

– Pourquoi pensez-vous que vos procédures soient si complexes ?

– Pour éviter les accidents, les erreurs de cibles et surtout pour nous permettre de prendre les précautions nécessaires vis-à-vis de la population, récitai-je sans réfléchir.

Lorenzo se mit à rire, un rire silencieux qui ressemblait plutôt à un frémissement dans l'air matinal.

– Comment votre tête n'explose-t-elle pas avec tout ce qu'ils ont enfoncé dedans ? Vos procédures sont *faites* pour que vous arriviez trop tard : l'Organisation ne veut pas intervenir dans les conflits de clans. Vos supérieurs se moquent bien de qui gagne ou pas, ce qui les intéresse, c'est qu'aucun de leurs petits soldats ne fasse les frais de nos frasques, et j'avoue que j'aime autant ça.

Il secoua la tête avec amusement et ses lèvres s'incurvèrent dans un sourire presque invisible. Cependant, je connaissais suffisamment son visage pour détecter son changement d'expression et me demander si Lorenzo se moquait de moi.

– Ils savent qui ils envoient en première ligne et vous n'en faites pas partie, reprit-il. Pourquoi croyez-vous qu'ils vous cloîtrent dans un bureau ?

Je pinçai les lèvres et contemplai mes mains posées sur mes genoux. J'aurais dû me douter que toute la communauté des non-humains était au courant de ma « promotion ». Pourtant, j'étais si honteuse d'avoir été promue au moment où mon coéquipier avait été déclassé que je n'en avais parlé à personne : j'avais l'impression de l'avoir trahi.

– Saralyn, ne le prenez pas mal, mais sincèrement, je préfère vous savoir entre quatre murs, dit doucement Lorenzo. C'est mieux comme ça.

– Non, répliquai-je avec une pointe de colère, le regardant vraiment cette fois. Je vais devenir folle s'ils continuent à m'enfermer pour classer des dossiers et m'occuper d'affectations. Ils me traitent comme si j'étais une sorte de convalescente ou je ne sais pas… Ce n'est plus du tout pareil qu'*avant*.

Je réprimai l'envie de sangloter qui me prenait à la gorge à chaque fois que j'y pensais.

Tout va bien, ne pleure pas.

Ne pleure pas, ne pleure pas !

– Il vous manque, n'est-ce pas ?

Je ne parvins qu'à hocher la tête en avalant ma salive. La vie était tellement difficile depuis que Gaspard n'était plus là. Je n'aurais jamais cru que cela me ferait aussi mal de ne plus le voir arriver dans mon appartement à 4 heures du matin pour m'emmener examiner un cadavre sanglant.

– Je sais que c'est idiot, murmurai-je finalement, mais je ne peux pas m'empêcher de me dire que peut-être...

– Il n'est pas totalement impossible qu'il soit innocent, termina Lorenzo, dont les yeux sombres trahissaient clairement son opinion sur la question, à savoir qu'il n'y avait *aucune* chance pour que ce soit le cas.

Je pris une profonde inspiration – je ne voulais pas penser à ça, pas dès 5 heures du matin. Le problème étant que j'y avais déjà pensé toute la nuit.

– Vous avez l'air épuisée, vous devriez dormir davantage, reprit-il sur le ton de la conversation.

Je lui fus reconnaissante de changer de sujet.

– Je vais bien, affirmai-je en balayant le conseil d'un revers de main. Vous n'allez pas vous y mettre vous aussi : Justin passe déjà par mon bureau quatre fois par jour pour m'expliquer ce que je dois manger et combien d'heures je dois dormir. Il est plus gradé que moi, alors je suis obligée de l'écouter, mais vous...

Vous, vous êtes un maître vampire affamé, songeai-je avec incrédulité. Malgré tout le temps que j'avais passé avec Lorenzo au cours des derniers mois, je ne parvenais toujours pas à concevoir comment je pouvais avoir une conversation de ce genre avec un être tel que lui.

– Je suis une personne, dit Lorenzo avec raideur. Un individu pourvu de convictions et de sentiments.

Des sentiments ? Mon visage dut refléter mon scepticisme, mais le sien resta indéchiffrable.

– Est-ce que vous avez lu dans mes pensées ? demandai-je, vaguement désappointée de voir qu'en dépit de mes efforts, il continuait d'entrer dans mon esprit sans la moindre difficulté.

– Non, ça n'a pas été nécessaire.

Il fit un geste de la main vers moi, la maintint un instant suspendue en l'air, hésitant, puis la laissa retomber.

– Vos yeux vous trahissent. Ils sont si transparents qu'on croirait distinguer votre âme à travers.

– Ça ne doit pas être beau à voir ! tentai-je de plaisanter.

– Si, ça l'est, murmura-t-il si bas que je crus avoir mal entendu. Nous ne devrions pas rester là, ajouta-t-il à voix plus haute, ce n'est pas prudent de nous rencontrer hors de mon territoire.

– C'est vous qui êtes venu, protestai-je.

– Je sais, dit-il avec un fin sourire – il savait aussi trop bien à quel point j'étais heureuse de le voir.

Il me tendit un morceau de papier.

La fine écriture cursive disparut presque immédiatement de la demi-feuille blanche et, le temps que je relève la tête, il en était de même de Lorenzo.

– Je déteste quand il fait ça, marmonnai-je en froissant la feuille.

Chapitre 1

Il y avait des sons. Des sons et des couleurs sombres. Peu de lumière. Ça faisait des semaines que Lorenzo et moi nous acharnions à faire remonter à la surface les deux années que j'avais passées dans la Maison mère, mais ce dont je me souvenais était terriblement flou.

C'était étrange, cette façon de considérer les choses, comme si la personne enfermée et effrayée dans cet endroit mort n'avait rien à voir avec moi. L'hypnose dont Lorenzo usait me plongeait à chaque fois dans un chaos de sentiments et de sensations dans lequel il me semblait sombrer. Durant ces moments-là, la voix de Lorenzo était la seule chose sensée que je percevais, et je m'y raccrochais de toutes mes forces pour ne pas me perdre dans un labyrinthe qui conduisait clairement à la folie. Il me parlait sans arrêt pendant que je tentais de remonter le cours du temps et je ne comprenais rien. Les mots n'avaient plus de signification, il y avait seulement la puissante impression que son esprit et le mien étaient en parfaite symbiose. Je savais que c'était dû à la technique qu'il employait pour inhiber les mécanismes de refoulement de mon esprit, mais le résultat était parfois troublant.

Ah, la porte. Encore. Cette grande porte au bois abîmé – j'avais essayé de la défoncer ? On y voyait les traces de mes ongles et de toutes ces choses que j'avais brisées en tentant d'ouvrir le battant. Oui, ma chambre était un vrai champ de bataille – rien à voir avec maintenant. Et puis il y avait l'Alétéia, le Livre de la Vérité, dont je devais graver chaque mot dans ma mémoire.

Je voudrais qu'ils arrêtent ces incessantes simulations – j'ai mal à la tête à force de regarder des vidéos, et les haut-parleurs m'empêchent de dormir à toujours décrire nos ennemis.

Je suis seule dans la grande maison. Seule ? Non, pas tant que ça. Il y a Justin et ces formes indistinctes. Il y a aussi les corbusards dans les cages qui clignent des yeux quand on allume la lumière électrique, et les monstres étranges... Ah, je le reconnais : ce monstre, il m'a ouvert la jambe, la dernière fois. Tout est grand, effrayant, et étrangement familier.

Laissez-moi sortir ! Je n'en peux plus de rester là à apprendre. Je sais bien qui sont nos ennemis, à présent, je n'ai plus besoin d'aller dans la salle blanche ! Pourquoi est-ce qu'ils me traitent tous comme ça ? Je ne comprends pas, qu'est-ce que j'ai fait pour qu'ils m'observent tous comme ça ? Pourtant j'ai fait exactement ce qu'on m'a dit et je n'ai pas crié quand... Il faut me laisser sortir : l'appel est trop fort et il me rend folle.

Si ça continue, je vais...

***

– Saralyn ? Ouvrez les yeux. Ça suffit pour aujourd'hui.

Je papillonnai des paupières et laissai ma vision s'accommoder à la pénombre. Lorenzo fermait systématiquement les rideaux des pièces dans lesquelles nous travaillions, dérisoire tentative pour nous soustraire à la surveillance quasi constante dont il faisait l'objet en tant que dirigeant de la communauté vampire de cette ville.

– Ce n'est toujours pas très clair, dis-je, essayant de calmer les battements précipités de mon cœur.

– Nous avons beaucoup progressé, m'assura Lorenzo. Les choses commencent à se mettre en place. Elles ressurgiront bientôt.

Je levai la tête et l'observai. Il était assis en face de moi sur un fauteuil, ses avant-bras appuyés sur ses genoux et le visage légèrement penché en avant de sorte que les mèches de ses cheveux me cachaient ses yeux. Je déglutis : sa posture était terriblement humaine. Je lui étais reconnaissante de ce qu'il faisait pour moi, de creuser patiemment ma mémoire à la recherche de mes souvenirs perdus, mais surtout d'être là quand j'avais besoin de lui. Le voir en ouvrant les yeux me rassurait, comme si sa présence sonnait le coup d'arrêt de cet horrible passé que j'entrevoyais par instants.

Il se redressa, me faisant réellement face pour la première fois de la journée. Je ne l'avais pas vu depuis près d'une semaine et l'altération de ses traits me frappa. C'était bien le même Lorenzo au visage parfait que j'avais devant moi d'habitude, mais il me sembla plus pâle et son regard avait un éclat fiévreux. Tout à coup, il me parut vraiment exténué.

Est-ce que ce que je lui faisais faire réclamait trop d'énergie ? L'idée que j'étais peut-être en train de le tuer sans le savoir contracta désagréablement ma gorge. Lui qui était toujours si lisse et hiératique avait l'air rongé de l'intérieur par un mal sourd. L'évidence finit par m'apparaître dans toute son absurdité : Lorenzo semblait malade.

– Est-ce que vous allez bien ? demandai-je, écrasée par un soudain sentiment de culpabilité.

– Moi ? Si je vais bien ? répéta Lorenzo, l'air de ne pas du tout saisir où je voulais en venir.

Par réflexe, je posai ma main sur son front, pour vérifier s'il n'avait pas de fièvre. Devant son expression ahurie, je me souvins brusquement qu'étant mort, il ne risquait pas d'avoir la grippe.

– Ah, dis-je, me sentant devenir cramoisie. Excusez-moi, j'ai complètement oublié… Je suis stupide, ajoutai-je malgré moi en reposant ma main sur mes genoux.

– Ne vous excusez pas, répondit Lorenzo avec sérieux. Ça me plaît beaucoup que quelqu'un s'inquiète pour ma santé, ça n'était pas arrivé depuis des siècles.

Il paraissait se réjouir sincèrement de mon action irréfléchie. Je haussai les sourcils et regrettai une fois de plus de ne pas être capable de lire ses pensées.

– Vous avez des problèmes ? demandai-je.

– Qui n'en a pas ? répliqua-t-il en haussant les épaules.

– Non, il n'y a pas que ça, je le sais. Si m'aider est trop éprouvant, je comprendrais que vous décidiez d'arrêter : nos séances semblent vous épuiser, et il y a déjà cette guerre…

– Je ne vous laisserai pas, répliqua-t-il, catégorique. Je vous ai donné ma parole : je ferai tout ce que je pourrai pour que vous retrouviez la mémoire.

Il m'étudia en silence, semblant débattre avec lui-même de ce qu'il devait me laisser savoir.

– Le plus difficile, reprit-il, c'est de continuer à maintenir les apparences. Je ne peux pas être fatigué de tout ça, ou faible, parce que je suis le maître. Quoi qu'il arrive, je dois rester Rack le sanguinaire, vous comprenez ?

Oui, je comprenais parfaitement, pour l'avoir déjà vu en présence d'autres corbusards : parfois, il devenait si peu humain qu'il me faisait peur. Il n'avait l'air vraiment vivant que lorsque nous étions seuls. Et moi, j'étais comme lui, à maintenir ma façade d'employée modèle de l'Organisation tout en courant le rejoindre à la moindre occasion. Mais avais-je le choix ? Après tout, personne d'autre n'était capable de m'aider à retrouver mon passé.

– Vous n'êtes pas obligé de faire semblant, avec moi. Je n'ai pas besoin que vous soyez fort, dis-je, lui offrant un sourire compatissant.

– Je sais. J'apprécie beaucoup… de pouvoir faire ça.

Évidemment, il le savait. Je retins un soupir : il avait accès à toutes mes pensées, à chacun de mes souvenirs. C'était le prix à payer pour qu'il exhume ce que j'avais égaré dans les méandres de mon esprit. J'étais embarrassée qu'il soit aussi conscient de ce que je ressentais que je l'étais moi-même – davantage peut-être. Moi, je m'y perdais : mes sentiments étaient si confus, ces derniers temps. Certains jours, je ne parvenais plus à décider en qui je devais avoir confiance ou en quoi je devais croire.

– Qu'est-ce qui ne va pas ? interrogeai-je. Ce sont les attaques ?

– Ma position n'est pas très confortable en ce moment, répondit-il. Nous sommes constamment attaqués par les opposants à Démétrius, et Démétrius lui-même est un maître exigeant, il ne peut pas se permettre de perdre cette guerre.

Il marqua une pause, l'air pensif, puis laissa échapper un petit rire qui me fit sursauter.

– J'ai aussi la nette impression que quelqu'un m'en veut personnellement.

– Vraiment ? demandai-je en ouvrant de grands yeux. Je n'ai rien vu à ce sujet dans les rapports.

– Je ne crois pas que ça intéresse l'Organisation : si j'étais éliminé, je serais immédiatement remplacé, alors, pour vous, cela ne changerait pas grand-chose. Cependant, même si je n'ai pas de valeur en tant qu'individu, il est probable que ma disparition causerait quelques difficultés à Démétrius, et c'est un facteur qui doit sans doute être pris en compte. Après tout, je dois avouer que je me suis montré particulièrement coopératif envers lui, et il n'est pas certain que Rictus soit aussi… *accommodant.*

– Rictus ?

– C'est le plus puissant et le plus ancien d'entre nous : c'est lui qui m'a nommé à la tête de la communauté d'Edencity.

– Oh oui, Cal m'a déjà parlé de lui : il n'a pas l'air très sympathique, risquai-je avec précaution.

– Sympathique ?

Lorenzo éclata de rire et j'en déduisis que Rictus était bien le monstre pervers qu'on disait. Je souris malgré moi : Lorenzo riait de plus en plus souvent, et ça me donnait l'impression que, quelque part, il y avait encore de l'espoir. Et j'avais vraiment besoin d'y croire.

Je me levai et enfilai mon manteau après avoir remis dans leur étui les armes dont je m'étais délestée par politesse en entrant dans le petit appartement.

– Vous allez travailler ?

– Oui, il faut que je m'occupe de Keryam et de la pile de rapports que nous avons sur les attaques d'hier soir. Et d'autres choses encore, ajoutai-je, me renfrognant à la pensée des choses en question.

– Essayez de dormir, ça aidera les souvenirs à se remettre en place, dit Lorenzo. Et ne perdez pas courage : je suis certain que nous finirons par réussir à trouver ce que vous cherchez.

Ce que je cherchais. Des réponses, ma famille, mon passé – tout cela égaré dans mon esprit obscurci par cet épais et confus brouillard que je ne m'expliquais pas.

Et si rien n'en émergeait jamais ?

– Je l'espère, murmurai-je.

Je traversai la pièce et ouvris la porte, la main gauche plongée dans ma poche, tripotant mon badge de « membre officiel du staff de l'ORPHS ». Je m'inquiétais pour Lorenzo : j'avais le pressentiment que d'horribles événements se préparaient et j'étais consciente que, lorsque je saurais ce dont il s'agissait, il serait probablement déjà trop tard.

– S'il vous plaît, faites bien attention à vous, dis-je sans quitter le mur des yeux.

Je sortis sans attendre de réponse.

Chapitre 2

Relire les dossiers et m'efforcer sans grand succès de répondre aux incessantes questions de Keryam fut presque une partie de plaisir en comparaison de ce qui m'attendait ensuite. Seulement, je ne le réalisai qu'une fois immobilisée face à mon reflet, engoncée dans une calamiteuse masse de mousseline rose pâle. Une femme, dont je n'arrivais pas à retenir le nom malgré nos trop fréquentes rencontres, et qui portait toujours des chignons très serrés et très hauts, s'affairait autour de moi. Cela faisait déjà vingt minutes qu'elle tentait infructueusement d'arranger le volant de satin qui garnissait le bas de ma jupe à cerceaux, et je sentais une crampe venir dans ma jambe gauche.

– Quel cauchemar, grognai-je en faisant des efforts désespérés pour ne pas croiser le regard de mon reflet.

La couturière releva la tête et fronça les sourcils avec une curiosité mêlée de méfiance.

– Excusez-moi ?

– Non, rien, marmonnai-je.

J'avais pu découvrir au fil des essayages que parlementer avec elle au sujet de la masse de rubans ou du bouquet de fleurs synthétiques qui garnissait le corsage était inutile. En réalité, mes plaintes incessantes et ma manie de m'agiter pendant les retouches ne m'avaient valu que sa définitive antipathie.

Mais qu'est-ce qui m'avait pris d'accepter de jouer les demoiselles d'honneur ?

Je n'étais déjà pas très enthousiaste pour commencer, mais il m'était apparu que, considérant la richesse de ma vie sociale, je n'avais pas les moyens de faire la difficile. Il se trouvait également que Rachel était ma plus vieille amie, et l'idée de son mariage la rendait si euphorique que je ne m'étais pas senti le courage de gâcher sa joie. Cependant, si j'étais honnête, je devais reconnaître que son entêtement légendaire était la véritable raison de ma capitulation : dès la seconde où l'idée tordue de me faire porter une robe-princesse en mousseline lui était passée par la tête, je n'avais plus eu aucune chance d'y échapper. Après avoir tenté sans succès de la dissuader, j'avais donc capitulé pour éviter des semaines de guerre ouverte que j'étais certaine de perdre. Je pensais m'en être tirée à bon compte, jusqu'au moment où Rachel m'avait triomphalement montré la page du catalogue où elle avait mis une croix, juste à côté de la tenue au décolleté outrancier dont les baleines en métal me rentraient présentement dans le dos. Lors du dernier essayage, l'organisateur du mariage avait fait venir Carla, l'autre malheureuse victime de cette cérémonie, pour voir « l'effet d'ensemble ». C'était réussi : l'ensemble était terrifiant, et la largeur de nos jupes me rendait perplexe quant à la place dont disposeraient les mariés et les témoins pour se tenir devant le prêtre.

À cela s'ajoutait que dans cette tenue, j'étais sans défense, incapable de garder une arme à la ceinture ou de courir.

Évidemment, il y avait peu de chances pour qu'un corbusard sorti de nulle part vienne m'attaquer dans une boutique de robes de mariées ou à une cérémonie nuptiale, mais c'était toujours envisageable.

Je frissonnai, soudain mal à l'aise, et seule la pensée réconfortante que c'était le dernier essayage avant la cérémonie me fit tenir tranquille.

– Ça y est, s'exclama la couturière en remettant les épingles dans une boîte. Cette fois-ci, c'est parfait !

Parfait n'était pas le mot qui me venait à l'esprit.

Mon travail est d'éliminer des monstres, me répétai-je en fixant la mièvre créature qui se reflétait dans le miroir.

Je me renfrognai et me dépêchai de battre en retraite dans les cabines d'essayage situées de l'autre côté de la boutique, près de la porte de service, en marmonnant quelque chose à propos de mon emploi du temps surchargé.

Je m'engageai dans le petit couloir le long duquel étaient disposées quatre grandes cabines. J'étais obligée de relever mes jupes des deux mains pour pouvoir marcher. Avec ma chance, j'allais probablement me prendre les pieds dedans et m'étaler de tout mon long devant deux cents personnes lors de la cérémonie.

Face à moi, un nouveau miroir recouvrait tout le mur, et je me demandai si la propriétaire de la boutique s'était donné pour mission de ne pas laisser à ses clientes la moindre chance d'échapper à leur propre image.

Je lâchai le tissu, puis avançai d'un pas et tournai sur moi-même en me regardant dans la glace. Je fis de mon mieux pour ignorer la voix qui me murmurait que l'effet serait encore *bien pire* une fois que j'aurais été affublée de la coiffure et du maquillage réglementaires. La collection d'échafaudages capillaires concoctée par le magazine *Réussir votre mariage* que Rachel m'avait montrée la semaine dernière m'avait donné des sueurs froides.

– Quelle horreur, soupirai-je.

– Tu es toujours trop dure avec toi-même, dit une voix dans mon dos.

Je sursautai et restai pétrifiée durant quelques secondes avant de me souvenir que j'avais besoin de respirer pour vivre.

Cette voix…

Je me retournai, faisant attention à ne pas trébucher. Il était bien là, nonchalamment adossé à l'angle d'une cabine, et me considérait d'un regard narquois. Je remarquai que ses cheveux avaient poussé.

– Gaspard ! m'exclamai-je, sentant un sourire irrépressible s'épanouir sur mon visage. Mais comment… Qu'est-ce que tu fais là ?

Il posa un doigt sur ses lèvres et leva l'index vers le plafond. Je suivis son mouvement des yeux jusqu'à apercevoir une caméra de surveillance – Gaspard s'était placé dans l'angle mort, alors que moi, j'étais juste devant. Il entra dans la cabine contre laquelle il était appuyé et me fit signe de le suivre. Je refermai la porte derrière moi et tirai le verrou.

– Bon, dit Gaspard, on va être un peu à l'étroit vu que tu prends la place de cinq personnes avec ce machin, mais au moins, on sera pas dérangés.

Je reculai sans répondre et compressai ma robe au maximum pour m'asseoir sur le banc en bois, ignorant de mon mieux le miroir dans mon dos.

– Est-ce que ça va ? demanda Gaspard, l'air vaguement inquiet.

– Oui, ce n'est rien. C'est seulement… la proximité.

Je fixai mon attention sur mes pieds et m'efforçai de respirer profondément.

Être enfermée avec quelqu'un dans un aussi petit espace me paniquait, c'était plus fort que moi. Sans compter que je n'étais pas vraiment au mieux de ma forme – il suffisait de regarder mon panier à linge sale pour s'en rendre compte.

– Je reconnais bien là ton amabilité habituelle, grommela-t-il. On ne s'est pas vus depuis des mois, et tout ce que tu trouves à dire c'est qu'être près de moi te donne envie de gerber.

– Je n'ai pas dit ça, protestai-je en relevant la tête, bien que l'observation de Gaspard fût assez proche de la vérité. Ta coupe de cheveux est affreuse, lâchai-je, tu devrais aller chez le coiffeur.

Je me giflai mentalement, regrettant déjà les mots qui n'auraient jamais dû franchir mes lèvres : froisser son ego n'était jamais la bonne façon de s'y prendre avec Gaspard. Et ce qui me perturbait n'était pas tant sa coiffure que le fait qu'elle ait changé : ses mèches en bataille me rappelaient que nous ne nous voyions plus tous les jours. Comme avant.

Il rougit, semblant sincèrement vexé.

– Je n'ai pas que ça à faire. Moi, je ne touche pas un salaire de ministre à rester assis toute la journée derrière un bureau, rétorqua-t-il.

– Pardon. Excuse-moi, ce n'est pas ce que je voulais dire, grognai-je en appuyant la paume de ma main contre mon front. Comment est-ce que tu m'as trouvée ?

– Ça fait un moment que je te suis. J'attendais que tu sois seule et dans un endroit assez à l'écart pour qu'on ne se fasse pas repérer.

– Est-ce que tu vas bien ? demandai-je.

Je savais à quoi m'en tenir : je connaissais assez bien Gaspard pour savoir que s'il avait pris la peine de me filer, c'était qu'il avait besoin d'aide.

– Oh, la grande forme, balança-t-il. Je suis préposé à l'élimination de zombies à plein temps et, quand j'ai de la chance, on me laisse ramasser les cadavres avec les techniciens.

– Ils t'ont vraiment rétrogradé, alors, compatis-je.

– Ouais, et pas qu'un peu : on ne m'a pas autorisé à poser un pied dans le Quartier Rouge depuis ma *mutation*.

J'inspirai une grande bouffée d'air. Je commençais à me sentir mieux. Je remarquai soudain à quel point l'odeur de la cigarette froide et de la poudre mêlée à celle de l'after-shave de mon ancien coéquipier m'avait manqué. Une vague de découragement s'abattit sur mes épaules, comme si le fait de voir Gaspard rendait le grand vide que laissait son absence dans mon existence encore plus palpable.

– Qu'est-ce que je peux faire pour toi ? le questionnai-je.

– Quoi ? Qu'est-ce que tu racontes ?

– Si tu es là, c'est bien que tu as quelque chose à me demander, non ?

– Peuh. Je vois que tu as une haute opinion de moi.

Il tiqua et plissa les yeux, exprimant un clair ressentiment à mon égard. Des nœuds de culpabilité se formèrent dans mon estomac.

– Pardon, ne le prends pas mal, marmonnai-je, comprenant que j'avais encore gaffé.

Je ne savais jamais comment me comporter avec Gaspard, et je finissais systématiquement par dire exactement ce qu'il ne fallait pas.

Il haussa un sourcil et me gratifia d'un demi-sourire suffisant qui, à mon plus grand dégoût, me fit soupirer de soulagement.

– Tu me fais un prix de gros sur les excuses ? Ne me demande pas pardon, ajouta-t-il en balayant cela d'un geste de la main. L'idée ne t'a même pas traversé l'esprit que j'avais seulement envie de te voir ? Non, ne réponds pas, me coupa-t-il alors que j'ouvrais la bouche.

Un silence inconfortable s'installa et je lissai ma jupe du plat de la main avec nervosité.

– Dis-moi, c'est qui le type qui t'attend dans la voiture ? reprit-il.

Je relevai la tête, mais ne parvins pas à croiser son regard, perdu quelque part entre le plafond et le haut du miroir.

– Ah, lui. C'est Keryam. Justin a remarqué que je m'ennuyais à classer des dossiers, alors il m'a demandé de le former : c'est une nouvelle recrue. Ils pensent l'affecter à la bureaucratie.

– T'as pas l'air de l'adorer, remarqua-t-il, posant enfin les yeux sur moi.

– Hum, je ne suis pas très sûre, avouai-je. Il est plutôt gentil, mais il ne m'inspire pas vraiment confiance.

– Pourquoi ?

– Il pose beaucoup de questions.

– C'est normal, si c'est un bleu. Toi, tu étais vraiment insupportable, tu passais ton temps à demander des explications.

– Je sais, mais je ne l'aime pas.

Gaspard sourit. Je le soupçonnais d'être ravi de constater que j'étais devenue aussi paranoïaque que lui.

– Est-ce que ton nouveau job te plaît ? demanda-t-il.

– Ça peut aller, répondis-je en faisant mon possible pour hausser les épaules malgré les baleines de métal qui m'interdisaient la plupart des mouvements. Ce n'est pas très excitant mais j'ai plus de temps libre et je ne salis plus mes chaussures.

– Petite veinarde ! Moi, je pue la vieille charogne tous les soirs quand je rentre du boulot ; d'ailleurs, à la façon dont mes voisins m'évitent, j'ai l'impression que ça commence à se savoir.

J'éclatai de rire. En réalité, Gaspard préférait mille fois jouer les éboueurs pour victimes de forces surnaturelles qu'être coincé dans un bureau : il n'était pas fait pour être enfermé.

Il s'approcha de moi autant que l'ampleur de ma robe le lui permettait, et s'accroupit jusqu'à avoir le visage à ma hauteur.

– Tu as l'air triste, dit-il, d'un ton soudain sérieux. Et tu as une sale mine. Tu as toujours eu un teint de navet, mais là, tu as viré carrément cadavérique. Tu as des ennuis ?

– Des ennuis ?

Mentalement, je passai rapidement mon existence en revue : des bribes cauchemardesques de mon passé me revenaient par vagues et les effets secondaires de ma mutation me rendaient trop faible pour les affronter ; je passais un quart de mon temps en compagnie d'un maître vampire et les trois quarts restants à trembler en attendant que quelqu'un le découvre ; j'avais si peur de croiser Démétrius et d'être obligée de constater cette ressemblance entre lui et moi dont Lorenzo m'avait parlé que je n'osais même plus aller aux « Délices de Bacchus ». Pour couronner le tout, je n'avais pas vu Gaspard depuis des mois et, à présent, j'étais si contente qu'il soit là que je ne savais plus quoi lui dire.

– Non, pas le moindre, affirmai-je avec un sourire qui ne me sembla absolument pas convaincant. Et toi ?

Il se releva et s'adossa à la porte de la cabine.

– Tout baigne. À part que je pense que quelqu'un cherche à me descendre.

Chapitre 3

– Quoi ? Qu'est-ce qui te fait penser une chose pareille ?

Gaspard haussa nonchalamment les épaules. J'eus envie de le secouer. Comment pouvait-il parler de ça avec une telle décontraction ?

– Je suis suivi pratiquement en permanence, et mon appart a été visité plusieurs fois.

– Ça arrive, raisonnai-je. Il paraît qu'il y a beaucoup de cambriolages en ce moment.

– Mon appartement est mieux protégé qu'un abri anti-nucléaire : il fallait des pros, et sacrément motivés, pour réussir à entrer en évitant les pièges.

Les *pièges* ? Je déglutis, mais Gaspard n'y prêta pas attention.

– Ah, et puis un de mes flingues a explosé sans raison au lieu de tirer, reprit-il. Heureusement, je l'avais prêté à un type qui bossait avec moi.

Son indifférence me fit involontairement grimacer.

– Tu dois être au courant de tout ce qui se passe dans cette ville, depuis que tu es coordinatrice : t'aurais pas entendu quelque chose sur moi, par hasard ?

Maintenant, au moins, je savais pourquoi Gaspard s'était donné autant de mal pour me voir. Je sentis le dépit m'empourprer les joues : ça m'étonnait, aussi, qu'il soit capable d'un acte désintéressé… Je secouai négativement la tête.

– Non, tu n'es mentionné nulle part. D'un autre côté, je n'ai accès qu'à un nombre de dossiers très limité et aucun ne concerne nos agents : je suis préposée à la gestion des équipes de spécialistes et au classement des informations qu'ils rapportent au Central.

Je possédais un haut degré d'habilitation tout à fait hors de proportion avec mes compétences réelles, qui me conférait un salaire et un emploi du temps particulièrement enviables par rapport à ceux d'un spécialiste. Cependant, j'avais souvent le sentiment d'être cantonnée aux tâches les plus simples et tenue à l'écart de toutes les affaires importantes, peut-être à cause de mon manque d'expérience.

– Tu soupçonnes quelqu'un ? repris-je.

– Pff, pas vraiment. J'ai plutôt l'impression que tout le monde m'en veut. En plus, ma cote de popularité vient tout juste de dégringoler d'un point, ajouta-t-il avec un sourire moqueur.

– Hein ?

– T'en fais pas : je suis venu pour te voir. Honnêtement. Au sujet de ma mort prochaine, je posais la question juste au cas où.

– Ne dis pas ce genre de choses ! protestai-je.

Parfois, il semblait réellement persuadé qu'il n'atteindrait pas l'année suivante – il m'avait même avoué une fois qu'il pensait être le genre de personnes destiné à mourir jeune. Et je détestais qu'il ait autant l'air de s'en moquer.

– Tu veux que j'essaye de me renseigner ? hasardai-je.

J'espérais qu'il ne me demanderait pas quelque chose susceptible de me brouiller avec ma hiérarchie : j'avais déjà eu beaucoup de chance que sa rétrogradation ne me fasse pas plonger. Après tout, à l'époque où il avait été suspecté de trahison, j'étais sa coéquipière.

– C'est pas la peine. Je veux pas te causer d'ennuis et je sais pas où je mets les pieds.

Je baissai les yeux, désemparée. J'aurais désespérément voulu pouvoir l'aider. Mais avec Gaspard tout était toujours si compliqué, au point qu'à chaque fois, je ne savais plus quoi penser.

– Tu veux savoir ce que j'ai fait, hein ? demanda-t-il en enfonçant ses mains dans ses poches.

Je le regardai et m'obligeai à sourire.

– Non. Je suis sûre que tu es innocent.

J'étais sincère, et si la méfiance de mes supérieurs était fondée, j'espérais de toutes mes forces n'avoir jamais à en connaître la raison. Mon bippeur se mit en marche, nous faisant sursauter tous les deux. J'avais réussi à le garder sur moi malgré la séance d'essayage : je n'avais pas le droit de m'en séparer.

– C'est Keryam, annonçai-je en lisant le numéro. Je l'avais complètement oublié : le pauvre doit mourir d'ennui. À moins qu'il ne soit en train de se noyer dans la masse de documents à trier, ajoutai-je après réflexion.

– Tu l'as obligé à faire de la paperasse enfermé dans ta caisse pendant tout ce temps ? Tu es le mal incarné – même moi, je t'aurais pas fait un coup pareil !

– Oui, je sais. Mais je devais faire cet essayage et je ne pouvais pas le laisser me voir *comme ça* !

Je fis un geste vague en direction de ma robe pour appuyer mon point de vue.

– Pourquoi pas ? En fait, certains te trouveraient sûrement plutôt sexy *comme ça* : tu ressembles à une poupée.

– Quoi ? Ne raconte pas n'importe quoi ! aboyai-je, sentant mes joues s'enflammer.

Pourquoi est-ce que ça l'amuse autant de m'embarrasser ?

– Parce que tu marches à chaque fois, dit Gaspard. Ce n'était vraiment pas dur de deviner à quoi tu pensais, vu la tête que tu faisais, ajouta-t-il.

Il éclata de rire et déverrouilla la porte. Surveillant la caméra de sécurité du coin de l'œil, il ouvrit précautionneusement le battant.

– Il vaut mieux que tu retournes travailler, reprit-il. Ça nous causerait pas mal d'ennuis à tous les deux si on nous surprenait ensemble.

– Oui, je sais, murmurai-je d'une voix quasi inaudible, même pour moi.

Si Gaspard t'approche ou essaye de prendre contact avec toi, tu dois nous prévenir. S'il te rend visite, ne serait-ce qu'une seule fois, il passera devant la Commission. Et cette fois, les sanctions…

– Je te recontacterai.

Il passa la main dans ses cheveux et mit des lunettes de soleil qui renforçaient sensiblement son attitude arrogante habituelle.

– Tu as l'air d'un mafieux avec ça, commentai-je. Ne crois pas que ces trucs-là t'aideront à passer inaperçu.

– Qui a dit que c'était ce que je cherchais ?

Évidemment. Connaissant Gaspard, c'était parfaitement normal : il passait son temps à tout faire pour aggraver son cas. Je me renfrognai, et l'expression de mon visage sembla beaucoup l'amuser quand il se tourna vers moi.

– Gaspard, le rappelai-je avant qu'il ne s'en aille. Tu sais, je me suis inquiétée.

Il sourit gentiment et appuya la paume de sa main contre la paroi de la cabine.

– Je préfère ça. Je commençais à croire que tu allais jouer la fille froide et distante jusqu'au bout !

Je levai les yeux au ciel et réprimai un sourire.

– T'en fais pas, souffla-t-il. Va jouer les gourdes à ce mariage et continue de faire ton boulot. Tout va s'arranger, je te le promets, et tu pourras recommencer à faire la tête quand je te tirerai du lit en pleine nuit pour aller patauger dans les viscères.

J'aurais voulu le croire. Je croisai les bras contre ma poitrine et le regardai partir. Sans savoir pourquoi, voir les gens me tourner le dos me serrait toujours le cœur, comme s'ils m'abandonnaient, moi qu'on finissait toujours par laisser derrière.

J'attendis encore quelques instants avant de sortir pour aller récupérer mes vêtements et me changer. Mon bippeur n'arrêtait pas de sonner – j'étais certaine que Keryam serait d'une humeur épouvantable quand j'irais le retrouver, et je ne pourrais même pas l'en blâmer.

***

– Et celui-là, je le mets où ?

Je tournai la tête et jetai un coup d'œil au dossier.

– Avec les affaires classées : d'après la note que m'a envoyée Justin ce matin, « Magic Mike » a été abattu hier par un client mécontent.

Keryam approuva silencieusement et alla ranger l'épaisse chemise. Il fallait dire que « Magic Mike » avait fait pas mal de victimes : c'était un sale escroc qui travaillait officiellement sous ce nom ridicule comme magicien-animateur de soirées et autres goûters d'enfants. Ce n'était qu'un criminel de niveau cinq et un sorcier sans talent remarquable, mais le nombre d'humains que ses petits tours de passe-passe lui avaient permis de plumer était incalculable.

– Et ceux-là ? demanda Keryam.

Il me désigna la pile qu'il avait passé près de deux heures à classer dans ma voiture, pendant ma séance d'essayage.

Je lui indiquai en silence l'étagère des affaires de niveau trois non résolues. Depuis que nous étions rentrés au Central, Keryam faisait manifestement la tête. C'était de ma faute. Cependant, j'avais du mal à m'excuser parce que, pour une raison que j'ignorais, je ne l'aimais pas. Keryam avait vingt-cinq ans, des cheveux blonds souples soigneusement entretenus et les yeux bleus. Malgré moi, je devais admettre qu'en plus d'être assez agréable à regarder, Keryam était serviable et de bonne composition : il boudait, mais ne m'avait même pas reproché de l'avoir laissé en tête à tête avec le chauffage dans un espace de deux mètres sur cinq avec interdiction formelle d'en sortir sans lui fournir la moindre explication.

Je me soupçonnais de l'avoir pris en grippe uniquement parce que son affectation dans mon équipe signifiait que la hiérarchie n'avait pas la moindre intention de me laisser de nouveau travailler avec Gaspard. Je décidai donc qu'il était temps pour moi de faire un effort.

– Tu sais, pour ce matin… commençai-je.

– Oui ?

J'appuyai mon front contre mon poing serré : cette conversation paraissait déjà destinée à devenir embarrassante.

– Excuse-moi. Pour ce matin, précisai-je devant ses yeux étonnés. Je n'aurais pas dû te laisser classer les dossiers tout seul.

– Ce n'est pas grave, dit-il, bon prince. J'imagine que c'est le lot de tous les nouveaux.

– Non, ça n'a rien à voir. En fait, j'ai été assez simple d'esprit pour me laisser persuader d'être demoiselle d'honneur à un mariage, et j'ai été obligée d'aller essayer une robe ridicule. Pour être honnête, j'ai préféré passer pour un chef d'équipe odieux plutôt que d'être à jamais humiliée devant toi, avouai-je franchement.

La bouche de Keryam s'entrouvrit. Il la referma et mit les mains dans ses poches pour se donner une contenance.

Puis il éclata de rire.

– Pardon, hoqueta-t-il. Je suis désolé... Je ne me moque pas de toi.

– T'inquiète pas : j'ai l'habitude, marmonnai-je.

Je souris malgré moi. Subitement, Keryam me plaisait beaucoup plus : depuis que Justin me l'avait présenté, c'était la première fois qu'il avait l'air humain. Jusqu'à présent, il était toujours demeuré si inexpressif et parfait qu'il me mettait mal à l'aise.

– Alors, tu ne me détestes pas ? demanda-t-il.

Mon sourire s'élargit devant son expression presque enfantine et je secouai légèrement la tête.

– Je n'ai rien contre toi, répondis-je. J'ai eu une période plutôt difficile, c'est tout.

– Ah oui, il paraît qu'avant de travailler comme coordinatrice, tu étais sur le terrain.

– J'étais spécialiste, confirmai-je.

– Ceux qui éliminent les monstres ? Ne le prends pas mal, mais tu n'as pas franchement l'air d'une tueuse.

– Non, je suppose que non, admis-je, repensant malgré moi aux moqueries de Gaspard. Une poupée, grommelai-je entre mes dents. Et puis quoi encore ?

– Quoi ?

– Non, rien, répondis-je vivement.

– Les spécialistes travaillent par équipe, non ? Alors, où est ton équipier ? ajouta-t-il après que j'eus acquiescé.

– Il… il a été muté ailleurs.

Keryam leva un sourcil mais parut comprendre qu'il valait mieux ne pas insister. Une insidieuse angoisse me taraudait l'estomac : si jamais quelqu'un apprenait que Gaspard était venu me voir, il serait jugé par la Commission. Je ne connaissais personne qui ait eu directement affaire à elle, cependant les rumeurs les plus inquiétantes circulaient à son propos et sa seule mention faisait baisser la voix aux employés de l'Organisation. Sans compter que je serais sûrement punie aussi pour ne pas avoir signalé la visite de mon ancien équipier.

Justin serait si déçu s'il apprenait que j'avais trahi sa confiance : il était comme ma famille, et me soupçonner ne lui était visiblement jamais venu à l'idée.

Car le seul traître au sein de l'Organisation, c'était moi. Moi qui laissais un maître vampire avoir accès à toutes les informations dont je disposais alors que nous étions censés mourir plutôt que de révéler quoi que ce soit à l'ennemi.

Je me sentais monstrueuse.

– Il y a beaucoup de spécialistes ? demanda Keryam.

– Aucune idée, dis-je. J'ai travaillé sur le terrain pendant trois mois et je n'ai jamais croisé d'autre équipe. De toute façon, l'Organisation fait en sorte que les rapports entre les employés se limitent au strict nécessaire, seuls les coordinateurs de niveau cinq ont accès à ce genre de données.

– Et les chefs de section ?

– Pour ce que je sais, ils ne s'occupent que de leur section et ne disposent d'aucune information sur les autres.

– Mais ce type, là, Justin, il a l'air plutôt au courant. Et il vient tout le temps ici, alors qu'il est censé se charger du terrain. C'est normal ?

Je haussai les épaules, fataliste.

– J'ai bien peur qu'on ne comprenne jamais rien à tout ça : quel que soit le temps durant lequel on travaillera pour l'Organisation, ils ne nous expliqueront pas.

– Et ça ne t'intrigue pas ?

Oh que si, mais ça, il ne devait pas le savoir.

– Cette structure a été conçue pour que nous ayons un degré de sécurité maximum, pour éviter que les employés ne se fassent éliminer par les corbusards ou que les humains apprennent notre existence, récitai-je. Si j'étais toi, je ne poserais pas trop de questions, conseillai-je, répétant ce que Gaspard m'avait dit quand j'étais à la place de Keryam.

Celui-ci me dévisagea, aussi choqué que si je l'avais menacé. Je lui indiquai du menton la caméra de surveillance imbriquée dans le mur au-dessus de la porte et fis un signe négatif de la tête. Je ne voulais pas que Keryam ait des ennuis : nous étions tous trop curieux au début, avant de comprendre à quel point ce mystère était une absolue nécessité pour notre propre survie.

– Bon, d'accord. Alors parle-moi de l'affaire la plus marquante que tu aies eue quand tu étais spécialiste. (Il eut un sourire penaud.) Comme ça au moins, j'aurais l'impression d'avoir un travail excitant. C'est difficile à croire, ces temps-ci.

Je jetai un coup d'œil morne aux dossiers sur les étagères. Même si repenser à cette affaire ne me ravissait pas, je comprenais parfaitement le point de vue de Keryam.

– Ma première. J'imagine que c'est la pire pour chacun d'entre nous : celle qu'on n'oublie pas.

– C'était quoi ?

– Oh, une erreur d'invocation qui a tué cinq personnes et une vache. Enfin, six, corrigeai-je, me souvenant avec malaise de l'homme que nous avions dû abattre.

Oui, c'était définitivement la pire : mes premiers cadavres s'obstinaient à revenir hanter chacune de mes nuits d'insomnie.

– Maintenant, on ferait mieux de retourner au travail, dis-je d'un ton qui se voulait convaincu.

Je grimaçai en direction de la pile de rapports qui s'entassaient sur mon bureau.

Certains jours, je regrettais le terrain.

Chapitre 4

– Saralyn ? Réveille-toi !

La main qui secouait doucement mon épaule acheva de me tirer de ma torpeur. Je me relevai en sursaut, interpellée par la sensation incongrue d'avoir la joue appuyée sur un cahier à spirale, ce qui était effectivement le cas. Je frottai mes yeux avec mes poings, faisant glisser le manteau qui était posé sur mes épaules. Keryam m'observait, les yeux ronds.

– Je sais que tu es ma supérieure hiérarchique, mais…

Un immense sourire se fit jour sur son visage.

– Quoi ? demandai-je d'une voix encore ensommeillée.

– On dirait une gamine. En plus, il n'y a que les enfants qui s'endorment n'importe où de cette façon. Tout à l'heure, tu as sombré d'un coup, c'était vraiment impressionnant.

Je grommelai une phrase inintelligible, essayant vainement de reprendre mes esprits, et réalisai que, non seulement le manteau qui m'avait servi de couverture était à Keryam, mais qu'en plus les dossiers qui encombraient mon bureau avaient tous disparu. Pourtant, j'étais certaine que je n'avais pas fini de les lire.

– Je suis désolé, je voulais te laisser dormir, reprit-il. Justin a appelé : il faut qu'on aille tout de suite en salle de réunion.

– Tu as fini de classer les dossiers ?

– Oui. En fait, ça va vite une fois qu'on a pris l'habitude, dit-il en souriant de nouveau.

– Merci. Mais tu aurais dû me réveiller. (Je laissai échapper un petit rire nerveux.) Je me sens assez gênée, avouai-je en lui rendant son manteau. Je manque un peu de sommeil, je crois.

– Tu as des activités nocturnes ? demanda-t-il sur le ton de la plaisanterie.

– On peut dire ça, répondis-je, grinçant des dents.

Parce que ces derniers temps, mes nuits ressemblaient à d'interminables cauchemars. Si j'avais été obligée d'expliquer ce que je faisais à partir du moment où je fermais les yeux, j'aurais probablement répondu que je m'altérais.

***

– Alors, comment ça se passe entre vous ? m'interrogea Justin.

Il s'était précipité pour me prendre à part dès notre arrivée dans la salle de réunion. Déjà, quand il m'avait présenté Keryam, il avait eu l'air aussi fier de lui qu'un chien qui rapporte le journal. Je supposais qu'il espérait dissiper ainsi la légère tension qui s'était instaurée entre nous, depuis qu'il m'avait interdit de voir Gaspard.

– Ça va, répondis-je. Il est efficace.

– Ce n'est pas ce que je te demande, répliqua mon ancien chef de section en fronçant les sourcils.

Maintenant, je n'étais théoriquement plus sous son autorité, puisque c'était le supérieur des spécialistes. Cependant, il continuait de me traiter exactement de la même façon qu'auparavant, et bizarrement, j'avais plus souvent affaire à lui qu'à mon superviseur actuel.

– J'ai compris, marmonnai-je en soupirant. Je ne sais pas trop. On se connaît mal et jusqu'à ce matin j'aurais dit que ce n'est pas le genre de personne que j'apprécie, mais finalement… Je suis sûre que ça se passera très bien, ne t'en fais pas.

– J'étais sûr que vous vous entendriez !

Justin eut un sourire ravi et me tapota affectueusement la tête du bout des doigts. Ce geste était condescendant, et j'étais consciente qu'à vingt-trois ans j'aurais dû détester ça. Mais en vérité, je le trouvais réconfortant : il me prouvait que Justin était là, à mes côtés. Je voulais à tout prix répondre à ses attentes, alors puisqu'il avait l'air de tant tenir à ce que Keryam et moi devenions amis, je résolus de m'y efforcer.

Après tout, je lui devais au moins ça.

– Allez, on y va, annonça Justin en retournant dans la salle de réunion.

Je le suivis et essayai de chasser Lorenzo et Gaspard de mes pensées : à chaque fois que j'étais dans ce bâtiment, j'avais la sensation que si je gardais quelque chose à l'esprit, les autres finiraient par l'apprendre. Évidemment, les mois que je venais de passer entourée par des corbusards n'avaient pas atténué ma paranoïa, et j'avais beau me répéter que tous les membres de l'Organisation étaient des humains, je ne parvenais pas à me détendre.

Dans la salle, ils étaient tous assis autour de la grande table ovale. Keryam était déjà là et j'allai m'asseoir à côté de lui par réflexe. Emerson, mon supérieur actuel, était à côté de Spencer, le chef des techniciens, et essayait désespérément de l'ignorer. Il y avait aussi le Dr Masson, un des médecins légistes de l'Organisation, et deux personnes que je ne connaissais pas : un garçon roux qui fixait la table avec obstination et une blonde assez jeune, recroquevillée sur sa chaise. Le Dr Masson étant le seul que j'appréciais, je ne saluai que lui. La blonde croisa mon regard et je décelai dans ses yeux une étincelle de peur que je voyais souvent au fond des miens dans le miroir de ma salle de bains. Le garçon avait une balafre sur la joue et la main droite de la fille était bandée – j'en déduisis que c'étaient des spécialistes. Je comprenais qu'ils soient nerveux : ce n'était jamais une bonne nouvelle, pour eux, d'être convoqués au Central. J'offris un sourire compatissant à la blonde, qui y répondit avec timidité. Je ressentis une immédiate sympathie pour elle : j'avais l'impression de me voir à sa place.

Spencer se leva sans aucun égard pour le Dr Masson, qui était en train de lui parler, et se dirigea vers moi.

– Alors, ça va, Fara ? On se fait à la vie de planquée ? beugla-t-il.

Il se retint in extremis de m'asséner une grande claque amicale dans le dos, ce dont je lui fus infiniment reconnaissante.

Je tiquai. J'avais horreur qu'on m'appelle par mon nom de famille, mais j'avais abandonné l'idée d'apprendre mon prénom à Spencer : il était inutile de lutter contre les abrutis dans son genre.

Les autres lui lancèrent un regard peu amène – notamment parce qu'ils étaient presque tous des « planqués ». De toute façon, personne ne supportait Spencer : il était pénible et bruyant. Malgré son attitude, j'avais cependant cru comprendre que moi, il m'aimait bien. Je me forçai donc à rester polie.

– Ça peut aller. Et toi, les cadavres, ça se passe bien ?

– Peuh, cracha-t-il. Ils ont toujours plus de conversation que les spécialistes.

L'expression sur le visage de Justin se fit glaciale. Spencer m'adressa un clin d'œil terrifiant et sourit, découvrant ses dents trop pointues jaunies par le tabac.

– Oh, c'est qui ce freluquet ? demanda-t-il en désignant Keryam.

Celui-ci rougit, l'air embarrassé.

– Euh… C'est…

– On commence, me coupa Justin. Nous ne sommes pas là pour nous amuser.

– Dommage, soupira Spencer.

Il s'étira et bâilla avec ostentation, puis retourna à sa place en affichant sa mauvaise grâce. Justin se tenait debout à côté d'Emerson. Je remarquai que, bien qu'Emerson lui fût sans doute hiérarchiquement supérieur en tant que coordinateur de niveau quatre, Justin se conduisait toujours face à lui comme un mâle dominant.

Ce ne sont pas des loups, me morigénai-je intérieurement, *Justin a seulement plus de charisme, c'est tout*. Il n'empêche que cette constatation me réjouissait, parce que je ne portais vraiment pas Emerson dans mon cœur : c'était un sale type froid qui tyrannisait ses subordonnés, même si je devais reconnaître qu'il m'avait plutôt bien traitée jusqu'à présent. Surtout par rapport à ce que les autres racontaient sur lui.

Justin sortit un dossier et alluma le rétroprojecteur. Une lumière blanche vacilla sur l'écran qui couvrait le mur du fond – j'en avais vu de semblables dans toutes les salles de réunion que j'avais visitées.

Je m'aperçus avec un tressaillement que mes mains tremblaient. Et il y avait ces yeux noirs posés sur moi et cette phrase qui résonnait à mes oreilles: « *Ce sont les effets secondaires. Il faut arrêter, maintenant, ou sinon elle va...* »

– Saralyn...

– Quoi ? demandai-je, relevant brutalement la tête au son de la voix de Justin.

L'illusion se dissipa et mes mains s'immobilisèrent: le souvenir m'échappait déjà. Un souvenir ? Mais de quoi ?

– Est-ce que ça va ? Tu es très pâle. Oh, et tu...

Le sang commençait à tomber à grosses gouttes sur le bois de la table, produisant un discret clapotis devenu familier ces derniers mois. Je sortis un mouchoir de ma poche et le pressai contre mon nez – désormais, j'en avais en permanence un paquet sur moi.

– Ça t'arrive souvent, en ce moment, observa Justin.

Il me scruta, l'air vaguement inquiet.

Oh, si tu savais, songeai-je avec amertume.

– Ce n'est rien du tout, affirmai-je de mon ton le plus convaincu. Seulement les changements de pression atmosphérique. Commence, je t'en prie.

Il acquiesça, prit une télécommande posée sur la table et appuya sur un bouton, abaissant les stores des fenêtres.

Mon dos se contracta – cette pièce ressemblait d'un coup à une boîte hermétiquement fermée. Mais non, ils allaient me laisser sortir, cette fois.

Cette fois ?

– Ce corps a été trouvé la semaine dernière, dit Justin.

Je ravalai la frustration que m'avait laissée mon souvenir enfui et regardai l'écran. Je reconnaissais cette photographie: je m'étais occupée de relire le dossier dont elle était tirée.

– Oh oui, je m'en souviens, dis-je. C'est la femme qui a été décapitée. On a conclu à un meurtre rituel, non ?

– C'est ça. Voici l'équipe 4, qui est en charge de cette affaire, annonça Justin en désignant la fille blonde et le garçon roux. On pensait qu'il s'agissait d'une agression isolée, mais voilà ce qu'on a découvert ce matin.

Il appuya sur un bouton pour changer de diapositive. J'ôtai le mouchoir détrempé pressé contre mon nez, ne sachant quoi en faire : le saignement s'était arrêté. J'observai un instant mes mains couvertes de sang, y voyant un funeste présage, puis relevai les yeux vers la tête livide de la photographie. Justin montra plusieurs clichés : le corps, les lieux… Comme la première victime, l'homme avait été abandonné dans une poubelle du Quartier Rouge, et c'était indubitablement le même mode opératoire.

– Nous voilà avec un meurtrier en série sur les bras, commenta Emerson. Comme si nous n'avions pas déjà assez de problèmes avec les guerres de clans !

– Ça pourrait être l'œuvre d'un humain, intervins-je. D'une secte, par exemple : ça ressemble assez à un meurtre sacrificiel.

– C'est ce qu'on voudrait nous faire croire, dit Justin.

– Je n'ai pas lu le dossier en entier, mais à part le Quartier Rouge, il n'y a aucun lien avec les corbusards, insistai-je.

– Nous devons en être certains, nous ne pouvons pas nous contenter d'hypothèses. Et ce genre d'horreur est tout à fait caractéristique de la façon dont *ils* procèdent.

Le ton dur de Justin me fit rentrer instinctivement la tête dans les épaules.

Si Gaspard s'était servi de cet argument, j'aurais répliqué que les humains en étaient tout autant capables. Face à Justin, je restai muette. C'était sans doute pour ça que c'était lui le chef.

– Excusez-moi, mais pourquoi avons-nous été convoqués ? Keryam et moi classons des dossiers et affectons des équipes ; qu'avons-nous à voir avec cette affaire ?

Emerson tourna la tête vers moi, et son regard méprisant vacilla quand il croisa mes yeux, devenus légèrement fluorescents dans la pénombre. Lorsque je travaillais de nuit, je prenais un inhibiteur pour éviter le déclenchement de mon embarrassante condition de nyctalope, mais je n'avais pas prévu de me retrouver privée de lumière cet après-midi. Mon supérieur s'apprêtait tout de même vaillamment à me réprimander ; cependant Justin le toisa d'une façon qui lui fit fermer la bouche avant d'avoir pu prononcer un seul mot.

– Je vais te l'expliquer, dit celui-ci en me souriant avec indulgence. Ce n'est pas qu'une histoire de meurtres en série, et si jamais il y avait d'autres victimes, la situation pourrait devenir très sérieuse. Nous pensons qu'il s'agit d'une provocation de la part des corbusards, d'une sorte de déclaration de guerre.

– Ça relève de la politique, pas seulement du terrain, c'est pour cette raison qu'on confie cette affaire à des coordinateurs et pas à de simples spécialistes, ajouta Emerson.

Je crus percevoir une pointe de mépris dans sa remarque : les spécialistes n'étaient considérés par la plupart des autres unités que comme des hommes de main, à peine supérieurs aux techniciens qui nettoyaient les scènes de crime.

– Je comprends. Mais si cette affaire est si importante, pourquoi ne pas la confier à quelqu'un de réellement qualifié ?

Je ne suis qu'une coordinatrice de rang trois, et je suis loin d'être suffisamment expérimentée, protestai-je.

– C'est vrai, cependant tu es la seule à avoir été spécialiste, alors tu connais la procédure. Et puis, tu as déjà eu le dossier entre les mains : nous ne tenons pas à ébruiter l'affaire avant de savoir avec certitude de quoi il retourne exactement. Nous ne voudrions pas nous lancer dans une guerre ouverte contre un clan avant d'être fixés. Si un des dirigeants apprenait que nous enquêtons sur lui, même à tort, il risquerait de le prendre comme une insulte personnelle. Il est évident que nous comptons sur votre discrétion à tous, ajouta Justin en lançant un regard circulaire. Vous ne devez parler de ce dossier à personne, pas même à vos collègues : considérez que c'est un niveau un, hautement confidentiel.

Chapitre 5

J'entrai dans mon appartement en traînant les pieds. J'étais épuisée, affamée, et la dernière phrase que Justin avait glissée à la fin du briefing repassait en boucle dans mon esprit.

« Les victimes ont toutes les deux eu la tête tranchée, et, dans les deux cas, il ne restait plus une goutte de sang dans leur corps – comme si on les avait décapitées uniquement pour masquer la cause réelle de la mort. »

Or, tout le monde à l'Organisation le savait bien : les vampires étaient les seuls à ne consommer que le sang de leurs victimes. Et si cette affaire était réellement ce que mes supérieurs croyaient, alors cela signifiait que…

Non, jamais Lorenzo n'aurait cherché à nous attaquer. De toute façon, s'il y avait eu quoi que ce soit, il me l'aurait dit.

Pourquoi me l'aurait-il dit à moi ?

Je chassai cette idée et terminai de manger, effarée par les quantités de viande crue que je pouvais ingurgiter en ce moment. Jamara miaula et alla gratter à la porte de ma chambre : j'avais pris soin de la refermer en partant ce matin, parce que je n'avais pas eu le temps de changer mes draps.

– Oui, je viens, marmonnai-je à l'intention du chat.

Il vint se frotter contre mes jambes et je le caressai pensivement. Quand je l'avais adopté, près de huit mois auparavant, ce n'était qu'un minuscule chaton, et je pouvais affirmer sans crainte que notre cohabitation lui avait plutôt profité.

Après avoir nettoyé la cuisine, j'entrepris de défaire mon lit, puis contemplai le désastre : encore des draps irrécupérables. Lassée d'en jeter, je tirai une vieille couverture du fond de ma penderie et la posai sur le matelas, par-dessus la housse protectrice plastifiée que je venais de nettoyer à grande eau.

– Bonne nuit, murmurai-je à l'intention de Jamara avant d'éteindre la lumière, sentant déjà le sommeil m'engourdir.

J'eus une dernière pensée pour Gaspard : j'avais passé l'après-midi à fureter discrètement dans tous les dossiers sans rien trouver sur lui. J'espérais sincèrement que ses soupçons n'étaient dus qu'à une paranoïa exacerbée. Mais, plus que tout, je priais pour que personne n'apprenne jamais qu'il était venu me voir en dépit de l'interdiction formelle de notre hiérarchie.

***

Mes bras étaient couverts de piqûres. Le produit jaune translucide ressemblait à du jus de pomme dans la seringue, et moi, je ne bougeais pas. Rien ne répondait plus, comme si quelque chose enveloppait chacun de mes nerfs et immobilisait mes membres. Ou plutôt quelqu'un… Oui, je sentais sa présence.

L'accident de voiture – Stephen montant dans la voiture, la voiture s'écrasant dans un bruit de détonation et les flammes sortant des morceaux de carrosserie éparpillés.

Mes livres tombant par terre.

– Veuillez me suivre, s'il vous plaît. Vous ne devez pas rester ici.

Il s'est écrasé, me répétai-je. *Il s'est écrasé*.

Mais contre quoi ?

***

– C'est étrange, dis-je. Quand je me suis réveillée, je me souvenais très clairement d'un garçon avec qui j'étais à la fac, alors que je l'avais complètement oublié jusqu'à maintenant.

– Vous voulez m'en parler ? demanda Lorenzo.

Le reste de la question était implicite : « ou préférez-vous que je regarde ça moi-même ». J'acquiesçai d'un signe de tête.

– Il s'appelait Stephen Riley et il était dans la même section que moi : on avait plusieurs cours en commun. Je l'aimais bien. En fait, je crois que je suis même allée à une soirée avec lui, ajoutai-je en fronçant les sourcils. Le reste n'est pas très clair. Je me souviens qu'après il a voulu me raccompagner, seulement, il y a eu un contrôle de police et j'ai préféré rentrer à pied pour ne pas attendre. Ensuite… Je ne sais pas trop quand c'était, mais il est mort. Il a eu un accident de voiture et je pense que j'y étais ; je ne me rappelle plus vraiment ce qui s'est passé. Comment est-ce que j'ai pu oublier ça ? demandai-je.

– Peut-être parce que c'était traumatisant. Beaucoup de gens oublient des choses après un accident ou une agression.

La voiture… Non, je n'étais pas dedans. Pourquoi ne voyais-je pas ce qui l'avait heurtée ?

Lorenzo entra dans mon esprit et des bribes d'images incohérentes et sombres remontèrent à la surface, comme souvent. Il y avait toujours cette grande maison, ces arbres, ces gens que j'entendais sans les voir, et cette sensation étrange de haine et de terreur tout au fond de moi.

– Nous ne sommes plus très loin, dit Lorenzo d'un ton encourageant, une fois que j'eus retrouvé mes sens.

– Je l'espère.

Je ne savais pas moi-même si j'espérais atteindre ces souvenirs ou découvrir qu'ils étaient perdus à jamais.

Je me plongeai dans la contemplation des volets fermés qui masquaient mes fenêtres. Il était plus prudent de rester dans le noir quand Lorenzo était là, et ni lui ni moi n'avions besoin de lumière. Et il était encore très tôt, alors ça n'étonnerait personne que je ne sois pas levée. Je pensai brièvement à l'affaire ultra-confidentielle que m'avait confiée Justin et dont Lorenzo venait d'avoir eu tout le loisir de prendre connaissance. Je décidai de remettre mes remords à plus tard, mais il était évident que si nos petites séances étaient découvertes par l'Organisation, nous le payerions cher.

– Je dois aller travailler, annonçai-je.

– Oui, moi de même, dit Lorenzo, sans enthousiasme.

– Si ce n'est pas trop indiscret… qu'est-ce que vous faites de votre temps ? l'interrogeai-je avec curiosité.

– Que voulez-vous dire ?

– Vous avez vécu durant des siècles, peu de choses doivent encore éveiller votre intérêt. Et puis, vous ne mangez pas souvent, vous n'avez pas besoin de gagner votre vie puisque vous êtes le dirigeant des vampires… Alors, qu'est-ce que vous faites de tout ce temps libre ?

– J'en passe l'intégralité en votre compagnie.

– Quoi ? dis-je en ouvrant de grands yeux.

– Être dirigeant correspond à un travail. Je comprends que ce soit difficile à concevoir, mais c'est la vérité.

– Et en quoi consistent vos obligations ?

– Le même genre de tâches que les vôtres.

– Classer des dossiers ? demandai-je, sceptique.

– J'organise la communauté, je règle les conflits et j'exécute les ordres de Démétrius. En fait, mes journées ne sont guère plus passionnantes que celles d'un employé moyen du quartier des bureaucrates.

J'étais stupéfaite. Je n'aurais jamais imaginé que la vie de Lorenzo pût ressembler à celle de quelqu'un d'ordinaire. Quand on le regardait ainsi que je le faisais en ce moment, c'était impensable : il était si manifestement supérieur à la race humaine que ça me glaçait le sang.

– Qu'est-ce que vous pensiez ? Que je passais mes jours à surgir de l'ombre pour me battre contre d'autres aweryths et mes nuits à donner des coups de barre de fer sur les cages dans lesquelles j'enferme ceux qui m'ont déplu, en buvant du sang dans une coupe de cristal ?

Ce coup-ci, c'était trop : j'éclatai de rire malgré moi. Lorenzo en vampire de série Z était une image d'une incongruité inconcevable.

– Pardon, hoquetai-je.

– Vous n'avez jamais imaginé mon existence ainsi ?

– Non, jamais, dis-je avec sincérité en luttant pour retrouver mon sérieux. Croyez-moi, ça ne vous irait pas du tout.

– Pourtant, c'est de cette façon que me voient la plupart des gens.

Je pinçai les lèvres et fis mon possible pour contenir mon fou rire. Je n'avais pas la plus petite idée du degré de tolérance de Lorenzo face à ce genre de situation : dans le Quartier Rouge, on le décrivait comme une personne potentiellement très violente, mais je n'avais jamais assisté à la moindre saute d'humeur de sa part.

– Ne vous retenez pas, dit-il en se levant.

Il sembla hésiter, puis me sourit avec une gravité tout à fait déplacée au regard de la situation.

– J'aime beaucoup vous voir rire.

Il se tut et il me parut évident qu'il était en train d'essayer de noyer le poisson : il voulait me parler de quelque chose et savait que la conversation ne me plairait pas.

– Dites-le.

– Je vous demande pardon ? demanda Lorenzo, l'air très surpris.

– Ce que vous tentez de me dire depuis une semaine : allez-y, je vous écoute.

Pendant une seconde, il sembla vraiment décontenancé. Je n'étais pas sûre moi-même de comprendre comment je pouvais être aussi certaine de ce que Lorenzo avait en tête – il était toujours si impassible. Pourtant, j'avais raison, ça ne faisait aucun doute.

– Hum, dans ce cas, je vais aller droit au but : combien de temps comptez-vous encore fuir Démétrius ?

Je tressaillis. C'était vrai, exceptées mes visites à Lorenzo, j'avais plutôt évité le Quartier Rouge, ces derniers mois.

– Je ne comprends pas, contrai-je d'un ton neutre. Pourquoi devrais-je le voir ?

– Je vous l'ai déjà expliqué : il y a une certaine ressemblance entre vous.

– C'est seulement une coïncidence, répliquai-je.

Je haussai les épaules, et fis mon possible pour immobiliser mes genoux qui s'entrechoquaient spasmodiquement.

– S'il était mon père, il m'en aurait sûrement parlé quand je l'ai vu, non ?

– Si c'était aussi simple, près de la moitié de votre vie n'aurait pas disparu de votre mémoire. Vous avez besoin de lui, Saralyn : même moi, je suis incapable de faire revenir tous vos souvenirs.

– Pourquoi ? demandai-je.

– Parce qu'il ne s'agit pas d'une simple amnésie, la plupart des événements les plus récents ont seulement été refoulés, cependant il est impossible de remonter plus loin. Je n'en étais pas sûr jusqu'à aujourd'hui, mais il me paraît à présent évident qu'un certain nombre d'années ont été totalement effacées de votre mémoire.

– Effacer des souvenirs fait partie de vos compétences, non ? Alors vous devriez être à même de renverser le processus, m'enquis-je, perplexe.

– Non, je n'ai pas cette faculté : il m'est possible de manipuler votre esprit, pas d'en extraire une information. La personne qui vous a fait ça possède un immense pouvoir, bien plus grand que le mien. Peut-être même plus puissant que celui de Démétrius.

Je fixai sur lui un regard désemparé.

– C'est impossible : je ne me suis jamais souvenue de mon enfance. Et qui serait allé effacer la mémoire d'une orpheline sans intérêt ?

– Vous ne pouvez pas le savoir, l'opération peut être très récente comme dater de votre petite enfance. En tout cas, jusqu'ici, nous n'avons atteint aucun souvenir antérieur à votre entrée à la faculté, n'est-ce pas ?

Il avait raison, cependant, cela continuait de n'avoir aucun sens.

– Démétrius saura peut-être de quoi il retourne.

– Vous pourriez le lui demander, vous n'avez pas besoin de moi pour ça, protestai-je. S'il vous plaît, ajoutai-je malgré moi.

– Il n'y a pas que cela, vous le savez bien.

– Non, je suis désolée, me défendis-je. Je ne vois pas ce que vous insinuez.

Lorenzo eut l'air vaguement contrarié, puis il me sourit gentiment, comme à une enfant qui fait un caprice. Il me vint à l'esprit que c'était probablement ce que j'étais à ses yeux : après tout, il devait avoir environ vingt fois mon âge.

– Je sais ce qu'il y a derrière cette porte, annonça-t-il en indiquant le battant à sa droite.

– Ma chambre ? hasardai-je.

– Je suis très sérieux, dit-il. Faut-il que nous allions ouvrir pour que vous acceptiez d'en parler ?

– Comment êtes-vous au courant ? demandai-je, inspectant instinctivement mes vêtements propres.

– Je suis un vampire. Je peux sentir d'ici qu'il y a une grosse quantité de sang dans votre chambre et aussi au fond de votre poubelle. Et c'est le vôtre, je reconnais votre odeur.

– Je croyais ne plus en avoir, protestai-je, horriblement mal à l'aise.

– Vous non, mais votre sang si. Il est… particulier.

Il ferma les yeux un court instant, ses grands yeux noirs si pénétrants qu'on avait le sentiment de pouvoir s'y noyer, et inspira profondément. Je supposais que, pour lui, l'odeur du sang était agréable. Je frissonnai : même si je m'y étais habituée, les effluves entêtants continuaient de provoquer chez moi une angoisse diffuse, comme s'ils m'annonçaient ma propre mort.

Je me levai de mon canapé et Jamara en sauta d'un bond, effrayé par mon mouvement brusque. J'avais décidé de ne parler de cette histoire à personne : c'était tellement irréel que j'avais eu l'impression que, si personne ne le savait, ça finirait par disparaître tel un mauvais rêve au lever du jour.

Je me rendais maintenant compte à quel point c'était ridicule.

– Vous m'aviez dit que les saignements s'étaient calmés, reprit-il d'une voix calme.

– C'est la vérité, protestai-je. Dans la journée, ça ne m'arrive que lorsque les images reviennent à la surface, rarement…

– Dans ce cas, pourquoi étiez-vous couverte de sang avant de vous laver, ce matin ?

Mes lèvres s'entrouvrirent sans qu'un seul son en sortît. Je me sentais prise en faute.

– Le sang ne s'efface jamais complètement, peu importe les produits que vous avez utilisés ou le temps que vous avez passé sous l'eau. Je vois les traces sur vous. Alors, il est inutile de me mentir.

Il leva les yeux vers moi et je me mordis la lèvre, rongée par la culpabilité.

– Je… je ne peux rien vous dire : quand je me réveille, je suis couverte de sang, et j'ignore comment ou pourquoi j'en ai perdu autant.

Ou pourquoi je suis encore en vie, pensai-je. Certains matins, je me levais si faible que j'étais incapable de tenir debout avant d'avoir mangé toute la viande que contenait mon réfrigérateur.

– Venez voir Démétrius avec moi, demanda-t-il avec sa douceur et sa patience accoutumées.

Il me traitait réellement comme une enfant. Je ne savais plus quoi faire, mais l'idée d'être obligée de retourner voir Démétrius me plongeait dans une terreur désespérée. Après tout, ces saignements avaient commencé lorsque je l'avais rencontré. En réalité, il était possible…

Cette idée me frappa de plein fouet : je n'y avais jamais pensé auparavant.

– Non, refusai-je. Je ne veux pas.

– Vous n'avez pas le choix. Ça se passera bien.

– Non, répétai-je, butée. De toute façon, ça ne vous regarde pas. Je vous défends de vous en mêler. D'abord, pourquoi vous tenez autant à ce que je le voie ?

J'étais consciente que, vu ce que Lorenzo faisait pour moi, mon interdiction était stupide. Cependant, la panique qui m'envahissait ne me laissait plus réfléchir clairement.

– Parce que je suis inquiet, répondit Lorenzo, sur un ton plus vif que d'habitude. Je pensais que c'était évident.

– Ne vous en faites pas pour moi, je vais très bien, répliquai-je, persistant à nier l'évidence tout en sachant que Lorenzo ne me croyait pas une seule seconde.

Sans prévenir, ses doigts effleurèrent mes côtes. Je ne m'y attendais pas : mes jambes se dérobèrent et je perdis l'équilibre. En une fraction de seconde, Lorenzo s'était levé et m'avait remise d'aplomb, la main refermée sur mon poignet droit. La pression de ses doigts était crispée, comme s'il craignait de me broyer les os et que la délicatesse avec laquelle il me tenait lui demandait un énorme effort. Il rouvrit lentement la main et l'écarta, semblant s'assurer que je ne m'effondrerais pas sans son aide.

– Vous voyez : vous ne tenez même plus debout.

– Vous m'avez poussée et vous êtes un vampire, me défendis-je. Vous êtes par nature beaucoup plus fort que moi.

– Je vous ai à peine touchée, vous n'auriez même pas dû frémir sous cette poussée. Vous êtes très affaiblie.

– Je sais, dis-je en détournant la tête.

– Qu'est-ce que cela aurait de si terrible d'aller lui parler ? Je ne pense pas qu'il vous veuille le moindre mal. Et je vous protégerai : il ne vous arrivera rien, je vous le promets.

Je déglutis, incapable de le regarder en face. Si je revoyais Démétrius, j'aurais l'impression d'avoir définitivement trahi l'Organisation. Et Justin.

Comment pouvais-je trahir Justin ?

Je voulais m'accrocher à l'idée que, tant que mes contacts se limiteraient à Lorenzo et Gaspard, je resterais dans les limites d'une faute mineure. Après tout, c'était Gaspard qui était venu : moi, je n'avais pas cherché à le voir.

Mais j'avais tellement espéré qu'il le ferait, et, malgré moi, j'espérais de tout cœur qu'il recommencerait.

Et il en était de même avec Lorenzo. J'avais beau me donner bonne conscience en me disant qu'il était le seul à pouvoir me rendre la mémoire, et que nous ne discutions jamais de nos emplois respectifs, ce n'était qu'un mensonge : je lui avais accordé un accès illimité aux informations dont je disposais, alors que j'aurais très bien pu choisir un vampire moins puissant pour réactiver ma mémoire – un vampire que l'Organisation n'aurait eu aucun mal à éliminer. Une petite voix me glissa que si ma décision avait été si anodine, je ne l'aurais pas cachée à Justin et que Lorenzo et moi n'aurions pas été là tous les deux, dissimulés dans le noir.

Mais je me sentais si seule et, malgré mes vertueux scrupules, j'étais incapable de renoncer aux deux personnes qui pouvaient comprendre la façon dont je vivais. Bien sûr, Carla et Rachel étaient mes amies (il le fallait, pour que j'aie accepté de participer à un mariage), mais elles n'avaient jamais entendu parler de l'Organisation et des corbusards : elles ignoraient ce que c'était de se coucher chaque soir sachant qu'avant le matin, on pouvait vous envoyer examiner les cadavres de créatures qui n'auraient même pas dû exister.

– C'est à cause de cette ressemblance que vous refusez d'y aller, n'est-ce pas ?

Je hochai lentement la tête, puis regardai Lorenzo. Étrangement, il ne semblait pas perturbé par la couleur que prenaient mes yeux dans l'obscurité.

– Ce serait sans doute plus facile pour vous si vous saviez, non ?

– Mais, si… si jamais…, protestai-je.

– Si c'était votre père ?

– Oui, soufflai-je. Alors, moi je serais…

Je pressai les paumes de mes mains contre mes tempes. Si c'était vrai, je serais un monstre – un corbusard. Et ça, ni Justin ni Gaspard ne me le pardonneraient. Je ne pourrais plus jamais vivre parmi les humains, parce que alors, je serais *autre chose*.

– Vous êtes Saralyn Fara, affirma Lorenzo, impassible. Quoi que vous découvriez sur votre passé, ça ne changera rien à qui vous êtes. Et si vos supérieurs ne sont pas capables de comprendre ça, ils ne méritent pas que vous travailliez pour eux.

J'esquissai un pâle sourire : Lorenzo disait toujours ce qu'il fallait. Cependant, cette fois-ci, c'était loin d'être suffisant pour me rassurer.

– J'y réfléchirai, mentis-je, songeant que c'était déjà tout réfléchi et que je ne mettrais plus les pieds aux « Délices de Bacchus » – dont Démétrius avait fait son quartier général – à moins d'y être forcée.

– Bien, dit Lorenzo.

Il n'y avait aucune expression sur son visage, ce qui n'empêchait pas une contrariété très perceptible d'émaner de lui.

– Je ne comprends pas pourquoi vous avez une telle confiance en Démétrius. Vous vous êtes rallié à lui alors que vous ignorez tout de ses intentions, pointai-je.

– Savez-vous quel est le projet de l'Organisation ?

– Oui, dis-je, hésitant malgré tout. Elle sert à protéger les êtres humains des créatures surnaturelles et à garder leur existence secrète.

– Pourquoi ? Quel est son but ?

– Préserver la paix : si nous révélions votre existence, les humains céderaient à la panique. D'un autre côté, tant qu'ils l'ignorent, ils sont incapables de se défendre contre vous, ce qui nous oblige à intervenir.

– En êtes-vous certaine ? Pouvez-vous m'affirmer que ce que vous faites tous les jours a pour seul et unique objectif de préserver la paix ?

Je tiquai malgré moi, troublée. Je ne pensais jamais aux conséquences finales de mon travail pour l'Organisation : j'exécutais les ordres, un point c'est tout.

– Vous ne pouvez pas me demander de penser comme ça : mon travail, c'est toute ma vie.

– Seulement parce que vous refusez d'en faire autre chose, objecta-t-il.

Je secouai la tête. J'avais soudain des difficultés à avaler ma salive. Je ne pouvais lui expliquer ce sur quoi mon existence reposait, ce sentiment que j'avais moi-même du mal à saisir, à la fois si ténu et si profondément implanté dans mon esprit qu'il conditionnait toute ma façon de penser.

Cette certitude qu'à part la solide structure qu'était l'Organisation, tout autour de moi finirait fatalement par tomber en poussière.

– Vous ne comprenez pas, dis-je.

– Vous croyez ? riposta calmement Lorenzo.

J'avais souvent l'impression qu'il aurait dû être en colère, mais rien ne transparaissait jamais derrière son implacable sérénité et sa glaciale solitude.

– Pourquoi essayez-vous toujours de me faire douter des miens ?

Lorenzo ne répondit rien. Je sentis jusque dans mes os son regard plein de reproches et d'indulgence, qui disait que je le savais bien. Quand il posait ce regard sur moi, je me détestais d'ajouter tant de soucis à ceux qui obscurcissaient déjà son visage.

Chapitre 6

– Keryam ?

Pas de réponse. Je posai la chemise cartonnée que le médecin légiste venait de me confier sur mon bureau – encore des rapports sur les meurtres du Guillotineur. Le nom était né d'une plaisanterie vaseuse de Spencer quelques jours auparavant et lui était resté. Je soupirai : nous travaillions sur cette affaire depuis près d'une semaine maintenant, et si mes relations avec Keryam s'étaient considérablement améliorées, l'affaire n'avançait pas vraiment. Cette histoire m'inquiétait. J'ignorais pourquoi, mais j'avais un mauvais pressentiment.

Au point que l'idée que les vampires pouvaient y être mêlés m'avait sérieusement traversé l'esprit une fois ou deux.

Seulement, je ne pouvais pas en parler à Lorenzo – il ne me pardonnerait jamais de le soupçonner d'avoir laissé faire une chose pareille si ce n'était pas le cas. Et il était *impossible* que ce soit le cas. Alors, tout ce que je pouvais faire était chasser cette pensée quand j'étais avec le dirigeant vampire et espérer qu'il n'accéderait qu'à mes souvenirs anciens.

– Ah, mais qu'est-ce qu'il fabrique ? demandai-je à voix haute en regardant ma montre.

Keryam était parti « aux toilettes » près d'une demi-heure plus tôt, bien avant que j'aille chercher le dossier. Je me mordis la lèvre inférieure et sortis la moitié des documents de la chemise – il fallait les lire et les trier. À présent, toutes les patrouilles nous faisaient parvenir leur rapport dès qu'elles voyaient « quelque chose de suspect ». Après vérification, ça n'avait aucun lien avec l'affaire, ni même avec des corbusards dans quatre-vingt-dix pour cent des cas.

Keryam avait son propre bureau maintenant, et il avait enlevé son ordinateur du mien – je savourais le retour de mon espace vital avec reconnaissance. Je me levai et allai poser sa part de documents sur sa table. N'y prenant pas garde, je les laissai en équilibre instable, à cheval sur l'agrafeuse modèle de luxe en inox et la souris de son ordinateur. Toutes les feuilles glissèrent par terre, entraînant dans leur chute une boîte de trombones. Une boîte *ouverte* contenant *deux cents* trombones, bien évidemment.

Je m'agenouillai, pestant contre ma maladresse, et entrepris de les ramasser. Quand je relevai la tête, mon propre nom me faisait face, inscrit sur l'écran de l'ordinateur de Keryam, que la chute de mon dossier avait tiré de sa veille. Je posai la main sur le bord du bureau pour me redresser et commençai à parcourir le contenu du fichier intitulé « X1 ».

Saralyn Fara. Vingt-trois ans (née le 23/10). Ancienne spécialiste devenue coordinatrice de niveau trois.

Suivaient mon adresse, le nom de Gaspard Flynn et un certain nombre d'informations du même genre.

J'appuyai sur la flèche du clavier et fis défiler les pages : Justin, chef de la section delta (« spécialistes ») ; Spencer ; Emerson ; le Dr Jack Masson… Toutes les personnes que Keryam avait croisées depuis son arrivée ici et toutes celles dont je lui avais parlé étaient répertoriées. Ne sachant que penser, je rangeai distraitement ce que j'avais fait tomber sur le bureau. J'étais toujours agenouillée quand Keryam entra dans la pièce, un capuccino de distributeur à la main.

– Qu'est-ce que tu fabriques ? demanda-t-il avec un grand sourire.

– Je suis en train de me demander ce que mon cursus scolaire fait sur ton écran, répondis-je d'une voix plate.

– Oh, ça, dit-il avec une grimace. C'est plutôt embarrassant… j'ai oublié de fermer le fichier, hein ?

– En effet, confirmai-je en me relevant.

Je cherchai instinctivement la crosse de mon pistolet à ma ceinture, puis, ne rencontrant que du vide, je me souvins que les armes étaient interdites au sein du siège de l'Organisation et que je laissais les miennes à l'accueil tous les matins.

– Je sais de quoi ça à l'air, mais ce n'est pas du tout ce que tu crois, commença Keryam.

– Vraiment ? demandai-je.

J'avais l'horrible impression de ressembler à l'épouse trompée qui interroge son mari à propos de la trace de rouge à lèvres trouvée sur le col de sa chemise.

Keryam s'assit sur le bord de mon bureau et soupira.

– J'aimerais que ça reste entre nous, si c'est possible. J'ai eu beaucoup de mal à trouver un travail, et je me plais bien ici. Je sais que je n'aurais pas dû mentir au recruteur, mais sinon, j'étais certain de rester au chômage, dit-il en fixant sur moi ses grands yeux bleus innocents.

Tout comme la première fois que je l'avais rencontré, je songeai que si on comparait souvent les yeux bleus au ciel, à la mer ou à des pierres précieuses, pour moi, ceux de Keryam avaient la couleur de la glace.

– Je souffre de troubles de la mémoire, déclara-t-il.

– Tu plaisantes, là, dis-je d'une voix incertaine. Tu ne penses quand même pas que je vais croire ça ?

– Je sais que ça ressemble à une excuse bidon, pourtant c'est la vérité : en général ma mémoire fonctionne normalement, mais de temps en temps, c'est comme si un virus avait effacé une partie du disque dur... C'est pour ça que je prends des notes, au cas où je me réveillerais demain en ayant oublié toutes les personnes que j'ai croisées au cours des trois dernières semaines.

– Oh, et comment s'appelle cette maladie ? questionnai-je, plus que dubitative.

Keryam haussa les épaules. Je trouvais qu'il était très décontracté pour quelqu'un qu'on venait de prendre en flagrant délit : soit c'était un menteur professionnel, soit il disait la vérité. J'avais autant de mal à croire les deux possibilités et cette histoire commençait déjà à me fatiguer – j'avais suffisamment de problèmes sans ça et, pour une fois, j'aurais aimé ne pas avoir à me méfier de quelqu'un. En considérant les choses froidement, je devais aussi admettre que tant que ces informations restaient dans cet ordinateur, elles ne faisaient de mal à personne.

– Les médecins ne comprennent pas ce qui m'arrive. J'ai même fait des séances d'hypnose, confia-t-il avec un sourire désabusé. Crois-moi, c'est vraiment perturbant d'oublier des journées entières.

– Fais-moi confiance, je te crois, marmonnai-je entre mes dents.

– L'autre jour, j'ai encore croisé une fille dont je ne me souvenais pas du tout, continua-t-il, comme pour lui-même.

Je pensai peu charitablement qu'il ne devait pas être le seul à qui ça arrivait : d'ailleurs, je soupçonnais Gaspard de croiser un très grand nombre de filles dont il ne gardait pas le moindre souvenir.

Est-ce que je devais faire un rapport sur tout ça ? Si Justin avait été mon supérieur direct, je serais allée le voir sans me poser de questions, en tant qu'amie. En revanche, discuter avec Emerson ne m'enchantait guère. Et pour lui raconter quoi ? Que j'avais trouvé quelques noms et des renseignements que nous lui avions nous-mêmes communiqués sur l'ordinateur de Keryam ? Keryam ne serait pas renvoyé, ça non : sortir de l'Organisation était une simple chimère. Il serait sans doute seulement jugé inapte à la fonction de coordinateur et rétrogradé à un poste demandant moins de qualifications. Quoi qu'en réfléchissant bien, je voyais mal ce qui pouvait demander moins d'aptitudes que lire des dossiers et les mettre en ordre.

Et Keryam posait sur moi un tel regard...

J'hésitais, pourtant. Puis les hommes en uniforme de police me revinrent en mémoire et j'oubliai tout de sa situation.

– Veuillez nous suivre, mademoiselle.

– Mais, Stephen... Il...

– Venez avec nous, nous devons vous poser quelques questions.

Je me contorsionnai pour libérer mon bras de la prise de l'homme, refusant d'avancer et entraînée malgré moi vers le commissariat. Pourquoi personne ne faisait-il rien pour la voiture de Stephen, sagement garée dans le parking et qu'on aurait pu croire seulement à l'arrêt si les flammèches qui l'entouraient encore n'avaient éclairé par intermittence les arêtes aiguës du métal. L'engin ressemblait à un gros animal éventré et il n'y avait pas de pompiers.

À l'arrêt ?

– Non, je ne veux pas !

Ce n'est pas un commissariat – non, c'est l'infirmerie de la Maison mère. Et je sais ce qu'ils vont faire. Je ne veux pas, je veux qu'ils aillent aider Stephen – pourquoi ne font-ils rien ?

– Vous êtes sûr ? Ce n'est qu'une enfant. (La voix hésite, tergiverse, et pourtant la seringue est déjà là.) Les séquelles seront peut-être irréversibles.

Je panique, tout explose autour de moi et les souvenirs se mélangent.

Le contact de la main de Keryam me fit sursauter. Le verre qui me servait de pot à crayons se fendit dans un craquement, répandant son contenu et de petits morceaux coupants sur mon bureau, à quelques mètres de moi.

Je savais que c'était moi.

Je n'y comprenais rien, et je fixais un regard hagard sur Keryam, tandis que s'éteignait la dernière phrase de la silhouette floue : « *Quand même, ce n'est qu'une gosse.* »

– Ça va ? D'un coup tu as eu l'air très bizarre, complètement ailleurs. Et puis tout s'est mis à trembler. Est-ce que par hasard il y aurait des poltergeist par ici ? demanda Keryam.

Il me lança un sourire éclatant et j'essayai de calmer discrètement les saccades qui agitaient mes mains.

– Non, je ne crois pas. Il m'arrive d'avoir des absences. Parfois, repris-je après un silence.

– Oh. Tu t'es fait examiner par un médecin ?

– Tout va bien, je t'assure, affirmai-je. Mettons que ce sera notre petit secret : tant que tu ne dis rien, je ne dis rien.

– Sérieusement, tu vas me couvrir ? interrogea-t-il, les yeux brillants d'espoir.

Il avait l'air si inoffensif. Je n'avais pas envie de le faire renvoyer, et je n'avais pas non plus envie qu'il aille poser des questions sur le poltergeist à mes supérieurs.

– Aucun problème. Tu effaces ce fichier de ton ordinateur, tu me promets de ne pas recommencer, et comme je n'utilise jamais ton poste, sur lequel le fichier en question n'aura fait qu'une brève apparition, il n'y a aucune raison pour que je l'aie vu.

– Merci.

Il joignit les mains d'une façon très comique et sourit si largement que je doutai un instant que son visage puisse jamais retrouver son apparence initiale.

– Bon, on va à la chasse au fantôme, maintenant ?

– Au fantôme ? répétai-je.

– Ben oui, pour le tremblement de terre. Tu n'es pas curieux de savoir ce que c'était ?

– Ce sont probablement des travaux qui ont fait vibrer quelque chose. Je crois bien qu'il y en a au sous-sol, mentis-je. De toute façon, on n'a pas le temps de jouer aux détectives : on doit trouver le Guillotineur. En plus, j'ai l'impression que nos supérieurs mettent vraiment la pression sur Emerson, et je suis quasiment certaine que ça ne va pas tarder à retomber sur nous ; on a intérêt à trouver du nouveau, et vite.

Keryam acquiesça, ayant recouvré son sérieux, et nous nous mîmes au travail.

***

– Dans la salle de réunion numéro 3, aboya Emerson en ouvrant la porte de notre bureau avec tant de violence qu'elle heurta le mur.

Keryam fit un bond et écarquilla les yeux.

– T'as vu ? demanda-t-il. Il ne s'est même pas arrêté !

– On y va, dis-je, inquiète.

Joignant le geste à la parole, je repoussai ma chaise et me levai. Justin et Emerson étaient déjà dans la salle de réunion, avec une femme qu'on me présenta comme chargée du contrôle des médias. L'équipe de spécialistes de la dernière fois, et dont j'avais depuis appris qu'ils s'appelaient Katie et Joaquim, nous rejoignit quelques instants plus tard. Ils n'avaient pas l'air tellement plus à l'aise que lors de leur première visite. Je les comprenais : quand on était spécialiste, se séparer de ses armes devenait très angoissant, à la limite du manque physique. Moi-même, je n'arrivais toujours pas à m'habituer à la place vide laissée à ma taille par mon holster.

Justin fit signe à tout le monde de s'asseoir et distribua à chacun un dossier identique. J'ouvris le mien et eus la désagréable surprise de me faire dévisager par les yeux morts de deux têtes privées de corps. Leur peau était grise et leurs lèvres si exsangues qu'elles avaient pris une teinte bleuâtre répugnante. Malgré moi, je retournai la photo face contre la table avant de l'avoir réellement examinée – j'avais mal au cœur.

– Nous avons trouvé deux nouveaux cadavres il y a une heure, dit Justin. Dans *nos* poubelles, ajouta-t-il. Cette fois-ci, il n'y a plus de doute possible : c'est une déclaration de guerre.

Je sentis un long frisson remonter ma colonne vertébrale. Un goût de sang envahit ma bouche et j'avalai ma salive avec difficulté. Cette impression me poursuivait depuis longtemps, entourant chaque cadavre, planant au-dessus de chacune des escarmouches qui voyaient s'affronter le clan de Démétrius à celui des opposants, mais cette fois-ci, c'était sûr : la désagrégation de notre monde prenait sa source ici, dans cette affaire. Je n'aurais pas su expliquer pourquoi, cependant au moment où Justin mit en route l'enregistrement de la conversation des deux spécialistes avec leur informateur, ce fut comme si les fondations de l'Organisation se fissuraient soudain, menaçant de faire écrouler le bâtiment. J'eus envie de crier à Justin d'arrêter le disque et dus me mordre la lèvre inférieure pour rester tranquille.

La voix de Katie s'éleva – questionnant, offrant, menaçant... En somme, faisant tout ce qu'un spécialiste devait faire face à un informateur. Pourtant, entendre cette frêle jeune femme jouer les hommes de main avec autant d'aplomb était déconcertant. J'étais étonnée que l'informateur ait accepté d'être enregistré, à moins bien sûr qu'il n'ait pas été au courant.

Il commençait, comme tout bon marchand d'informations, par débiter des banalités sur la guerre de Démétrius. Il insistait sur les risques accrus que comportait son métier et demandait une augmentation. Rien que de très banal dans ce type de conversation, en réalité. J'écoutais l'enregistrement avec une attention angoissée, attendant d'entendre ce que je ne voulais pas savoir.

C'était ridicule. J'ignorai le contenu de cette conversation.

Pourtant, elle était bien là, cette phrase redoutée. J'agrippai brièvement le bord de la table en l'entendant, à la fois soulagée de pouvoir enfin mettre des mots sur mon impression et glacée jusqu'aux os par ce qu'ils signifiaient.

– Il y a des rumeurs chez les corbusards. Tu dois bien savoir de qui il s'agit, non? En plus, le ou les tueurs ne se cachent pas, à croire qu'ils veulent qu'on les découvre.

– Des rumeurs, ça oui, il y en a plein. Mais de toute façon, on sait déjà qui c'est, c'est pas étonnant. Pour sûr, ce sont les suceurs de sang qui ont fait le coup. Comme pendant leur grande époque – ils ont toujours dit qu'elle reviendrait.

Le reste de l'enregistrement passa sans que je fasse l'effort de m'y intéresser : je me contentais de fixer le vide en essayant d'empêcher les vitres d'exploser.

Les vampires ne pouvaient pas être mêlés à ça ! Lorenzo n'aurait jamais laissé faire une chose pareille.

– Cette fois-ci, ça me paraît clair, commenta Justin en éteignant le lecteur.

– Ce sont de simples suppositions, intervins-je. Je ne sais pas si cet informateur est fiable, mais on ne peut pas se permettre de déclarer la guerre à une communauté alliée à Démétrius sans aucune preuve. Nous risquons d'essuyer des pertes considérables pour une méprise.

– Exact, dit Justin. C'est pour cette raison qu'il va falloir me trouver du concret, et rapidement : vous laissez tomber tout ce que vous faites et vous vous concentrez exclusivement sur cette affaire. Katie et Joaquim, vous continuez les investigations de terrain ; Saralyn et Keryam, vous épluchez les dossiers et les enregistrements qu'on vous transmettra ; cherchez tout ce qui pourrait être relié de près ou de loin à l'affaire. Leda, est-ce que ça ira avec les journalistes ?

La femme en tailleur-pantalon fit la moue, accentuant les rides autour de sa bouche et de ses yeux que son épais maquillage ne parvenait pas à masquer. Quelque chose me disait que c'était le genre de personne qu'il ne fallait pas contrarier.

– Ça commence à devenir coton, se plaignit-elle. Ces sales fouille-merde finissent toujours par tomber sur nous, alors pour un quadruple meurtre, tu penses... Hier, j'ai encore intercepté des photos du camion d'une équipe de techniciens.

– Désolé, Leda, répondit Justin d'un ton conciliant. Je dirai à Spencer d'être plus prudent. Considérez que c'est une alerte maximum : donnez-vous à fond. Je veux pouvoir poser ce dossier sur l'étagère des affaires classées avant lundi prochain.

J'ôtai mes ongles des paumes de mes mains en réprimant une grimace de douleur. La crise était passée et j'avais cessé de sentir les particules du verre vibrer. Pourtant, je percevais toujours le goût de sang imprégnant leur excitation face à la perspective d'une prochaine vengeance – à eux tous qui se trouvaient assis autour de cette table.

Je serrai étroitement mes bras croisés contre ma poitrine et m'efforçai de respirer lentement : il me restait jusqu'à lundi pour trouver le coupable et empêcher les miens de se lancer dans une croisade contre les alliés de Démétrius.

Chapitre 7

À mon retour chez moi, je constatai que ma couverture, bien qu'ensanglantée, était récupérable. Cette pensée positive m'évita provisoirement de sombrer dans la dépression.

Les choses allaient mal. J'avais eu beau travailler toute la journée et jusque tard dans la soirée, les rapports continuaient de désigner les vampires comme les coupables idéaux des meurtres. Je pouvais bien être persuadée du contraire, personne ne m'écouterait. D'ailleurs, après la série de témoignages et les rapports d'autopsie, qui pointaient que les décapitations étaient survenues post-mortem, la cause du décès étant systématiquement une exsanguination préalable, j'avais moi-même du mal à garder les doutes loin de mon esprit. Seulement, s'il y avait une chose dont j'étais certaine, c'était qu'aucun vampire ne battait des cils sans que Lorenzo ne soit au courant. Malgré son apparence flegmatique, je savais qu'il était un chef de clan impitoyable, et si le tueur s'était caché parmi les siens, nous l'aurions déjà retrouvé débité en petits morceaux.

En ouvrant mon réfrigérateur, j'eus la désagréable surprise de le trouver vide. Il fallait à tout prix que je mange – si je ne reprenais pas des forces avant d'aller me coucher, je n'étais pas sûre de pouvoir me lever le lendemain. En outre, depuis ma première rencontre avec Démétrius, les meubles qui m'entouraient avaient acquis l'étrange faculté de s'ébranler dès que l'angoisse s'emparait de moi. Lorsque cela se produisait, mon énergie avait tendance à s'évaporer, et la journée avait été plutôt stressante.

Lorenzo avait raison : il aurait fallu que j'aille voir Démétrius, pour le supplier d'arrêter ça. J'ignorais dans quelle mesure il était la cause de ce qui m'arrivait, mais cela dépassait de loin mes capacités de lycaride et j'avais la terrifiante impression que mon propre corps me devenait complètement étranger. Démétrius avait prétendu que c'était seulement le stade supérieur de mon évolution naturelle, et je n'en croyais pas un mot. Quelque chose à l'intérieur de moi changeait, et chaque matin, en entendant mon réveil, je restais quelques minutes sans oser ouvrir les yeux de peur de ne pas me reconnaître dans la glace. Mais j'avais beau m'examiner sous tous les angles, rien ne m'apparaissait différent à part l'absence de mes cicatrices et, bien entendu, la mine affreuse que me donnaient mon sommeil perturbé et mon anémie chronique.

– Démétrius, qu'avez-vous fait ? murmurai-je en détournant les yeux du petit miroir du couloir.

J'allai passer un manteau et prendre un Colt avant de sortir : à cette heure-ci, je ne connaissais qu'un seul endroit où l'on me servirait rapidement de la viande crue sans poser de questions. Je m'excusai platement auprès de Jamara de le négliger autant, lui promettant de rentrer tôt, puis pris la direction du « Chat gris » dans la vieille deux-chevaux que je continuais de préférer à ma voiture de fonction rutilante, malgré les quolibets de Justin.

***

Il était tard et le restaurant était presque vide. En fait, ils refusaient probablement de servir les nouveaux arrivants à cette heure-ci, mais le patron était un ancien spécialiste et faisait toujours une exception pour les membres de l'Organisation. Comme d'habitude, le serveur me plaça à l'écart des autres clients, dans la seconde salle. Ma table était à proximité de la porte menant au sous-sol, là où le patron du « Chat gris » exerçait sa seconde activité : armurier au service exclusif de l'ORPHS.

– Merci, Harry, dis-je quand le serveur posa mon steak cru devant moi.

Il m'adressa un sourire impersonnel et quitta la pièce. Je remarquai qu'il m'avait installée de façon à ce que je ne sois pas dans l'angle de vue des clients de la première salle : il connaissait mon inaptitude à avaler quoi que ce soit en public. Au départ, la froideur polie d'Harry m'avait plutôt désarçonnée, mais à présent, je concevais son absolu manque de réaction face à n'importe quelle demande comme une des plus grandes qualités qui soient.

J'entrepris de vider mon assiette, faisant un usage maladroit des couverts, dont j'avais perdu l'habitude – je n'osais pas me saisir de la viande à mains nues et courir le risque d'être surprise me conduisant ainsi. Pour être honnête, le spectacle que j'offrais ne devait déjà pas être très ragoûtant. Je léchai pensivement le sang qui avait coulé sur ma main et soupirai. J'avais bien essayé de revenir à une nourriture plus conventionnelle, mais il n'y avait rien à faire : depuis mon évolution, tous les autres aliments paraissaient avoir perdu leurs qualités nutritives. Je n'arrivais même plus à concevoir ce dans quoi le sang n'avait jamais coulé comme quelque chose de comestible.

J'allai me laver les mains dans l'étroit lavabo en porcelaine blanche des toilettes du fond. Quand j'en sortis, Fred Reynolds, le propriétaire du « Chat gris », m'attendait, adossé à la porte dérobée qui conduisait à l'armurerie.

– Fred, dis-je. Contente de te voir.

– Salut, gamine. Tu viens de pourrir mon entrée, remarqua-t-il en fronçant les sourcils. Tu pourrais au moins avoir l'air surprise, quand je surgis à l'improviste !

– J'avais senti ton odeur, m'excusai-je en souriant. Et puis j'avais entendu le mur coulisser, aussi.

Il tiqua et ma bonne humeur s'évapora. J'avais beau le connaître depuis des mois, je savais que mes capacités le gênaient. Il n'arrivait pas à me faire vraiment confiance : je travaillais pour les mêmes personnes que lui, mais il ne pouvait me voir autrement que comme une sorte de corbusard. Certains jours, j'avais l'impression qu'il avait raison. Cependant, il était à ma connaissance l'un des meilleurs amis de Gaspard et me traitait toujours avec respect par égard pour mon ancien partenaire.

– Je ne suis pas venue pour affaire, dis-je. Seulement pour manger.

– Oui, je sais. On ne te voit plus souvent dans le coin, depuis que tu es passée du côté des gratte-papier.

Pour lui, c'était une insulte. En fait, même si ma promotion m'avait été imposée par mes supérieurs, tous ceux avec lesquels j'avais travaillé en tant que spécialiste me considéraient comme une sorte de traître. Et Fred se méfiait encore dix fois plus de moi qu'avant.

– C'est vrai, admis-je, décidant de rester civile. Maintenant, je vais rentrer. Désolée que tu te sois dérangé pour rien.

– En fait, j'ai quelque chose à te montrer.

– Oh, tu sais, il est tard, protestai-je. Peut-être une autre fois.

– Je suis sûr que ça te plaira, insista-t-il en ouvrant la porte dérobée sans se soucier de mes réticences.

Un espoir irrationnel m'envahit : est-ce que c'était en rapport avec l'affaire du Guillotineur ?

Je le suivis dans le long dédale de couloirs qui conduisait à l'armurerie, quelque part sous les cuisines du restaurant. Je ne pouvais m'empêcher de regarder ses pieds – je ne m'habituais pas au bruit métallique que produisait sa jambe gauche en heurtant le sol. À chaque fois que je voyais Fred, il me rappelait tout ce que les corbusards étaient capables de nous faire.

Échafaudant malgré moi les plus folles suppositions, je trépignais d'impatience pendant qu'il tapait le code ouvrant la dernière porte. J'en mémorisai instinctivement la combinaison, bien que cela me fût inutile, puisque Fred la changeait à chaque fois qu'il la composait devant quelqu'un.

Le battant coulissa et je balayai la pièce des yeux. Cet endroit ne changeait pas – si la marchandise était chaque fois différente, les piles d'objets entassés autour de la grande table en fer carrée produisaient toujours la même impression. Je m'approchai de la table, envahie par une sensation familière. Cette odeur…

Gaspard se releva brusquement de derrière un monceau de grimoires aux relents de moisi, me faisant pousser une exclamation de frayeur.

– Je te revaudrai ça, Fred, dit-il en adressant un sourire éclatant au gérant.

– De rien, petit. Je vous laisse, mais barrez-vous discrètement et les poches vides, OK ?

Gaspard s'esclaffa et je me contentai d'un signe affirmatif. Malgré moi, j'étais déçue : j'aurais tellement aimé que Fred me donne la clef de cette maudite affaire…

– Tu en fais une tête, commenta Gaspard.

Il s'assit sur la table et sortit un paquet de cigarettes un peu froissé de sa poche.

– Tu ne comptes quand même pas fumer ici, protestai-je. Nous sommes sous terre et les trois quarts des objets qui t'entourent sont inflammables.

Gaspard soupira et remit le paquet dans son blouson.

– D'accord, dit-il. Tu vois : je le range. Alors, explique-moi pourquoi tu fais la tête d'une gamine qui vient de trouver des soldats de plomb en ouvrant ses cadeaux d'anniversaire.

– Non, je suis seulement… surprise. Je ne m'attendais pas à te revoir aussi vite, mentis-je d'un ton hésitant.

Je m'en voulais de me montrer si blessante. Il tiqua visiblement et sa mâchoire se crispa.

– Je vois.

– Je ne suis pas certaine que ce soit très prudent, Gaspard.

– T'inquiète pas, j'ai pris mes précautions. Et Fred ne me trahirait jamais.

– Je n'aime pas non plus avoir l'impression que tu me surveilles, poursuivis-je.

– Je ne te surveille pas, je t'observe, rectifia Gaspard.

– Il y a une différence ? m'entendis-je demander avec lassitude.

– Techniquement… pas vraiment, avoua Gaspard, fixant son regard sur un mur.

Je me mis à rire. Je ne pouvais pas m'en empêcher : même si c'était probablement involontaire de sa part, Gaspard réussissait toujours à me faire croire que les choses n'allaient pas si mal que ça quand j'avais le sentiment de sombrer dans un abîme sans fond. J'ignorais comment il accomplissait ce miracle juste en étant là, à côté de moi.

– Écoute, je ne veux pas t'impliquer dans cette sale affaire, mais je crois que c'est déjà trop tard, alors autant que je te prévienne, dit-il, soudain sérieux.

– De quoi est-ce que tu parles ? demandai-je.

– La nuit dernière, j'ai été attaqué : un type est entré chez moi pendant que je dormais et a essayé de me coller une balle entre les deux yeux. Crois-moi, j'ai vraiment eu du bol qu'il n'ait pas pensé à vérifier qu'il n'y avait pas d'alarme dans ma chambre, sinon je ne serais plus là pour te le raconter.

– Tu l'as tué ? questionnai-je, les yeux écarquillés.

– Non, il a réussi à se barrer. En plus, il a foutu du sang partout sur la moquette, dit-il en secouant la tête d'un air vaguement déçu.

– Tu as une idée de qui ça pouvait être ?

– Oh lui, rien qu'un homme de main, c'est sûr. Et le commanditaire… non, aucune idée.

J'allai m'asseoir à côté de Gaspard sur la table, me mordillant nerveusement la lèvre inférieure. Tout ça n'allait pas. Pourquoi fallait-il que ça arrive *maintenant*, alors qu'il y avait déjà le Guillotineur et que je me sentais si faible que j'étais parfois tentée de me coucher par terre et de me laisser mourir ?

– Écoute, reprit-il encore, presque à voix basse. Je ne sais pas ce qui se passe exactement, et j'ai l'impression que c'est parce que j'ai été spécialiste qu'on m'en veut. Tu étais ma coéquipière, alors, il faut que tu prennes tes précautions.

– Ça ira. Je n'ai pas d'alarme, ni de piège, mais je dors déjà avec un Magnum. Et puis Jamara peut être un vrai fauve quand il veut. C'est vrai : tu devrais le voir partir à l'assaut de mon réfrigérateur quand il y a du poisson dedans, me justifiai-je devant l'expression moqueuse de son visage.

Il eut un rictus amer, puis détourna la tête et baissa les yeux. Pourtant, je devinais la teinte qu'ils avaient prise, cette couleur si sombre et douloureuse qui me donnait la sensation de voir son cœur saigner au travers. À chaque fois, cette couleur m'étreignait l'estomac jusqu'à me donner la nausée, comme si toute son angoisse s'insinuait en moi.

Il n'y avait rien que je puisse faire face à ces yeux.

– Je ne plaisante pas, Saralyn, marmonna-t-il sans me regarder.

Je me levai, songeant qu'après toutes les fois où Gaspard m'avait redonné confiance et protégée, c'était à mon tour d'essayer d'être forte. Pour lui. Alors je me plantai devant lui, le visage presque au niveau du sien. Quand il releva la tête, le trouble qui s'y lisait me chavira : c'était bien la première fois qu'il semblait douter depuis que je le connaissais.

– Ça va aller, je t'assure, dis-je. Tu n'as pas à t'en faire pour moi.

Il m'observa par en dessous et eut un pâle sourire.

– Tu sais, tu mens de mieux en mieux, commenta-t-il.

Je vacillai légèrement, accablée d'une soudaine fatigue.

– Tu devrais en parler à Justin ou à ton chef de section, conseillai-je. L'Organisation est très puissante et elle protège ses employés : je suis certaine qu'ils mettront tout en œuvre pour trouver qui cherche à te tuer, ajoutai-je avec conviction.

– Tu n'as jamais pensé…

– Quoi ?

– L'Organisation… Ça ne t'a jamais effleurée qu'on travaillait peut-être pour des corbusards, dit lentement Gaspard, semblant choisir ses mots avec circonspection.

Je sentis la stupéfaction dilater mes pupilles, et je ne pus m'empêcher de le dévisager comme s'il avait perdu la raison.

– Pourquoi ? demandai-je. Qu'est-ce qui t'a donné une idée pareille ?

– Je ne sais pas. (Il secoua la tête.) C'est juste plein de petits détails qui finissent par me faire douter de tout.

– Nous tuons des corbusards. Notre travail est de préserver la population humaine contre eux. Pourquoi des corbusards nous feraient-ils éliminer les leurs ?

– Peut-être qu'ils veulent faire un peu le ménage pour prendre le contrôle de la ville. Ça expliquerait pourquoi ils en veulent autant à Démétrius : il est venu et il leur a piqué la place.

– Si c'était vrai, ils n'engageraient pas d'humains : des corbusards seraient plus efficaces et feraient courir moins de risques de fuite, objectai-je. Sans compter que Justin ne travaillerait jamais pour des corbusards, il les déteste encore plus que toi.

– Plus que moi, hein ? dit Gaspard avec un rictus.

Je me crispai, ayant l'alarmant sentiment d'avoir manqué de tact. Mais au moins, l'odeur de tristesse lancinante avait disparu, remplacée par l'habituelle combativité colérique qui flottait autour de Gaspard.

– Il pourrait ne pas savoir pour qui il bosse. Qu'est-ce qui te fait croire qu'il le sait ? ajouta-t-il devant mon air dubitatif. Tu les as déjà rencontrés, toi, nos supérieurs ? Emerson est le type le plus gradé que j'aie jamais croisé, et c'est juste un coordinateur de niveau quatre. Donc seulement un niveau au-dessus de toi, pas vrai ?

Je levai un sourcil, étonnée qu'il soit au courant : je ne lui avais jamais parlé de ma promotion, et j'imaginais difficilement Justin l'en informer alors qu'il l'avait rétrogradé.

– J'ai mes sources, dit-il avec un sourire énigmatique. Quoi ? Ne me regarde pas comme ça : tu penses qu'on était de simples coéquipiers et que j'aurais dû me foutre de ce qui t'arrivait, tout ça parce qu'on ne bosse plus ensemble ?

Je me détendis, rassérénée. C'était enfin le Gaspard que je connaissais, et malgré son incroyable paranoïa, ce n'était pas un traître. Il se donnait beaucoup de mal pour le cacher, mais j'étais persuadée qu'au fond, c'était vraiment quelqu'un de bien.

Pourquoi Justin refusait-il de le voir ?

– Bah, c'est sûrement moi qui me fais des films. Certains jours, j'ai l'impression que le monde entier veut ma peau, fit-il finalement.

– Ne dis pas ça. Même s'ils n'ont pas tout à fait confiance, nos dirigeants n'ont rien contre toi, sinon tu serais déjà passé par la Commission. Tu es un de leurs employés et ils ne peuvent pas refuser de t'aider, dis-je avec véhémence. Et moi, je t'aiderai, si tu me le demandes, je ferai tout… promis-je avec sincérité.

Quel que soit le prix, je n'abandonnerais pas Gaspard : pour moi, il comptait autant que ma propre vie car, même quand nous ne pouvions pas nous voir, l'idée qu'il était là, quelque part dans cette ville, suffisait à me donner assez de courage pour continuer à mettre un pied devant l'autre.

Alors, il ne pouvait pas mourir.

Gaspard se mit debout d'une poussée et, avant que j'aie le temps de reculer, il me serra brusquement contre lui. Je tentai de raisonner la panique qui m'ordonnait de le repousser violemment et de pointer mon arme sur lui.

Ce comportement n'était pas normal. Il ne correspondait à rien et je ne le comprenais pas. Je sentais son sang battre si fort que je le percevais dans les moindres parcelles de mon propre corps.

Il se pencha vers mon oreille jusqu'à ce que je sente son souffle dans mon cou.

– Merci, murmura-t-il.

Puis il me lâcha sans crier gare et se dirigea vers la porte. Abasourdie, j'appuyai mes deux mains sur la table en fer, tournant le dos à mon ancien équipier.

– Je n'ai pas besoin de ton aide, dit-il. Contente-toi de faire bien attention à toi.

Il partit sans attendre ma réponse. De toute façon, j'étais incapable de parler. Je restai immobile, écoutant les pulsations erratiques de mon cœur. Ne pas céder à mon conditionnement m'avait réclamé un énorme effort : aussi affectueux qu'ait été le geste de Gaspard, pour mon instinct il correspondait à une agression pure et simple.

Ce fut alors que la porte dérobée s'ouvrit.

Le léger grincement qu'elle produisit me fit tourner le visage vers la droite. Je portai la main à mon holster, m'apprêtant à en sortir mon arme. Mais ce fut Justin qui émergea, l'air furieux, suivi de Fred qui n'en menait visiblement pas large.

– J'ai pas eu le choix, tu sais, dit ce dernier en secouant la tête avec désolation.

Ça, je voulais bien le croire : l'Organisation ne plaisantait pas avec ceux qui dérogeaient aux règles.

Si Gaspard t'approche ou essaye de prendre contact avec toi, ne serait-ce qu'une seule fois, les sanctions…

– Je n'aurais pas voulu manquer une scène si touchante, grinça Justin, dont tous les traits s'affaissaient sous l'effet de la contrariété au point de le vieillir. Tu n'as pas idée du pétrin dans lequel tu viens de te fourrer, ma petite Saralyn.

Chapitre 8

– J'étais sûr qu'il finirait par essayer de te voir, soupira Justin en allant s'asseoir sur la chaise. Mais jamais je n'aurais pensé que tu étais assez idiote pour le laisser faire, ajouta-t-il d'un ton sévère.

Il fit signe à Fred de nous laisser et celui-ci s'exécuta à reculons, visiblement déchiré entre ce qu'il considérait comme son devoir d'ancien employé de l'Organisation et l'amitié qu'il portait à Gaspard. Pétrifiée, je fixais Justin des yeux sans savoir quoi répondre. Je me sentais en colère et il y avait cet abominable sentiment de culpabilité qui ne cessait d'enfler de minute en minute dans ma poitrine.

– Tu ne vois pas ce qu'il tente de faire ?

Je secouai négativement la tête et avalai ma salive. Je me demandais ce que j'allais bien pouvoir dire.

– Il est innocent, Justin. Tu dois me croire : il le faut ! suppliai-je, abandonnant toute prudence.

– Je constate qu'il n'a pas perdu de temps. Combien de fois est-ce qu'il est venu depuis que nous lui avons interdit de t'approcher ?

– Ce n'était pas…

Je m'interrompis. Il était parfaitement inutile d'essayer de mentir. De toute façon, Justin finirait par découvrir la vérité, alors prétendre que je n'avais jamais revu Gaspard avant aujourd'hui ne ferait qu'aggraver notre cas.

– C'était la deuxième fois. La première remonte à quelques jours, avouai-je dans un murmure.

– Pourquoi ne me l'as-tu pas dit ?

– Parce qu'il serait passé devant la Commission, c'est toi qui m'as prévenue. Gaspard n'a rien à se reprocher : il est venu me parler parce qu'on l'a attaqué et il avait peur que ce soit lié à son passé de spécialiste. Il a seulement cherché à me mettre en garde.

Justin souffla entre ses dents, produisant un chuintement désagréable, et je n'eus pas besoin de ses commentaires pour comprendre ce qu'il en pensait. Gaspard avait raison : plus personne ne lui accordait la moindre confiance au sein de l'Organisation. Mais pourquoi ?

– Tu as avalé ça ?

– Bien sûr. Pourquoi est-ce qu'il m'aurait menti ?

– Pour te voir, il lui fallait un prétexte.

– Pour quelle raison se serait-il donné tant de mal pour me voir ? demandai-je.

Je me sentis rougir comme une adolescente et me maudis intérieurement.

– Il sent que le piège se referme sur lui. Il cherche désespérément des appuis chez nous pour le tirer d'affaire, et il a dû penser qu'avec ta position de coordinatrice, tu pourrais lui être utile.

– Tu racontes n'importe quoi ! m'écriai-je, envahie par la fureur. Je ne te crois pas : Gaspard n'est pas… Il n'est pas du tout comme ça !

La porte dérobée s'ouvrit d'un coup et se referma en claquant sans que personne ne vînt la pousser. Ma rage retomba instantanément et je murmurai quelque chose à propos des courants d'air qui avait peu de chances d'être crédible puisque nous étions sous terre. Justin acquiesça néanmoins sans émettre de réserve.

J'entendais une voix. Une voix d'enfant pourtant tellement remplie de menace et de détermination. D'où venait-elle ?

– C'est très dur pour toi de l'admettre, dit gentiment Justin. Mais tu le dois, pour ton bien et parce que c'est ton devoir, en tant qu'employée de l'Organisation : Gaspard n'est plus des nôtres.

– Il a prétendu qu'on s'était introduit dans son appartement plusieurs fois.

– Des ombres sont allées chez lui pour récolter des preuves de sa trahison, expliqua Justin sans ciller. J'en ai été informé.

– Mais, hier soir, quelqu'un a essayé de le tuer. Ce n'était pas nous, n'est-ce pas ?

– Non, bien sûr que non. Cependant, je mentirais si je prétendais que ça m'étonne beaucoup. Il s'est fait pas mal d'ennemis dans cette ville.

Je portai la main à mon front. Je n'arrivais pas à suivre cette conversation, c'était au-dessus de mes forces : je refusais d'entendre ce qu'il avait à dire, et il y avait toujours cette petite fille qui parlait sans que j'y comprenne rien.

Vous me détestez. Vous voulez vous débarrasser de moi, je le sais.

– Prouve-le-moi, sifflai-je en essayant de faire taire la voix. Montre-moi que Gaspard est un traître et j'arrêterai de le voir.

– Malheureusement, ça ne saurait tarder.

– Vous ne trouverez rien, affirmai-je.

– J'espère que tu as raison. Et si c'est le cas, il sera certainement réintégré et je lui ferai mes plus plates excuses.

– Tu ne vas pas le dénoncer, n'est-ce pas ? suppliai-je. Je ne veux pas qu'il passe devant la Commission, et il faut le protéger contre celui qui essaye de le faire tuer.

– Très bien, capitula Justin en haussant les épaules d'un air fataliste. Je me tairai et je vais voir ce que je peux faire pour le protéger. Mais s'il s'avère que c'est un traître, comme je le crois, ne t'attends pas à ce qu'on se montre indulgent envers lui : la sanction sera sévère, et il y a des chances pour que tu ne le revoies jamais.

– Ça n'arrivera pas.

Je déglutis et fis de mon mieux pour réduire mes doutes au silence.

Justin se leva et tapota le dessus de ma tête du plat de la main, comme si j'étais une enfant. En cet instant, je ne me sentais pas autre chose, et je n'eus pas la moindre envie de protester. Je lisais dans son regard qu'il était certain que mes espoirs seraient déçus et que ma future déconvenue l'attristait par avance. J'étais partagée entre la reconnaissance, pour la bienveillance dont il faisait toujours preuve à mon égard, et la colère de constater qu'il avait si peu de foi en mon jugement et en Gaspard, qu'il avait lui-même formé.

– Pourtant, dis-je, tu aimais bien Gaspard quand tu me l'as présenté.

– À ce moment-là, j'ignorais qui il est vraiment, tout comme tu persistes à l'ignorer. Je pensais que son séjour dans le clan des sorciers n'avait pas corrompu sa nature et c'était indubitablement un spécialiste efficace. Il semble que j'avais un peu surestimé sa force de caractère. Allons, n'en parlons plus, ajouta-t-il en levant la main pour prévenir mes objections. De toute façon, ni toi ni moi ne changerons d'avis et nous ne ferions que nous disputer pour rien. Tu as mangé ?

– Oui, dis-je. Je m'apprêtais à rentrer pour m'occuper de Jamara.

– Ah, comment va-t-il ?

Je répondis distraitement et me désintéressai des efforts de Justin pour entretenir une conversation tandis que nous remontions l'escalier vers les cuisines du restaurant. Je ne pouvais m'empêcher d'être un peu troublée par sa certitude d'être bientôt en mesure de m'amener des preuves de la culpabilité de Gaspard.

Justin s'arrêta en sortant du « Chat gris » et me tendit un mouchoir pour arrêter mon saignement de nez – il ne s'en étonnait même plus, se contentant de me recommander parfois tel médecin ou tel traitement pour remédier à cette fragilité.

Moi, je ne les abandonnerai jamais, même si pour ça je dois… Un jour viendra où vous disparaîtrez. Un jour…

La voix se tut, brusquement plongée dans les ténèbres.

***

Keryam devint livide, courut jusqu'au coin de la rue, près de l'une des bandes en plastique jaune, et se pencha en avant pour vomir le contenu de son déjeuner (des saucisses avec des haricots blancs à la sauce tomate accompagnés de café, à vue de nez). Je plongeai un regard pensif dans l'œil recouvert d'une pellicule blanchâtre resté à demi ouvert qui me faisait face. Spencer était en train d'ouvrir lui-même le conteneur dans lequel on emporterait la tête, preuve de la considération du chef des techniciens à l'égard de celle-ci.

L'équipe de spécialistes en charge de l'affaire du Guillotineur était déjà repartie. Keryam et moi nous retrouvions par conséquent seuls avec l'équipe des techniciens. Cela ne m'enchantait guère, surtout avec les coups d'œil moqueurs et les railleries que ne manquait pas de nous attirer le faible self-control de mon assistant. D'un autre côté, je ne pouvais pas en vouloir à Keryam de mal supporter le choc : cette tête déjà gagnée par la décomposition était parfaitement ignoble. Et c'était probablement le premier cadavre auquel il se trouvait confronté. Je décidai donc de faire preuve de sollicitude. Pour être honnête, la vision des chairs grises et déchiquetées à la base du cou commençait à me porter sur l'estomac à moi aussi.

– Est-ce que ça va ? demandai-je à Keryam en le rejoignant.

Il se força à se redresser à demi : il ahanait comme s'il venait de piquer un cent mètres.

– Je suis désolé, s'excusa-t-il. J'ai essayé de me retenir, mais je n'ai pas réussi… Oh, bon sang, c'est dégueulasse ! Pourquoi est-ce qu'ils nous ont envoyés ici ?

Je me posais exactement la même question, et j'espérais que Spencer aurait une réponse à me fournir.

– Eh, Fara ! lança ce dernier depuis la benne à ordures. Il paraît qu'il faut que vous examiniez ce truc avant qu'on l'embarque, alors grouillez-vous : je veux rentrer chez moi, ma femme m'attend.

– Sa… femme ? interrogea Keryam en écarquillant d'immenses yeux bleus.

– Eh oui, soupirai-je. C'est difficile à croire, mais Spencer est marié et sa femme va bientôt accoucher, alors il est autorisé à rentrer plus tôt chez lui pendant quinze jours.

– Ah… On est vraiment censés examiner cette tête ? demanda-t-il d'un air peu rassuré.

Personnellement, je soupçonnais une mauvaise blague – c'était tout à fait le genre de Spencer, de nous obliger à faire quelque chose de répugnant sans raison. Nous n'avions aucun moyen de vérifier, aussi, maintenant que nous étions sur place, nous n'avions plus d'autre choix que de nous mettre au travail.

– Allons-y, dis-je. Ne t'en fais pas.

– Alors, le freluquet, on s'remet ? demanda Spencer à Keryam, qui tentait désespérément de ne pas regarder la tête qui se trouvait devant lui.

– Ne l'ennuie pas, le réprimandai-je. Explique-moi plutôt pourquoi on est là. Tu sais très bien que les coordinateurs ne font pas de terrain : examiner les cadavres n'est plus mon boulot.

– On ne m'a pas donné d'explication, mais ils ont fait venir tous ceux qui sont chargés du dossier les uns après les autres ; ça a pas arrêté de défiler depuis qu'on a retrouvé la tête. On la cherchait depuis presque quatre jours : ce gros dégueulasse de Guillotineur n'avait pas mis le corps au même endroit. Enfin, je crois bien qu'ils pensent que vous vous foulerez plus après avoir rencontré la tête qui a décidé de faire corps à part.

Il s'esclaffa de sa mauvaise plaisanterie. Keryam scrutait fixement ses baskets blanches. Je mis des gants et inspectai la tête sans enthousiasme. Mon intérêt fut cependant rapidement éveillé : elle semblait avoir été à moitié coupée avec une lame et on avait visiblement eu beaucoup de mal à la séparer du corps. Or j'étais certaine que pour un vampire, décapiter quelqu'un à mains nues ne doit pas être plus difficile que de décapsuler une bouteille.

D'un autre côté, si le vampire était suffisamment rusé, il pouvait avoir décidé de dissimuler sa nature de cette façon.

– Keryam ? Qu'est-ce que tu en penses ? D'après l'expression qu'il a sur le visage, je dirais qu'il a eu le temps de se sentir mourir, remarquai-je pensivement. Si c'est un vampire qui l'a tué, il a dû vouloir le faire souffrir, non ?

– Peuh, ça m'étonnerait pas de la part de ces sales bestioles, cracha Spencer. On raconte même qu'ils bouffent autant la peur que le sang.

– Ce ne sont que des racontars, protestai-je.

– Va savoir. Plus rien m'étonne, depuis que je bosse ici.

Je jetai un coup d'œil du côté de Keryam, étonnée par son silence. Il avait relevé les yeux par réflexe quand je l'avais interpellé, et il paraissait à présent aussi hypnotisé par la tête qu'une souris devant un serpent. Je m'en voulus de ne pas l'avoir laissé dans la voiture, mais s'il travaillait pour l'Organisation, il devrait s'habituer à ce genre de spectacle. Ce n'était pas que ça ne me soulevait plus le cœur, ou que j'avais arrêté d'en faire des cauchemars la nuit, seulement, peu à peu, j'étais parvenue à maintenir mon masque de maîtrise de soi devant mes collègues. Généralement, je réussissais même à me retenir de vomir avant d'être rentrée chez moi.

Un œil blanc à demi fermé.

Des lèvres noires et desséchées.

Des lambeaux de chair et des os blancs dans la peau grise.

Ce n'est pas un être humain, ce n'est rien qu'une chose posée dans une benne à ordures. Ce n'est plus personne, maintenant.

– Keryam ? Ça va ?

Il tremblait. Il ne bougeait pas mais tremblait de tous ses membres, comme moi, parfois. Il était si pâle que j'eus peur qu'il ne s'évanouisse. Alors, le brouillard tomba.

Ce fut soudain et fugitif, telle une épaisse vapeur qui ne nous entoura que durant quelques instants.

– Ah, qu'est-ce que c'est que ça ? maugréa Spencer. Ces foutus corbusards auraient aussi fini par détraquer le temps ?

Je ne répondis pas, cependant j'étais d'accord avec lui : ce brouillard sentait le pouvoir, et je savais que les sorciers étaient capables de ce genre de choses.

– Keryam ?

Je posai la main sur son épaule. Le brouillard acheva de se dissiper et Keryam sortit de sa transe.

– Pardon, balbutia-t-il. Excuse-moi, je ne me sens pas bien.

– Ça ne fait rien, l'apaisai-je en lui souriant. Rentrons au Central.

Il acquiesça d'un signe de tête et poussa un profond soupir de soulagement.

– T'as raison, acquiesça Spencer. Nous, on embarque la tête et on se casse. Ce brouillard ne me dit rien qui vaille, surtout en ce moment.

Un avertissement ? Oui, c'était ce à quoi ils pensaient tous, et ils remballèrent à une vitesse impressionnante pendant que Keryam et moi regagnions la voiture.

***

– Je suis lamentable, hein ? gémit Keryam. Tu étais tellement calme, et moi, j'ai complètement paniqué.

– Ne t'en fais pas, le rassurai-je. J'étais pareille il y a moins de trois mois.

– Vraiment ? demanda-t-il, visiblement rasséréné. J'ai dû avoir l'air bizarre, non ? C'est comme ça depuis que je suis tout petit, j'ai des crises d'angoisse qui me paralysent complètement. Je fixe le vide et j'ai beau essayer de me ressaisir, je n'y arrive pas. Ça faisait très peur à Susan, quand j'étais gosse, ajouta-t-il pour lui-même.

– Susan ?

– Ma mère adoptive. J'ai vécu chez elle à partir de mes neuf ans. Elle est morte l'année dernière.

– Oh, je suis désolée, dis-je. Je n'aurais pas dû demander.

Il secoua la tête et sourit. Je me fis la réflexion qu'il avait dû être un très bel enfant : je comprenais qu'il ait été adopté, alors que moi… Moi, je n'étais qu'une gamine trop maigre aux yeux effrayants dont personne n'avait jamais voulu.

– Tu n'as pas dû rester longtemps à l'orphelinat, commentai-je.

– Non. En fait, je ne m'en souviens même pas. Comment tu le sais ?

– Les enfants blonds aux yeux bleus partaient toujours les premiers, expliquai-je, regardant fixement la route qui défilait devant la voiture. Moi, je détestais les jours de présentation, parce que personne ne venait jamais me voir. Je suppose que c'est normal : j'étais déjà trop âgée pour être adoptée quand je suis arrivée à l'orphelinat.

Keryam sembla surpris, mais garda le silence. Je croisais rarement des gens qui avaient vécu la même chose que moi et c'était étrange de penser que ce garçon toujours si gai avait connu, ne serait-ce qu'un moment, les mêmes couloirs gris aux odeurs de désinfectant.

– Tu te souviens de tes parents, toi ? me demanda-t-il.

– Non, répondis-je en secouant la tête.

– Ils sont morts ?

– Je ne sais pas. Sûrement, dis-je sans conviction. Et toi ?

– Une nuit, il y a eu un incendie dans la maison. Je dormais chez un ami, mais mes deux parents sont morts dans leur sommeil. Enfin, c'est ce qu'on m'a raconté, parce que je ne me rappelle pas grand-chose.

Je rentrai au Central avec Keryam et nous nous remîmes au travail. Je ne pouvais m'empêcher de ressentir de la sympathie mêlée d'une sorte d'amertume quand je pensais à mon nouvel assistant. Nous avions certains points communs, pourtant sa supériorité sur moi était évidente : le fait d'être orphelin ne l'avait pas empêché de vivre une enfance heureuse et il possédait au moins la certitude que les siens ne l'avaient pas abandonné.

Je décidai donc de mettre sur le compte de la jalousie les doutes que j'avais entretenus à son sujet et de ne plus repenser à la drôle d'idée qui m'avait traversé l'esprit quand la brume s'était abattue sur nous.

Parce que, sur le moment, j'aurais juré que c'était de Keryam qu'elle émanait.

Chapitre 9

Chaque matin, au moment d'éplucher la pile de documents qui se multipliaient miraculeusement pendant la nuit sur mon bureau, les battements de mon cœur s'accéléraient jusqu'à troubler ma vue. L'idée que je puisse un jour y trouver un dossier contenant la preuve que Gaspard était passé de l'autre côté m'obsédait, et j'éprouvais les plus grandes difficultés à me concentrer sur l'affaire du Guillotineur.

Et si ce jour arrivait, pourrais-je vraiment blâmer Gaspard, moi qui avais rencontré Démétrius sans avertir mes supérieurs et qui avais laissé à Lorenzo un accès à toutes les informations dont je disposais ?

Nous étions jeudi et notre affaire n'avançait pas. Keryam en faisait beaucoup, probablement conscient de mes difficultés à me mettre au travail. Depuis ma dernière séance avec Lorenzo, davantage de souvenirs me revenaient en mémoire. S'ils étaient incohérents et sans aucune signification pour moi, ils détraquaient visiblement mon organisme : il n'y avait pas un jour sans qu'ils ne provoquent saignements et tremblements. Je venais juste de passer dix minutes à vomir le contenu de mes artères dans les toilettes du troisième étage, tout ça pour une vision déformée de l'agression qui avait scellé mon entrée dans l'Organisation. Bizarrement, je me souvenais bien de l'homme, de son étrange démarche d'ivrogne et de la neige qui tombait, mais son arme semblait avoir disparu. Pourtant, le couteau était bien là, puisque je l'avais moi-même utilisé pour le poignarder.

J'appuyai mon front contre ma main, découragée: tout ça ne menait à rien. Je travaillais sur mes souvenirs depuis des semaines, et l'ensemble me semblait de plus en plus confus.

Keryam était encore sorti, aller faire des photocopies ou je ne sais quoi. Je contemplai d'un air morose son tas de dossiers classés, infiniment plus impressionnant que celui qui recouvrait mon bureau. Et je savais qu'il avait pris une partie des miens sans me le dire, pour ne pas me vexer. Ce garçon était vraiment d'une perfection écœurante.

Plus déprimée que jamais, je tentai de me plonger dans la lecture du rapport d'autopsie de la quatrième victime. Je l'avais déjà lu et relu, mais il n'y avait rien à faire: ça ressemblait au casse-croûte d'un vampire, maquillé en meurtre sacrificiel.

Après tout, c'était peut-être ça. Peut-être qu'un vampire avait complètement perdu l'esprit et que Lorenzo n'était pas au courant. Dans ce cas, il pourrait toujours régler l'affaire en interne sans que nous ayons à intervenir. Si seulement il l'avait fait plus tôt… Je m'imaginais difficilement proposant à mes supérieurs de mettre le dirigeant vampire de cette ville au courant de notre enquête pour qu'il nous débarrasse du problème.

Keryam fit irruption dans la pièce, me tirant de mes pénibles réflexions.

– Saralyn, viens ! Ils l'ont attrapé !

– Quoi ? Qui ça ? demandai-je en me levant.

– Le Guillotineur. La patrouille qui l'a eu est déjà dans le parking, elle l'emmène en salle d'interrogatoire.

Il trépignait d'impatience, tel un enfant qui attend le lever du rideau pour voir ce que le magicien va sortir de son chapeau. Et je devais avouer que j'étais également assez curieuse de le découvrir. Je me précipitai à sa suite dans les escaliers, vers le hall. Ce n'était évidemment pas l'entrée qui apparaissait de l'extérieur du bâtiment : il n'y avait que les petits employés qui passaient par la porte principale, et on ne risquait pas de faire entrer un corbusard menotté par là.

Tous ceux qui avaient participé à l'enquête étaient présents. Je me rapprochai instinctivement de Justin pour avoir des précisions, mais le temps que je le rejoigne, le suspect sortait de l'ascenseur, escorté par Katie et Joaquim. Ceux-ci furent presque immédiatement congédiés et remplacés par des employés « de l'intérieur » beaucoup plus gradés qu'eux. Ils ne remettraient sans doute pas de sitôt les pieds au Central.

Je n'eus pas besoin d'examiner le suspect de très près pour savoir que c'était un vampire : sans comprendre comment, je ressentais sa nature jusqu'aux tréfonds de mes os. Il protestait d'une voix balbutiante et avait l'air terrorisé.

À sa place, je ne l'aurais pas moins été.

– Et voilà, soupira Justin, vaguement mélancolique, comme je te l'avais dit. Maintenant, il n'y a plus qu'à le faire avouer.

– Vous êtes certains que c'est lui ? demandai-je, dubitative.

La pauvre créature jetait des regards de bête traquée de tous côtés. Créature, c'était le nom qui me venait à l'esprit devant l'expression de son visage : celle de l'animal pris dans la lumière des phares qui comprend qu'il va mourir et qui reste paralysé, incapable d'éviter la voiture.

C'était une étrange pensée concernant un vampire, mais il me semblait malade.

– On l'a pris en flagrant délit. Évidemment, il nie. Ils nient tous, dit Justin, contemplant le vide d'un air absent.

– Justin ?

Il me regarda. Le vampire disparaissait déjà dans le deuxième ascenseur qui allait vers les cellules du sous-sol.

– Je peux assister à l'interrogatoire ?

Il parut très surpris et réfléchit un instant.

– Tu n'as pas le droit de descendre, ton grade n'est pas suffisant. En revanche, tu peux suivre ce qui se passe sur l'ordinateur de mon bureau, si tu veux.

– Oui, j'aimerais bien, dis-je.

– Ça risque de ne pas être très agréable à regarder, me prévint-il.

Je hochai la tête mais ne reculai pas. L'idée ne me plaisait pas tant que ça, néanmoins, je voulais en avoir le cœur net.

– Tu sais, il n'avouera sans doute pas dès le premier interrogatoire, ajouta Justin en allumant l'écran. Moi, je vais descendre pour surveiller tout ça de plus près.

J'acquiesçai et observai la salle d'interrogatoire vide. C'était une simple pièce bétonnée, petite mais assez propre, où ne se trouvaient qu'une table et quatre chaises. Il y avait aussi une vitre opaque sur le mur de droite. Je supposais que Justin se tiendrait derrière elle pour assister à l'interrogatoire, puisqu'à ma connaissance, il n'avait pas les attributions nécessaires pour en conduire un. Après tout, son domaine, c'était le terrain.

La scène qui suivit l'entrée du vampire et de l'équipe spéciale d'interrogatoire me mit mal à l'aise au point de me donner la nausée. Je ne pouvais me résoudre à détacher les yeux de l'écran, cependant le désir de quitter le bureau de Justin en refermant la porte derrière moi devenait plus fort à chaque seconde. J'en venais à souhaiter n'avoir jamais demandé à voir ça.

Le vampire s'appelait Will Sanders et sa panique me transissait d'horreur malgré la distance qui nous séparait. J'avais l'impression que la peur qui enflait en lui à chaque nouvelle question grandissait à l'intérieur de mon propre corps, étreignant ma gorge et mon estomac.

La même question, encore. Encore et encore, semblant devoir revenir indéfiniment jusqu'à ce que le peu de courage qui lui restait disparaisse.

Ton maître t'a-t-il demandé de tuer ces gens ?

– Non, non, non. Je n'y suis pour rien. Je vous dis qu'il était déjà mort !

– À qui tu veux faire croire ça ? demanda l'un des hommes en costume. On t'a trouvé en train de boire le sang de ce type.

– En plus, j'aurais pas dû, marmonna le vampire, se tassant un peu sur lui-même comme sous l'effet d'un violent mal au cœur.

L'interrogatoire continua ainsi durant près d'une demi-heure sans qu'on avance d'un pouce. J'appris à cette occasion qu'on avait déjà interrompu plusieurs agressions dues à des vampires au cours des derniers jours, ce que Justin me confirma par la suite. Je me souvenais effectivement avoir vu quelques cas dans les dossiers, mais rien d'alarmant. Il me revint alors en mémoire qu'en réalité, c'était *Keryam* qui s'était occupé de la majorité des dossiers : il était logique que ça m'ait échappé.

Je commençai à mordiller une mèche de mes cheveux, observant la scène qui se déroulait devant moi avec fatalisme: il n'y avait rien que je puisse faire pour arrêter la cadence infernale des questions. On accusait Will Sanders des meurtres, on lui demandait si Lorenzo y était mêlé, si c'était une déclaration de guerre contre l'Organisation, et il niait tout en bloc. L'un des hommes insinua même qu'il n'était qu'une victime, un simple pion de son dirigeant, et que s'il avouait, on serait sûrement indulgent avec lui. Mais cette tentative de négociation échoua comme le reste. Je remarquai que Will Sanders paraissait de plus en plus mal. S'il jouait la comédie, ainsi que les membres de l'équipe d'interrogatoire avaient l'air de le penser, il était vraiment doué.

– Pourquoi vous vous embêtez ? finit par demander Sanders. De toute façon, on sait tous ici que vous allez me tuer: ce que vous cherchez, c'est seulement un prétexte pour attaquer notre clan.

L'homme qui se trouvait devant lui et qui semblait être le chef d'équipe le considéra longuement en silence. Je fis de même, pensant que si j'arrivais à individualiser suffisamment Will Sanders, à donner des traits à cette angoisse, alors je parviendrais peut-être à m'en débarrasser. Ainsi que la plupart des corbusards, il me sembla de prime abord sans visage: c'était un être parfaitement lisse, transformé par le pouvoir de façon à n'avoir ni âge ni défaut. En exerçant mon œil, je finis pourtant par distinguer l'individu sous le masque – c'était une chose que la fréquentation des corbusards m'avait appris à faire. Will Sanders avait une mâchoire volontaire, très probablement d'origine, et des yeux de chat dont l'étrange couleur dorée était fascinante sans être aussi profonde que le noir insondable de ceux de Lorenzo. Cette particularité physique était sans doute due au pouvoir. Sinon, à première vue, c'était un jeune homme svelte aux traits délicats, pour ne pas dire efféminés. On lui donnait moins de trente ans, même si la puissance qui émanait de lui trahissait une existence quatre ou cinq fois plus longue.

– Qu'on l'emmène en cellule, dit finalement l'homme. Ne te crois pas tiré d'affaire : on recommencera plus tard, monstre.

On fit sortir Will Sanders de la pièce et je déconnectai le lien de l'ordinateur de Justin avec la caméra du sous-sol. Quelque chose ne tournait pas rond dans cette affaire : je n'arrivais pas à croire que cet être, qui tremblait de peur devant nous, soit le Guillotineur. Par ailleurs, le fait qu'un vampire aussi ancien se soit fait prendre couvert de sang en train de mettre un cadavre dans une poubelle à deux rues de l'Organisation me laissait dubitative. Soit il était extrêmement sûr de lui, ce qui ne semblait pas évident, soit il était idiot.

Je fis part de mes réserves à Justin, mais il n'y prêta aucune attention : il avait son coupable et, visiblement, c'était tout ce qui lui importait.

En outre, les vampires n'étaient-ils pas tous coupables de quelque chose ?

Chapitre 10

J'abandonnai ma voiture avant d'avoir atteint le Quartier Rouge : il y avait trop de circulation à cette heure-ci. Je marchais rapidement, rasant les murs et la main déjà posée sur la crosse de mon Magnum. Il était rare que les corbusards attaquent en plein jour, d'autant qu'ils connaissaient trop le prix du sang pour s'en prendre à un membre de l'Organisation sans raison. Cependant, nous étions en guerre, et le Guillotineur rôdait sans doute toujours.

J'observai un instant les gens pressés qui encombraient les rues, me demandant quelle serait leur réaction s'ils découvraient ce qu'ils côtoyaient. D'abord, ils paniqueraient. Mais ensuite ? Organiseraient-ils des chasses au monstre ? Enfermeraient-ils les corbusards dans des cages exiguës pour conduire de douloureuses expériences ? Nous sommes parfois si cruels envers ce qui nous effraie.

Il y avait de moins en moins d'humains au fur et à mesure que j'approchais du quartier vampire ; principalement composé d'établissements nocturnes, il n'attirait guère de monde dans la journée. J'accélérai encore le pas en passant devant les petites ruelles entremêlées qui marquaient l'entrée du secteur 6, royaume de Gabriel, le dirigeant des gargouilles.

Les corbusards avaient reproduit le schéma qui gouvernait Edencity depuis des siècles : un système de ghettos bien délimités. Les humains avaient leur quartier de pauvres, d'usines, ou d'artistes, et les corbusards s'étaient répartis en six zones suivant leur nature. Jamais personne ne se risquait à bousculer l'ordre établi, chez nous comme chez eux.

Tout à coup, alors que les « Délices de Bacchus » étaient déjà en vue, je m'arrêtai. Qu'est-ce que j'étais en train de faire ? Si Justin apprenait que j'étais venue, il perdrait la confiance qu'il avait encore en moi.

Et Démétrius. Que se passerait-il si Démétrius était ici ?

Je considérai l'établissement avec incertitude, prête à rebrousser chemin. Un mois ou deux plus tôt, c'était probablement ce que j'aurais fait, mais les choses avaient changé. Je croyais avoir réussi à changer un peu, moi aussi. La peur n'avait pas disparu, loin de là, et à chaque fois que je croisais l'un des *leurs*, mes doigts se contractaient spasmodiquement sur la crosse de mon arme. Pourtant, je refusais de fermer les yeux en attendant que mes supérieurs ordonnent l'exécution de Cal et Lorenzo, même si pour cela je devais désobéir aux ordres et affronter le plus puissant des corbusards de cette ville.

J'essuyai mes mains moites contre mon jeans. Je ne pouvais pas rester sans agir, sinon je me détesterais jusqu'à la fin de mes jours. Et puis, j'allais seulement me renseigner pour éviter à mes supérieurs de commettre une erreur au sujet de Will Sanders, ce n'était pas comme si je les trahissais.

N'est-ce pas ?

J'eus un mouvement de colère en pensant que si Justin et Emerson m'avaient écoutée, je n'aurais pas eu à me mettre dans une telle situation. Je chassai ces considérations inopportunes loin de mon esprit : Lorenzo me dirait exactement ce dont il retournait, et je serais en mesure de prendre une décision. Reporter mon cas de conscience à plus tard me soulagea, et je me remis en marche.

Le bar était fermé. Intriguée, je collai mon visage contre la vitre. Le rideau était tiré et me bouchait la vue. Je n'avais jamais trouvé porte close auparavant : les « Délices de Bacchus » étaient très fréquentés, tant par les vampires que par des humains ignorant tout de la véritable composition des bloody mary qu'on y servait.

D'un autre côté, je n'étais pas venue depuis un moment, et la présence de Démétrius avait certainement dû nuire à la réputation de l'endroit. Je levai les yeux et observai l'enseigne qui se balançait doucement, produisant un grincement presque inaudible – une grappe de raisin suspendue au-dessus d'une coupe, quoi de plus banal pour un bar ? Pourtant, le liquide qui remplissait la coupe était beaucoup trop rouge.

Je fis jouer la poignée de la porte d'entrée, puis frappai quelques coups secs contre le battant. Personne ne me répondit, et je perçus des bruits étouffés venant de l'intérieur.

Cal avait peut-être des ennuis – les informateurs de l'Organisation en avaient souvent. Il était fidèle à son clan, plus que la plupart des autres vampires, et, s'il avait eu le choix, je suis certaine qu'il ne nous aurait jamais aidés. Mais nous le tenions, comme tous les autres.

Le bruit se répéta, plus pressant, et un cri bref s'éleva de l'autre côté du mur. J'aimais bien Cal, cependant je ne pensai alors qu'à une chose : s'il mourait, Lorenzo serait seul – seul face à ses sujets qui le détestaient et le méprisaient, seul face au reste du monde.

L'odeur du sang et de la mort me frappa soudain de plein fouet. Je crispai un peu plus les doigts sur la crosse de mon arme et reculai, résistant au besoin de gronder sourdement.

Cinq innocents vidés de leur sang puis décapités.

Les vampires sont des bêtes sauvages.

Qu'est-ce qu'il y avait de l'autre côté de la porte ? Après tout, c'étaient des vampires, et je ne savais pas quelle emprise Démétrius exerçait sur eux.

Finalement, l'inquiétude l'emporta sur la peur, et je me mis à courir en quête d'une seconde entrée. Je longeai le bar, n'écoutant que le bruit de mes semelles sur le pavé. Derrière, une ruelle étroite était bordée par le mur qui entourait l'arrière-cour des « Délices de Bacchus ». Il y avait une porte, mais elle était également fermée à clef, et je ne voulais pas ameuter tout le voisinage en faisant sauter la serrure. Je repoussai donc une poubelle en acier inoxydable et montai dessus. Une fois arrivée en haut du mur, je sautai de l'autre côté avant d'avoir eu le temps de regarder le sol.

***

Mes genoux encaissèrent le choc sans trop protester. Je me relevai et observai les alentours, essayant d'arrêter le tremblement nerveux qui me parcourait spasmodiquement. C'était une charmante petite cour, parsemée de pots de fleurs et de jardinières bien entretenues – vraiment pas ce à quoi je m'attendais de la part de Cal. Je secouai la tête pour chasser ces pensées parasites, et sortis mon arme avant d'ouvrir la porte qui donnait sur le bâtiment. Je la laissai entrebâillée et restai un instant sur le seuil, attendant que ma vision se soit adaptée à l'obscurité. C'était la cave. Je distinguais plusieurs réfrigérateurs, des fûts posés pêle-mêle sur le sol bétonné et des rangées de bouteilles couvertes de poussière. Il n'y avait rien de vivant dans cette pièce, et je ne ressentais pas le pouvoir écrasant de Démétrius. Rassurée, je m'enfonçai dans l'atmosphère étouffante.

Je passai le plus loin possible de la chambre froide, me doutant qu'il s'agissait de la réserve de sang. Je frissonnai ; est-ce que celui des nôtres s'y trouvait aussi, au milieu du sang de bœuf ? Je me collai contre le mur : son contact humide était réconfortant.

À l'autre bout de la cave, quelques marches remontaient vers la salle principale du bar. Je pris une grande inspiration et pointai mon arme devant moi avant d'ouvrir la porte d'une poussée. Mon arrivée provoqua un mouvement de panique – la lumière s'éteignit brutalement, et des bruits de bousculade résonnèrent un peu partout. Aveuglée par le soudain changement de luminosité, je reculai d'un pas. Avant même que je n'aie eu le temps de parler, un bras s'était refermé sur ma gorge. Le souffle coupé, je lâchai mon pistolet. Le vampire approcha son visage de mon cou. Son haleine aigre m'emplit les narines : il avait faim.

– Sale pourriture, murmura-t-il. Vous ne nous aurez pas, cette fois.

– Cal, gargouillai-je, au désespoir.

Je n'avais plus d'air et il n'avait nulle envie de m'entendre – il était tellement affamé que ça en devenait palpable.

Ne voyant pas d'autre issue, je fermai les yeux et rassemblai mes forces pour sortir le poignard de ma manche. Mes doigts me paraissaient faibles. Je dus faire un violent effort de volonté pour réussir à les refermer sur l'arme et la faire glisser hors de son étui. J'enserrai le manche de mes deux mains et abattis le poignard dans le bras du vampire. Il me lâcha avec un grognement de douleur, cherchant à arracher la lame de sa chair. Je fis un bond de côté et appuyai sur l'interrupteur – des points noirs dansaient devant mes yeux. Encore suffocante, je demeurai immobile tandis que Cal se tournait vers moi. Je fus frappée par la pâleur cadavérique de son visage et la fatigue qui marquait ses traits.

– Je suis désolée, mais tu ne m'as pas laissé le choix, dis-je en indiquant son bras ensanglanté. Encore une chance que tu aies voulu me faire souffrir avant de m'achever, sinon je n'aurais pas eu l'occasion de te dire bonjour, ajoutai-je avec un rire tremblant.

– Saralyn ? Qu'est-ce que tu fiches ici ? demanda-t-il, l'air complètement abasourdi.

Je cherchai à évaluer la situation d'un rapide coup d'œil: six hommes étaient allongés par terre. L'un d'entre eux rampa jusqu'à Cal et lécha le sang tombé sur le sol avec une avidité répugnante. Tous mes sens se mirent en alerte, et mes muscles se contractèrent brutalement. Je reculai et laissai échapper un grondement menaçant – sept vampires, sept vampires affamés et un seul animal à sang chaud : moi. Sans même réfléchir, je me baissai pour ramasser mon pistolet et me relevai, le dos contre le mur. Étonnée, je contemplai l'arme serrée dans mon poing, le canon déjà tourné vers mes cibles potentielles. Puis, ne sachant que faire, je la baissai.

– Conditionnement, hein ? s'enquit Cal.

– Oui. Parfois, ça prend le dessus, répondis-je.

Je rangeai le Magnum dans son holster malgré la désagréable sensation que j'étais en train de faire une grave erreur.

– Qu'est-ce qui s'est passé ?

L'un des vampires étendu à mes pieds releva à moitié la tête, puis la laissa retomber sur le sol, pantelant. Du sang gicla de sa poitrine, et il se tordit dans tous les sens pour en laper la moindre goutte.

Un animal.

Un animal mourant, pitoyable et écœurant.

Je me tordis nerveusement les mains, partagée entre le désir de lui venir en aide et celui de fuir. Épuisé, le vampire se laissa finalement aller sur le dos et passa sa langue sur ses lèvres. Cal s'était écarté des corps recroquevillés – sa mâchoire se crispa, et je le vis enfoncer ses ongles dans le bois du comptoir.

– Encore une descente de renégats. Ils préféreraient crever plutôt que de se soumettre à Démétrius, dit-il en tournant vers moi son regard vitreux. Mais en attendant, c'est nous qui crevons, et crois-moi, on tiendra pas longtemps.

– Est-ce que ça va ? l'interrogeai-je avec inquiétude.

– Ouais, c'est… c'est juste le sang… l'odeur, tu vois…

Un tic nerveux contracta son visage. Il mourait de faim, je le ressentais jusqu'au plus profond de mon estomac, et il avait de plus en plus de mal à se contrôler. Je le pris par le bras et l'attirai à l'écart, espérant l'aider à retrouver un semblant de calme.

– T'en fais pas, je ne vais pas me jeter sur toi pour t'égorger, même si je dois avouer que c'est pas l'envie qui m'en manque, dit Cal.

Il laissa échapper un gros rire qui ressemblait plutôt à une quinte de toux à mes oreilles et je me crispai malgré moi, me demandant dans quel pétrin je venais encore de me mettre.

– Le maître m'a chargé de te protéger quand tu es dans le coin, reprit-il d'une voix hésitante. Tu peux être tranquille :

il m'a prévenu que s'il t'arrivait quoi que ce soit, je regretterais d'être né. Ce n'est pas le genre de personne qui fait des promesses à la légère, alors crois-moi, j'aime mieux crever de faim que de laisser l'un des miens porter la main sur toi. En plus, je t'aime bien, ajouta-t-il après une pause.

Je fis un effort pour répondre à son sourire. Moi aussi, j'éprouvais une certaine amitié pour Cal, même si j'en étais la première étonnée. Cependant, l'ordre que Lorenzo lui avait donné m'ébahissait davantage encore : il me faisait protéger, moi, *l'ennemi* – un membre de l'Organisation.

– Les autres clans vous attaquent ? questionnai-je, trouvant plus prudent de changer de sujet.

– Pas seulement. Les sorciers et les nécromanciens ne sont pas fiables. On soupçonne beaucoup de monde mais on n'arrive pas à les coincer, répondit Cal en se rembrunissant. On en a pris un il y a quelques jours, et il est mort sans qu'on en ait tiré quoi que ce soit. Fais-moi confiance : quand on les aura repérés, ils payeront cher chaque vie, très cher.

Un des blessés eut une sorte de convulsion. Il devint livide et ses yeux s'exorbitèrent. Il n'avait aucune plaie visible.

– Est-ce qu'ils survivront ? demandai-je.

Je détournai le regard. Il avait l'air tellement… jeune. Je savais que ce n'était qu'une apparence et que, même si je ne sentais pas beaucoup de pouvoir en lui, il avait dans les cinquante ans. Pourtant, à le voir, c'était presque encore un adolescent, et la souffrance que je lisais dans ses traits déformés par l'épuisement me bouleversait plus que je ne l'aurais voulu.

Cinq innocents… ils deviennent de plus en plus agressifs, intenables…

Cal restait silencieux, absorbé par la contemplation des veinures du bois. Il tenta une grimace qui ressemblait à un sourire. Je remarquai qu'une de ses dents de devant était ébréchée.

– Ce sont des plaies internes ? interrogeai-je.

– Ouais, les sorciers nous tuent comme ça. Ces salopards sont puissants et ils ne se salissent jamais les mains. Le pouvoir se bat pour eux, et nous… on n'a plus qu'à nous vider sur le trottoir.

– Est-ce qu'ils survivront ? demandai-je de nouveau.

– Ils pourraient, mais pas aujourd'hui, dit Cal d'un ton las.

– Pourquoi ?

– Parce qu'il faut du sang et qu'on n'en a plus.

– Quoi ? Mais… et les réserves ?

– On n'a plus de réserves… terminé. On n'a plus une goutte de ce foutu sang, et on est tous en train de crever de faim, martela-t-il, presque comme s'il essayait de s'en persuader. Nous, on tiendra encore un moment, mais eux… pour eux, c'est fini.

Je songeai que, depuis que je le connaissais, Cal n'avait jamais eu l'air aussi triste et découragé. J'avalai ma salive et fixai mes yeux sur le tatouage bleu qui ornait son avant-bras droit, pour ne plus voir les soubresauts qui tordaient les corps sur le plancher et le sang qui paraissait suinter par tous les pores de leur peau.

Je n'osai pas poser de questions, cependant quelque chose m'échappait : comment les réserves avaient-elles pu disparaître ? Pour ce que j'en savais, c'était très bien organisé, et personne ne me ferait croire que les vampires chargés du ravitaillement étaient en grève. Au moins, cette famine expliquait le comportement agressif des vampires – car d'après les rapports que j'avais consultés, Justin avait raison sur ce point : l'accroissement du nombre d'agressions dans ce secteur du Quartier Rouge au cours de la semaine écoulée était réellement inquiétant.

Et je doutais que cet élément nouveau milite en faveur de Will Sanders.

– Je peux faire quelque chose ? demandai-je, surmontant mon dégoût.

– À part les laisser te bouffer ? Non. Le maître devrait pas tarder, il va faire le nécessaire, répondit-il avec un geste explicite.

Le nécessaire. Comment avait-on pu en arriver là ?

– Ce n'est pas possible, il doit y avoir une autre solution, protestai-je. Combien de sang faudrait-il ?

– À peu près un litre chacun, répondit Cal en secouant la tête. De sang *humain*, précisa-t-il. Plus qu'un humain vivant ne peut donner, enfin, je veux dire : encore vivant à la fin de l'opération. Même en le vidant complètement, ce serait limite.

– Mais, le passeur…

– Il n'y a plus de passeur, dit une voix dans mon dos.

Je sursautai, mais ne me retournai pas : dans un climat aussi menaçant, mon corps ne m'obéissait plus vraiment. Cal se figea et courba servilement la tête. Je remarquai que la plaie de son bras ne s'était pas encore refermée – depuis combien de temps n'avait-il pas mangé ?

– Maître, dit-il.

Lorenzo apparut dans mon champ de vision – il se déplaçait si vite qu'il semblait se téléporter. Je trouvais ça terrifiant. Il engloba les silhouettes tordues d'un regard froid et se tourna vers moi. Je remarquai immédiatement qu'il était nettement plus imposant ici, sur son territoire, que lors de nos rencontres en tête à tête : d'un coup, je me sentais affreusement insignifiante face à lui.

– Vous me cherchiez ? demanda-t-il.

– Non, me défendis-je par réflexe.

J'éloignai ma main de mon poignard, que Cal avait posé sur le comptoir, et essayai de décontracter les muscles de mes épaules.

– Oui, avouai-je finalement.

Cal avait reculé vers le fond de la salle. Il était de notoriété publique qu'il renseignait les spécialistes – Gaspard n'était pas du genre à se cacher – cependant, qui pouvait savoir comment son maître réagirait en le prenant sur le fait ? Mais Lorenzo ne lui prêtait aucune attention. Il parut percevoir ma nervosité et se plaça en face de moi, de façon à ce que je puisse surveiller ses mouvements. Cela me détendit, même si je n'ignorais pas qu'il bougeait trop rapidement pour que j'aie une seule chance contre lui.

– Pardon, dis-je, ne prenez pas ça pour vous : c'est la situation qui…

– Je comprends. Ça n'est pas grave, m'assura Lorenzo.

Je jetai un regard hésitant sur les vampires allongés à mes pieds. Justin m'avait interdit de parler de l'affaire devant quiconque, et je voulais limiter ma trahison à Lorenzo.

– Ne vous inquiétez pas d'eux, ils seront morts avant demain, dit Lorenzo.

– Je suis là à propos de Will Sanders, commençai-je d'une voix mal assurée.

– Will ? demanda Lorenzo, l'air très étonné.

– Vous le connaissez personnellement, dis-je, embarrassée.

– Oui, c'est à lui que je délègue la plupart des tâches que je n'assume pas moi-même. Il est venu vous voir ?

Il fronça les sourcils, semblant passablement contrarié.

– Pas exactement.

Je réprimai un soupir de soulagement. L'expression de confusion qui avait envahi son visage causait en moi une chaude euphorie : Lorenzo ne savait rien.

– Il a été arrêté par l'Organisation hier. Ils pensent qu'il est le Guillotineur, poursuivis-je.

– Le Guillotineur ? répéta Lorenzo, de plus en plus perdu.

– Il y a eu une série de meurtres. Des corps vidés de leur sang, puis décapités, ont été retrouvés dans les poubelles du Quartier Rouge ainsi que dans celles de l'Organisation, expliquai-je. On a surpris Will Sanders avec l'un des corps. Il prétend que l'homme était déjà mort quand il a commencé à boire son sang.

– Cette affaire est confidentielle, n'est-ce pas ? interrogea Lorenzo avec calme.

– Oui, bien sûr, répondis-je, sans comprendre où il voulait en venir.

– Dans ce cas, pourquoi êtes-vous là ?

Son ton glacial me pétrifia. J'avalai bruyamment ma salive et m'efforçai de retrouver mes mots malgré ma sensation de malaise grandissante.

– Mais… parce que je ne crois pas qu'il soit coupable. J'ai essayé d'en parler à mes supérieurs et personne n'a voulu m'écouter.

– Quel genre de solution comptiez-vous trouver en venant ici ? Si les dirigeants de l'Organisation ont décidé d'abattre

Will, il n'y a rien que vous ou moi puissions faire. Pensiez-vous que la parole d'un maître vampire puisse le sauver ?

– Non… Je ne sais pas. Mais ce n'est pas lui, n'est-ce pas ?

– Je réponds de Will comme de moi-même : il n'aurait jamais agi sans mon accord, et il est loin d'être assez stupide pour attaquer des humains sous les fenêtres de l'Organisation.

– Alors, il faut tenter quelque chose, désespérai-je.

– Vous ne tenterez rien et moi non plus. Je ne tiens pas à déclencher une guerre, et je vous interdis de vous en mêler.

– Peut-être que si je…

– Vous ne comprenez pas, dit-il en détachant chaque syllabe. C'est trop dangereux. Si je dois perdre Will, soit, mais je refuse de vous perdre avec lui. Suis-je suffisamment clair ?

– Cette affaire va beaucoup plus loin que ça, protestai-je. Will Sanders n'est pas le seul concerné. Mes supérieurs sont persuadés qu'il s'agit d'une déclaration de guerre de votre part, et si on les laisse tuer Sanders, ils… Lorenzo, vous devez être conscient que ces derniers jours, il y a eu de nombreux troubles dans votre secteur. Si on y ajoute l'affaire du Guillotineur, il devient évident que vous avez brisé nos accords, et dans ce cas…

– Je sais, répondit Lorenzo, plus gentiment. Ne vous tourmentez pas : vous ne pouvez pas l'empêcher. Tout est déjà décidé, et ça n'est pas votre faute.

– Ne dites pas ça ! Non, il faut seulement que vous teniez vos sujets le temps que j'arrange ce malentendu. Laissez-moi quelques jours, m'entêtai-je.

Lorenzo me sourit, et il y avait tant de fatalisme dans ce sourire que j'eus envie de le frapper : comment pouvait-il se résigner aussi vite ?

– Vous me prêtez un pouvoir bien plus grand que celui qui est le mien, affirma-t-il. Mes sujets meurent de faim : ils sont totalement incontrôlables.

– Enfin, ce n'est pas possible ! Le passeur...

– Le passeur a été tué.

– Quoi ? Et les réserves ? balbutiai-je.

– Elles ont été détruites : quelqu'un a fait brûler tout le bâtiment. Le passeur était le seul à posséder les contacts nécessaires pour assurer l'acheminement du sang, et il faudra des semaines pour rétablir l'approvisionnement.

– Qui a bien pu faire une chose pareille ? L'Organisation n'aurait jamais ordonné ça, me justifiai-je sous son regard lourd de sous-entendus. Cela romprait nos accords et créerait une nouvelle menace pour la population. Non, nous n'aurions pas pris un tel risque !

– C'est vrai, l'Organisation ne se serait pas compromise en nous attaquant aussi ouvertement. Mais on trouve aisément des personnes qui s'exécuteraient sans hésitation, non ?

Je secouai la tête avec obstination. Soudain des convulsions commencèrent à agiter l'un des blessés, et il vomit un flot sombre. Lorenzo fit un signe en direction de Cal. Celui-ci acquiesça et emporta le moribond dans l'arrière-salle. Je baissai les yeux.

– Vous le savez, reprit Lorenzo.

– Non, c'est ridicule : Gaspard n'aurait jamais fait ça !

– Aurais-je prononcé son nom ?

Je me mordis les lèvres et passai la main dans mes cheveux. Réalisant que c'était un geste que Gaspard faisait sans cesse, je reposai mes paumes à plat sur le comptoir.

– Pourquoi l'un des nôtres vous aurait-il attaqué ? Et pourquoi de cette manière ? Il n'y a aucune raison, et cette façon de faire est… C'est si cruel, achevai-je dans un murmure.

– Pour obtenir une autorisation d'exécution. Votre équipier sait que la faim nous poussera à tuer des humains, et que l'Organisation n'aura alors pas d'autre choix que de rompre nos accords.

– Nous ne sommes pas comme ça. Aucun humain n'aurait… Non, répétai-je.

L'incrédulité apparut sur le visage de Lorenzo. Je tirai nerveusement sur mon tee-shirt.

– Vous faites tout le temps ce genre de chose. Vous le faites depuis les premiers jours de l'humanité. Si vous êtes prêts à torturer et à tuer vos semblables, pourquoi auriez-vous le moindre scrupule à agir de même avec des prédateurs tels que nous ?

– Gaspard n'aime pas beaucoup les vampires, mais quelque chose d'aussi… monstrueux.

Dites-moi que ce n'est pas lui.

Ce n'est pas lui, ça ne peut pas être lui.

Est-ce que c'était ça, la trahison pour laquelle on le haïssait tant ?

– Je vois. Pensez-y tout de même lorsque vous recevrez l'ordre d'extermination, dit Lorenzo d'un ton neutre.

– Je suis sûre qu'il y a une solution, m'obstinai-je. Si mes supérieurs étaient mis au courant de votre problème d'approvisionnement, ils pourraient vous aider à rétablir la connexion.

Lorenzo éclata d'un rire sans joie.

– Je crois que votre candeur est ce que je préfère chez vous : l'Organisation ne travaille pas pour les vampires. Gaspard

Flynn a peut-être placé les explosifs ou appuyé sur la détente, mais il n'aurait certainement pas pu le faire si vos supérieurs ne l'avaient pas laissé agir.

Je baissai la tête et essayai de remettre de l'ordre dans cet horrible charabia. En réalité, ma plus grande peur était que tout cela ne finisse par prendre un sens, de sorte que je ne puisse plus prétendre l'ignorer.

– Je vous remercie, reprit gravement Lorenzo. Personne n'avait jamais fait ça pour moi.

– Quoi donc ? demandai-je, relevant vivement les yeux.

– Risquer le pire pour m'aider sans que je l'y oblige. (Il désigna les vampires d'un geste vague.) Ils donneraient tous leur vie si je le leur demandais, mais seulement parce qu'ils savent que la mort leur semblerait douce à côté de ce que je pourrais leur infliger.

Il y avait quelque chose de si étrange dans sa voix, quelque chose comme de l'espoir. Je le regardai en silence, craignant de briser cette lueur ténue dans ses ténèbres. Et au fond, il avait raison : c'était pour lui que je m'inquiétais, bien plus que pour tout autre.

– Les amis servent à ça. Et vous avez été là pour moi quand j'en avais besoin : je vous dois beaucoup plus encore, dis-je avec franchise.

Oui, nous étions amis. Et lundi, l'ordre d'extermination des vampires du Quartier Rouge serait signé dans un bureau avant de rejoindre le centre de coordination des équipes d'intervention.

– Vous devriez vous en aller, à présent, reprit-il doucement. J'ai du travail et je suis certain que c'est aussi votre cas. Je préférerais aussi que vous restiez loin de cet endroit pendant un temps : comme vous avez pu le constater, les lieux ne sont plus vraiment sûrs, ajouta-t-il, visiblement embarrassé.

J'acquiesçai d'un signe de tête, à la fois soulagée qu'aucune catastrophe ne se soit produite et frustrée de me sentir impuissante.

– Je vous demanderai encore quelques instants à tous les deux, intervint une voix dans mon dos, me faisant sursauter.

Lorenzo avait levé la tête. Je me souvins brusquement qu'en venant ici, je m'étais inconsidérément jetée dans le traquenard que j'évitais depuis des semaines. Mais maintenant c'était trop tard, et Démétrius déplaçait un tabouret pour s'asseoir face à moi.

– Bonjour, Saralyn, dit-il. Tu n'as pas très bonne mine.

Chapitre 11

– Je suis fier de constater que tu es prête à affronter tes peurs pour défendre tes convictions et protéger ceux qui comptent pour toi. C'est une qualité indispensable à un meneur.

Je le regardai, muette de terreur. Ces yeux verts, si transparents que je voyais le pouvoir s'écouler au travers, me révulsaient autant qu'ils me fascinaient.

Non, malgré nos indéniables similitudes, il était impossible qu'il soit mon père. Après tout, nous n'étions probablement pas les seuls dans cette ville à avoir la peau pâle et de lisses cheveux noirs.

– Fier ? répétai-je.

– Tu ne parviens pas à retrouver tes souvenirs, n'est-ce pas ? m'interrogea-t-il, ignorant ma question implicite. D'après Lorenzo, le sceau serait trop puissant pour laisser filtrer autre chose que des images superficielles.

J'acquiesçai d'un signe de tête.

– Je pourrais peut-être faire davantage, reprit-il avec une certaine circonspection.

– Dans ce cas, pourquoi ne pas l'avoir fait la dernière fois ? demandai-je.

– Tu n'étais pas prête. Tu aurais rejeté mon esprit ou les souvenirs que j'aurais exhumés, et j'aurais été incapable de les rendre conscients.

Il attendit patiemment ma réponse. Ce n'était pas la même patience que celle de Lorenzo, qui était apaisante et chaleureuse, donnant l'impression qu'il aurait attendu une éternité s'il l'avait fallu. Le calme de Démétrius, lui, laissait seulement transparaître son absolue indifférence vis-à-vis du monde.

Je m'aperçus que Cal avait évacué presque tous les moribonds de la salle. Je m'interrogeais sur l'endroit où il avait pu les emmener mourir. Lorenzo, lui, ne paraissait pas s'en inquiéter. Il m'observait, une expression pleine de sollicitude sur son visage parfait, à la fois trop cruel et trop compréhensif pour être humain.

– Je ne veux plus de mensonges, affirmai-je. Je ne suis pas une enfant qu'il faut ménager : je dois apprendre tout ce que vous savez pour décider de ce que je vais faire.

– J'en sais peu. Probablement moins que toi, en réalité. Tout ce dont tu as besoin, c'est de retrouver ce que tu sais déjà, et je tâcherai de t'y aider.

– Dites-moi ! m'exclamai-je, portant mon poing serré à mon front, secouée d'une vague colère.

Il sourit d'un air presque bienveillant qui, malgré moi, me rappela Justin.

– Voyons d'abord ce que contient ce crâne, dit-il.

Il prit alors ma tête entre ses mains, comme s'il avait eu l'intention d'en extraire littéralement des informations. Je laissai échapper un souffle tremblant, puis les images se mirent à défiler devant mes yeux.

Il ne fallut que quelques minutes pour qu'une partie de ma vie, qui avait jusque-là disparu dans l'oubli, recommence à exister. Ces scènes qui se jouaient devant moi, dans lesquelles j'étais présente, m'étaient à la fois totalement étrangères et familières, telle une partie de moi-même qui serait rentrée à la maison après une longue absence. Et je l'accueillais avec autant d'espérance que d'appréhension.

Démétrius voyait tout, et Lorenzo aussi, je sentais son esprit à l'intérieur du mien et j'en étais heureuse : sa présence me rassurait, semblant contrebalancer la puissance implacable de Démétrius. Je me demandais si les vampires moribonds étendus dans la salle à côté étaient assez puissants pour percevoir aussi le tourbillon confus de ma mémoire et si celui-ci serait leur dernier contact avec le monde avant de disparaître.

***

La Maison mère. Était-ce moi qui combattais avec tant de fureur ? Et ces corps…

D'où pouvait donc venir tout ce sang ?

Ne me laissez pas enfermée ! S'il vous plaît, je n'en peux plus de voir cette porte, et ce livre. Et ces haut-parleurs ne se taisent jamais ! Il y a d'autres personnes, pourtant. Mais elles ne font que m'emmener d'une salle à une autre pour passer des tests et enfoncer des réflexes dans mon esprit, au point que, certains jours, je n'ai plus le moindre contrôle sur mon corps.

Je ressens de la colère et de la puissance, comme si quelque chose en moi luttait pour se réveiller. Pourtant il y a toujours les hommes en blouse blanche et le sang que je répands sur le sol.

Faites-la dépasser ses limites. Laissez-la, elle peut supporter ça… Elle peut…

Non, je ne peux pas ! Justin, je t'en prie, ne me laisse pas dans cet endroit ! J'ai peur, si tu savais comme j'ai peur ! Il faut absolument que tu viennes me chercher ou sinon mon esprit va finir par céder.

Mais non, tout m'échappe. Je me sens si seule que je voudrais mourir, et je ne sais même plus s'il s'agit du jour ou de la nuit.

Je me brise lentement sous le poids des entraînements et des informations à engranger. Mes muscles et chacun de mes os me font mal – mal à en hurler. Pourtant, je dois continuer à bouger, si je veux survivre aux parcours. Les haut-parleurs hurlent sans arrêt.

Les corbusards sont des monstres. Il faut les éliminer. Ils nous tuent. Ce sont des monstres.

Je sais tout ça ! Je refuse de l'entendre encore.

Il n'y a que les visites de Justin qui arrangent les choses. Il est toujours gentil avec moi, mais il dit qu'il n'a pas le droit de me laisser m'en aller. Pas encore. J'ai beau sangloter et supplier, les personnes que je devine m'observer derrière les caméras ne font rien.

Tout ça est fait pour m'aider, pour que je puisse survivre à mon travail, mais c'est beaucoup trop dur, comme un mur infranchissable sur lequel je m'escrimerais inlassablement à grimper, me brisant inutilement les membres et écorchant ma chair.

***

Il y eut un brutal saut en arrière. L'homme ivre qui me poursuivait dans la neige. Les images étaient déjà moins nettes et les impressions plus mélangées. Non, il n'en voulait pas à mon argent, c'était… différent. Ses yeux étaient vagues, et son être dégageait quelque chose d'affreux qui me terrorisait, sans que je parvienne à déterminer de quoi il s'agissait.

Il n'y avait pas de couteau.

Une forme indistincte jaillit de ses mains, comme quand les sorciers usent de leurs pouvoirs. Et moi, je le tuai sans même avoir le temps de réfléchir. L'homme était déjà à genoux, sa gorge émettant un gargouillement sanglant tandis que sa cage thoracique défoncée tentait encore de s'abaisser et de se relever dans un semblant de respiration.

Il n'y avait pas de couteau.

***

Stephen. Oui, maintenant je me souvenais de lui avec netteté. De sa sollicitude, qui me mettait si mal à l'aise que je ne savais plus comment me comporter devant lui. De la soirée dont je m'étais échappée pour éviter qu'il ne croise mon étrange regard de nyctalope dans le noir de la piste de danse. De sa gentillesse qui m'avait fait penser que, peut-être, les choses iraient enfin mieux.

De la voiture garée dont les pièces s'écrasaient aux quatre coins du parking avec un bruit de tôle froissée, tandis que je fixais de mes yeux écarquillés l'endroit où Stephen se tenait un instant plus tôt, ses clefs à la main.

Non, pas un accident. Et ces policiers me posaient des questions auxquelles je n'entendais rien. Plongée dans ma torpeur, tout ce dont je parvenais à me rappeler, c'était ces étranges personnes qui avaient empêché Stephen de me raccompagner la veille au soir pour l'interroger. D'autres policiers ? Il avait encore fallu passer une visite médicale, et ma terreur n'avait été que de courte durée.

Effacé, Stephen. Exactement comme Lucas, le premier dans cette ville à avoir manifesté de l'intérêt à mon égard et aussi le seul étudiant d'Eden High à s'être jamais jeté du toit de l'université.

***

Le souvenir suivant mit plus longtemps à émerger. Les images revinrent avec lenteur, incomplètes et fluctuantes, telle une vieille bande vidéo abîmée.

J'avais treize ans. Je le savais parce que je reconnaissais ma chemise de nuit – celle que j'avais dû jeter après avoir erré pendant des jours dans les bois. Les arbres étaient si grands dans la nuit noire. Mes pieds nus et ensanglantés me brûlaient à un point indescriptible, mais j'avançais toujours : il fallait que je continue à marcher.

Le reste était trop flou, et un passage entier sauta. Deux silhouettes sombres discutaient. J'étais couchée sur une table et il y avait quelqu'un d'autre près de moi. Malgré moi, je sentais mes yeux se fermer, et j'avais beau m'accrocher de toutes mes forces aux voix qui chuchotaient dans l'obscurité, ma conscience déclinait davantage à chaque seconde.

– Je ne comprends pas, disait quelqu'un. Elle ne devait pas être comme ça.

– Non, répondait l'autre.

Cette voix. Je connaissais cette voix.

– Elle n'est pas telle que nous l'avions espéré, reprit-elle.

Cet aveu me déchira le cœur. Pourquoi est-ce que je n'étais jamais assez bien ? Pourquoi ne voulait-on pas de moi ?

Alors, la voix pénétra dans la lumière, à l'orée de mon champ de vision. Mes paupières papillonnaient, mais je parvins à croiser son regard.

– Justin… murmurai-je.

***

Je revins péniblement à moi. Mon esprit était plein d'images sans signification. À ce petit exercice, j'avais gagné un atroce mal de tête et un premier souvenir dont je me serais aisément passée. Jusqu'à présent, je n'avais pas la moindre image d'avant mes dix ans, et la petite fille en robe noire n'avait guère plus de sept ou huit ans. Elle baissait la tête devant un homme et une femme qui la scrutaient du bout de ses sandales noires jusqu'au ruban assorti qui retenait ses cheveux.

Je savais que j'étais cette enfant, même si, comme dans tous ces étranges souvenirs, je me voyais tel le personnage d'un film sombre et décousu.

– Ainsi, c'est elle, dit la femme.

– Oui, c'est ça : Fara, Saralyn, confirma l'homme.

C'était peu de temps après mon entrée à l'orphelinat, à partir du moment où on n'avait plus prononcé mon nom qu'à l'envers : je n'étais plus Saralyn, mais « Fara, Saralyn ».

– C'est assez décevant, commenta une autre voix, sur laquelle je ne pouvais mettre de visage. Je m'attendais à beaucoup mieux.

– Cette petite n'est vraiment pas jolie, reprit la femme. Et son regard… Elle en est presque effrayante. C'est pour ça qu'ils s'en sont défaits ?

– Ha, ha, peut-être, répondit complaisamment l'homme. Après tout, cette famille n'est pas du genre à se satisfaire d'un produit défectueux. J'ai entendu que la seule personne qui s'y intéressait était décédée, alors ils ne savaient probablement plus quoi en faire.

– C'est probable, en effet, acquiesça la femme d'un air pensif.

Non, c'est faux !

La petite fille serra convulsivement son poing et releva la tête, fixant sur la femme ses grands yeux verts qui brillaient d'une lueur trouble. La femme ne put s'empêcher d'avoir un mouvement de recul.

– Il faut la préparer, maintenant. Je vais lui faire apporter un uniforme.

– Oui, mais n'oubliez pas : il vous est interdit de couper ses cheveux. Jamais. C'est un ordre tout à fait impératif.

– C'est bien dommage, c'est très malcommode, regretta la femme. Et cette enfant a l'air encore plus chétive et obstinée avec ses cheveux longs, ajouta-t-elle, recommençant à observer la petite fille comme un animal étrange. Je suis certaine que les lui couper l'arrangerait un peu.

L'homme haussa les épaules et la petite fille, malgré sa colère et son désespoir, se laissa entraîner sans protester en dehors de la pièce par l'une des « demoiselles » de l'orphelinat, parce qu'à part son nom, Fara, Saralyn ne se souvenait plus de rien.

Chapitre 12

Je ne prononçais pas un mot. Je n'y arrivais pas. Démétrius m'observait avec le flegme d'un chat allongé sur un rebord de fenêtre, et Lorenzo fixait du regard le comptoir du bar, l'air en plein désarroi.

– Expliquez-moi, parvins-je finalement à murmurer. Qu'est-ce qu'ils m'ont fait ? Et pourquoi Justin était-il là ?

– Je vais te raconter ce que je sais, mais je crains de ne t'être que d'un pauvre secours. Comme tu t'en es doutée, je suis un membre de la famille Fara. Je constate d'ailleurs que tu avais hérité des mêmes yeux que moi, à l'origine.

Oui, ces yeux si verts. J'étais loin de posséder l'étrange beauté de Démétrius, cependant, ils nous auraient sans doute conféré une ressemblance frappante s'ils n'avaient pas viré au gris.

– Vous n'êtes pas mon père, dis-je, désireuse de lever tout doute à ce sujet.

– Non, je crains d'être un petit peu trop âgé pour cela, répondit-il avec un rire qui résonna tel un arc-en-ciel dans mon crâne.

Il me tendit un mouchoir pour essuyer le sang qui coulait sur mon visage, et je le pressai devant mes lèvres au moment où une quinte de toux m'en faisait cracher plus que je ne pensais pouvoir encore en perdre.

– En fait, je serais plutôt ton arrière-arrière-arrière-grand-oncle, ou quelque chose d'approchant. Oh, il manque peut-être quelques « arrière » : j'ai perdu le compte du temps, au fil des années, expliqua-t-il avec désinvolture en réponse à mon air médusé. Cependant notre ressemblance n'a rien d'étonnant : les Fara se sont toujours ingéniés à conserver intact leur patrimoine génétique.

– Que voulez-vous dire ?

– Les membres de notre famille sont très puissants, et ils n'ont cessé de… s'*améliorer* au fil des générations grâce à une très rigoureuse sélection génétique. La conséquence en a été une multitude de mariages arrangés et une consanguinité assez importante : à ma connaissance, la plupart des unions ont lieu entre membres de la famille Fara.

– Quoi ? Mais c'est illégal, rétorquai-je, horrifiée.

– Les humains ont eux-mêmes beaucoup pratiqué les mariages entre cousins plus ou moins éloignés, dit Démétrius en haussant les épaules. Et c'est cette longue sélection qui a fini par produire des êtres tels que toi et moi.

Lorenzo restait silencieux. Il paraissait agité, et ses doigts étaient crispés sur ses genoux. Je le scrutai, cherchant malgré moi une réponse à mon angoisse en lui. Mais, face à mon regard, il détourna les yeux, et je ne sus interpréter ce que j'y avais entraperçu : était-il en colère ? La tueuse impitoyable que mes souvenirs lui avaient laissé entrevoir lui faisait-elle autant horreur qu'à moi ?

– Je ne comprends pas, marmonnai-je, pressant mes mains tachées de sang contre mon visage, sans plus penser à l'impression que cela devait produire sur Lorenzo, lui qui avait tellement faim.

– Je suis parti de cette famille il y a des années, près d'une centaine, pour être exact. Je sais qu'ils ont de grands projets, cependant je n'ai jamais été mis dans la confidence. Ma nature a dès le départ été ressentie comme une corruption du sang des Fara : j'étais trop proche des aweryths. Quand mon élimination a échoué, ils n'ont donc plus eu d'autre choix que de me bannir.

Je restai muette de stupeur, espérant contre toute logique qu'allait arriver sans tarder le moment où il m'annoncerait que ce qu'il m'avait raconté n'était qu'une plaisanterie de mauvais goût.

Quelle famille pouvait essayer de tuer l'un des siens parce qu'il ressemblait à un corbusard ?

Pourquoi fallait-il que ce soit la mienne ?

– Toi, tu es un produit bien plus évolué que moi, tu seras beaucoup plus puissante. Bientôt.

L'homme ivre, les cadavres, et Stephen. Se pouvait-il que je les aie tués ? Après tout, je ne savais pas quel genre d'être j'étais, ni ce que j'étais capable de faire ou de contrôler. On prétendait qu'en présence de sang, un vampire affamé pouvait commettre un carnage sans même s'en rendre compte. Alors peut-être avais-je tué toutes ces personnes dans un accès de folie meurtrière.

Peut-être que j'étais comme *eux*.

– Vous pensez que c'est pour ça qu'ils m'ont abandonnée ? Parce que je suis un corbusard, comme vous ?

– Je ne suis pas vraiment un *corbusard* du moins, je ne l'*étais* pas. Et toi… Non, certainement pas. J'ignore pour quelle raison tu as été confiée à l'orphelinat, ou pourquoi ils ont effacé tes souvenirs. Tu peux être certaine que ce n'est pas parce que tu n'étais pas assez jolie, ajouta-t-il avec un sourire réconfortant. Les Fara ne laissent pas si facilement l'un des leurs : ils avaient forcément de bonnes raisons. Sans compter que, s'ils avaient voulu te bannir, ils ne t'auraient pas prise à leur service.

– Quoi ?

Je le regardai, les yeux exorbités.

– J'aurais peut-être dû commencer par là, fit-il avec une expression amusée. Je pensais que tu l'avais compris : depuis toujours, l'Organisation est la famille Fara. Impressionnante lignée de tueurs de monstres, n'est-ce pas ?

Ça ne t'a jamais effleurée qu'on travaillait peut-être pour des corbusards ?

Je jetai un coup d'œil craintif du côté de Lorenzo. Son visage impassible ne suffisait pas à masquer à quel point il était atterré. Cette révélation le bouleversait. Il releva la tête et, dans son regard, je vis le mur hérissé de piques qui venait de se dresser entre lui et moi. Je n'étais plus seulement un soldat de l'ennemi, j'*étais* l'ennemi. Et l'Organisation et les chefs de clan existaient uniquement pour s'entre-tuer – à cela, toute ma bonne volonté ne pourrait rien changer.

– Qui est Justin, pour moi ? demandai-je.

– Je l'ignore, répondit Démétrius en haussant les épaules. J'ai perdu contact avec notre famille depuis trop longtemps pour connaître un seul des membres encore en vie.

– Mais… si vous êtes vivant, ça signifie que ceux que vous connaissiez doivent l'être aussi, non ? m'étonnai-je.

– J'ai acquis ma longévité et la plus grande partie de ma puissance par d'autres moyens que mon simple patrimoine génétique. J'ignore ce qu'il en est maintenant : à mon époque, les Fara jouissaient d'une apparence extraordinairement juvénile jusqu'à un âge très avancé, mais leur durée de vie n'était pas tellement prolongée par rapport à celle d'un humain. Ainsi que je te l'ai dit, ce ne sont pas des corbusards. Enfin, pour en revenir à ce qui t'intéresse, je ne sais pas qui sont tes parents. D'ailleurs, si je n'avais pas senti que quelque chose d'important se préparait, je n'aurais même jamais remis les pieds dans cette ville.

– Qu'est-ce qui se prépare ?

– Je comptais sur toi pour me l'apprendre, soupira-t-il. Malheureusement, il ne te reste pas assez de souvenirs : ceux que tu possèdes encore étaient bien scellés, un vrai travail de professionnel, et les plus importants ont été déplacés.

– Déplacés ? Hors de mon esprit ?

Je posai inutilement la paume de ma main sur mon crâne comme pour empêcher quoi que ce soit d'en sortir.

– Oui. Je vais tenter de t'expliquer ça simplement. Certains de tes souvenirs ont seulement été légèrement modifiés, par une sorte d'hypnose, je suppose. Ce sont ceux que Lorenzo et moi avons réussi à faire resurgir. D'autres ont été scellés de façon trop hermétique pour que nous puissions les débloquer, et il y en a même qui ont tout bonnement disparu de ton esprit. Ils ont probablement été extraits pour être gardés en sécurité quelque part dans les coffres de l'Organisation. Je pense que si tu les retrouvais, les souvenirs bloqués remonteraient également à la surface.

– Comment pouvez-vous être aussi sûr que ce sont mes parents qui ont provoqué mon amnésie ? interrogeai-je avec répugnance. N'importe quel corbusard aurait été susceptible de le faire, non ?

– Je n'en suis pas certain, d'autant que l'extraction et le scellement ont pu être effectués n'importe quand : il y a une semaine comme il y a quinze ans. Cependant, seul un aweryth très puissant et possédant des pouvoirs spéciaux dans le domaine de la manipulation mentale a pu extraire tes souvenirs. Moi-même, je n'en serais pas capable sur une portion aussi importante de mémoire, et je suis le *corbusard* le plus puissant que je connaisse, ajouta-t-il avec un sourire de dérision.

– Pourquoi mes parents auraient-ils fait une chose pareille ? insistai-je d'une voix qui me sembla très ténue.

– Tes parents ou quelqu'un d'autre. Écoute, je ne sais pas quelles sont les intentions de l'Organisation et si tu choisiras de te rallier à eux ou pas, cependant je te conseille de te montrer extrêmement prudente. Ils ne sont pas du genre sentimental, et ils n'hésiteront jamais à te sacrifier à leurs propres intérêts. Ça ne signifie pas qu'ils n'ont pas d'exigences morales, mais je crains qu'elles ne soient fort différentes des miennes ou des tiennes.

Je gardai le silence, ne sachant plus quoi ajouter. Je touchais enfin au but que je m'étais fixé, à la connaissance de mon passé, et je ne ressentais aucune joie : seule la peur m'étreignait.

– J'ignore ce que te réserve l'avenir, sache pourtant que si tu as besoin d'un appui ou même d'une armée, je serai là pour toi. Maintenant, il t'appartient de choisir de révéler ou non à ta famille que tu connais son existence.

Oh ça, je ne voulais même pas y penser pour le moment. Évidemment, j'avais toujours espéré me découvrir une mère faisant des gâteaux dans la cuisine d'une jolie maison blanche, tandis que mon père vivrait dans le chagrin de ma disparition. J'avais l'illusoire espérance qu'on m'avait enlevée ou que je m'étais perdue, et que mes parents me cherchaient sans relâche.

Mais non, l'Organisation savait exactement où j'étais et, même après m'avoir recrutée, elle ne m'avait rien révélé de mes origines. Il me vint à l'esprit qu'ils avaient pu vouloir me mettre à l'épreuve avant de m'accueillir parmi les leurs, et que je les avais déçus au point qu'ils y avaient renoncé. J'essayai de toutes mes forces de me persuader que c'était une hypothèse totalement ridicule, mais plus je repensais à mes médiocres performances en tant que spécialiste, à mes similitudes avec les corbusards, et aux heures passées avec Lorenzo, plus elle me paraissait vraisemblable. Ma salive prit soudain un goût amer, et je serrai étroitement mes bras le long de mon corps, pour contrer l'horrible sensation que j'étais en train de perdre pied.

– Et ces roses que vous m'avez envoyées : vous avez prétendu que c'était pour réveiller ma mémoire. Qu'est-ce qu'elles représentent ? demandai-je après une longue réflexion.

– Je l'ignore. Elles sont une émanation de ton propre esprit : c'est l'idée la plus ancienne que j'aie pu y trouver. En revanche, je ne sais pas du tout à quoi elles correspondent. J'espérais qu'elles t'aideraient à te souvenir.

– Formidable, marmonnai-je, désespérée. Et pouvez-vous prouver quoi que ce soit de ce que vous avancez ?

– Non. Cependant, pourquoi mentirais-je ?

– Pourquoi pas ? dis-je entre mes dents. Et vous savez combien de temps je vais encore continuer de me vider de mon sang ?

Démétrius eut l'air songeur pendant un instant.

– Je pense que ton corps n'accepte pas de finaliser la transformation, expliqua-t-il avec circonspection. Tu es bloquée dans un état intermédiaire à cause des souvenirs qui te manquent. Si tu les retrouvais, tu obtiendrais probablement plus de puissance et ton métabolisme arrêterait de lutter contre ta vraie nature. Toutefois, il y a peut-être là plus que nous ne pouvons voir…

Il haussa les épaules.

– Il faut que tu t'en ailles. J'ai des choses à faire, lança-t-il brusquement.

– Vous allez rétablir l'approvisionnement en sang ? demandai-je.

– Non, dit-il, semblant surpris.

– Quoi ? Pourquoi ? Ce sont aussi vos sujets : vous devez pouvoir faire quelque chose !

– Occupe-toi déjà de tes propres problèmes, laisse Lorenzo se débrouiller avec les siens.

Je voulus protester, mais Lorenzo me découragea d'un signe de tête. Démétrius lui demanda de me raccompagner jusqu'à la porte de derrière. Étrangement silencieux, Lorenzo m'escorta jusqu'à la petite cour. Lui et moi restions souvent ensemble sans parler, seulement aujourd'hui, le silence était pesant. Quand il se tourna enfin vers moi, au moment où nous émergions de la cave, je pris sa réserve glaciale de plein fouet. Il alla ouvrir la porte qui permettait de sortir de l'arrière-cour et me considéra sans un mot.

Je ne pouvais pas lui en vouloir de se comporter différemment après ce qu'il venait d'apprendre, et je ne parvenais pas à m'empêcher de regretter qu'il ait été là. J'aurais voulu qu'il ne sache rien et que les choses ne changent pas, mais c'était impossible : quels que soient nos efforts, les choses finissaient toujours par changer.

– Bien, dis-je, me concentrant pour empêcher ma voix de se briser. J'espère que votre problème sera vite réglé. Si je peux faire quoi que ce soit…

– Ce ne sera pas nécessaire, répondit Lorenzo, le visage inexpressif.

– Oh, d'accord, balbutiai-je, froissant nerveusement la manche gauche de mon tee-shirt de ma main droite.

C'était trop tard – il m'était impossible d'effacer la dernière demi-heure. J'avais l'impression de rester là, immobile, à voir quelque chose s'écrouler tout en sachant que c'était inévitable.

Pourquoi ? Pourquoi évitait-il mon regard de cette façon ?

– Dans ce cas, je vous souhaite bonne chance. Moi, je vais… rentrer, repris-je.

– Saralyn, me rappela-t-il alors que je m'apprêtais à partir, lui présentant le dos pour cacher ma détresse. Quelle que soit la façon dont tournent les événements…

Il s'arrêta et sembla chercher une façon adéquate de formuler ses pensées.

– Vous pourrez toujours compter sur moi. S'il vous est nécessaire, mon pouvoir est tout à vous.

Je fermai les yeux et inspirai profondément.

– Merci, soufflai-je.

Puis je m'enfuis en courant, de peur de ne pas réussir à retenir le soulagement qui faisait trembler mes membres et précipitait les battements de mon cœur.

Après tout, Lorenzo avait faim.

***

Je ne parvins jamais à entrer dans le bureau de Justin. Je passai près d'un quart d'heure devant sa porte, tandis qu'un employé curieux m'observait depuis la vitre de la pièce où il s'était retiré pour boire un café en épluchant la presse (probablement un des hommes de Leda Stray, du secteur de la surveillance des médias). Puis je décidai avec le plus total arbitraire que Justin ne se trouvait certainement pas dans son bureau aujourd'hui et j'effectuai une retraite précipitée en direction du mien.

Cette enfant n'est vraiment pas jolie. C'est pour ça…

Je me demandais combien de personnes, parmi les membres de l'Organisation que je croisais tous les jours, faisaient partie de la famille Fara. Est-ce qu'ils savaient qui j'étais ? Dans le cas de Justin, c'était évident : après tout, c'était lui qui m'avait recrutée – ce ne pouvait être une simple coïncidence. Spencer m'avait aussi toujours accusée de faire l'objet d'un certain favoritisme de la part du responsable de la section des spécialistes. Je n'y avais jusqu'alors pas vraiment prêté attention, mais il m'apparaissait maintenant clairement que c'était à cause de nos liens de parenté. Dans ce cas, pourquoi Justin ne m'en avait pas parlé ?

À nouveau, la désagréable idée que j'avais peut-être déçu les espérances de ma famille s'imposa. Malgré moi, je ne parvenais pas à trouver un autre sens aux paroles de Justin, dans ce souvenir si ancien.

Elle n'est pas telle que nous l'avions espéré.

À ces réflexions s'ajoutaient les effrayantes bribes de souvenirs qui dataient de la Maison mère. C'était très flou, et je n'étais pas certaine de ce que j'avais vu, mais penser que je pouvais être cette chose meurtrière m'effrayait. Au point que j'en venais à souhaiter que cette période de ma vie reste enfouie dans les ténèbres, là où je pourrais continuer de l'ignorer.

J'étais tellement absorbée par tout cela que j'en oubliais l'affaire du Guillotineur. Je revins brutalement à la réalité, alors que je coupais par la réserve de fournitures de bureau pour rejoindre le secteur du bâtiment des coordinateurs. La pièce était plongée dans le noir. Ma vision nocturne prit le relais et me permit de progresser sans difficulté parmi les étagères métalliques.

– Ouais, on l'a attrapé, murmura quelqu'un à voix basse, me faisant sursauter. Et tu devineras jamais : le Guillotineur, c'est un *vampire*. Non, sans rigoler, mon pote ! Je t'avais dit que cette histoire valait de l'or. Dans quelques jours, toi et moi on va devenir les journalistes les plus célèbres du Middle State.

Je me figeai. Keryam ? Mais qu'est-ce qu'il racontait ?

– Oui, bien sûr : j'ai tous les détails, même des photos en couleur et un enregistrement de l'interrogatoire de la bête. Je t'envoie tout ça par mail. Hein ? Oh, pas de danger : elle est partie chercher des renseignements aux archives.

Elle, c'était moi : j'avais donné cette excuse pour m'éclipser environ une heure plus tôt.

Qu'est-ce qui se passe ?

Si c'était un journaliste, ça signifiait que les informations que j'avais trouvées sur son ordinateur plus d'une semaine auparavant étaient destinées à un journal. Et donc, quand je l'avais couvert…

– Riches, je te dis : ces histoires de zombies et de vampires, c'est une vraie bombe. Bon, allez, à plus, salua-t-il en riant.

Je restai pétrifiée pendant qu'il sortait de la pièce. Je le vis rempocher son téléphone, dont l'écran brillait encore d'un éclat bleuté, et repartir vers notre bureau en sifflotant.

Qu'est-ce que j'avais fait ? Jusqu'ici j'étais peut-être une source de déception pour ma famille, mais à présent, j'étais la complice d'un traître. Je n'avais pas le choix : il fallait que je prévienne Justin. Seulement pour ça, il aurait fallu que je sois capable de l'affronter en face.

***

Je profitai de l'heure du déjeuner pour envoyer le complaisant Keryam nous chercher à manger dans le restaurant installé en face de nos bureaux. Il le faisait de temps en temps, ne posant même jamais de questions sur la raison pour laquelle je m'éclipsais systématiquement avec mon repas pour ne reparaître que lorsque j'avais terminé.

– Un steak, bien saignant, c'est ça ? demanda-t-il avant de partir.

J'acquiesçai en serrant les dents. Ça faisait plus de quatre-vingt-dix minutes que je résistais à l'envie de lui sauter à la gorge. Si Gaspard avait été à ma place, j'étais sûre qu'il ne s'en serait pas privé.

Au moins, j'avais pu éviter la catastrophe : je m'étais précipitée dans le bureau tout de suite après son départ de la réserve, et je m'étais arrangée pour me trouver toujours derrière lui, de sorte qu'il n'avait pas pu envoyer les documents.

Je comptai lentement jusqu'à dix, attendant qu'il se soit suffisamment éloigné pour m'installer à son poste. Je n'étais pas spécialement douée en informatique, mais visiblement lui non plus. Je dénichai sans trop de peine une série de fichiers qui portaient des noms bizarres et étaient assortis de mots de passe. Je n'essayai même pas de les ouvrir, convaincue que les informaticiens de l'Organisation sauraient faire ça bien mieux que moi.

J'envoyai le tout sur le poste de Justin avec un mot laconique :

« *Keryam nous a trahis : il s'apprêtait à vendre ces informations à un journal. J'ai surpris une de ses conversations téléphoniques et je suis certaine de ce que j'avance.* »

Je ne pus m'empêcher de songer à quel point Justin serait déçu, lui qui semblait tellement tenir à ce que Keryam et moi nous entendions, et qui avait paru tant l'apprécier jusqu'ici.

Keryam revint à 13 heures avec notre déjeuner et, à 14 heures, il fut convoqué dans le bureau d'Emerson.

Chapitre 13

Dix minutes plus tard, pensant que la situation ne pouvait guère empirer, je décidai de me renseigner sur l'affaire du Guillotineur. De toute façon, je serais incapable de travailler tant que je ne serais pas fixée sur le sort de Keryam.

Je n'avais pas cru un instant à la culpabilité de Will Sanders, et si Lorenzo se portait garant de lui, ça me suffisait. Malheureusement, personne d'autre que moi n'accorderait de crédit au témoignage d'un maître vampire. Et puis, je n'avais plus le droit de m'en mêler : l'affaire avait été officiellement retirée de la compétence de tous ceux qui y avaient participé de près ou de loin quand l'unité spéciale l'avait prise en charge. Même les rapports des patrouilles avaient disparu de mes étagères pendant la nuit. Néanmoins, j'étais presque sûre que le médecin légiste accepterait de m'en parler : Jack Masson et moi entretenions des rapports très cordiaux. Voir Will Sanders serait plus problématique, surtout que je n'avais pas d'idée précise de l'endroit où on le retenait – probablement dans le sous-sol, auquel je n'avais pas accès.

Je choisis de commencer par le plus aisé. Je ne m'étais rendue à la morgue qu'une fois car la plupart des corps étaient conservés dans des hôpitaux de la ville. Mais des corps aussi voyants que des cadavres décapités et vidés de leur sang avaient sans nul doute été envoyés chez nous. D'ailleurs, à ma connaissance, le Dr Masson ne travaillait pas à l'extérieur.

Je pris sur moi et empruntai le petit ascenseur qui s'était révélé être la seule voie d'accès à la morgue. Il n'y avait que deux étages à descendre, mais je me sentis au bord de la nausée avant d'être arrivée au premier. Et maintenant que je me souvenais en partie de ce à quoi ressemblait la Maison mère, je comprenais mieux pourquoi je supportais aussi mal les endroits exigus.

Respire. Il y a assez d'air pour tenir deux étages.

Il faut respirer, Saralyn !

Cette chambre dans laquelle j'avais passé des mois. Cette chambre sombre dans laquelle personne ne venait jamais à l'exception des ombres qui m'apportaient de la nourriture… Je ne gardais qu'une vague impression des jours où j'étais restée étendue, à essayer d'oublier la douleur de mes membres brisés ou de mes muscles déchirés, avec le haut-parleur en fond sonore ou les vidéos qui passaient sur l'écran.

Les corbusards mentent. Tuer est leur seul objectif.

Il faut protéger les êtres humains de ces monstres, il faut…

Pourquoi m'enfermait-on ? Est-ce que j'avais fait quelque chose de mal ? Oui, bien sûr : j'avais tué cet homme. Mais c'était un accident, je n'avais pas voulu lui faire de mal.

Vraiment ? Comment peux-tu en être certaine alors que tu ne te souviens de rien ? murmura une voix dans mon esprit.

Je secouai la tête pour la faire taire, et me remis debout. Titubant un peu, je sortis de l'ascenseur et rajustai le tailleur que je mettais pour venir travailler. Je me trouvais dans un couloir blanc, éclairé par l'horrible lumière crue des néons, dont le léger bourdonnement me rendait folle. Je croyais me souvenir que la seconde entrée de la morgue était au bout du deuxième couloir à droite. Ou peut-être du troisième.

Je mordillai ma lèvre inférieure, fatiguée par avance. Dans le Central, il ne fallait pas compter trouver une pancarte indiquant quoi que ce soit : chacun était censé rester à la place qu'on lui avait assignée et ne fréquenter que les lieux qu'on avait bien voulu lui montrer. Je comprenais parfaitement l'importance de ces règles de sécurité, seulement aujourd'hui ça n'avait plus d'importance – après tout, si Keryam avait réussi à s'introduire dans l'Organisation, rien ne prouvait qu'il n'y avait pas d'autres traîtres parmi nous. Justin m'avait lui-même déjà confié qu'il soupçonnait les corbusards d'avoir autant d'informateurs chez nous que nous en avions chez eux. Et, en cette période de guerre, beaucoup de clans auraient aimé voir disparaître les principaux alliés de Démétrius : l'affaire du Guillotineur tombait à point nommé pour ordonner l'extermination des vampires.

Je tâchai de me calmer et de respirer à fond – pourquoi cette porte n'était-elle nulle part ? J'errai un moment, réussissant sans trop de mal à éviter les employés du secteur médical. Cette partie du bâtiment n'était pas très fréquentée, et les médecins semblaient peu sortir de leurs laboratoires. Je finis par trouver le bon endroit, compensant mon sens de l'orientation déficient par mon odorat : les effluves qui émanaient de la morgue étaient extrêmement caractéristiques.

Je restai un instant derrière la porte, cherchant à savoir si je risquais de tomber sur quelqu'un d'autre que le Dr Masson, auquel cas j'aurais les plus grandes difficultés à justifier ma présence. Je ne perçus qu'une seule respiration de l'autre côté du battant. Je levai la main vers celui-ci et déglutis. Baignant déjà dans une odeur de viande froide et de formol, je décidai d'entrer avant d'être trop transie par la peur pour réussir à faire un geste.

Je refermai vivement la porte derrière moi et m'y adossai. Masson releva la tête de sa tâche. Pour autant que je pouvais en juger, il était en train d'examiner les entrailles d'un pauvre homme au teint violet pâle. Je ne cherchai pas à avoir une idée plus précise de l'opération.

– Saralyn ? Que faites-vous ici ?

Je fis un effort pour sourire et m'avançai vers lui à pas mesurés, évitant au maximum de regarder le cadavre allongé sur la table. Masson retira ses gants chirurgicaux, probablement par politesse, et les mit dans un bassin en aluminium posé sur une table roulante.

– Ne croyez pas que ça ne me fasse pas plaisir de vous voir, ajouta-t-il précipitamment, semblant mettre ma crispation sur le compte de son accueil.

Cette fois je n'eus pas à me forcer pour sourire – les manières du Dr Masson paraissaient toujours terriblement déplacées dans l'environnement dans lequel nous évoluions, et je ne l'en appréciais que plus.

– Je suis désolée de vous déranger, dis-je, prenant mon courage à deux mains. En fait, j'ai un service à vous demander.

***

– Vous n'avez pas pratiqué l'autopsie des corps ? répétai-je. Dans ce cas, pourquoi étiez-vous aux réunions d'information et aux briefings sur l'affaire du Guillotineur ?

– Je devais seulement expliquer le rapport d'autopsie qu'on m'a remis. J'ignore qui s'est chargé de le rédiger, je ne connais même pas le quart de mes collègues. Je suppose que vous avez le même problème.

J'acquiesçai, très troublée. Cette affaire était confidentielle, alors pourquoi mettre deux médecins légistes au courant ? Le plus probable était que celui qui avait pratiqué l'autopsie n'avait pas pu se libérer pour venir nous en parler, mais je voyais mal ce qui pouvait être plus important qu'un meurtrier en série.

– Vous avez un doute sur la culpabilité du suspect qu'on a arrêté ? demanda-t-il.

– Oui. J'aimerais être certaine qu'on ne commet pas une erreur.

– Je comprends, dit-il. Malheureusement, je n'ai pas la moindre information à vous fournir.

Je baissai la tête. J'aurais dû savoir que ce serait plus difficile que ça – Lorenzo avait raison : j'étais trop naïve.

– En revanche, reprit-il, je sais où les corps doivent se trouver. Si ça vous intéresse.

– Vraiment ?

Je dus me retenir pour ne pas le serrer dans mes bras tellement j'étais soulagée.

– Vous pourriez m'y emmener maintenant ?

Le Dr Masson eut l'air d'hésiter. Il nous regarda alternativement, le cadavre au ventre béant et moi, passa ses doigts dodus dans les rares boucles châtaines qui garnissaient encore son crâne, et soupira bruyamment.

– D'accord. Allons-y, lâcha-t-il. Je vais vous trouver une blouse : ça vous évitera de vous faire trop remarquer si on croise quelqu'un.

– Merci beaucoup, m'excusai-je. Je suis sincèrement désolée de vous mettre dans une situation pareille.

– Ça ne fait rien, répondit-il en agitant sa main en l'air. Ça fait partie des risques du métier.

Dans les étroits couloirs incurvés, Masson et moi ne croisâmes qu'un couple de femmes en blouse blanche, les cheveux recouverts de calottes verdâtres qui, combinées avec l'éclairage, leur donnaient un teint de malade du foie. Elles ne firent guère attention à nous. Je serrais étroitement ma blouse autour de moi, ne parvenant pas à arrêter les frissons de froid et d'énervement qui me parcouraient par vagues et me faisaient claquer des dents. J'expirai longuement par la bouche pour voir le nuage de buée se former dans l'air – une odeur de mort flottait autour de nous et me transissait jusqu'aux os. Nous arrivâmes finalement à l'endroit où, d'après le Dr Masson, les cadavres déjà autopsiés étaient stockés en attendant leur départ pour l'incinérateur.

– Vu la date de la mort, le dernier corps doit se trouver par ici, marmonna Masson entre ses dents, tout en ouvrant et en renfermant un à un les tiroirs de la rangée de gauche. Par contre, nous nous sommes probablement déjà débarrassés des premières victimes. Il y a un cruel manque de place, se justifia-t-il face à mon regard horrifié. Ah, voilà : je crois que j'en tiens un.

J'acquiesçai. Il n'y avait aucun doute possible, la tête était posée à côté du corps. Je n'y jetai d'abord qu'un rapide coup d'œil, pendant que le Dr Masson prenait le compte rendu de l'autopsie rangé contre la porte du tiroir. La vue des cadavres me soulevait toujours le cœur, surtout que celui-ci remontait à quelques jours. Cependant, il m'apparut que la partie du torse qui dépassait du drap ne portait pas de points de suture. J'hésitai un instant, ne pouvant m'empêcher de remarquer le morceau de cervicale qui saillait du cou à présent privé de tête. Le Guillotineur ? J'aurais plutôt dit « l'Arracheur de têtes ». Je supposais qu'un corps sans tête n'était jamais beau à voir mais, même si je n'étais pas à proprement parler une spécialiste en la matière, je pouvais me rendre compte que le travail était bâclé.

J'approchai lentement ma main du tissu et le saisis du bout des doigts, essayant de toutes mes forces de ne pas effleurer la chair livide. Je découvris le corps : son torse ne portait pas la moindre marque.

– Ça va aller ? demanda le Dr Masson en levant les yeux du rapport. Vous n'avez pas l'air très bien.

– Oui, ça va. C'est juste que je n'aime pas beaucoup la viande froide, me justifiai-je d'un lamentable filet de voix. Dites, c'est normal qu'ils n'aient pas ouvert le corps. Je croyais qu'on faisait toujours une incision en Y sur le torse pour les autopsies.

– Ah ? Laissez-moi regarder.

Il reposa le rapport et je détournai les yeux pendant qu'il inspectait le mort.

– C'est très curieux, commenta-t-il. Ça ne correspond pas du tout à ce qu'il y a dans le rapport. Ce corps n'a pas l'air d'avoir été examiné.

– Quoi ? Vous pouvez trouver ce qui lui est arrivé ? questionnai-je.

– Oui. Bien sûr, il faudrait effectuer certains examens, mais…

– Faites-moi la version courte. Je veux seulement savoir si c'est un vampire qui l'a attaqué. Et je crois qu'il vaudrait mieux éviter de laisser trop de traces, si vous voyez où je veux en venir : ne tronçonnez pas le corps en quinze morceaux, d'accord ?

Je souris piteusement. Je me sentais coupable de donner des ordres à Masson, alors qu'il se mettait en danger pour m'aider. En fait, je me sentais coupable de le mêler à cette affaire, parce que je ne voyais pas comment ça pouvait finir bien : nous courions à la catastrophe, c'était évident.

– Je vous demande l'impossible, n'est-ce pas ? dis-je avec une grimace contrite.

– Je ferai mon possible. Je vais voir si je peux trouver les autres victimes, promit Masson, qui paraissait d'un coup très enthousiaste au sujet de cette affaire.

À ce moment, il tira complètement le corps vers lui et sortit un plateau couvert de petits instruments qui brillaient d'un éclat métallique et tranchant.

Mes yeux tombèrent sur le jeu de pinces à os et ce fut trop pour moi.

– Je vais dehors faire le guet, annonçai-je avec précipitation.

– Mm, je crois que s'ils devaient nous avoir repérés, ce serait déjà fait, dit le Dr Masson. Il y a des caméras partout dans le bâtiment.

– Peut-être pas ici, hasardai-je.

– Là où nous entreposons les preuves les plus probantes de l'existence des corbusards ? J'en doute. Mais c'est peut-être notre jour de chance, allez savoir…

J'avais complètement oublié ce détail. Je me mis à tortiller nerveusement une mèche de cheveux entre mes doigts. Si nous nous faisions prendre, je n'échapperais pas à une sanction, j'en étais consciente. Peut-être même que je passerais devant la Commission. J'étais prête à courir le risque, cependant je ne voulais pas l'imposer au Dr Masson.

– Vous savez, dis-je, vous n'êtes pas obligé de m'aider. Je me débrouillerai.

– Écoutez, je travaille pour l'Organisation depuis plus de dix ans et j'ai vu passer beaucoup de cas douteux. Je n'ai jamais cherché à savoir ce qu'on fait des résultats des examens qu'on me demande, ni si on s'est basé dessus pour condamner des innocents, pourtant, je suis certain que c'est le cas. Cette autopsie n'a pas été pratiquée. J'ignore encore pourquoi, mais c'est sûrement parce qu'il est plus facile de faire exécuter ce vampire que d'avouer que l'endroit où le tueur se trouve nous est toujours inconnu. Alors, si pour une fois je peux empêcher qu'une injustice soit commise, je veux le faire.

Dans les yeux du Dr Masson, il n'y avait pas la moindre incertitude. Je décidai de ne pas insulter son intégrité en mettant sa bonne volonté en doute. De toute façon, j'avais trop besoin d'aide pour repousser une main secourable : il fallait parer au plus pressé, et je trouverais un moyen de le disculper plus tard, si nécessaire.

Je sortis donc, ne pouvant m'ôter de l'esprit l'image de cette tête posée sur la table, dont le rictus grimaçant découvrait une partie de sa dentition.

J'espérais que le Dr Masson ne serait pas trop long, parce que je sentais mon courage faiblir de minute en minute : je n'avais toujours aucune idée de la façon dont j'allais pouvoir approcher Will Sanders, et je n'arrivais pas à déterminer qui de ce dernier ou de ses geôliers m'effrayait le plus. Je devrais sans doute affronter les deux.

Et s'il était innocent, que pourrais-je bien faire ?

***

Le Dr Masson me rappela rapidement. Il n'avait même pas eu à faire des examens approfondis : une simple inspection externe avait suffi pour trouver ce qui nous intéressait et il n'avait eu qu'à comparer les trois corps entreposés dans la pièce pour s'en convaincre.

– Regardez, là, dit-il en me montrant le bras d'une des victimes.

Il y avait une minuscule trace de piqûre, entourée d'une auréole de peau légèrement boursouflée, qui me rappelait quelque chose. Masson me donna le nom d'un produit bien trop scientifique pour que je le retienne plus d'une seconde, et qui n'éveilla aucun écho en moi.

– Et ça sert à quoi ? demandai-je.

– Je crois que c'est le tranquillisant que l'Organisation a mis au point il y a quelques années pour attraper les gargouilles, fit le Dr Masson d'une voix mal assurée.

Oui, je me souvenais maintenant de cette marque très caractéristique.

– Ah, c'est de l'ATM ! m'exclamai-je.

– ATM ? J'ignorais que ce produit était appelé comme ça.

– C'est une plaisanterie : les spécialistes appellent ce produit de « l'assomme-tout-monstre ». Mais... balbutiai-je, comprenant soudain ce que cela signifiait, si elles ont été droguées à l'ATM, ça veut dire...

– Pas forcément, me coupa le Dr Masson. Ce produit a certes été conçu dans nos laboratoires, cependant, il s'est très vite répandu sur le marché noir. Je ne me souviens pas des détails, mais il y avait eu une fuite dans l'équipe de chercheurs au moment de sa conception. À l'époque, une bande de vampires renégats avait même attaqué des spécialistes avec des cartouches remplies de cette saleté.

– Quel effet l'ATM a-t-il eu sur eux ?

– Ils sont tous morts, dit le Dr Masson après une pause. C'était une vraie boucherie. Ce produit est beaucoup trop fort pour qu'un organisme humain puisse le tolérer.

– Alors il est possible que ce soit la cause du décès ? clarifiai-je en désignant les cadavres.

– Oui, c'est une possibilité. Mais on les a bel et bien vidés de leur sang et on leur a coupé la tête. Post mortem, pour le dernier épisode.

– Vous pensez que la tête a été arrachée à mains nues ?

– Mmm, pas seulement. (Masson désigna le cou.) Ici, les tissus ont été coupés de façon nette, probablement avec une arme blanche, comme un poignard. À mon avis, le tueur a porté plusieurs coups afin de commencer à la détacher du corps, avant de l'arracher. Regardez là, la chair a été écrasée par ses doigts.

– En fait, il a prédécoupé la tête pour pouvoir l'enlever plus facilement, c'est ça ?

– Oui, en quelque sorte. Me prononcer avec certitude nécessiterait de réels examens, avec davantage de temps et de matériel.

– Ça ira, vous m'avez donné tout ce qu'il me fallait, le rassurai-je.

– Ah oui ? Quoi ? demanda-t-il, l'air surpris.

– Un doute sérieux.

– Ils peuvent très bien avoir tué ces hommes avec notre produit par provocation…

– Dans ce cas, pourquoi on ne nous en a pas informés ? Et un vampire aurait pu arracher très facilement une tête sans avoir à recourir à un poignard. De toute façon, même si c'est un vampire, ce n'est pas Will Sanders : l'ATM rend le sang non potable. D'ailleurs, d'après ce que j'ai entendu dire, il a été malade toute la nuit après son arrivée ici. S'il avait su que la victime était droguée, il n'aurait pas bu son sang. Donc, soit il est innocent, soit il l'a tué mais quelqu'un avait déjà drogué sa victime.

– Je vois, fit Masson, l'air convaincu par mon raisonnement. Avez-vous encore besoin de moi ?

– Vous connaissez un moyen d'accéder au sous-sol ?

Chapitre 14

La première chose dont je fus certaine en sortant de la Morgue Générale était que les caméras de surveillance fonctionnaient à la perfection. Deux hommes en uniforme de vigile nous attendaient dans le couloir. Bizarrement, le simple fait de leur montrer mon accréditation de coordinatrice les apaisa, et il me suffit de mentionner une affaire en cours pour les désintéresser de notre cas. Ils firent valider nos identités et cherchèrent le numéro de dossier que j'avais donné dans un appareil ressemblant à un répertoire électronique. Le résultat de leurs investigations paraissant leur convenir, ils nous laissèrent partir. Ils nous avouèrent par ailleurs n'avoir été alertés que par ma présence peu familière. Ils n'avaient visiblement pas fait attention aux tiroirs ouverts par le Dr Masson, et semblaient plutôt pressés de retourner à leur partie de poker.

Pendant tout le temps des vérifications, je gardai mes mains dans mes poches pour éviter qu'ils ne les voient trembler. J'avais si peur que j'aurais probablement tout avoué sur-le-champ s'ils avaient fait correctement leur travail. Le Dr Masson fut parfait : on aurait juré un escroc professionnel. C'était même à un point troublant. Il ignorait cependant comment accéder au niveau souterrain et il me promit de contacter une de ses connaissances du service anti-incendie qui en saurait certainement davantage à ce sujet. Je retournai donc dans mon bureau, obligée de reconnaître qu'en l'état actuel des choses, je ne pouvais plus rien faire.

J'ignorais ce que le Dr Masson avait bien pu raconter à son ami, mais celui-ci m'envoya un plan du sous-sol sur mon poste moins de vingt minutes plus tard.

Le plan me permit de localiser avec précision les cellules de garde à vue : Sanders était forcément retenu dans l'une d'elles. La réelle difficulté restait d'accéder à l'étage inférieur. À présent que j'avais les plans sous les yeux, je pouvais constater que, conformément à mes craintes, l'unique voie d'accès au niveau souterrain était un ascenseur que mon accréditation actuelle ne me permettrait pas de faire démarrer – Masson m'avait confirmé que c'était absolument impossible sans passe. En d'autres termes, si je travaillais assez bien pour mériter une promotion, j'avais des chances de pouvoir interroger Will Sanders d'ici à cinq ou six ans.

Je soupirai et pris ma tête entre mes mains. Même si je réussissais par miracle à descendre, cela ne réglerait pas le problème des rondes qu'effectuait la sécurité ni celui des geôliers personnels de Sanders : il était évident qu'on avait mis un tel prisonnier sous bonne garde.

C'était une cause perdue.

Il était inutile d'essayer de parler des nouveaux éléments à Emerson – il ne m'écouterait pas. Si connaître les circonstances réelles de la mort ne les avait pas suffisamment intéressés pour qu'ils pratiquent une autopsie, pourquoi mes supérieurs rouvriraient-ils l'enquête maintenant ? Le Dr Masson avait raison : nous avions un ennemi, et il était bien plus commode pour nous de penser qu'il s'agissait des vampires. Après tout, ils s'étaient volontairement alliés à Démétrius et, ces derniers temps, ils multipliaient les attaques.

Quant à Justin, ce n'était même pas la peine d'y penser : pour une raison que j'ignorais, j'avais toujours eu le sentiment que les vampires étaient les créatures que Justin détestait le plus. Ce n'était pas le seul, et, si mes souvenirs retrouvés étaient exacts, j'avais été conditionnée pour les tuer en priorité lors de mon passage par la Maison mère. Ce dernier élément expliquant au moins les difficultés que j'avais à rester calme en présence de Lorenzo, malgré la sincère sympathie que j'éprouvais à son égard.

Non, il fallait se montrer réaliste : si j'allais parler de la destruction des stocks de sang ou de la présence d'ATM dans le corps des victimes, personne ne m'aiderait à innocenter Will Sanders, pas même Justin. Et pour lui présenter mon inutile plaidoirie, il aurait fallu que je le voie, ce à quoi je ne parvenais pas encore à me résoudre.

Je contemplai le siège vide de Keryam d'un œil vague. J'aurais tellement aimé avoir quelqu'un pour m'aider. En vérité, je m'étais toujours reposée sur les autres pour qu'ils fassent les choses à ma place : d'abord Gaspard, puis Keryam, et Justin, qui passait son temps à réparer mes erreurs et à me soutenir quand je m'effondrais. Même Lorenzo et Démétrius, ceux que l'Organisation considérait comme nos ennemis… Et moi, je n'étais jamais qu'un poids pour eux.

Elle n'est pas telle que nous l'avions espéré.

Je ravalai l'envie de pleurer que cette sensation d'impuissance provoquait en moi. C'était à mon tour de faire quelque chose, de payer ma dette. Et cette fois-ci, il fallait que je me débrouille toute seule, quitte à me faire bannir de l'Organisation. Après tout, j'avais déjà suffisamment déçu ma famille pour qu'elle ne désire pas me révéler son existence, alors je ne pouvais pas abandonner Lorenzo. Oui, c'était soudain très clair : il était temps pour moi d'arrêter d'attendre en tremblant que les autres me protègent.

Cette fois-ci…

***

Malgré mes belles résolutions, j'eus beau retourner le problème dans tous les sens, je ne parvins pas davantage à trouver un moyen de pénétrer dans le sous-sol. Une fois sur place, je pourrais toujours m'en tirer en prétextant avoir été envoyée là, mais pas moyen de faire démarrer cet ascenseur autrement qu'avec un passe que je ne possédais pas. Je pensai bien à en emprunter un à quelqu'un, mais Emerson était en congé maladie et Justin…

Non, je préférais ne pas songer à Justin.

Seulement, je ne connaissais personne d'autre ayant un niveau d'accréditation suffisant pour avoir ses entrées au sous-sol.

– Saralyn Fara ?

Je relevai la tête. Une femme en tailleur, ainsi qu'il y en avait tant d'autres dans ce bâtiment, se tenait au seuil de mon bureau, un dossier mauve entre les mains.

De la paperasse à trier d'urgence – il ne manquait plus que ça ! maugréai-je en mon for intérieur.

– Oui, c'est moi, répondis-je en me forçant à sourire.

– On m'a remis ceci pour vous : il faut que vous alliez chercher les données manquantes dans les documents confidentiels des archives.

– Les archives ? répétai-je. C'est au sous-sol, ça, non ?

– Oui. Voici un passe d'accès et une autorisation, dit-elle en les posant avec le dossier sur mon bureau. Ça ira ?

– Parfait, balbutiai-je, n'osant croire à ma chance. Ce sera parfait, merci.

Je retins mon souffle jusqu'à ce qu'elle se soit éloignée de mon bureau. Comment expliquer qu'on me chargeait de ça justement maintenant, alors que je n'avais encore jamais été au sous-sol ? Je décidai de laisser cette question de côté, m'autorisant à penser que la chance était un don comme un autre, et épluchai fébrilement le dossier. Il y avait bien une autorisation signée de la main de Justin, ainsi que son passe. Je jetai un distrait coup d'œil au contenu du dossier, qui traitait d'un incident diplomatique avec un groupe d'archanges. Il était accompagné d'un mot de Justin, qui me disait de lui rapporter sa carte et le dossier complété avant la fin de la journée en raison du caractère urgent de l'affaire. Apparemment, il avait lui-même trop à faire pour rassembler les documents ainsi qu'il aurait dû le faire. Je devinai sans peine quelle était sa tâche présente et la raison pour laquelle il m'envoyait aux archives à sa place : j'avais dénoncé Keryam, alors il s'était déchargé sur moi de ses obligations habituelles pour s'occuper du surcroît de travail que je lui avais bien involontairement imposé.

Je me demandais s'il m'en voulait.

Je pris le chemin du hall, me répétant le numéro de l'affaire pour laquelle j'étais mandatée comme s'il s'agissait d'une formule magique capable d'éloigner de moi tout gêneur.

Ma main tremblait tellement quand j'introduisis le passe dans la boîte en métal qui gardait l'entrée de l'ascenseur, que je dus m'y reprendre à trois fois pour y parvenir. Une lumière verte s'alluma et les portes coulissèrent. Je ne pus retenir un soupir de soulagement avant de pénétrer dans l'espace confiné. Je supportai plutôt bien la descente, n'ayant qu'à enfoncer mes ongles dans mes paumes pour garder un semblant de calme.

Je ne savais pas exactement à quoi je m'attendais, mais je ressentis une vague déception en constatant que les couloirs du sous-sol ressemblaient comme deux gouttes d'eau à ceux des autres étages. Je me redressai au maximum et serrai le dossier contre ma poitrine, essayant de me composer une expression aussi candide que possible – ce qui ne devrait pas être trop difficile, puisque Gaspard se plaignait sans arrêt que mes allures de gamine innocente enlevaient toute crédibilité à ses tentatives d'intimidation.

Il n'y avait pas tellement de monde au sous-sol, seulement des gens pressés qui parcouraient les couloirs avec des ordres à transmettre ou des informations à chercher. Je gardais les yeux fixés droit devant moi, prenant garde à n'attirer l'attention de personne, ombre parmi les ombres sous la lumière électrique.

Je ne ressentis la différence d'avec le reste du bâtiment qu'à l'approche des cellules. L'atmosphère qui se dégageait de cet endroit était angoissante. Peut-être était-ce juste ma peur qui devenait plus forte. Je ne savais pas comment entrer dans la section des gardes à vue – le passe me permettrait d'y accéder, mais mon autorisation m'envoyait très clairement aux archives, qui se situaient de l'autre côté du bâtiment. En outre, si je savais, pour avoir entendu Emerson et Justin le mentionner, qu'en ce moment Will Sanders était le seul prisonnier en détention, il devait être étroitement gardé.

Une grande porte bleue me faisait face, flanquée du boîtier métallique destiné au passe.

Accès réservé au personnel autorisé

Je me collai contre le mur et écoutai attentivement. Mon ouïe s'était sensiblement améliorée ces derniers temps, et je perçus bientôt des voix.

Deux.

Puis les battements de cœur. Oui, deux cœurs. Je pouvais éliminer Will Sanders : c'était un vampire et sa poitrine était aussi inerte que celle d'un cadavre. D'après les plans, il y avait un couloir derrière cette porte – à gauche, il devait y avoir la salle des surveillants, et, en face de celle-ci, les cellules. Will Sanders n'était ni un sorcier ni un mage, il ne pouvait rien invoquer pour sortir de là. Je supposais qu'il était simplement en cage, tel l'animal que nous voyions en lui, et non dans une de ces cellules renforcées, où les créatures trop puissantes étaient entravées au point de respirer avec peine, et tellement droguées à l'ATM qu'elles se souvenaient difficilement de leur nom.

Qu'est-ce que je pouvais faire ? Je n'avais aucune chance de neutraliser les deux gardes – je n'avais même pas d'arme. Je regardai autour de moi, cherchant sans succès une échappatoire. Le secteur des interrogatoires était assez isolé et rien ne permettait de justifier ma présence : j'aurais beau raconter tout ce que je voudrais, personne ne me laisserait passer sans autorisation écrite.

De l'autre côté de la porte blindée, un téléphone sonna. J'entendis l'un des deux hommes répondre. Il ne fit qu'acquiescer à ce qu'on lui demandait, mais je le sentais surpris.

– Il paraît qu'ils ont besoin de moi au troisième étage, dit-il. Tu t'en sortiras tout seul, ou tu veux que j'appelle quelqu'un ?

– Ça ira. De toute façon, il est enfermé, et puis j'imagine que tu n'en as pas pour longtemps.

– Non. Je serai revenu dans un quart d'heure.

– Alors, vas-y, t'en fais pas pour moi.

Je m'écartai brusquement du battant en entendant les pas du gardien se rapprocher. Il fallait que je me cache. Je me précipitai vers la porte la plus proche et introduisis mon passe d'une main fébrile. J'eus à peine le temps de disparaître que la porte du couloir des détenus s'ouvrait déjà.

Un homme d'une cinquantaine d'années me regardait avec des yeux ronds. À mon entrée, il s'était immédiatement placé entre moi et la table sur laquelle il était en train de travailler, comme pour faire bouclier de son corps. Je m'écartai du battant contre lequel je m'étais collée pour le refermer au plus vite, et tentai un sourire gêné.

– Vous cherchez quelque chose ? questionna-t-il. C'est un accès réservé, ici.

– Ah… Ce ne sont pas les archives, alors, marmonnai-je sans avoir à me forcer pour prendre l'air abattu.

– Les archives ? Ah, je vois, vous vous êtes perdue, dit-il d'un ton radouci.

– Oui. Le responsable de la section delta m'a envoyée lui chercher des documents, mais il ne m'a pas indiqué le chemin, et j'ai un très mauvais sens de l'orientation, expliquai-je, préférant faire le maximum afin de passer pour une simple d'esprit.

– Rebroussez chemin jusqu'à l'ascenseur, ensuite prenez le deuxième couloir à gauche, c'est la quatrième porte sur la droite.

– Ah, merci. J'y vais.

Je sortis de la salle. Sur la porte, une plaque argentée indiquait « Laboratoire 15 ». Je ne pris pas le temps de m'étonner et retournai devant le couloir des détenus. Je n'avais pas la moindre idée de ce que j'allais faire, mais j'avais la ferme intention de trouver une solution géniale une fois sur place. Au pire, il ne restait qu'un seul gardien et, avec un peu de chance, je courais plus vite que lui.

J'émis un rire nerveux à cette pensée ridicule – de toute façon, il y avait des caméras partout.

La petite ampoule du boîtier métallique passa au vert avec un bip d'approbation et la porte coulissa, ne produisant qu'un léger chuintement. Oui, c'était bien là. J'avançai d'un pas dans le couloir gris et restai immobile, tandis que la porte se refermait derrière moi. Je jetai un coup d'œil à ma gauche – à travers les barreaux, j'aperçus Will Sanders, assis sur une planche fixée au mur. Sa cellule était plutôt bien aménagée : il avait un lit et une table. Je songeai que, les chaînes mises à part, ce clapier à lapins ressemblait à s'y méprendre à la chambre dans laquelle je vivais lorsque j'étais étudiante.

Malgré moi, j'observai le vampire. Il était penché en avant, les cheveux retombant devant son visage au point de le masquer complètement. Ses avant-bras reposaient sur ses genoux, laissant pendre ses mains dans le vide. Ses poignets et ses chevilles étaient entravés par de lourdes chaînes et, quand il tourna la tête vers moi, je remarquai qu'il portait autour du cou un épais collier gris qui semblait en plastique. Il me dévisagea avec intérêt, sans pourtant essayer de me parler, et son expression ne contenait rien d'autre qu'une curiosité fatiguée, vaguement teintée d'appréhension.

Je détournai la tête, gênée par ses yeux dorés si étranges. Je comprenais enfin ce que les autres devaient ressentir devant les miens.

Will Sanders avait faim. Il avait mal aussi, sûrement à cause des blessures que je percevais confusément en lui et qui ne se refermeraient pas tant qu'il ne se serait pas nourri. Il était trop fatigué et trop convaincu qu'il allait mourir pour avoir vraiment peur, mais le fond de son être s'agitait comme un tigre dans une cage – n'était-ce pas exactement ce qu'il était ?

Et je m'apprêtais à le relâcher dans la nature, au milieu d'humains sans défense.

– Eh, vous ! Que faites-vous ici ? Vous n'avez pas le droit d'être là !

Le gardien se leva de sa chaise, posant son sandwich sur la table, et se dirigea vers moi à grands pas en époussetant son uniforme bleu marine pour faire tomber les miettes. Je le gratifiai de mon sourire le plus innocent.

– Je suis perdue, annonçai-je.

Je fis mon possible pour garder les yeux baissés afin de ne pas l'effrayer. Après tout, il se montrerait sans doute méfiant envers une personne aux yeux d'un gris argenté si étrange quand il gardait un vampire aux iris dorés.

– Je dois aller aux archives : on m'a demandé de récupérer des documents, là-bas, continuai-je.

– Les archives ? Mais ce n'est pas du tout par ici, dit le gardien, toujours sur ses gardes.

Le léger bruit des caméras de surveillance qui balayaient la pièce me fit lever la tête. Je vis le gardien tressaillir face à mon regard.

Et maintenant ? Que vas-tu faire, pauvre idiote ?

Ces caméras… Si seulement il n'y avait pas de caméras !

Mon cœur battait trop vite. Je sentais ses impulsions accélérer et j'éprouvais le besoin d'appuyer sur ma poitrine à deux mains pour l'empêcher d'exploser. Ma vision s'assombrissait et je commençais à avoir la nausée.

– Mademoiselle ? Est-ce que ça va ? Vous vous sentez mal ?

La caméra… Si ce n'était pas filmé…

Je ne peux rien faire ! Pourtant je dois les empêcher ! Je ne peux pas laisser Lorenzo seul, je n'ai pas le droit !

Tout mon corps tremblait sans que je puisse y remédier. Mes genoux fléchirent, et je laissai ma tête pencher en avant pour essayer de me raccrocher à ce sol qui tanguait sous mes pieds. Quel était ce poids qui pesait sur moi ? C'était ce sentiment d'impuissance, ce…

Pourquoi est-ce que la terre tremblait ?

– Mademoiselle ?

Réagis ! Réagis, Saralyn ! Il faut que tu fasses quelque chose, tout de suite !

Il y eut un choc sourd, puis un craquement répandit une pluie de morceaux de verre sur le sol. Je relevai la tête assez vite pour voir le gardien chanceler et s'effondrer. Les cheveux gris de sa tempe gauche rougissaient et, sur le sol, il y avait un trousseau de clefs.

– Qu'est-ce que j'ai fait ? murmurai-je, portant mes mains à mon visage. Qu'est-ce que j'ai…

Je me pliai en deux et crachai un filet de sang. Will Sanders s'agita dans sa cage.

Il fallait absolument que je me reprenne. Je me redressai lentement, malgré ma vision brouillée et le couloir qui trépidait erratiquement. La vitre du bureau des gardiens était brisée et les caméras de surveillance qui se trouvaient dans mon champ de vision s'étaient fendues. Je n'avais pas le temps de me demander ce qui s'était passé : l'autre gardien allait bientôt revenir. Je m'essuyai la bouche d'un revers de main et me tournai vers la cellule, essayant de rester sur mes deux pieds bien que le monde me semblât toujours légèrement de travers.

– Vous êtes Saralyn Fara, je parie, dit Will Sanders.

– Comment le savez-vous ?

– La description qu'on fait de vous vous rend assez reconnaissable – ne seraient-ce que vos yeux… Et puis honnêtement, je ne vois pas quel autre employé de l'Organisation pourrait prendre la peine de venir me rendre visite alors que je suis déjà condamné.

Je jetai un coup d'œil sur le gardien, inquiète. Si je l'avais tué, alors je…

– Ça va aller, m'assura Will Sanders. Il aura juste un peu mal au crâne au réveil.

– Ah… dis-je, embarrassée. Tant mieux. Écoutez, repris-je, décidant de me montrer directe. Je ne pense pas que vous soyez coupable, et Lorenzo vous fait confiance, alors je vous crois. Seulement, vous allez devoir m'expliquer ce qui se passe. Pourquoi est-ce qu'ils vous ont arrêté ?

Will Sanders ne répondit pas immédiatement. Il recula ses avant-bras sur ses cuisses et arqua le dos tel un félin dans une vaine tentative pour se redresser. Je m'aperçus alors que sa pose nonchalante ne provenait pas d'un choix délibéré, mais de cette douleur autour de laquelle il se recroquevillait et du poids des chaînes qui lui entravaient les poignets. Pourtant, un vampire n'aurait pas dû être incommodé par ce genre de choses.

– Mais enfin, qu'est-ce qu'ils vous ont fait ? demandai-je.

– Non, ce n'est pas… C'est le sang, murmura-il, les yeux perdus dans le vague.

– L'ATM, gémis-je.

– Quoi ?

– L'homme dont vous avez bu le sang… il était drogué à l'ATM, son sang n'était pas consommable.

– Ah, je comprends mieux, je suis malade comme un chien depuis que j'ai bu cette saloperie.

– Racontez-moi ce qui s'est passé, le pressai-je.

– J'ai trouvé le corps près des poubelles, exactement comme je l'ai dit. Et ni moi ni aucun vampire n'a jamais décapité personne, je vous le jure.

– Dans ce cas, pourquoi avoir bu le sang du cadavre ?

– Parce que j'avais faim : je ne sais pas si vous êtes au courant, mais ça fait déjà presque une semaine que les réserves de sang ont été détruites.

– Oui, je sais, dis-je en baissant la tête.

C'était évident – j'aurais dû y penser tout de suite. Piéger un vampire dans ces conditions était vraiment un jeu d'enfant.

– C'est très pratique pour vous, reprit Will Sanders. Si le bras droit du dirigeant des vampires est un tueur, ça signifie qu'au minimum le dirigeant l'a laissé agir. Et ça vous donne une bonne raison de vous débarrasser de nous.

– Je ne sais pas… Je crois que ça nous arrange de penser que c'est vous, admis-je, trouvant enfin la bonne carte magnétique dans les poches du gardien. Il y a eu beaucoup d'attaques ces derniers jours, et quand ils vous ont pris sur le fait, ils ont évité de chercher plus loin. J'imagine qu'ils voulaient donner un avertissement à Lorenzo.

– Vous travaillez ici, alors ça ne va pas vous plaire d'entendre ça, mais je ne serais pas étonné que vos supérieurs aient mis ce corps sur mon trajet exprès pour pouvoir me prendre en flagrant délit. Le cadavre était très frais, et c'est arrivé pile au moment où mon estomac commençait à me faire dérailler. Qu'est-ce que vous faites ? questionna-t-il brusquement, alors que j'ouvrais la porte de sa cellule.

Je mis le passe dans ma poche et m'approchai de lui avec un peu de crainte. Malgré tout, ses entraves lui laissaient une certaine liberté de mouvement, et puis les vampires étaient incapables de se contrôler quand ils avaient trop faim.

– Je vous fais sortir, répondis-je, un peu étonnée de l'expression de son visage.

– Pourquoi ? Puisque vous lui en avez parlé, le maître a dû vous demander de ne pas vous en mêler, pourtant.

– Comment le savez-vous ? dis-je, stupéfaite.

– Je lui suis utile. Je règle plein de choses pour lui, mais je ne suis pas irremplaçable. Pas au point qu'il vous laisse vous compromettre pour moi.

– Je ne comprends pas. Vous êtes bien son bras droit, non ?

Je m'agenouillai sur le sol en béton et cherchai la serrure dans les chaînes, trouvant le procédé très archaïque. L'étrange mélange entre la technologie de pointe et les techniques quasi médiévales dont usait l'Organisation ne cessait pas de me surprendre. Je supposais que rien ne vaut un instrument qui a fait ses preuves.

– Je ne suis qu'un sujet parmi d'autres, expliqua Will Sanders. Vous, vous êtes beaucoup plus que ça. Il m'a parlé de vous, vous savez ?

– Et qu'est-ce qu'il vous a dit ? l'interrogeai-je, intriguée, tout en essayant de trouver la bonne clef pour enlever ses fers.

Will Sanders se mit à rire et je relevai la tête. Je la baissai aussitôt, confuse de me trouver exactement face à face avec lui.

– Ce qu'il a dit n'a pas d'importance. Je suis à ses côtés depuis plus de cent vingt ans, et c'était la première fois qu'il mentionnait le nom de qui que ce soit devant moi. C'est que vous devez être vraiment spéciale, pour lui.

– C'est quelqu'un de très solitaire, n'est-ce pas ? dis-je, éprouvant un irrésistible besoin de mettre les choses au clair. Et j'ai pris beaucoup de son temps dernièrement, alors j'imagine qu'il est logique qu'il vous en ait parlé. Peut-être…

– Il est inutile de vous justifier, m'interrompit-il alors que résonnait le cliquetis qui précéda le bruit des chaînes tombant à terre.

Ce son me sembla assourdissant. Je tressaillis et regardai autour de moi, persuadée que le bâtiment entier avait dû l'entendre.

Il fallait se dépêcher – l'autre gardien n'allait plus tarder.

– Je ne suis que son subordonné, reprit Will Sanders.

Il étira ses membres avec une évidente délectation, malgré la douleur toujours présente en lui, puis se tourna de nouveau vers moi.

– C'est mon maître et je le respecte, mais ce n'est pas comme si c'était un ami. En ce qui me concerne, vous pouvez bien lui briser le cœur autant qu'il vous plaira, enfin, si vous en trouvez un dans sa poitrine. Et croyez-moi, personne ne vous en empêchera.

Cette réponse me mit en colère. J'eus un instant envie de planter Will Sanders là, avec son collier en plastique qui le ferait probablement exploser s'il posait un pied en dehors de cette cellule. Constater à quel point personne dans son clan n'éprouvait le moindre attachement pour Lorenzo me faisait mal. Comment avait-il pu vivre tous ces siècles aussi seul ? Pourtant, les vampires étaient toujours ensemble – ils vivaient, mangeaient, étaient chassés et mouraient ensemble : n'était-ce pas suffisant pour créer une famille ? Je ne pouvais pas accepter d'y croire, car cela signifierait que, pour moi comme pour lui, il n'y aurait plus le moindre espoir.

– Ce collier…

– Ils se servent d'un appareil pour l'enlever. Je crois qu'il est là-bas, dit-il en indiquant la salle des surveillants.

Je repassai à contrecœur devant le gardien inerte. Il n'avait pas trop saigné, et je percevais les battements réguliers de son cœur, alors je supposai que son état était stable. J'entrai dans la petite pièce et présentai divers instruments à Will Sanders jusqu'à ce qu'il confirme que j'avais mis la main sur le bon.

– Est-ce que vous pourrez… Enfin, quand je vous aurai libéré… hésitai-je, une fois de retour dans sa cellule.

Il avait tellement faim, et les environs du Central fourmillaient d'humains.

– Je devrais pouvoir me retenir jusque chez moi. Le maître a une réserve personnelle, et il est possible qu'il décide de m'en faire profiter.

– D'accord, dis-je, soulagée.

J'approchai avec précaution du collier ce qui ressemblait à une grosse agrafeuse.

– En revanche…

Je suspendis mon geste et levai les yeux vers lui. Il s'était mis debout et me dépassait d'une bonne tête – il était plus grand que Lorenzo. Will Sanders souleva son sweat-shirt et j'écarquillai les yeux devant son torse martyrisé : ses côtes étaient barrées par une longue et profonde estafilade, et des marques brunes et violacées marquaient sa chair d'une horrible façon.

Même quand les plaies se seraient refermées, elles laisseraient sans nul doute des traces sur sa peau.

– Le reste n'est pas franchement mieux, commenta-t-il simplement en remettant son vêtement en place.

– Est-ce que nous… Nous avons fait ça ?

– *Ils* détestent les vampires. Nous avons toujours été les aweryths qu'ils haïssaient le plus.

– Je sais, soufflai-je, réellement contrite. Mais pourquoi ? Est-ce que c'est pour ça qu'ils se servent de ce tueur en série ? Pour obtenir un ordre d'extermination contre vous ?

– Oui, probablement. Mon maître a toujours été une des cibles principales de l'Organisation, mais j'ignore pourquoi. Ils laissaient Marcus plus ou moins tranquille avant qu'il ne dépasse les bornes, alors qu'ils ont commencé à essayer de tuer Rack dès qu'il a été désigné comme son successeur – il n'avait même pas encore pris ses fonctions. J'imagine que la Grande Période vampire n'a pas vraiment amélioré notre réputation.

– Je suis désolée, dis-je, continuant de regarder sa poitrine comme si je pouvais voir ses plaies à travers ses vêtements.

– Bah, ils me prenaient pour un tueur en série, et puis, théoriquement, j'aurais dû m'en remettre tout de suite. Seulement, je n'ai pas bu une goutte de sang valable depuis un certain temps. Je pense pouvoir me retenir d'attaquer qui que ce soit avant d'arriver au Quartier Rouge. Par contre, je ne suis pas certain de *survivre* jusque là-bas.

Je me sentis anxieuse, d'un coup, et j'eus beaucoup de mal à obliger mes mains à presser les deux extrémités de l'appareil enserrant le collier qui entravait Will Sanders. Réduit à un inoffensif bout de plastique gris, celui-ci tomba à terre et rebondit avec un bruit sec.

Que faire ? Je ne pouvais pas laisser Sanders mourir après les risques que j'avais pris pour le sauver. Pourtant, je ne pouvais pas non plus le faire sortir sachant qu'il devrait choisir entre sa propre survie et celle d'humains. D'autant que j'avais vu suffisamment de vampires à l'œuvre pour entretenir un doute raisonnable quant à leurs capacités à se maîtriser en cas de famine.

La seule solution que j'entrevoyais...

Je la vis aussi dans ses beaux yeux dorés, elle s'y reflétait telle une question teintée de convoitise.

Non ! J'en étais incapable ! C'était absolument impossible !

Je reculai, terrorisée. L'idée de donner mon sang à Will Sanders me révulsait au point de réveiller ma nausée.

– Je suis désolé. Je ne veux pas vous forcer. Peut-être pourrais-je lui en prendre un peu, suggéra-t-il en s'approchant du vigile inconscient. Après tout, il ne se rendra compte de rien.

– Non, suppliai-je. Ne le touchez pas ! Ce pauvre homme n'a fait que son travail, et moi j'ai...

Je portai la main à mon front. L'arrivée de l'autre gardien n'était plus que l'affaire de quelques minutes, je le savais. Et il n'était pas question que Will Sanders meure.

Que faire ?

Will Sanders avança d'un pas dans ma direction – il se déplaçait avec beaucoup de fluidité et, si la démarche de Lorenzo m'évoquait souvent celle d'un chat, la sienne me fit songer à un reptile. Je me mordis la lèvre, tentant de combattre mon conditionnement et de rester tranquille. Les John Stock donnaient bien leur sang volontairement aux vampires, et ils restaient en vie, alors il m'était possible d'en faire autant.

Mais quelque chose m'interdisait d'envisager cette idée, hurlant que partager mon sang avec cet être était un acte monstrueux.

– Je ne vous ferai pas mal, promit Will Sanders d'une voix douce en se penchant vers moi.

Je m'obligeai à penser qu'il ne s'agissait que d'une sorte de prise de sang et fermai les yeux si fort que ç'en était douloureux. La main de Will Sanders se posa sur mon épaule, et sa présence sembla se densifier, jusqu'à ce que je ne perçoive plus rien d'autre que lui.

– Non, murmurai-je. Je ne dois pas... *Je ne dois pas !*

Le vampire n'en tint aucun compte et assura sa prise sur mon bras, puis soudain, il y eut quelqu'un d'autre.

– Ne la touche pas ! gronda une voix menaçante.

Will Sanders me lâcha brusquement, et je sentis un déplacement dans l'air devant moi. Le bruit assourdissant des barreaux qui vibraient me fit ouvrir les yeux alors que mes genoux se mettaient à trembler sous moi.

– Lorenzo ? Que faites-vous ici ? balbutiai-je.

Il était juste devant moi, encore penché en avant et le bras tendu dans la direction où il avait projeté Will Sanders. Celui-ci était affalé contre les barreaux et son crâne saignait. Il surveillait les mouvements de son dirigeant avec une expression de pure terreur, tandis que celui-ci se redressait lentement.

Je sursautai quand Lorenzo se tourna vers moi, ayant l'impression de suffoquer dans cette atmosphère viciée par la colère.

Jamais il n'avait posé sur moi un tel regard.

Chapitre 15

Je me sentis rougir violemment. Will Sanders n'osait visiblement pas se remettre debout, et Lorenzo paraissait hors de lui – si son visage était aussi inexpressif que d'habitude, ses yeux noirs brillaient de rage.

– Comment avez-vous su ? Et comment êtes-vous entré ? Ah, s'ils vous prennent là… balbutiai-je, déroutée.

– Et vous, que va-t-il se passer s'ils vous prennent là ? À quoi pensiez-vous donc ? Je vous avais interdit de vous mêler de ça. Je vous l'avais interdit !

Il ne criait pas, cependant sa voix contenait tant de colère qu'elle me vrillait les tympans.

J'étais complètement paralysée, ne reconnaissant plus du tout l'être qui se tenait à côté de moi.

– Mais, je… protestai-je d'une voix faible.

– Mes affaires ne vous regardent pas, Saralyn, gronda-t-il avec fureur. Vous entendez ?

Sa colère rendait mes pensées incohérentes au point que je ne comprenais plus ce qu'il disait. Il parut s'en apercevoir et me saisit par les épaules pour m'obliger à le regarder en face. Mes jambes se dérobaient, mais il me maintenait debout, et la terreur que m'inspirait son regard m'hypnotisait : j'étais incapable de détourner la tête.

– Et donner votre sang… Vous ne réfléchissez jamais à ce que vous faites ? Imaginez ce qui aurait pu se passer si j'étais arrivé cinq minutes plus tard. Que se serait-il passé ? demanda-t-il.

Il avait haussé le ton et me secouai plus violemment pour m'empêcher de sombrer dans la torpeur que la peur provoquait en moi.

– Je… je ne sais pas, balbutiai-je.

– Vous pensiez vraiment qu'il allait vous laisser la vie sauve ? Comment avez-vous pu être aussi inconsciente ? Les vampires sont dangereux, je croyais que vous le saviez.

Ses doigts se crispaient de plus en plus fort sur mes épaules et il me faisait mal. Une seule question remplissait mon esprit tout entier, réduisant ce qu'il y avait autour de moi à un brouillard incertain :

Ce n'est pas Lorenzo, alors qui est-il ?

Ce n'est pas Lorenzo !

– Je voulais seulement vous aider ! criai-je.

D'un coup, Lorenzo sembla se réveiller. Il regarda ses mains broyant mes épaules, puis me dévisagea. Je vis ma terreur se refléter dans ses yeux, et il eut soudain l'air totalement décontenancé. Je ne comprenais pas ce qui le mettait dans un état pareil : après tout, jusqu'ici je m'en étais assez bien sortie, et, s'il avait réussi à entrer, il pourrait repartir sans encombre avec Will Sanders.

– Je vous demande pardon, dit-il, me lâchant. Je n'aurais pas dû m'énerver de cette façon.

Ses mains se contractèrent légèrement dans le vide, comme s'il essayait de retenir quelque chose d'invisible, puis il les pressa contre son visage, semblant vouloir se dérober à ma vue. Je sentis ma peur laisser place à de l'inquiétude : Lorenzo devait être à bout de forces, pour avoir ainsi perdu son sang-froid.

– Je sais que vous avez voulu bien faire, reprit-il, évitant mon regard. Mais je n'ai pas l'impression que vous vous rendiez compte à quel point c'était dangereux.

Ses yeux s'attardèrent sur mon sang, puis se baissèrent vers le sol et le gardien inconscient au milieu des morceaux de verre. Il secoua lentement la tête, paraissant enfin maître de lui.

– Vous ne faites vraiment que des bêtises, commenta-t-il d'un ton radouci.

Il esquissa un sourire amer qui m'était familier.

– Je suis désolée, répondis-je.

Je me sentais honteuse d'avoir encore une fois poussé Lorenzo à venir me sauver. Mais, plus que tout, j'étais très troublée par cette facette de sa personnalité que j'ignorais jusqu'alors. Bizarrement, d'un coup, il me faisait énormément penser à Gaspard.

– Cela n'est guère étonnant, dit Lorenzo en réponse à mes réflexions.

Je sursautai, m'apercevant que j'avais négligé de dresser le moindre barrage mental autour de mon esprit. Je tâchai de le faire et n'osai pas interroger plus avant Lorenzo sur son étrange remarque, sidérée qu'il accepte si facilement une comparaison entre lui et mon ancien équipier.

Durant quelques instants, il observa pensivement la cellule, semblant se désintéresser de moi. Je retrouvais enfin le Lorenzo que je connaissais, et les battements précipités de mon cœur commençaient à ralentir. Seule la peur de Will Sanders demeurait intacte.

– Il y a des caméras de surveillance ? questionna Lorenzo.

– Non, répondis-je d'une voix mal assurée. Elles ne fonctionnent plus.

– Et le gardien ?

– Je ne pense pas qu'il ait eu le temps de comprendre ce qui lui arrivait, marmonnai-je, embarrassée.

– Parfait. Dans ce cas, il ne nous reste plus qu'à remettre un peu d'ordre.

Il écrasa consciencieusement le collier électronique avec son pied, puis il ramassa les chaînes qui avaient servi à entraver Will Sanders et les arracha du mur. Il détruisit ensuite une partie des barreaux de la cage. Les relents de sa fureur aidaient apparemment sa force. Je ne pouvais m'empêcher de le regarder fixement : il était très rare qu'il laissât sa véritable nature transparaître devant moi, et c'était à la fois effrayant et fascinant de le voir se comporter en corbusard.

– Mais à quoi pensiez-vous donc ? demanda-t-il, beaucoup plus calmement, une fois sa petite mise en scène achevée.

J'allai remettre l'appareil qui m'avait servi à libérer Will Sanders, la carte magnétique et les clefs du gardien à leur place, en profitant pour lui tourner le dos.

– Comment avez-vous su que j'essayerais de le faire sortir ?

– Démétrius et moi avons eu accès à chacune des sottises qui ont traversé votre esprit, pendant que nous nous efforcions de faire émerger vos souvenirs.

– Ah, mais je ne savais pas encore… protestai-je.

– Je commence à vous connaître : j'étais certain que vous tenteriez quelque chose de stupide, dit-il, presque affectueusement.

– Et comment êtes-vous entré ?

– Virgile y était parvenu, ce qui n'a rien d'étonnant vu les liens qu'il entretenait avec l'Organisation, et il avait pris soin de transmettre les informations concernant cet endroit à Démétrius. Il avait en effet un certain sens de la famille, ajouta-t-il avec un étrange sourire.

De la… famille ?

– Virgile ? Oh, non, balbutiai-je. Non, non, non !

Ça m'était complètement sorti de la tête – si Virgile était le frère de Justin, alors il appartenait lui aussi à la famille Fara. À *ma* famille. Il était donc tout à fait possible qu'il soit…

Ils l'avaient renié et Justin l'avait même abattu. Se pourrait-il qu'ils se soient débarrassés de moi comme d'une indésirable après que Virgile fut passé du côté des corbusards en m'abandonnant ?

Lorenzo m'observait d'un air immensément peiné que j'avais du mal à interpréter, et Will Sanders profita du fait que son maître semblait l'avoir oublié pour se relever avec précaution.

Il avait tort, cependant. Lorenzo se tourna vers lui, et son expression se modifia, le rendant réellement terrifiant. Will Sanders ne s'y trompa pas et se recroquevilla contre les barreaux, évaluant du coin de l'œil ses chances d'esquiver, au cas où Lorenzo passerait à l'attaque.

– Et toi, siffla Lorenzo d'une voix légèrement tremblante. Comment as-tu osé ? Que lui as-tu raconté ?

Will Sanders regarda ses pieds. C'était étrange de voir cet être si puissant, et qui dépassait Lorenzo de plusieurs centimètres, se soumettre de cette façon. Il hésita avant de soulever son tee-shirt d'un geste lent, ainsi qu'il l'avait fait devant moi quelques instants plus tôt.

– J'aurais dû m'en douter, dit Lorenzo d'un ton méprisant. Fais-moi disparaître ça immédiatement.

Les plaies se résorbèrent sous mes yeux exorbités. La guérison parut s'effectuer avec difficulté, et il était évident que Will Sanders était toujours mal en point, mais les bleus s'estompèrent et une cicatrice rosâtre remplaça la profonde estafilade.

– Comment est-ce possible ? demandai-je.

– Approche-toi d'elle encore une seule fois et je te tue, comprends-tu ? menaça Lorenzo d'une voix parfaitement neutre, ignorant mon intervention.

– Oui. Je suis désolé, maître.

– Que se passe-t-il ? Pourquoi m'avez-vous menti ? interrogeai-je, ébahie.

Will Sanders continua de fixer le vide des yeux. Lorenzo eut l'air embarrassé, mais je le dévisageai avec insistance jusqu'à ce qu'il se décidât à prendre la parole :

– Il existe une ancienne légende chez les vampires, expliqua-t-il avec réticence. Elle prétend qu'un jour, une créature plus puissante que nous viendra pour nous soumettre et nous détruire. Toutefois, il est dit aussi que le sang de cette créature permettra à quelques élus d'échapper à notre condition de buveurs de sang. Certains Anciens prétendent que, grâce à ce sang, nous pourrions devenir des sanguarides, des immortels délivrés de la soif.

– Quel est le rapport avec moi ? questionnai-je, un peu perdue.

– Ceux qui vous ont rencontrée savent presque tous que vous n'êtes pas humaine, du moins pour les plus puissants d'entre nous. Et une rumeur persistante soutient que vous êtes cette créature. Will a profité de votre crédulité pour essayer de vérifier cette hypothèse.

Il avait dit « crédulité », mais à mon sens, il aurait aussi bien pu dire stupidité. Si Cal et Lorenzo croyaient à cette légende, cela expliquerait pourquoi ils s'étaient montrés si gentils avec moi.

– Pourquoi ne m'en avez-vous jamais parlé ?

J'avais l'impression que le monde avait recommencé à vaciller sous mes pieds.

– Ce n'est qu'une légende, répondit Lorenzo en haussant les épaules. Et c'est aussi assez difficile à amener dans la conversation.

– C'est pour cette raison que vous me protégez ? Vous pensez que je peux...

– Non, me coupa-t-il, ce n'est pas ça.

– Vous en êtes certain ? demandai-je.

Ma lèvre inférieure tremblait un peu et j'y plantai mes dents avec vengeance afin qu'elle cesse de trahir ainsi mes sentiments. J'aurais juré que mon cœur était tombé dans mon estomac et je me sentais malade.

– Je comprendrais, si c'était le cas, repris-je après un silence tendu.

– Ça n'a rien à voir.

Il soutint mon regard sans faiblir. Le sien était si impénétrable que j'aurais été bien en peine d'y déceler une quelconque culpabilité, pourtant je le croyais avec toute l'énergie de mon désespoir. Je détournai les yeux.

– Vous ne devez pas rester là, dis-je. S'ils vous trouvent ici, vous êtes morts tous les deux.

– Et vous ?

– Je me débrouillerai. Après tout, les caméras étaient hors service, et le gardien a été assommé presque immédiatement.

Je pourrai toujours dire qu'il s'est échappé, affirmai-je en désignant Will Sanders.

Je ne savais pas comment l'appeler, alors je préférais m'abstenir de le nommer – pour moi, il ne pouvait être ni Will ni M. Sanders.

– Vous êtes certaine que ça ira ? insista Lorenzo avec sollicitude.

– Oui, affirmai-je avec un aplomb que j'étais loin de ressentir. Je suis quand même leur descendante directe : ils ne me feront pas exécuter sans un procès équitable, ajoutai-je avec un sourire contraint.

Lorenzo n'eut pas la moindre réaction visible, mais je perçus son hésitation au moment de quitter la pièce. Will Sanders le suivait avec autant d'empressement qu'un chien derrière son maître. À ma grande surprise, ils se dirigèrent vers une autre porte que celle que j'avais empruntée pour venir, ce qui expliquait que je n'aie pas vu Lorenzo arriver tout à l'heure.

– En fait, l'arrêtai-je avant qu'il ne soit parti, il y a bien quelque chose que vous pourriez faire pour moi.

***

Je portai une fois de plus la main à mon crâne douloureux, n'osant pas regarder le garde assis sur l'autre lit de l'infirmerie. Je grimaçai – Lorenzo n'y était pas allé de main morte. Il avait d'abord refusé de me frapper, mais c'était ma seule chance de m'en sortir vis-à-vis de l'Organisation et il s'était rendu à mes arguments. Le moins qu'on pût dire était que le résultat était convaincant : les infirmières avaient eu toutes les difficultés à me faire revenir de mon évanouissement, et j'avais l'impression qu'on m'avait défoncé la tête à coups de marteau.

Je ne voulais même pas imaginer ce que ça donnait quand il ne retenait pas sa force.

Le geôlier, dont les services avaient si opportunément été requis loin de Will Sanders, nous avait trouvés, l'autre gardien et moi, inconscients dans un monceau de morceaux de verre. Bien sûr, le prisonnier s'était envolé. Le gardien que j'avais assommé avait les idées assez confuses et mettait son état sur le compte du vampire, les caméras ne pouvant fournir aucun indice supplémentaire puisqu'elles avaient cessé de fonctionner avant l'incident. Je prétendis pour ma part que je m'étais perdue et expliquai mon étrange attitude par un malaise. Une enquête de routine avait été ouverte, cependant jusqu'ici, ils avaient l'air de me croire.

J'avais horriblement honte, surtout que le pauvre homme à qui j'avais manqué fracasser le crâne se montrait plein de sollicitude à mon égard. Enfin, une infirmière l'emmena pour lui faire des points de suture – moi, je n'avais qu'une légère commotion et une coupure sans gravité à la tempe.

– Le responsable de la section delta est là, m'informa une infirmière une fois qu'elle eut fini de me soigner.

– Non, paniquai-je. Je ne veux pas le voir. Je ne me sens pas assez bien… Pas maintenant, tentai-je lamentablement de me justifier devant le regard plein d'incompréhension de celle-ci. Je veux rentrer chez moi, suppliai-je en désespoir de cause. Dites-lui que je le verrai plus tard.

L'infirmière s'exécuta pendant que j'attendais mon autorisation de sortie. Je savais déjà qu'on m'ordonnerait de me tenir à disposition d'un éventuel interrogatoire pour les besoins de l'enquête interne. Je n'avais pas l'intention de me dérober : j'avais trahi les miens parce que, malgré la mauvaise impression que m'avait faite Will Sanders, j'avais la certitude qu'ils se trompaient à son sujet. Et j'étais prête à assumer les conséquences de mes actes si cela se révélait nécessaire.

De toute façon, je n'avais aucun endroit où m'enfuir s'ils me démasquaient.

Je renonçai à aller chercher mes affaires dans mon bureau, de peur de croiser Justin et je partis sans mon manteau, me félicitant d'avoir gardé mes clefs sur moi. Il était évident que je ne parviendrais pas à l'éviter éternellement – il se doutait probablement de ma responsabilité dans l'évasion de Will Sanders et il faudrait aussi parler du renvoi de Keryam à un moment ou à un autre –, mais j'étais résolue à retarder notre discussion le plus longtemps possible.

Car quand je serais face à Justin, je savais que je ne pourrais pas m'empêcher de lui demander…

Pourquoi m'avaient-ils tous abandonnée ?

***

Le lendemain matin, je me rendis au Central en traînant les pieds et gagnai mon bureau à contrecœur. Je n'avais pas envie de voir le siège vide et l'ordinateur éteint du poste de Keryam, pas plus que je ne voulais répondre à de nouvelles questions sur l'évasion de Will Sanders.

Plus que tout, je ne voulais pas rencontrer Justin.

Je bâillai et m'arrêtai entre deux étages, cherchant une excuse pour ne pas regagner mon bureau immédiatement.

J'étais inquiète pour Lorenzo. J'aurais voulu être certaine qu'il avait réussi à regagner le Quartier Rouge sans encombre, et, comme j'étais dans la liste des suspects concernant l'affaire Sanders, je n'aurais sans doute pas été informée s'ils l'avaient attrapé dans nos locaux. J'aurais préféré qu'il ne soit jamais venu ici, mais d'un autre côté, je n'aurais pas réussi à m'en sortir sans lui. Ce conte ridicule à mon propos avait beau n'être qu'un tissu de niaiseries, Sanders s'était donné tant de mal pour avoir de mon sang que je n'étais pas persuadée qu'il m'en aurait laissé.

Encore une fois, je m'étais comportée comme une gamine stupide et entêtée, incapable de se débrouiller seule. Penser à la piètre estime que Lorenzo devait avoir pour moi m'angoissait, surtout après son étrange attitude de la veille. J'étais aussi bien obligée de reconnaître que ma propre opinion à mon sujet n'était pas non plus très flatteuse.

– Quelle idiote ! murmurai-je pour moi-même en ouvrant la porte de mon bureau. Je suis vraiment une incapable.

– Dans ce cas, demande de l'aide.

Je relevai brusquement la tête et écarquillai les yeux, persuadée que j'avais des visions. Et pourtant il était bien là, assis derrière son bureau, un dossier ouvert devant lui.

– Mon cas doit être plus grave que ce que je pensais, marmonnai-je entre mes dents.

– Salut, dit Keryam, l'air immensément satisfait de son effet.

Chapitre 16

– Keryam ? Que fais-tu ici ?

Il esquissa un sourire qui me fit froid dans le dos. Il n'avait rien de menaçant, cependant il ne ressemblait pas du tout à celui qu'il arborait habituellement.

– Je…

– Pas la peine d'appeler la sécurité, Saralyn, dit Keryam, continuant de sourire comme s'il trouvait la situation incroyablement drôle. Justin et moi avons eu une petite explication et tout est arrangé.

– Vraiment ? demandai-je, incrédule. Mais pourtant, tu t'apprêtais à vendre des informations confidentielles… Tu as été réintégré ?

Ce n'était pas normal. Je me doutais que Keryam n'allait pas être renvoyé – l'Organisation n'aurait pas laissé quelqu'un qui en savait autant dans la nature. En revanche, j'étais persuadée qu'il allait être suspendu et rétrogradé, ou même envoyé dans une autre ville : d'après ce qu'on racontait, c'était généralement ce qui arrivait à ceux qui passaient devant la Commission. Je devais avouer que j'avais espéré que la dernière hypothèse se réaliserait et m'éviterait d'avoir à affronter celui que j'avais dénoncé.

– Oui, confirma-t-il en s'appuyant complètement contre le dossier de sa chaise. Sois tranquille, je ne t'en veux pas du tout :

tu as eu raison de prévenir Justin. Il m'a fait comprendre que j'avais tort de vouloir révéler notre existence au grand public, alors j'ai décidé de laisser tomber le journalisme et d'intégrer l'Organisation pour de bon.

– Vraiment ? répétai-je, un peu pauvrement.

Tu m'en diras tant, pensai-je avec mauvaise humeur. Il y a moins de vingt-quatre heures, il était prêt à tous nous envoyer au cimetière en proclamant à la face du monde les noms des membres de l'Organisation et l'existence des corbusards, et maintenant il voulait se battre à nos côtés ?

Keryam eut un petit rire. Je n'aimais pas la façon dont il me regardait, ni ce sourire satisfait qu'il affichait avec aplomb. Il avait l'air d'un homme qui vient de découvrir qu'il est intouchable.

Je baissai les yeux et me crispai, essayant de m'empêcher de rougir.

– Pourquoi me regardes-tu comme ça ? questionnai-je de mon ton le plus sec.

– Comme quoi ? répondit-il, souriant avec innocence.

– Comme si j'étais une sorte de bête curieuse, et que tu te demandais quel effet ferait ma tête accrochée au-dessus de la cheminée de ton salon.

– Tu n'y es pas du tout, dit-il en recommençant à rire.

Il semblait absolument ravi. Il possédait une information que je n'avais pas, je le sentais. Et elle avait transformé l'inoffensif Keryam en cet être arrogant, dont l'odeur était menaçante.

Ou peut-être était-ce lui, le *véritable* Keryam. Jusqu'ici, je n'avais rencontré que la facette de lui-même qu'il avait bien voulu me montrer – celle du serviable assistant timide. Mais comment savoir qui se trouvait derrière le masque de celui qui n'avait jamais cessé de mentir ?

Je m'agitai inconfortablement, songeant aussi que, malgré son petit numéro de journaliste repenti, il devait me garder rancune de l'avoir dénoncé – après tout, je venais de détruire sa carrière ainsi que sa meilleure chance de faire fortune. Autant dire que je ne m'attendais pas à ce qu'une indéfectible amitié nous unisse de sitôt.

– On devrait se mettre au travail, non ? suggéra Keryam.

– Euh, oui… d'accord, répondis-je, décontenancée.

Je passai la matinée à le surveiller du coin de l'œil. Il ne faisait rien de spécial, mais j'aurais juré que quelque chose d'oppressant se dégageait de lui et rendait l'atmosphère de la pièce irrespirable.

– Qu'est-ce qui se passe ? demanda-t-il finalement, surprenant de nouveau mon regard sur lui.

– Tu n'es pas comme d'habitude. Qu'est-ce qui s'est passé avec Justin ?

– Ça…

Il porta son index à ses lèvres et me fit un clin d'œil.

– C'est un secret.

Ce sourire m'exaspérait. Je froissai machinalement une feuille de papier dans mon poing, avant de m'apercevoir qu'il s'agissait d'un rapport que j'étais censée répertorier.

– Ah, je sais, dit soudain Keryam. C'est parce que je ne t'ai pas encore apporté de café !

Il partit aussi sec, ignorant mes protestations, et revint avec un gobelet fumant. Je le remerciai sans sincérité. Habituellement, je serais sortie sous un prétexte quelconque pour aller le boire dans un recoin sombre, mais je ne m'en sentais pas le courage.

Je voulais seulement rester enfermée ici, là où j'avais le moins de chance de voir qui que ce soit, jusqu'au moment de rentrer chez moi. Je posai le gobelet près de mon pot à crayons, assez loin de moi pour ne pas le renverser et pour pouvoir prétendre l'avoir oublié lorsqu'il serait froid et imbuvable. Je considérai aussi l'idée d'en vider le contenu dans le pot de l'azalée que Keryam avait installé sur le rebord de la fenêtre dès que celui-ci aurait le dos tourné.

Penchée sur mon dossier, j'affectai la plus intense concentration durant la demi-heure qui suivit. Pourtant, j'aurais été bien incapable de dire de quoi il s'agissait. Mon esprit ne cessait de passer d'un sujet d'inquiétude à l'autre, ne faisant qu'accroître mon angoisse sans jamais trouver la moindre solution.

– Tu penses que je l'ai empoisonné ?

– Hein ?

– Ton café, tu ne le bois pas, remarqua Keryam en m'observant d'un air narquois.

– Oh, j'avais oublié, balbutiai-je sans conviction. Il doit être froid, maintenant.

J'approchai la main du gobelet, mais Keryam, qui était déjà debout, le saisit avant moi. Je levai vers lui un regard surpris. Essayait-il de me faire peur ?

– Non, dit-il. En fait, c'est encore chaud.

Il me tendit le gobelet. Je le pris et manquai le lâcher, me brûlant avec le plastique. J'observai avec stupéfaction la légère buée qui s'élevait du liquide.

– Comment… Comment est-ce possible ? demandai-je. C'est là depuis presque une demi-heure, ça devrait être froid !

– Ça ne l'est pas, répondit Keryam en haussant les épaules.

– Qu'est-ce que tu as fait ?

– Moi, rien. Je sais que je t'ai menti, mais ce n'est pas une raison pour m'accuser d'avoir réchauffé ton café. Croirais-tu que je suis un corbusard ?

Ce fut à cet instant que tous les doutes que j'entretenais à son sujet prirent corps. La brume, son comportement d'aujourd'hui, et la raison pour laquelle Justin était suffisamment certain que Keryam n'irait rien révéler sur nous à la presse pour le maintenir à son poste… Après tout, si Keryam était l'un d'entre *eux*, il n'avait aucun intérêt à dévoiler l'existence de sa propre espèce aux humains.

– Oui, dis-je. C'est exactement ce que je crois.

***

La fin de la semaine fut très déplaisante. Keryam n'avait pas confirmé mes soupçons, mais il n'avait rien fait non plus pour les dissiper. En réalité, mes incertitudes et le malaise croissant que je ressentais en sa présence semblaient l'amuser beaucoup, et j'avais l'impression qu'il prolongerait la situation aussi longtemps que possible.

Je jetai un coup d'œil au panier de Jamara, à côté de mon lit. Il passait ses nuits là depuis que j'avais fâcheusement tendance à couvrir de sang tout ce qui se trouvait près de moi pendant mon sommeil. Je déglutis – si j'avais pu m'empêcher de dormir, je l'aurais fait sans hésitation, tellement la peur de me réveiller *autre chose*, voire de ne pas me réveiller du tout, devenait présente au fil des jours.

Nous avions lancé un mandat d'arrêt contre Will Sanders, et je doutais que nous le retrouvions : selon moi, Lorenzo lui avait déjà fait quitter la ville. Je n'aurais pas été étonnée qu'il ait renvoyé son subordonné à Mortelame pour obtenir un remplaçant. Cal m'avait expliqué un jour que c'était là-bas, quelque part à l'est du Vieux Continent, que vivait Rictus, le maître de tous les vampires. Celui-ci avait droit de vie et de mort sur ses sujets, choisissant même chacun des élus qui rejoindrait son clan. D'après ce que j'en savais, d'évidentes raisons avaient en effet poussé les vampires à réglementer étroitement le processus de création de leurs pairs – trop de vampires tue le vampire : pour leur propre survie, ils devaient veiller à ce que l'humanité perdure. Je crois que c'était uniquement grâce à cette politique de stricts quotas que l'Organisation n'avait pas encore décidé d'exterminer tous ces prédateurs.

À présent, ce n'était sûrement plus qu'une question de temps avant que l'élimination ne soit préconisée : il y avait eu pas moins de dix attaques de vampires dans le centre-ville cette semaine. Visiblement, l'approvisionnement en sang avait du mal à se rétablir, et la faim poussait les sujets de Lorenzo aux dernières extrémités. J'avais tenté de plaider leur cause auprès d'Emerson, mais mon supérieur ne m'avait pas écoutée.

Je me tournai une fois de plus sur le côté pour échapper à la déprimante vision des chiffres qui défilaient sur l'écran de mon réveil. Je repensai à ce que j'avais trouvé dans les archives de l'Organisation et m'assis sur mon lit, sachant que je n'étais pas près de m'endormir. Après ce que Will Sanders m'avait révélé sur Lorenzo, je n'avais pas pu m'empêcher de chercher des informations à son sujet. Il avait raison : la façon dont nous le poursuivions depuis des années semblait indiquer un grief personnel. Pourtant, le règne de Rack l'ivrogne était nettement moins sanglant que celui de son prédécesseur, plaisamment surnommé Notre-saigneur Marcus par ses sujets. Lorenzo avait été le premier à conclure des accords interdisant aux siens de boire du sang humain, il avait tenu son peuple avec une grande fermeté et avait mis en place un système d'approvisionnement du sang qui avait toujours bien fonctionné jusqu'à ces derniers temps. En fait, mises à part sa réputation de cruauté envers les autres corbusards et sa détestable manie de se nourrir de mes semblables, c'était un dirigeant extraordinairement pacifique.

J'avais donc des difficultés à comprendre les quinze tentatives de meurtre répertoriées dans les archives que nous avions commanditées ou encouragées au cours des six dernières années. Évidemment, ces informations étant classées confidentielles, je ne pouvais questionner qui que ce soit à ce sujet – je les avais trouvées « par hasard » en allant chercher celles que Justin m'avait demandées le jour où j'avais libéré Will Sanders. Il m'avait en effet fallu retourner au sous-sol bien à contrecœur après avoir reçu un message assez sec sur mon ordinateur, dans lequel le chef de la section delta s'interrogeait sur l'endroit de son bureau où j'avais laissé le dossier urgent que je devais lui remettre la veille.

Je pressai mon poing sur mes lèvres et me recroquevillai contre la tête du lit – dans le noir, mon angoisse s'amplifiait jusqu'à devenir douloureuse. La guerre avait déjà commencé et j'y assistais, impuissante : je pouvais voir le massacre arriver, et je n'avais aucun moyen de l'empêcher.

J'aurais tant voulu que Gaspard soit là, lui qui savait toujours quoi faire.

Je décidai finalement de me recoucher et de faire un effort pour dormir : il était près de 4 heures du matin et cette semaine avait été éprouvante. Le week-end débutait, et il ne s'annonçait pas tellement prometteur puisqu'il devait voir l'union contre nature de ma plus vieille amie et de l'ignoble fiancé qui avait, par un désastreux hasard, croisé sa route lors d'un séminaire sur la pensée positive – ce qui indiquait déjà les chances de réussite de leur vie conjugale.

***

C'est ainsi que je me retrouvai dans la banlieue d'Edencity un samedi après-midi, engoncée, tout comme trois autres malheureuses demoiselles d'honneur, dans un tas de mousseline rose à faire pâlir une moustiquaire. Je n'avais pas pu me résoudre à partir désarmée, aussi avais-je dissimulé un Colt sous ma robe. Après réflexion, je mis également quelques chargeurs de rechange et un poignard dans mon sac de voyage. Mais je devais bien admettre qu'avec mon encombrante tenue, si un corbusard se montrait, il risquait davantage de mourir de rire que du fait de mes armes.

Une fois la cérémonie achevée, je me réfugiai près du buffet pour éviter une possible confusion entre moi et une personne désireuse de danser. À l'odeur, je devinais que la nourriture était plutôt médiocre, et il n'y avait de toute façon rien de comestible de mon point de vue.

Estimant qu'il me serait malaisé d'obtenir de la viande crue dans le restaurant de l'hôtel sans attirer l'attention, je résolus de profiter de ce que les invités étaient absorbés par l'arrivée d'un grand gâteau blanc, accompagnée de la récitation par le marié d'un poème de son cru, pour me précipiter dans le supermarché le plus proche. Pour être honnête, le poème avait une grande part dans mon empressement à aller dîner : la comparaison entre les cheveux de sa femme et les soies d'Orient augurait déjà plutôt mal, mais quand il en fut à essayer de faire rimer « aime » avec

« laine », je décidai lâchement qu'il avait suffisamment de public pour se passer de moi sans dommage.

Par malheur, Carla se doutait de mes projets et elle me débusqua avant que je n'aie eu le temps de m'éclipser. Elle me traîna jusqu'à une table, ignorant mes protestations avec une persévérance qui lui faisait honneur. Je remarquai avec admiration que la plupart des vaillants convives s'étaient lancés dans une sorte de valse, du moins, parmi ceux qui n'étaient pas en train de se soûler au champagne.

Carla me laissa finalement pour aller parler à un homme en smoking blanc, cela malgré mes avertissements : il ressemblait à s'y méprendre à un serveur, et je doutais que s'encombrer d'elle l'aiderait à terminer son service. Je croyais le moment de fuir arrivé, quand Rachel vint me demander comment je trouvais son mariage avec un visage si rayonnant de bonheur que je ne pus m'y résoudre. Au fond, c'était le mariage de ma meilleure amie, et vu la constance de Carla en matière d'histoires de cœur, c'était probablement le dernier auquel j'assisterais avant longtemps.

Après un dernier sourire éclatant, Rachel repartit soutenir son cher et tendre, qui avait déjà tellement de mal à rester debout qu'il menaçait de verser dans les petits-fours froids – côté beuverie, Mark n'avait jamais été très endurant. Un grand garçon malingre vint presque immédiatement me rejoindre, se présentant comme un cousin du marié. Je me rendis compte rapidement que Carla avait officiellement déclaré la chasse au Prince charmant ouverte, et qu'elle était allée raconter à qui voulait l'entendre que j'étais une proie facile.

À ce moment-là, je décidai que la faim était devenue intolérable et que j'allais être contrainte de m'esquiver dans les plus brefs délais : je m'excusai auprès du cousin et me sauvai, soulagée que tout ça soit enfin terminé.

J'avais eu soin de me changer après la cérémonie, ce qui me permit de regagner ma chambre d'hôtel sans me faire trop remarquer. Je passai néanmoins la réception en cachant le sac en plastique qui contenait ma nourriture derrière mon dos, aussi tendue que si je l'avais volée. Une fois ma porte soigneusement fermée à clef, je m'assis sur le rebord de la baignoire dans la salle de bains attenant à la chambre pour manger : la viande crue pouvait se révéler plutôt salissante et je ne voulais pas risquer de tacher la moquette qui couvrait le sol. Je ne pris pas la peine d'allumer et profitai de ma morose solitude pour méditer sur les affres du mariage et le ridicule d'une robe comportant autant de tissu qu'une parure de lit.

J'allai finalement à ma fenêtre et tentai d'apercevoir le feu d'artifice tiré sur le pré loué pour l'occasion, à quelques mètres de l'immense tente à fleurs que Rachel avait tenu à avoir pour sa fête. Vu l'état dans lequel étaient le marié et son père quand j'étais partie, j'étais presque certaine que Rachel passerait sa nuit de noces à les aider à dessoûler. Elle devait s'en douter, cependant cela ne l'avait pas empêchée de poser en souriant pour les photographies qu'elle mettrait plus tard sur la table de son salon.

Je me demandais comment elle pouvait être aussi heureuse, comme si tout ce que la vie avait de triste et de sordide lui passait complètement au-dessus.

Je l'enviais. Oh oui, je l'enviais à en mourir.

Vers 23h30, mon téléphone sonna. J'hésitai à décrocher, songeant que c'était probablement Carla. J'aurais parié que j'étais la seule demoiselle d'honneur à avoir eu la présence d'esprit de me débarrasser de mon déguisement dès la fin de la cérémonie, et qu'elle était toujours engoncée dans sa mousseline. Elle devait me chercher partout pour me présenter sa dernière conquête et m'exhorter à me trouver un fiancé parmi les convives. Je décrochai malgré tout, par acquit de conscience professionnelle : même si j'avais déposé une demande de congé pour le week-end dans les règles six semaines auparavant, il y avait toutes les chances pour qu'elle n'ait pas été prise en compte par la moitié des services de l'Organisation.

– Oui, dis-je en étouffant un bâillement.

– Alors, c'était bien, ce mariage ?

Toute envie de dormir disparut instantanément, laissant place à une panique irraisonnée qui manqua de me faire éteindre le portable aussi sec. J'assurai ma prise sur le téléphone et respirai à fond avant de répondre. De toute façon, je ne pourrais pas retarder la confrontation indéfiniment et, tant qu'à faire, je préférais que ce soit au téléphone : ce serait plus facile de rester calme. Ou du moins, de prétendre que je l'étais.

Il faut que je lui parle, je ne dois pas fuir.

Je ne dois pas fuir !

– Justin, saluai-je. Tu sais que je ne suis pas en service ?

Il se mit à rire.

– C'est vrai, reconnut-il. Mais, après ce qui s'est passé ces derniers jours, il me semble que tu m'en dois un, de service.

Chapitre 17

– Quoi ? À quoi est-ce que tu fais allusion ? balbutiai-je.

– Allons, tu ne croyais quand même pas que c'était une simple coïncidence si je t'ai envoyée au sous-sol précisément le jour où tu voulais voir Will Sanders ? Sans parler du fait que personne n'ait posé de questions sur ta présence à la morgue une heure plus tôt, ou sur ton entrée dans un endroit indiqué « réservé au personnel autorisé » pour demander ton chemin.

– Alors, tu étais au courant de tout ?

– Bien sûr. Je te connais, Saralyn. Je savais que tu ne te contenterais pas d'attendre qu'il soit tué.

– Dans ce cas, pourquoi m'as-tu aidée ?

– Tu serais intervenue de toute façon, alors je t'ai évité les ennuis autant que j'ai pu. Et puis, je dois t'avouer que je partage tes doutes : je ne pense pas que Will Sanders soit coupable. En fait, j'ai l'impression qu'une machination est en train de se tramer pour nous pousser à exterminer les vampires. Cependant, ajouta-t-il, j'étais loin de me douter que tu le ferais *évader*. La prochaine fois, rassemble des preuves et transmets-les-moi.

Je restai un instant bouche bée : Justin, qui détestait tant les corbusards, se souciait du sort des vampires. Et il m'avait protégée – il avait pris d'énormes risques juste pour me couvrir.

Il fallait que je lui dise. C'était si simple: il me suffisait de lui avouer que je commençais à me souvenir. Mais les mots restaient bloqués dans ma gorge.

– Si... si quelqu'un se rendait compte que tu m'as laissée faire, tu serais coupable de complicité, et ça t'attirerait de sérieux ennuis, pointai-je.

Ma voix tremblait un peu et mes mains transpiraient sous l'effet de l'angoisse. Je me maudis de ne pas réussir à poser la question qui m'étreignait l'estomac au point de me donner la nausée.

– Quoi, tu veux que je fasse un rapport sur toi ?

– Je n'y tiens pas particulièrement, marmonnai-je, me détestant de plus en plus. Mais je ne veux pas te causer de problèmes.

– J'ai bien laissé une chance à Keryam, remarqua Justin, je n'allais tout de même pas te dénoncer.

– Alors, tu n'as pas envoyé Keryam devant la Commission ?

La situation était déjà plus claire: si Justin avait gardé pour lui les informations que je lui avais transmises, il était logique que Keryam ait pu conserver son poste.

– Non, je lui ai fait comprendre qu'il n'était pas dans son intérêt de nous trahir.

– Parce que c'est un corbusard ?

Il y eut un silence à l'autre bout du fil.

– Qu'est-ce qui te fait dire ça ?

– Il a quelque chose d'anormal, je le sais. L'autre jour, il a réchauffé mon café en le tenant entre ses mains, et quand il a paniqué devant un cadavre, la brume est tombée. Il ne me l'a pas confirmé, mais je suis presque certaine que c'est un sorcier.

– Non, dit Justin, ce n'est pas ça. Keryam a certaines aptitudes, c'est vrai, mais en fait... il est un peu comme toi.

– C'est un lycaride ?

– Non. Il peut manipuler le pouvoir tout en restant humain, de la même façon que toi.

Comme moi ? Si Justin avait soupçonné la moitié des choses que je me sentais en mesure de faire, il m'aurait sans doute obligée à porter un collier en plastique gris.

– Je te remercie de m'avoir couverte, marmonnai-je, après un nouveau silence. La façon dont Will Sanders a réussi à s'enfuir du Central ne te rend pas curieux ? ajoutai-je.

J'avais conscience de faire une très grosse erreur, tout en demeurant incapable de m'en empêcher.

– Je ne veux rien savoir, répondit-il. Je n'ai pas à rédiger de rapport sur ce que j'ignore.

J'étais à la fois soulagée et déçue. Évidemment, j'aurais été bien en peine de lui expliquer comment j'avais brisé les caméras, et j'avais peur de ce qu'il penserait de moi quand il apprendrait que je n'avais plus rien d'humain. Toutefois, confronté à ma nature, il aurait été obligé de se souvenir des raisons pour lesquelles il m'avait abandonnée.

Dis-le ! Il faut que tu le dises, Saralyn !

J'ouvris la bouche et la refermai sans avoir prononcé un mot. Je n'étais pas un être humain, j'étais exactement comme Virgile et Démétrius : Justin n'accepterait jamais le monstre que j'étais en train de devenir. Et moi, je n'accepterais pas qu'il me laisse de nouveau seule.

– Pour en revenir à l'objet de mon appel, reprit Justin, j'ai un service à te demander. Il y a une boîte de nuit, les « Âmes damnées », dans le secteur 6. J'aimerais que tu ailles y jeter un coup d'œil, un de ces soirs.

Je déglutis – je détestais me promener dans le territoire des gargouilles. Cependant, après ce que Justin avait risqué pour moi et les bêtises que j'avais accumulées ces derniers temps, je ne pouvais pas vraiment refuser et il en était conscient.

– Qu'est-ce que tu veux que je fasse ?

– Beaucoup de rumeurs circulent sur cet endroit, et nous devons les vérifier. Je pourrais envoyer une de mes équipes, mais nous sommes très pris en ce moment, avec la guerre des clans et ces vampires affamés qui rôdent dans tous les coins. Sans parler du Guillotineur, qui est toujours dans la nature.

– Je comprends, dis-je. Il y a quelque chose que je dois savoir ?

– Dans la salle principale, tu verras un rideau gardé par deux gorilles, tout au fond. Fais attention, ce sont des gargouilles. Va les voir ; ils ne laissent passer aucun humain, mais ils connaissent les membres de l'Organisation. Il te suffit de bien observer cet endroit et de faire un rapport détaillé sur ce qui se passe là-bas. Ça ira ?

– Oui, aucun problème. Je m'en occupe aussi rapidement que possible.

– Très bien, ça m'enlève une épine du pied. Et méfie-toi des vampires – ils sont vraiment enragés, ces derniers temps.

– D'accord.

– Retourne t'amuser, maintenant. Il faut que tu te détendes un peu, avec tout ce qui s'est passé.

Je lui donnai quelques précisions sur le mariage qui le firent beaucoup rire, mais je gardai le silence sur la famille Fara. En éteignant mon téléphone, je me sentais si frustrée que j'en aurais pleuré : j'avais été lâche, préférant conserver cette angoissante espérance plutôt que de risquer d'être rejetée.

Après avoir pris une douche et jeté un dernier regard par la fenêtre de ma chambre, j'allai me coucher, regrettant la présence réconfortante de Jamara.

Ce ne fut qu'une fois recroquevillée sous mes draps que je considérai la nouvelle question qui venait de s'ajouter à toutes celles qui me maintenaient éveillée : que pouvait-il bien y avoir dans l'arrière-salle des « Âmes damnées » ?

***

Décidant que je me porterais mieux quand ce problème serait réglé, je pris le parti de m'acquitter de ma mission immédiatement après mon retour à Edencity. J'abandonnai ma voiture avant d'avoir tout à fait pénétré dans le Quartier Rouge : je connaissais assez le secteur pour savoir qu'il me serait impossible de me garer à l'intérieur maintenant que la nuit était tombée. Je me mordis nerveusement la lèvre. Être à pied restreignait mes chances de fuite en cas d'attaque, cependant je n'avais pas vraiment le choix. Je cherchai instinctivement le contact de la crosse de mon Magnum sous ma veste, puis, malgré les avertissements de Justin, je fis un détour par le secteur 1 pour me rendre dans celui des gargouilles. J'avais entendu beaucoup de choses sur l'agressivité et l'état lamentable des vampires, et je voulais voir par moi-même ce qu'il en était.

Ce qu'on m'avait rapporté était encore en dessous de la réalité, et je me crispai en sentant la faim qui paraissait ronger cet endroit de l'intérieur. Je savais que le quartier était dangereux, mais depuis que je me souvenais de mon conditionnement, les effets de celui-ci semblaient émoussés, et je n'éprouvais plus cette peur panique en présence de vampires. J'étais heureuse de penser qu'à présent, je pourrais me comporter de façon moins blessante avec Cal et Lorenzo, même si je n'ignorais pas que cela baissait aussi ma garde d'une périlleuse façon.

Autour de moi, j'entendais les riverains se plaindre de la dégradation du quartier, de la recrudescence d'agressions et de junkies venus agoniser sous leurs fenêtres. Il ne me fallut pas longtemps pour comprendre que les êtres affalés par terre n'étaient pas plus humains que drogués : c'étaient des vampires, recroquevillés autour de la faim qui dévorait petit à petit leur organisme. Bien sûr, il restait les donneurs volontaires, mais nous en avions limité le nombre il y avait de cela des années, et les vampires eux-mêmes n'avaient jamais encouragé leur multiplication, pour des raisons de discrétion. Aujourd'hui, les donneurs suffisaient à peine à nourrir les vampires les plus importants de la ville et quelques chanceux. Je m'arrêtai un instant près du bar de Cal, et constatai avec une certaine répugnance qu'il n'y avait plus un seul rongeur vivant dans cette partie de la ville.

Malgré sa baisse de standing, le Grand Boulevard était aussi animé que d'habitude. La transformation radicale qui s'opérait ici entre le jour et la nuit me faisait un drôle d'effet, comme si quelqu'un était venu planter un décor en carton-pâte et que le véritable visage du secteur 1 était dissimulé quelque part, derrière l'une de ces devantures criardes brillamment éclairées. Les bars et les boîtes de nuit étaient pleins à craquer, et des queues interminables encombraient le trottoir.

Je me demandais combien d'entre eux finiraient consommés plutôt que consommateurs.

Nous n'avions jamais réussi à le prouver, malgré de nombreuses descentes dans les bars des environs, mais nous étions convaincus que beaucoup d'entre eux se livraient au trafic de sang humain. Vu les circonstances actuelles, je n'étais même pas certaine de leur en vouloir. J'espérais seulement que Lorenzo avait assez bien organisé les choses pour que les malheureuses victimes restent en vie et ne gardent qu'une abrutissante gueule de bois pour tout souvenir. Généralement, j'avais confiance en lui pour gérer ce genre de situation, seulement la faim faisait perdre tout contrôle aux vampires, et la menace de sanction serait sans doute insuffisante pour réfréner leur appétit.

Je quittai à contrecœur le secteur des vampires pour m'enfoncer dans celui des gargouilles. Mon estomac était étreint par une sourde angoisse, qui ne venait pas uniquement du fait d'être entourée par ces immondes créatures : quelque chose me disait que je n'allais pas du tout apprécier ce que je trouverais là-bas. Au point que je soupçonnais Justin de m'avoir confié cette tâche davantage pour me punir que pour se décharger d'un surplus de travail.

Chapitre 18

Les « Âmes damnées » était une boîte clinquante située en plein cœur du terrain de chasse des sujets de Gabriel. Arrivée devant, je regrettai amèrement ma voiture, surtout que vu la situation dans le secteur vampire, je ne pourrais pas m'y réfugier si les choses tournaient mal : présentement, mes chances de me faire dévorer étaient aussi élevées là-bas qu'ici. J'avais d'ailleurs eu la désagréable impression d'être suivie par un prédateur potentiel pendant une bonne partie de mon trajet. Personne ne s'était montré, cependant.

J'aurais voulu croire que mes bonnes relations avec Lorenzo me gardaient de ses sujets, mais je devais me rendre à l'évidence : contre la faim, personne ne pouvait rien. Et Lorenzo était un dirigeant extrêmement contesté, plus encore en cette période troublée. Je savais que ce dernier incident avec les stocks de sang n'avait pas amélioré sa crédibilité, l'attitude de Will Sanders en témoignait. En fait, je finissais même par me demander si la volonté de Lorenzo de me protéger ne rendait pas ma position plus périlleuse que s'il m'avait ignorée – ceux qui voulaient le renverser ne penseraient-ils pas à s'en prendre à moi juste pour le provoquer ?

J'écartai ces sombres pensées. Après tout, je ne pouvais m'occuper que d'une créature à la fois. J'hésitai dix bonnes minutes avant de plonger dans la foule dense et bruyante qui attendait devant les « Âmes damnées ». L'odeur de l'alcool m'étourdissait presque autant que si j'en avais moi-même bu, et les agressives lumières clignotantes m'aveuglaient. Les corbusards ne faisaient visiblement pas la queue pour entrer – je décidai donc que moi non plus : je voulais en finir avec ce travail au plus vite. Je baissai la tête pour me frayer un chemin vers l'entrée, provoquant du même coup beaucoup de remous et de protestations, et jetai un dernier coup d'œil sur la masse compacte d'humains que j'avais bousculée avant de me tourner vers le videur. Une gargouille. Je réprimai un frisson.

– Qu'est-ce que tu fabriques ? aboya le vigile. On fait la queue comme tout...

J'écartai un pan de ma veste, découvrant mon arme, et le regardai droit dans les yeux, pour lui faire comprendre que je savais parfaitement ce qu'il était. Il retroussa ses lèvres dans ce qui ressemblait à un sourire.

Un sourire qui faisait froid dans le dos.

– Oh, on a besoin de se détendre un peu ? On a vraiment la cote chez vous, en ce moment.

– Quoi ? demandai-je, abasourdie.

– Allez, rentre, y en a qui s'impatientent, dit-il.

Il me désigna la file de clients en colère qui grondaient sourdement derrière moi et je fis un pas sur le côté, incapable de déterminers'ils étaient réellement moins dangereux que les gargouilles.

– Ce qui t'intéresse, c'est au fond, après le rideau. Comme mot de passe, donne juste le nom du patron. Elle peut y aller ! cria-t-il en me poussant vers un second videur.

Ce dernier me laissa passer sans même paraître faire attention à moi. Mais il me voyait, rien n'échappait aux gargouilles. Traverser l'immense salle fut encore plus difficile que ce que j'imaginais : la foule allait s'écraser dans toutes les directions en vagues brutales – de la piste de danse au bar, du bar aux tables, ou vers l'escalier devant lequel un panneau lumineux rose indiquait « Salle disco au deuxième étage ». L'éclat des boules à facettes et des spots tournant sur eux-mêmes à une vitesse abrutissante me donnait le vertige. Je réussis à m'aplatir contre un mur, essayant d'ignorer les basses vibrantes émises par les gigantesques baffles noirs qui encadraient la salle, et observai les va-et-vient désordonnés des danseurs. La plupart étaient humains. Les corbusards, eux, se dirigeaient directement vers le rideau. Plusieurs humains tentèrent de le franchir, sans doute intrigués par l'étrange manège des deux gargouilles qui en gardaient l'accès, et se firent brutalement refouler – assez brutalement pour décourager toute nouvelle tentative.

Je n'aimais pas cet endroit, il me faisait penser à un immense piège à rat prêt à se refermer sur nous. Combien de personnes disparaissaient ici chaque soir ? Probablement beaucoup : cette clarté incertaine et cette foule constituaient le terrain de chasse idéal. Était-ce cela que j'étais venue constater ? Pourtant c'était déjà un fait connu de nos services, alors pourquoi attendre maintenant pour demander un avis d'exécution ou un ordre de fermeture ? Il aurait été simple de faire fermer cet établissement, mais il y aurait eu des représailles, sans compter qu'un autre s'ouvrirait immédiatement ailleurs. Ça, mes supérieurs ne l'ignoraient pas.

Je me hissai sur la pointe des pieds pour mieux voir le mystérieux rideau. Je devais avouer que j'étais curieuse de savoir ce qu'il y avait de l'autre côté, même si je ne pouvais m'empêcher de redouter ce que j'allais y trouver.

Je me remis en route, luttant contre cette marée humaine qui s'obstinait à ne pas avancer dans la même direction que moi. Les yeux perçants des deux gargouilles se fixèrent sur ma personne dès que j'eus émergé de la foule. Ils me regardèrent approcher avec hostilité, et je n'en menais pas large, consciente de ce qu'ils étaient capables de me faire.

– On ne passe pas : cette salle est réservée. C'est une fête privée, cria le premier pour couvrir le bruit.

– On se connaît ? demanda le second.

Surmontant l'horreur qui me faisait grincer des dents, je m'approchai encore, presque jusqu'à le toucher, imitant tous ceux qui étaient entrés.

– Le maître des lieux est Gabriel, affirmai-je d'une voix relativement assurée.

– Ah, une spécialiste, je savais que je t'avais déjà vue quelque part. Je te promets que tu vas bien t'amuser, ce soir, dit-il en m'invitant à passer d'un signe de tête. Et, pour… (il frotta son pouce contre ses autres doigts en une évocation assez caractéristique) adresse-toi à Mike le Tordu. Il est facile à reconnaître, ajouta-t-il, et un gros rire fit tressauter ses larges épaules.

J'inclinai la tête en signe d'assentiment – jamais je n'avais rencontré des gargouilles aussi joviales. Il me fallait cependant avouer que les circonstances dans lesquelles je les croisais habituellement étaient assez stressantes. Je me retins de l'interroger sur ce qui allait se passer de si amusant ce soir et écartai le rideau d'une main. La foule, de nouveau, et pas le moindre humain. Ici, c'était le sang et non plus l'alcool qui coulait à flots.

Quel genre de trafic avait donc cours dans cet endroit ?

Dans cette salle, pas de musique, mais un brouhaha assourdissant qui me désorientait. Le compact et bruyant magma qui se déversait en continu d'un côté à l'autre de l'immense salle m'empêchait de voir quoi que ce soit. Je distinguai des gargouilles, des vampires, quelques mages et un ou deux sorciers. Il m'apparut bientôt que le côté gauche de la salle débouchait sur une sorte de bar, d'où les corbusards revenaient munis d'assiettes sanglantes ou de coupes vermeilles, alors que l'activité du côté droit, d'où me parvenaient divers cris et vociférations, était d'une tout autre nature. Je parvins à me faufiler dans cette direction, prenant garde de ne croiser aucun regard et de ne pas bousculer de gargouille.

Ils m'ignoraient. Pourtant, ils sentaient ma peur, je le voyais à leur façon de montrer les dents en me croisant. Il y avait autre chose, une chose qui les excitait suffisamment pour qu'ils me laissent tranquille. Je me rapprochai sensiblement de la source des cris hystériques, pas assez cependant pour distinguer de quoi il retournait. À cet endroit, les murs se resserraient, ne laissant qu'une ouverture étroite et comblée par une multitude d'êtres agglutinés.

Des êtres qui auraient pu paraître humains.

Il me sembla que l'odeur de sang et de transpiration était plus forte ici, presque poisseuse, mais c'était difficile à déterminer – il y avait tellement d'individus et d'odeurs différentes. Il était inutile de demander des précisions à quiconque : le vacarme était trop fort pour qu'ils m'entendent, et personne ne répondrait à un membre de l'Organisation. Pas devant leurs congénères, en tout cas.

Comment reconnaître Mike le Tordu au milieu de cette bousculade ? Quand mes yeux le rencontrèrent, je l'identifiai immédiatement. Je m'immobilisai, fascinée malgré moi par l'être le plus difforme que j'avais jamais eu l'occasion de contempler – son corps était semblable au tronc d'un vieil arbre noueux et si certaines de ses parties ressortaient étrangement sous sa veste de velours élimée, d'autres étaient inexistantes, comme si le tissu n'eût contenu qu'un vide glaçant. Son visage n'était guère en meilleur état, couturé de cicatrices et contracté dans une perpétuelle grimace de douleur. Je remarquai qu'il y avait nettement moins de monde dans son périmètre. Je l'atteignis à grand-peine, puis m'arrêtai encore, ne pouvant me résoudre à adresser la parole à ce monstre de cauchemar.

Que crois-tu être en train de faire, Saralyn ?

– Je peux t'aider, beauté ? susurra-t-il, très près de mon oreille – trop près.

Je sursautai et pris sur moi pour ne pas m'enfuir en courant.

– Vous êtes…

Bon Dieu, qu'est-ce que c'est que cette horreur ?

– … une gargouille ?

– Ouais. Surprenant, hein ? Les autres sont tous tellement bien foutus…

Je me forçai à émettre un son qui pouvait passer pour un rire si on était pas trop regardant.

– Tu mises combien ? demanda-t-il.

– Quoi ?

– Oh, oui : je vais toujours un peu trop vite. Sur qui tu mises ?

– Euh… je suis désolée, mais je ne vois pas du tout de quoi vous voulez parler.

– Tu es là pour le combat ? Tout le monde vient pour ça, insista-t-il.

– Il y a des combats, ici ? Je croyais que c'était illégal.

– Ça l'est, les Faucheurs ont fait fermer toutes les arènes.

– Les Faucheurs ?

– Oui, vous, l'Organisation.

– Pourquoi est-ce que vous nous appelez comme ça ? demandai-je en fronçant les sourcils.

– Oh, certains vous appellent les Vautours, mais ça change pas grand-chose : vous n'êtes jamais contre un petit nettoyage, hein ? De vrais charognards – on connaît tous quelqu'un qui a été éliminé par l'Organisation, alors... Enfin, pour en revenir aux arènes, un gars a rouvert cette salle il y a quelques mois, et il fait un malheur. Qu'est-ce que t'étais venue chercher dans le coin si c'était pas ça ?

Je haussai les épaules.

– Je passais par là.

– Je vois, le patron va avoir des ennuis, hein ? Il participe lui-même à presque tous les duels – on peut dire qu'il a de sacrées tripes, ajouta-t-il.

Je grimaçai, écœurée. Les duels étaient l'une des coutumes les plus monstrueuses des corbusards – les combats duraient parfois des heures, jusqu'à la mort de l'un des participants. Le vainqueur avait aussi le droit d'épargner sa victime, qui lui appartenait alors jusqu'au jour de son décès. Je n'avais jamais personnellement assisté à ce genre de spectacles, néanmoins ce que j'avais lu sur le sujet m'avait retourné l'estomac.

– Ce soir, il se bat contre un vampire – un nouveau lot est arrivé ce matin, en provenance directe des Oubliettes.

– Rack a laissé faire ça ?

– C'est lui qui les a vendus, affirma le Tordu, comme si c'était une évidence. Que des condamnés à mort, de toute façon : pour eux, c'était ça ou les Thargélies.

Ce n'était pas la première fois que j'entendais ce terme. Je me retins de réclamer des explications – au fond, je n'étais pas certaine de vouloir savoir de quoi il s'agissait.

– Alors, tu veux miser ? Tu peux parier sur le patron, c'est un coup sûr. J'te le dis parce que tu me plais bien, même si t'es des leurs : il perd jamais.

Un frisson de dégoût passa le long de mon échine. Je secouai la tête.

– Non. Merci du tuyau, mais je ne joue pas à ces trucs-là. Par contre, j'aimerais bien m'approcher un peu de l'arène. Vous croyez pouvoir faire ça pour moi ?

Il me tutoyait, cependant je n'arrivais pas à faire de même : tutoyer un monstre pareil aurait été comme accepter qu'il se tienne si près de moi, et c'était au-dessus de mes forces.

– Je vais avoir des problèmes avec vous ?

– Non, pas si vous vous montrez coopératif.

– Suis-moi.

Le Tordu s'enfonça dans la cohue, repoussant les autres corbusards de ses bras maigres tout en creux et en bosses, et vociférant des imprécations contre ceux qui avaient le malheur de se trouver devant lui. À le voir, on aurait juré que n'importe quelle gargouille aurait pu le casser en petits morceaux sans trop d'efforts, et pourtant, ses congénères s'écartaient de son chemin sans protester, avec empressement.

Le tenancier devait être la cible qu'on m'avait demandé de repérer. Qui pouvait être assez monstrueux pour avoir rétabli cette pratique barbare ? Néanmoins, une question me tourmentait plus encore, tandis que je m'engouffrais à la suite du Tordu au milieu de la foule hurlante : pourquoi m'avait-on si facilement laissée entrer, alors que tout le monde était au courant que l'Organisation avait interdit les duels ?

La clameur frénétique, qui me rappelait une course de rats à laquelle j'avais assisté dans un bar de Central Town, se précisa. Je m'aperçus que les spectateurs criaient des encouragements sans destinataire précis. Malgré l'irascibilité de mon guide, nous avancions si lentement que l'arène me paraissait encore à des kilomètres. Je commençais à ressentir une irrépressible appréhension, celle qui m'étreignait toujours à l'instant où je devais décider d'appuyer ou non sur la détente. Car c'était bien ce que je faisais en donnant un nom – un seul mot prononcé au téléphone, quelques lignes griffonnées dans un rapport, et Monsieur l'amateur de duels se retrouverait dans l'incinérateur de l'Organisation. Il méritait ce qui allait lui arriver, et il devait savoir ce qu'il encourait en pratiquant ce genre d'activités, aussi cela aurait dû me laisser parfaitement indifférente. Mais ce n'était pas le cas, et je me prenais à espérer que, quel que soit ce corbusard peu scrupuleux, nous parviendrions à trouver un accord.

C'était idiot, totalement idiot, de me laisser aller à ces divagations alors que je savais ce qu'il en était : en ressuscitant les duels, il s'était lui-même condamné à mort. Il fallait de toute façon accorder bien peu de prix à sa propre existence pour accepter de participer à de tels combats.

Non, je devais me contenter de faire mon travail et passer outre cet étrange et angoissant pressentiment que quelque chose n'allait pas, dans cet endroit. C'était peut-être la façon dont ils m'observaient tous, comme si ma présence en ces lieux était *normale*, ou peut-être le simple fait que personne n'appelait le nom des combattants – l'issue semblait connue d'avance et indifférente. Le tumulte et l'excitation étaient ceux de l'adrénaline, de la sueur et du sang, et tout le monde se moquait visiblement de ce qui arrivait à ceux qui se trouvaient dans l'arène. Mais après tout, c'étaient des corbusards, des monstres : que pouvait-on attendre d'autre de leur part ?

– Et voilà, annonça le Tordu en s'arrêtant, c'est droit devant toi. Attention à ne pas tomber dans la fosse – j'ai entendu quelque part que le vampire n'a pas mangé depuis un bon bout de temps.

– Merci, dis-je, distraitement. Et, le tenancier, c'est une gargouille ?

Il écarquilla les yeux. Je remarquai que le gauche était fixe et d'une curieuse couleur.

– Non, c'est un humain, répondit-il, surpris par mon ignorance.

Je ne commentai pas et le dépassai, m'enfonçant parmi les corbusards frénétiques. Il n'y avait plus qu'un rang, une seule personne qui me bouchait encore la vue, et je n'étais plus certaine d'avoir envie de regarder.

Tu fais ton travail, uniquement ton travail.

Il n'y a rien que deux monstres dans cette fosse.

Un humain ? C'était impossible – aucun humain ne pouvait tenir tête à un vampire dans une arène. Oui, le Tordu s'était sûrement trompé. J'écartai la dernière personne et me retrouvai les pieds au bord du gouffre. Il m'aurait suffi de m'asseoir par terre pour descendre dans la fosse – elle n'était guère profonde, et un simple rang de cordes la séparait du reste de la salle, comme n'importe quel ring de boxe. Sauf qu'à l'intérieur, dans le sang et l'épaisse poussière qui s'élevait du sol sablonneux, se tenait un vampire exsangue et tremblant ; face à lui, un kandjar dégoulinant à la main, il y avait mon ancien équipier.

Chapitre 19

Incapable du moindre mouvement, je laissai la foule m'écraser contre les cordes, qui se révélèrent être des câbles d'acier. Je levai la tête et observai avec confusion les mouvements de la cage qui se balançait au-dessus de l'arène, prête à être descendue pour contenir les créatures les plus enragées ou pimenter le spectacle. Puis, je fixai de nouveau mon regard sur le combat, ne parvenant même pas à réfléchir suffisamment pour essayer de me persuader qu'il ne s'agissait que d'un cauchemar de plus. Gaspard, torse nu, serrait le manche du poignard. Tous les muscles de son bras étaient contractés, dans l'attente de l'instant propice pour plonger vers son adversaire. Sa peau était dégoulinante de sueur et de sang, sur lesquels la poussière ambiante venait se déposer en un voile terne. Il ne lâchait pas le vampire des yeux, évoluant à pas lents dans une danse fascinante. Ce dernier était visiblement affamé et très affaibli – il montrait les dents, mais se savait d'avance condamné. Il continuait cependant de se battre, suivant les règles cruelles de ce jeu, qui voulaient que l'on retarde le plus longtemps possible l'instant fatal. À l'évidence, Gaspard avait déjà eu à plusieurs reprises l'occasion d'achever son adversaire, dont le torse était marqué par de nombreuses balafres. Le sang anéantissait le peu de contrôle que le vampire avait encore sur lui-même et, le visage crayeux et agité de tics nerveux, il lapait celui qui dégoulinait sur sa peau tout en surveillant Gaspard.

Non, non ! Pitié, non !

Il ne peut pas le tuer, c'est impossible !

Les yeux remplis de terreur et de douleur du vampire roulèrent dans leurs orbites et se posèrent sur moi un bref instant. J'aurais voulu intervenir, mais la stupeur me paralysait, et mon esprit tournait en rond tel un animal encagé.

Je t'en supplie, ne lui fais pas de mal.

Je devais m'en aller, il fallait que je sorte. Cependant je ne pouvais pas le laisser… Personne d'autre ne devait mourir. Ma vision se brouilla et je me bouchai les oreilles pour empêcher le tumulte meurtrier de me parvenir – les spectateurs appelaient la Mort et réclamaient du sang.

La créature moribonde se jeta sur Gaspard dans une tentative désespérée, et ce dernier lui enfonça le kandjar dans l'estomac. Ce vampire était encore jeune, et il paraissait si faible – un glapissement s'étrangla dans sa gorge quand il glissa à terre, s'abandonnant à la morsure mortelle de la lame. Gaspard le considéra sans bouger et, dans sa main, le poignard à demi levé luisait d'un éclat bleuté sous la lumière des néons. Il avait l'air tellement indifférent, comme si ce qu'il était en train de faire n'avait pas d'importance.

Comme s'il l'avait déjà fait des milliers de fois.

Je pressai plus fort mes paumes contre mon crâne dans un vain effort pour étouffer les cris qui scandaient…

À mort !

Un hurlement me monta aux lèvres sans parvenir à s'en échapper, secouant mon corps tout entier.

Arrête !

Tu ne peux pas !

Non ! Arrête !

Mon barrage mental, si patiemment édifié au long de ces derniers mois, avait cédé. Je sentis le cri claquer dans l'air sans qu'un seul son soit sorti de ma gorge. La clameur se tut. Je levai les yeux. La cage oscilla une dernière fois, sembla presque hésiter, puis elle s'écrasa avec fracas sur l'arène, soulevant un immense nuage de poussière. Le vampire, à présent enfermé avec son bourreau, me fixait lui aussi de ses pupilles dilatées par la terreur.

Gaspard.

Les Faucheurs. Certains vous appellent les Vautours – de vrais charognards.

Tout le monde l'appelle le Fossoyeur.

Gaspard fronça les sourcils et considéra la cage, inquiet. Le silence pesait sur la salle immobile, et je restais là. Enfin, il suivit le regard du vampire et me vit. Il cilla et recula d'un pas. Sans détourner les yeux, il secoua la tête dans un geste de déni convulsif et lâcha le kandjar. Je passai la main sur mon visage et m'aperçus que je pleurais. Brusquement, je fis volte-face et m'enfuis, m'enfonçant de nouveau dans la foule.

– Saralyn ! Non ! entendis-je derrière moi. Ouvrez cette putain de cage ! Ouvrez, bordel ! Saralyn !

Je sortis de la salle, asphyxiée par les larmes, heurtant tous ceux qui se trouvaient sur mon passage. Peu importaient les gargouilles : de tous ces monstres, celui qui avait été mon coéquipier était le pire.

Comment n'avais-je rien remarqué pendant tous ces mois ? Les bandages, les blessures qui se renouvelaient sans cesse et les nuits blanches qui marquaient son visage – comment avais-je pu être aussi aveugle ? Parce que je l'avais voulu, bien sûr : c'était tellement plus simple d'ignorer la vérité.

Que dire à Justin ? Je repoussai d'un geste rageur les corps qui me barraient la route dans la salle principale. Ils riaient sans me voir, et un violent désir de casser quelque chose m'engourdissait l'esprit. Dehors. La rue, la foule encore compacte et la lumière jaune des lampadaires.

Partez ! Partez tous !

Je réfrénai le besoin d'éparpiller ces humains comme une volée de moineaux, dans l'espoir qu'ils ne remettraient jamais les pieds dans ce secteur. Mais ce serait inutile. Ils n'avaient aucune idée de ce qui se dissimulait dans l'ombre, et on ne pouvait protéger ceux dont les meurtres ne rentraient même pas dans les statistiques. Parfois, les familles mettaient des semaines à s'apercevoir de leur disparition.

Parfois, personne ne s'en apercevait jamais.

« On ne peut pas sauver tout le monde, avait affirmé Justin. Ce qui reste n'est qu'un pourcentage négligeable. »

Négligeable, c'était ce qu'il avait dit. Je resserrai ma veste autour de moi et frissonnai dans le vent glacial de ce mois de février.

– Est-ce que ça va, mademoiselle ?

Je me tournai dans un sursaut vers l'homme qui m'avait interpellée – un humain qui me dévisageait avec curiosité. Je fis un brusque signe de tête dépourvu de signification et me remis à courir, sans trop savoir ce que je fuyais.

La voiture. Je devais atteindre la voiture, puis rentrer chez moi et tirer tous les verrous. Ensuite, je serais en sécurité et je pourrais réfléchir.

Le parking était loin. Mes jambes faiblirent, me contraignant à une marche trébuchante. Je m'immobilisai abruptement et crachai un filet de sang. La tête prête à exploser, j'appuyai mon front contre le mur sale de l'immeuble devant lequel je m'étais arrêtée. Plus qu'une centaine de mètres et je serais dans le secteur des vampires. Un bruit de pas précipité résonna soudain derrière moi. Je scrutai la nuit, mais reconnus la façon de courir de Gaspard bien avant de l'apercevoir. Je repris ma course vers le parking sans attendre que ce soit le cas.

Je n'avais plus de force, plus aucune énergie – il fallait que je mange, j'avais besoin de viande. Comment pouvais-je penser à ça après ce que je venais de voir ? Une quinte de toux me plia en deux, coupant court à ma fuite.

– Saralyn ! cria Gaspard, à bout de souffle.

Si je repartais maintenant, il m'était encore possible de le semer, si...

Mes jambes me trahirent et Gaspard me bloqua le passage. Je tentai sans succès de le contourner, les yeux fixés sur le sol. Haletant, il inspira quelques grandes bouffées d'air froid en silence – il n'avait même pas pris le temps de mettre un tee-shirt ou de prendre une arme, ce qui était encore plus étonnant de sa part.

– Saralyn, répéta-t-il d'un ton implorant.

– Laisse-moi. Je ne veux pas... je ne peux pas !

– S'il te plaît, écoute-moi. Saralyn, regarde-moi !

– Non. Je ne veux pas...

Je me tus, étouffée par les sanglots. Gaspard se détendit : il savait que je ne m'enfuirais pas. Il me savait incapable de m'enfuir, mais il resta néanmoins très près de moi, comme s'il s'attendait à me voir tomber d'un instant à l'autre.

– C'est de ma faute, gémis-je. J'aurais dû comprendre : tu es tout le temps blessé et tu disparais sans arrêt. Justin m'avait ordonné de te surveiller et je ne l'ai pas fait. Et tu as tout cet argent, les armes et les voitures… Oh mon Dieu, Gaspard, tu as tué pour de l'argent !

– Arrête de dire ça, rien de ce qui arrive dans cette ville n'est de ta faute. Pourquoi tu dis toujours ça ? répéta-t-il.

Je me déteste, pensai-je. *Oh, je me déteste.*

– Je te déteste, marmonnai-je, noyée de larmes.

– Regarde-moi.

Je secouai la tête, les yeux rivés sur le pavé irrégulier du trottoir gris.

– Saralyn, il faut que tu comprennes. Tu sais, le vampire n'est pas mort, souffla-t-il.

– Et les autres ? Les autres, Gaspard. Combien tu en as tué avant ce soir ? Des dizaines ? Des centaines ? Tout ça pour de l'argent !

– Il faut les éliminer, ce sont nos ennemis. J'ai fait ce qu'il fallait. Je t'en prie, regarde-moi.

Il me prit le menton, m'obligeant à relever la tête, et tressaillit sous le poids de mon horreur muette. Il me lâcha et détourna la tête.

– Tu saignes, remarquai-je, portant une main hésitante à son bras.

– C'est rien, juste une morsure, répondit-il, l'air absent.

– J'avais confiance en toi. J'aurais fait n'importe quoi si tu me l'avais demandé et… tu m'as trahie, tu m'as laissée. Pourquoi on finit toujours par me laisser ? murmurai-je sans attendre de réelle explication.

– Non. Saralyn, je…

Il passa nerveusement la main dans ses cheveux, et parut tout à coup s'apercevoir qu'il était torse nu et éclaboussé de sang.

– Je ne te ferais jamais de mal.

– Que crois-tu que tu me fais en ce moment ! m'exclamai-je avec véhémence, partagée entre la colère et l'infini sentiment de désespoir qui pesait sur ma poitrine au point de m'empêcher de respirer.

Tout le monde m'avait dit de me méfier de lui, mais je n'avais rien écouté. Même Lorenzo... Oh, non ! Le passeur, si jamais Gaspard y était pour quelque chose...

– Tu es allée chercher des vampires dans les Oubliettes ? questionnai-je avec circonspection.

– Oui. Il n'y a pas beaucoup de volontaires, pour ce genre de combats : c'étaient surtout des gargouilles, des prisonniers dont Rack voulait se débarrasser, et des indésirables.

Les indésirables : des ratages d'invocation, des créatures dangereuses dont on ne savait comment se débarrasser. J'avais toujours pensé qu'on les détruisait immédiatement, mais il semblait que tout pouvait se vendre, y compris ça.

– Pourquoi est-ce que tu as fait une telle chose ?

– Les combats ? Parce que j'aime ça, même si tu ne peux pas l'admettre.

– C'est impossible, Gaspard. On ne peut pas aimer tuer.

– Je les hais, dit-il froidement. Je les hais, alors je les tue.

Je sursautai brusquement, et essuyai mon visage trempé de larmes du revers de la main.

– Montrez-vous, ordonnai-je.

Je m'écartai de Gaspard et me tournai vers une ruelle sombre que l'angle d'un immeuble dérobait à ma vue.

– Quoi ? demanda Gaspard, soudain plus attentif à ce qu'il y avait autour de nous.

– Si vous ne vous montrez pas, je vais venir vous chercher, menaçai-je en sortant mon arme et en ôtant la sécurité.

Deux présences dont le cœur ne battait plus. Elles hésitaient. Il émanait d'elles une vague menace, toutefois elles avaient faim et étaient très affaiblies. Je fis donc taire ce qui, en moi, me commandait de fuir ou d'attaquer, et les laissai approcher sans tirer.

Ainsi que je le pensais, il s'agissait de deux vampires. La fille brune qui me faisait face tenait à peine sur ses jambes, et l'homme qui l'accompagnait n'était guère dans un meilleur état.

– Que voulez-vous ? les questionnai-je.

J'aurais dû être plus prudente : en fuyant Gaspard, je m'étais engouffrée dans le secteur 1 sans même m'en rendre compte, et nous nous étions arrêtés dans un dédale de rues obscures. Rien d'étonnant à ce qu'on nous ait pris pour des proies faciles. Je jetai un coup d'œil sur mon ancien équipier – il avait porté la main à sa ceinture par réflexe, et était visiblement très désemparé de découvrir qu'il n'avait aucune arme sur lui. Je pensai un instant à lui envoyer mon poignard de rechange, mais les deux vampires ne me semblaient pas présenter de réel danger, et je ne voulais pas qu'il les tue. Après tout, j'ignorais s'il était capable de se dominer.

– Lui, dit le garçon. À vous, on ne vous fera rien – vous pouvez partir. Mais lui, on va boire son sang jusqu'à la dernière goutte.

Sa bouche semblait pâteuse et il s'exprimait avec difficulté. Un instant, je songeai qu'il avait l'air ivre. Cette faim… Cette horrible faim qui me déchirait l'estomac…

– Allez-vous-en, ordonnai-je. Je ne tiens pas à me battre avec vous dans votre état.

– Il mérite de mourir, siffla la fille. C'est de sa faute, tout ça.

Gaspard ne répondit rien, toisant les deux vampires comme s'il ne s'agissait que d'insectes répugnants.

– Allez-vous-en, répétai-je.

Puis leur immobilité indécise me fit perdre tout contrôle. J'étais si en colère contre Gaspard, contre moi-même et contre le monde en général qui semblait toujours changer pour le pire.

– Allez-vous-en ! hurlai-je.

Les réverbères se mirent à clignoter et je sentis tous les chiens du quartier se réveiller pour grogner au rythme de mon désespoir.

Les vampires le sentirent aussi. Je lus dans leur regard qu'ils comprenaient avoir trouvé une créature plus dangereuse qu'eux, et ils hésitèrent à peine avant de battre en retraite.

– Saralyn ? demanda Gaspard. Qu'est-ce qui se passe ?

La fin de sa phrase se perdit dans un murmure quand il vit mon visage. Je montrai instinctivement les dents et m'obligeai à ranger mon arme, tellement la rage le disputait à la douleur dans mon esprit, me donnant envie de lui faire mal.

– C'est toi, n'est-ce pas ? Tu as tué le passeur et tu as détruit les stocks de sang.

Mes mains tremblaient. Je secouai la tête, horrifiée.

– Je le savais et je ne voulais pas le croire. Pourtant, c'est bien toi ? C'est toi ? répétai-je, alors qu'il ne répondait pas.

Je t'en prie, dis-moi que j'ai tort.

Pourquoi restait-il ainsi sans protester ? Il fallait qu'il se fâche, qu'il crie son innocence et me jure que je me trompais.

Il n'en faisait rien.

Dis-moi que ce n'est pas toi.

– Oui, c'est moi, admit-il, très calme.

– Oh mon Dieu, laissai-je échapper.

Je pressai mon poing contre ma bouche, ne sachant si je devais recommencer à hurler ou à pleurer.

– Comment as-tu pu ? murmurai-je. Pourtant, tu les as vus, non ? Ils meurent de faim !

Le visage du jeune vampire que j'avais vu agoniser sur le sol du bar me revint en mémoire – la douleur et la faim dévorante au fond de ses yeux fiévreux.

– Je l'ai fait pour toi.

– Quoi ? dis-je, abasourdie.

– Je l'ai vu. J'ai vu le vampire chez toi.

– De quoi est-ce que tu parles ?

– Sur le palier. Le jour où tu as passé ce pacte avec Démétrius pour me ramener à la vie, j'ai vu un de ces sales buveurs de sang sortir de ton appartement.

– Je ne comprends pas.

– Ne mens pas ! cria-t-il, exaspéré. Il s'est évaporé, c'était un vampire, un envoyé de Démétrius. Je sais que ça n'a pas été la seule fois : il est revenu, ensuite. Et tu avais peur.

Un vampire – il n'avait pas reconnu Lorenzo. Je retins un soupir de soulagement.

– Tu as vu un vampire sortir de chez moi ? Et c'est pour *ça* que tu as tué le passeur ?

– Tu avais peur, répéta-t-il.

– C'est vrai, l'un des leurs est venu me faire une proposition. Je l'ai refusée et il ne m'a rien fait, rien du tout.

– Ce serait arrivé tôt ou tard, personne ne leur échappe. Maintenant, ils vont crever, et ceux qui restent seront sous le coup d'un ordre d'extermination. Démétrius ne résistera plus quand ses petits soldats seront tombés et tu seras délivrée de la promesse que tu as dû faire à cause de moi.

– Tu n'as même pas idée de ce que tu as provoqué, dis-je en pressant mes doigts contre mes tempes. La pénurie cause des ravages épouvantables.

– Ce sont des corbusards, Saralyn, expliqua-t-il, l'air de ne pas comprendre. Ne parle pas d'eux comme s'ils étaient des nôtres.

– Ils sont plus humains que toi, crachai-je. Ils n'auraient jamais fait une chose aussi monstrueuse. Enfin, Gaspard : le passeur, les duels... Qu'est-ce que je vais pouvoir raconter à Justin ?

– La vérité : tu ne supportes pas de mentir.

– Si je lui dis, tu passeras devant la Commission. Tu te rends compte de ce que tu risques ?

– J'en avais conscience quand j'ai commencé. J'ai misé et j'ai perdu – tu peux rien y changer.

– Mais pourquoi ? Si tu savais qu'un vampire était venu me voir, tu aurais dû m'en parler !

– Ce sont eux ! lâcha-t-il soudain avec un accent désespéré qui me retourna l'estomac. Ce sont les vampires qui ont tué mon frère !

– Quoi ? balbutiai-je. Comment peux-tu être sûr de ça ?

– J'ai trouvé par hasard son dossier en faisant des recherches pour Justin. Ce sont les vampires qui l'ont tué, et maintenant, ils vont te tuer, toi ! Qu'est-ce que tu croyais ? Que j'allais tranquillement attendre qu'ils décident de t'abattre ?

Je vis son regard déterminé, et il fut soudain clair que tout ceci n'était pas de la faute de Gaspard, pas plus que de la mienne.

– Tu as besoin d'aide, dis-je.

– D'aide ? De quoi est-ce que tu parles ?

– C'est… Tu dois en discuter avec quelqu'un. Justin pourra t'aider.

– Tu penses que je suis dingue ? demanda-t-il, incrédule.

Je restai muette, déstabilisée par la violence de cette affirmation. Mais Justin serait en mesure d'arranger la situation, j'en étais certaine : Justin arrangeait toujours tout.

– Non ! Bien sûr que non. Je pense seulement que tu n'agis pas vraiment…

Dis-moi que tu ne sais pas ce que tu fais.

– Je suis désolée pour ton frère, dis-je, et je suis sûre que tu croyais que c'était la meilleure solution.

– Je ne veux pas de ta pitié, Saralyn, m'interrompit-il. Explique-moi ce que je dois faire pour que tu me pardonnes.

– Il faut que les vampires rétablissent l'approvisionnement avant qu'il ne soit trop tard.

– Tu es sérieuse ?

– On ne peut pas les laisser mourir de cette façon : ils sont trop faibles pour se battre, la coalition va les massacrer.

– On ne nous autorisera pas à intervenir et tu le sais. Tu veux vraiment que je fasse acte d'insubordination ?

Les traîtres verront leur sang se répandre goutte par goutte…

Je grimaçai et secouai la tête.

– Non, non. Oublie ça. Il y a sûrement un autre moyen.

– Je le ferai, annonça-t-il.

… leurs corps brûleront…

– Je vais trouver un autre moyen, m'entêtai-je, prête à donner n'importe quoi pour revenir deux minutes en arrière.

– Ce n'est plus ton problème, maintenant. C'est le mien.

... et la mort sera douce comparée aux tortures de leurs âmes face à leurs crimes.

– Non, j'ai eu tort de te demander ça.

Je commençais à paniquer, et le sol paraissait se dérober sous mes pieds.

– C'est trop dangereux, ajoutai-je.

– Il faut savoir ce que tu veux, dit-il avec un sourire où il me sembla déceler une pointe de cruauté.

– Je veux que tu répares ce que tu as fait, grondai-je, furieuse de voir que la situation était en train de tourner à son avantage. Mais...

– Tout ira bien.

Je croisai les bras sur ma poitrine pour essayer de faire fondre la boule froide qui s'était installée là, juste en dessous de mon cœur.

– Peut-être même que ça prouvera ma bonne volonté et que ça me permettra de m'en tirer, va savoir, fanfaronna-t-il. De toute façon, ils m'ont déjà tellement rétrogradé que je ne risque plus grand-chose : au pire, ils m'enverront dans une succursale de bouseux, quelque part au sud. Et vu là d'où je viens, je ne serai pas dépaysé.

Je ne répondis rien, les lèvres pincées. J'espérais seulement qu'il serait parti avant que je ne puisse plus retenir mes larmes.

– Justin t'aidera et tout redeviendra comme avant, affirmai-je d'une voix peu assurée.

– Tu me manques, Saralyn, avoua-t-il brusquement.

– Non, dis-je, secouant la tête et reculant pour échapper à sa présence envahissante. Non, toi, tu ne ressens rien pour personne – tu ne penses qu'à toi. Et moi, je dois...

Je m'écartai et cherchai à le contourner. Je ne pouvais rien pour lui, et me voir sangloter ne lui serait d'aucune utilité.

– S'il te plaît, supplia-t-il. Saralyn…

– Il faut que je m'en aille. Ils arrangeront tout, Gaspard, l'Organisation n'abandonne jamais les siens.

Il n'essaya pas de me retenir et, si j'en fus soulagée, je lui en voulus en proportion égale. Pourquoi ? Pourquoi est-ce que les choses devaient toujours se passer si mal ?

Je m'enfonçai dans la pénombre d'une ruelle d'un pas chancelant, laissant clignoter les réverbères de la rue principale le temps que cette douleur finisse de s'extirper de mon être en larmes tièdes et silencieuses.

Chapitre 20

– Vous ne devriez pas vous promener seule ici la nuit, dit une voix, surgissant de nulle part.

Je n'eus que le temps de détourner le visage, et je pris soin de ne pas ralentir, pour éviter le regard scrutateur de Lorenzo.

– Vous semblez contrariée. Est-ce que tout va bien ?

Sa voix était si égale, si apaisante. Je ne pus retenir un sanglot et il s'arrêta tout net.

– Saralyn ? Qu'y a-t-il ? demanda-t-il d'un ton alarmé.

Je m'arrêtai aussi, lui présentant mon dos. J'avais besoin d'un courage que je ne possédais pas, et j'avais l'impression que Lorenzo était la dernière personne au monde à ne pas m'avoir abandonnée.

– Montrez-moi, dit-il gentiment.

Je me tournai vers lui, sachant mon visage marqué par mes pleurs. Et nulle obscurité ne les déroberait à la vue d'un vampire.

Il tiqua, ses grands yeux sombres s'agrandirent de surprise, puis se plissèrent, et je sentis une vague de colère passer en lui. Enfin, son expression s'adoucit et il recueillit une de mes larmes du bout de son index avant de la considérer sombrement.

– Que s'est-il passé ? Qui vous a mise dans cet état ?

– Je regrette, hoquetai-je. J'aurais dû vous croire quand vous m'avez prévenue que c'était Gaspard qui… Oh, je vous demande pardon !

Je fondis en larmes de plus belle, incapable de me retenir. Ma famille, Keryam, Gaspard… Ils me trahissaient tous. J'avais besoin que quelqu'un se tienne là, à côté de moi, pour remplir cet insupportable vide.

– Est-ce que je peux faire quelque chose ? demanda Lorenzo d'un air attentif.

– Excusez-moi, dis-je, sans oser le regarder. Excusez…

Je perçus un frémissement dans l'air – presque rien. Lorenzo m'attira contre lui sans prononcer un mot. Je me raidis immédiatement.

– Tout va bien, dit-il d'une voix égale. N'ayez pas peur.

Malgré la puissance et la violence potentielles que j'avais discernées en lui lors de notre dernière rencontre, je ne craignais pas Lorenzo. Je réussis à étouffer mon conditionnement aussi bien que mon instinct, ne ressentant plus que l'immense soulagement de ne pas être seule dans cette ville si menaçante. Lorenzo me laissa pleurer tout mon soûl contre son épaule sans qu'aucune émotion particulière n'émanât de lui. Je percevais sa nature comme jamais auparavant : il n'avait pas d'odeur, aucune chaleur ne s'exhalait de son être, et il me suffisait de me concentrer un instant pour dissiper l'illusion du cœur qui battait dans sa poitrine, et pourtant, il était terriblement vivant. Je laissai l'illusion se prolonger, ne désirant aucunement faire taire le bruit étourdissant du sang qui circulait dans ses veines.

Lorenzo demeura quelques instants silencieux. Pourtant, quelque chose de nouveau se dégageait de lui, une sorte de fébrilité qui contredisait sa parfaite immobilité. Je fermai les yeux et essayai de me calmer : j'étais un agent entraîné de l'Organisation, je n'avais pas le droit de me laisser aller au désespoir de cette façon.

– Pardon, m'excusai-je d'une voix étouffée.

– Ça ne m'ennuie pas, répondit Lorenzo d'un ton neutre.

Je remarquai avec étonnement que son contact ne causait pas le violent malaise que provoquait habituellement chez moi la proximité d'une autre personne – quand Gaspard m'avait serrée dans ses bras, j'y avais réagi comme à une agression, et ce n'était pas du tout le cas à présent. Pourtant, Lorenzo aurait pu me tuer beaucoup plus facilement, et les muscles tendus de ses bras trahissaient l'effort qu'il fournissait pour éviter de me broyer contre lui.

Sa patience s'épuisa. Cependant, il ne me repoussa pas, ainsi que je m'y attendais. Il passa avec précaution la main dans mes cheveux, dans un geste presque craintif. J'eus encore une fois le sentiment que pour lui, j'étais une enfant qu'il ne savait pas trop comment prendre.

– Qui vous a mise dans cet état ? redemanda-t-il enfin.

Je serrai les dents. Pourquoi n'étais-je qu'une gamine dont il fallait réparer les bêtises ?

– L'évasion de Will vous cause des ennuis ? questionna-t-il, face à mon silence. C'est logique, ajouta-t-il, comme pour lui-même, ce bâtiment est une véritable forteresse : ils vous ont forcément vue.

Je tentai de le détromper, mais aucun son ne parvint à franchir mes lèvres. Je ne désirais pas bouger, parce que dans cette ruelle sombre grouillant de vampires affamés, je me sentais enfin en sécurité. L'eau qui débordait de mes yeux n'était plus que celle que produisait la disparition de cette horrible boule de glace au fond de ma poitrine, et pleurer me soulageait d'un immense poids.

– Je peux lui ordonner de se rendre, suggéra-t-il.

Quoi ? Mais que disait-il ?

– Il se ferait tuer, m'obligeai-je à protester d'une voix entrecoupée.

Je m'accrochai de plus belle au pan de son manteau et remarquai qu'il était épais, alors que Lorenzo ne percevait pas le froid. Le portait-il pour se fondre parmi les humains, ou pour entretenir cette fragile illusion d'appartenir encore au même monde qu'eux ?

– Si cela est nécessaire, je suis prêt à prendre ce risque, affirma-t-il sans émotion.

J'aurais dû lui avouer immédiatement que mon problème n'avait aucun rapport avec Sanders, et qu'il ne pouvait rien pour moi. Je ne le fis pas, ressentant malgré moi une grande curiosité pour sa manière d'agir si déroutante.

– C'est un de vos semblables. Pourquoi l'abandonneriez-vous ?

– Parce que vous êtes ma part d'humanité. Vous êtes bien cruelle de ne pas vous en rendre compte, dit-il à mi-voix.

J'écarquillai les yeux, heureuse qu'il ne puisse voir mon visage. Je croyais saisir en partie ce qu'il voulait dire – c'était ça, cette impression qui émanait de lui en ce moment : pour moi, il n'était en rien un monstre.

– C'est cette légende, n'est-ce pas ? demandai-je. Je suis quelque chose de *différent*, je le sens.

– Oui, confirma-t-il. J'ignore le pourquoi ou le comment, mais depuis la première fois que je vous ai rencontrée, j'ai été certain… En vérité, je ne sais pas exactement ce dont je suis certain, reprit-il avec un rire grave, pourtant je serai là. Quand vous aurez besoin de moi, je serai là.

Je fermai les paupières un instant, désireuse de me laisser submerger par sa présence et son pouvoir jusqu'à tout oublier.

Je ne pleurais plus.

Je m'écartai de lui, malgré l'embarras qui me poussait à continuer à me dérober dans l'ombre, et me tournai légèrement de côté. Si j'avais dû supporter son regard trop profond, je n'aurais jamais réussi à fournir une explication cohérente. J'essuyai vivement les larmes qui coulaient encore sur mon visage, et rassemblai tout mon courage.

– Il n'est pas question de Will Sanders, dis-je. En fait, Justin m'a couverte.

– Vraiment ? s'étonna Lorenzo. Vous pensez que c'est à cause de votre lien de parenté ?

– Peut-être… Je ne sais pas trop, il agit bizarrement en ce moment.

Moi, il me connaissait depuis longtemps, il n'y avait donc rien de très étonnant à ce qu'il veuille m'éviter la Commission, mais pourquoi Keryam ? Était-ce parce qu'il était spécial, « comme moi », ainsi que l'avait prétendu Justin ?

– Vous savez, reprit Lorenzo après un silence, il n'est pas sûr qu'ils vous aient volontairement abandonnée – il se peut tout à fait que les circonstances les y aient contraints.

– Dans ce cas, qu'attendent-ils pour me l'expliquer ?

– Je l'ignore. Seulement, vous devez considérer que l'Organisation n'est pas un cadre idéal pour élever un enfant. Et ce n'était certainement pas facile non plus de venir vous annoncer des années plus tard qu'on vous avait abandonnée pour que vous ne soyez pas entourée de monstres. Il est possible qu'ils vous aient engagée pour vous préparer avant de vous apprendre la vérité, et il est délicat de révéler à quelqu'un avec qui vous travaillez depuis des mois que vous êtes son père, vous ne croyez pas ?

Il avait raison. J'avais été si aveuglée par la peur que je n'y avais même pas réfléchi. Il fallait que j'aille voir Justin – il fallait que je sache.

– Merci, dis-je avec un sourire encore un peu hésitant. Je crois que je vous dois de nouvelles excuses, repris-je doucement.

– Des excuses ? répéta-t-il, perplexe.

Je passai la main dans mes cheveux, embarrassée.

– Je viens pleurer sur votre épaule alors que vous avez déjà tellement de problèmes. Je vous demande pardon d'abuser autant de votre patience.

– Je ne connais pas tout de votre situation, dit Lorenzo, mais ce que j'en sais mérite bien que vous pleuriez. Vous ne devriez pas avoir honte de vos larmes, c'est ce qui différencie les humains des monstres – nous ne pleurons pas, vous savez ?

Je fis « non » de la tête. Bien entendu, je n'avais encore jamais vu un corbusard pleurer, cependant le fait que cela ne leur arrivât *jamais* ne m'avait pas effleurée.

– Vous aviez raison, c'était Gaspard, lâchai-je finalement, rongée par la culpabilité. Il a tué le passeur et détruit les réserves.

Pourquoi cela te fait-il si mal de l'admettre ?

Après tout, c'est lui : tu n'y es pour rien, il a choisi son camp.

– En fait, ajoutai-je, c'était moi. Je veux dire : il l'a fait à cause de moi. Il vous a vu sortir de mon appartement.

– Je sais.

– Il ne vous a pas reconnu, mais il a eu cette idée ridicule d'obtenir un ordre d'extermination et… Oh, tout est de ma faute : je n'aurais jamais dû lui mentir. Si je lui avais avoué la vérité, rien de tout ça ne serait arrivé, insistai-je devant son visage impassible.

– Vous savez ce qui serait arrivé si vous l'en aviez informé. Il serait mort.

– J'aurais dû essayer de lui faire comprendre que vous n'êtes pas un ennemi, mais, même aujourd'hui, j'en ai été incapable !

– Ce n'est pas de votre faute, me calma gentiment Lorenzo.

Je levai la tête vers lui. C'était étrange, j'avais supposé qu'il m'en voudrait quand il apprendrait que les siens mouraient si atrocement à cause de moi. J'étais à la fois terriblement soulagée et très mal à l'aise face à sa réaction car, à mesure que je connaissais mieux Lorenzo, il me semblait de moins en moins le comprendre.

– Gaspard a beaucoup de contacts, et il pourrait accélerer le rétablissement du réseau, avançai-je.

– Sans vouloir me montrer désagréable, répondit Lorenzo en détournant le visage à son tour, j'aimerais autant que vous évitiez de me parler de Gaspard Flynn.

– Je lui ai demandé de vous aider. Je sais que vous allez penser que je ne suis qu'une gamine stupide, mais je crois qu'il essayera, alors s'il vous plaît, ne l'en dissuadez pas.

– Je ne pense rien de tel. Et s'il est prêt à nous apporter son concours, croyez bien que ma situation ne permet de repousser aucune main secourable, même pas la sienne, dit-il avec une amertume à peine voilée. C'est à cause de lui que vous pleuriez, n'est-ce pas ? ajouta-t-il, me dévisageant.

Je ne pus le nier. Pourtant, je tenais à ce que Gaspard l'aide. Je pensais que cela lui donnerait une chance de réaliser que Lorenzo n'était pas du tout ce qu'il imaginait : il était peut-être un vampire, mais il n'était pas un monstre. Je voulais croire que les deux personnes qui comptaient le plus à mes yeux pouvaient réussir à s'entendre par égard pour moi. Toutefois, c'était sans doute me prêter beaucoup plus d'influence que je n'en possédais sur eux.

– C'était... J'ai vu les combats, avouai-je.

– J'en suis navré, dit Lorenzo, d'un ton si indifférent que j'en frémis.

– Vous étiez au courant, accusai-je. Pourquoi vous ne me l'avez pas dit ?

– Parce que vous ne m'auriez pas cru. C'était certainement lâche de ma part, cependant je sais par expérience que lorsqu'on apprend ce genre de nouvelles, on a tendance à tirer sur le messager.

J'examinai le pavage de la rue, honteuse : il avait absolument raison, je l'aurais détesté s'il m'avait annoncé ça.

– Le combattant de ce soir était un vampire, repris-je. Gaspard a prétendu que vous le lui aviez vendu – est-ce que c'est vrai ?

– Oui, répondit-il après un silence. Et je n'en suis pas fier, ajouta-t-il en se détournant comme s'il essayait de se fondre dans l'ombre. Dans les circonstances actuelles, je ne peux pas m'encombrer des condamnés à mort. Je n'ai pas suffisamment de nourriture pour me permettre de la gaspiller, ni assez de sujets loyaux pour surveiller ceux qui ne le sont pas.

Je l'observai, étonnée qu'il ait autant l'air de se justifier. Ce qu'il avait fait était choquant d'un point de vue humain, cependant vendre ses prisonniers était une pratique relativement courante chez les corbusards.

– La guerre a déjà commencé, reprit-il doucement, et nous sommes en train de la perdre.

Je me tus, ne sachant comment réagir face à cette affirmation. Il y avait certes beaucoup d'affrontements, mais était-ce vraiment la guerre ?

– Vous avez été tenue à l'écart, expliqua-t-il, répondant à mes pensées. La plupart des humains n'ont même rien vu : nous avons des siècles de pratique, et nous sommes passés maîtres dans l'art du massacre discret, ajouta-t-il avec un sourire amer.

– Mais pourquoi ? Je ne comprends pas : qui a déclenché cette guerre ? Démétrius ?

Il secoua la tête. Je vis plus clairement que jamais cette fatigue en lui qui ressemblait au spectre de la Mort.

– Il n'y a pas de raison précise. C'est une simple fatalité, quelque chose qui doit arriver ici et maintenant. Il faut absolument que vous restiez avec l'Organisation tant que cela durera : ils sont les seuls capables de vous protéger.

– Je dois pouvoir me rendre utile, protestai-je.

Lorenzo me regarda bien en face, comme pour me montrer à quel point il était sérieux.

– Contentez-vous de vous couvrir les oreilles et de fermer les yeux jusqu'à ce que ce soit terminé, dit-il. Le mieux serait que vous quittiez la ville.

– Quoi ? Non, je ne vais pas rester là à attendre que toutes ces horreurs arrivent. Je ne suis plus une enfant ! m'indignai-je.

– J'en suis conscient. Ce n'est pas qu'il *faut* que vous le fassiez, et je ne peux vous y contraindre, c'est ce que je *veux*.

Je mordis ma lèvre et essayai vainement de décrypter son attitude. Il y avait quelque chose qu'il voulait me faire comprendre, néanmoins je n'étais pas certaine qu'il sache lui-même de quoi il s'agissait.

– Je ne veux pas que vous nous voyiez tels que nous sommes, confessa-t-il d'une voix sourde. Ce que vous avez aperçu de moi l'autre jour, et qui vous a tant effrayée, n'était qu'une infime partie de ce que je suis. Je ne veux pas lire le reste dans vos yeux.

Il souffrait tant de ce qu'il était. Je le comprenais : c'était ça, ma terreur de chaque matin, l'idée de me réveiller et d'être devenue un monstre dont je haïrais la vue.

Malgré moi, je songeai à la seule chose que j'étais en mesure de lui offrir en échange de toute l'aide qu'il m'avait apportée. Je repoussai vivement cette pensée, mais elle s'imposa peu à peu dans mon esprit, paraissant chaque seconde plus supportable.

– Cette légende, commençai-je d'une voix mal assurée. Au sujet de mon sang.

Lorenzo pencha la tête de côté d'un air attentif, et m'empêcher de rougir nécessita un violent effort de ma part.

Il était encore temps. Pas un mot compromettant n'avait franchi mes lèvres et je pouvais changer d'avis : il ne le saurait jamais.

– Vous croyez que c'est possible ? demandai-je.

– Qu'est-ce qui ne l'est pas ? dit-il en haussant les épaules.

– Vous n'avez pas envie de vérifier ? l'interrogeai-je, très ébranlée par son indifférence affichée. Vous n'y pensez jamais ?

Il se crispa légèrement et fronça imperceptiblement les sourcils.

– Où voulez-vous en venir ?

La vitesse à laquelle les sentiments défilaient en lui me sidérait. Depuis que je le connaissais, c'était la première fois qu'il semblait mal à l'aise.

– C'est tout ce que je peux faire pour vous, alors si vous voulez de mon sang…

– Non, me coupa-t-il sèchement. Vous ne m'êtes pas redevable, pas plus que vous n'êtes responsable de ce qui arrive. Votre expérience avec Will devrait vous avoir servi de leçon, ajouta-t-il, plus sévère.

– Ça n'avait rien à voir : il a essayé de se servir de moi, et je croyais qu'il allait mourir. Mais maintenant… je voudrais ne pas être un fardeau pour vous. Juste aujourd'hui…

– Vous imaginez vraiment que laisser un vampire boire votre sang va vous aider à accepter ce que vous êtes ? Ce n'est pas comme ça que vous trouverez votre place. Je ne vous ai pas sauvé la vie pour votre sang, mais penser que c'est le cas vous arrange, parce que cela vous évite de regarder la réalité en face. Il faut que vous alliez parler à votre famille, il n'y a pas d'autre solution et vous le savez.

J'étais pétrifiée devant cette amère colère, dont je ne soupçonnais même pas l'existence en lui et qui le rendait si humain.

– Je suis désolé, dit-il, reprenant soudain sa froide réserve habituelle. Je ne voulais pas vous blesser, mais il faut que vous acceptiez. Vous n'avez plus le temps de refuser de comprendre : nous sommes en guerre.

– Je sais.

Lorenzo regarda ailleurs, l'air passablement embarrassé.

– Parfois, les amis servent aussi à dire les choses désagréables. Nous sommes toujours amis, n'est-ce pas ?

– Oui, répondis-je. Bien sûr.

Il m'adressa un sourire un peu triste, puis me raccompagna jusqu'à ma voiture. Son attitude me laissait confuse, mais peut-être qu'il avait raison, et que je refusais seulement de comprendre.

Je rentrai chez moi et me barricadai avec Jamara. J'avais déjà laissé le pauvre animal tout le week-end en tête à tête avec un demi-saladier de croquettes, et, à présent, mon agitation le mettait dans tous ses états.

J'essayai de me coucher, mais la colère, la tristesse et la terreur que je ressentais à l'idée de la conversation qu'il me faudrait avoir avec Justin me maintenaient éveillée.

À 4 heures du matin, épuisée et à bout de nerfs, je pris mon téléphone et l'appelai.

Chapitre 21

– C’est tout ce qu’il a dit ? Qu’il les haïssait et tu es partie ? demanda Justin.

– Oui, affirmai-je, trop consciente de mon mensonge pour le dissimuler.

– Et ensuite ?

– Rien. Rien du tout.

Je me concentrai pour trouver quelque chose de crédible. Incriminer Gaspard au sujet de l’approvisionnement du sang ne ferait qu’aggraver son cas : on passerait d’un acte à la limite du légal à une pure et simple déclaration de guerre qui aurait pu coûter la vie à des centaines de civils. J’aurais hésité si j’avais pensé que cela améliorerait la situation de Lorenzo, mais personne ne verrait jamais les choses comme moi, à savoir que grâce à leur dirigeant, les vampires s’étaient montrés extrêmement modérés malgré ce qui leur était arrivé. Il y avait certes eu beaucoup d’attaques, cependant ils n’avaient prélevé que le minimum vital de *nourriture* et, si on devait déplorer la disparition d’un nombre impressionnant de chiens et de chats dans les environs du Quartier Rouge, peu d’humains étaient morts.

– Ne mens pas, on gagnera du temps.

– Ça n'avait aucune importance. C'était stupide : il a seulement prétendu que je lui manquais, avouai-je, sans avoir à me forcer pour paraître embarrassée.

– Et tu es partie ?

– Oui.

– Immédiatement ? interrogea Justin en fronçant les sourcils.

– Oui.

– D'accord, dit-il avec un soupir. C'est stupide. Tu as raison : on oublie ça. Et tu es certaine que le vampire lui a été cédé de façon légale ? reprit-il.

Il tapota nerveusement le bois de son bureau du bout de son stylo à bille.

– Oui, hésitai-je. En quelque sorte. Il l'a acheté – c'était un condamné.

– Mmm, grogna Justin, cochant une case sur la feuille qui était posée devant lui. C'est bon, signe ici.

Je pris le stylo qu'il me tendait et apposai ma signature en bas de la feuille couverte de notes et de signes illisibles entre les questions types tapées à la machine.

– Est-ce qu'il va passer devant la Commission ? demandai-je alors qu'il la rempochait.

– C'est plus que probable, sûrement avant la fin de la semaine. On ne laisse rien traîner.

– Et la… sentence ?

– Difficile à prévoir, répondit-il en haussant les épaules. C'est très variable.

– Est-ce que je devrai venir témoigner ?

– Non, ton rapport suffira. Ne t'inquiète pas, tout se passera bien.

– Il faut leur expliquer… Ce n'est pas vraiment de sa faute. Après tout ce qu'il a vécu et… Il croyait bien faire. En fait, tuer des corbusards, c'est notre job, dis-je, suppliant presque.

– Pas comme ça. Nous avons des accords. L'équilibre qui maintient la population dans l'ignorance et garantit sa sécurité est très précaire. Il suffit d'une chose, une seule toute petite chose, pour déclencher une guerre, et après il est impossible de revenir en arrière. Ces duels sont des pratiques extrêmement répréhensibles, mais ce n'est rien à côté de ce qu'ils auraient pu provoquer.

– Je comprends, acquiesçai-je. C'est pour ça que je t'ai appelé : Gaspard a oublié, il a perdu le sens de ce que nous faisons. C'est comme s'il ne voyait plus la différence entre le Bien et le Mal.

– J'aimerais sincèrement qu'il y en ait réellement une, fit Justin avec un sourire.

– J'ai pensé que si je t'appelais, tu l'aiderais.

– Tu as eu raison, nous allons arranger la situation.

– Il n'a pas voulu nous nuire, insistai-je.

– Je leur dirai, Saralyn. Je te promets de faire le maximum pour lui, mais ma voix ne compte pas tellement. Je ne suis qu'un rouage dans la machine et… Ils décideront pour le mieux, le mieux pour nous : protéger l'Organisation est tout ce qui compte, tu sais ?

J'avalai ma salive et hochai la tête – j'avais minimisé la faute de Gaspard autant que possible, néanmoins je doutais que ça suffise. Combien pouvait-on lui faire payer pour avoir ressuscité un secteur prohibé par ses propres supérieurs ?

– Ne t'en veux pas, Saralyn, dit Justin, plus doucement. Il a choisi son destin et tout me raconter était la seule chose à faire.

– J'aurais dû le voir avant.

– Il aurait pu t'en parler s'il l'avait voulu, n'est-ce pas ?

– Je suppose.

– Et il ne l'a pas fait. Tu l'as aidé de ton mieux, et maintenant, il faut qu'il assume ses actes, c'est tout. Je suis certain que ses états de service joueront en sa faveur. Nous mettrons tout en œuvre pour qu'il suive le droit chemin, tu peux me croire.

Je l'espère, pensai-je.

Je m'agitai sur ma chaise. Jusqu'ici notre conversation m'avait été très déplaisante, mais la simple idée de la question que je m'apprêtais à poser me rendait malade d'angoisse.

– Il y a autre chose ? Si c'est à propos de Will Sanders, sache que c'est oublié : j'ai effacé entièrement les traces permettant de remonter jusqu'à toi, et je suis prêt à mettre cet incident sur le compte de l'impétuosité de la jeunesse, affirma Justin avec un sourire.

– Non, dis-je, la bouche pâteuse. Je voudrais que nous parlions d'un autre... sujet.

– Ah oui ? De quoi donc ? demanda-t-il, l'air intéressé.

– De la famille Fara. Je veux que tu m'expliques pourquoi vous m'avez abandonnée.

***

Justin écarquilla les yeux. Il parut vraiment surpris, mais pas désagréablement.

– Je me suis souvenue de toi, expliquai-je. Et j'ai vu Démétrius : il m'a confirmé que nous étions tous de la même famille.

– Je comprends mieux pourquoi tu m'évitais autant ces derniers jours, remarqua-t-il avec une grimace contrite. De quoi te souviens-tu exactement ?

– De pas grand-chose, en fait, avouai-je. Quasiment rien avant mes treize ans, et, même là, c'est très flou. Je me rappelle que tu étais près de moi et que tu as dit… tu as dit que je n'étais pas telle que vous l'espériez, alors j'ai pensé que peut-être…

Je m'arrêtai. Je n'arrivais pas à prononcer ces mots. Je levai vers Justin un regard implorant pour qu'il mette fin à cet horrible doute : je préférais entendre que j'étais un être trop imparfait pour être acceptée dans ma propre famille plutôt que de continuer à me torturer avec de vains espoirs.

– Tu veux savoir si nous t'avons abandonnée parce que tu nous as déçus avant tes treize ans ? Je ne sais plus de quoi je parlais à ce moment-là, mais ce n'était certainement pas de toi, m'assura-t-il, véhément. Si tu as été abandonnée, c'est parce que nous y avons été obligés, et la famille Fara a toujours été à tes côtés, même si tu l'ignorais. D'ailleurs, tu n'as pas été la seule dans ton cas : j'ai moi aussi dû éloigner mon fils, au moment où mon frère t'a placée dans cet orphelinat.

– Ton frère ?

Virgile ? Aurais-je vu mon père mourir de la main de Justin sans le savoir ?

– Qu'y a-t-il ? demanda-t-il devant mes yeux effarés.

– Virgile est ton frère, m'entendis-je remarquer d'une voix blanche.

– Virgile ? Oh non, ce n'est pas ton père. J'imagine que c'est Démétrius qui t'a renseignée sur nos liens : peu de gens sont au courant. D'ailleurs, Démétrius et mon cher frère ont un certain nombre de points communs, puisqu'ils ont tous les deux été bannis de notre famille pour nous avoir trahis. Certes à des époques différentes, ajouta-t-il, songeur.

– Trahis ? Pourquoi ?

– Ils voulaient obtenir plus de puissance. Aucun d'eux ne s'est contenté d'être un pacificateur : ils ont cherché à régner.

Ils y sont d'ailleurs parvenus. Je crains cependant que le dénouement ne soit le même dans les deux cas : le pouvoir finira par détruire Démétrius comme il a détruit ce pauvre Virgile. Enfin, c'est ce que je crois, même si en réalité, je n'ai jamais rencontré notre vénérable… *parent* : il a été banni longtemps avant ma naissance.

– Tu as tué ton propre frère, pointai-je, me soulageant enfin de cette question qui m'empoisonnait depuis des mois.

– Il avait l'intention de t'éliminer, répondit-il posément. Et je connaissais bien Virgile : il n'était pas du genre à se laisser attendrir.

– Mais je ne suis que ta nièce, alors que c'était ton frère. Et tu ne m'avais pas vue depuis des années : je ne me souvenais même pas de toi !

– Virgile et moi avions coupé les ponts quand il a fait le choix de passer dans l'autre camp. Toi, je t'ai pratiquement élevée quand tu étais enfant, et j'ai promis à ta mère de toujours veiller sur toi : je t'ai toujours considérée comme ma propre fille.

– Ma mère ? Où est-elle ?

Justin tiqua et s'enfonça dans son fauteuil. Il passa la main dans sa chevelure, qui se dégarnissait à vue d'œil, et soupira.

– Je vais te raconter l'histoire depuis le début, d'accord ? Tâche de ne pas m'interrompre, sinon nous serons encore là à la fermeture.

J'acquiesçai silencieusement. De toute façon, j'étais trop énervée pour parler : je me sentais fébrile, dévorée par la curiosité, l'espoir et la crainte. Cette fois-ci, j'allais enfin être fixée, et je n'aurais plus aucun moyen de revenir en arrière.

***

– Tu es née dans la propriété des Fara, la grande maison dans laquelle nous vivons tous depuis des générations, depuis la création de l'Organisation, d'après la légende familiale. Ton père Cyrius est mon frère aîné, c'est lui qui dirige l'Organisation. Tu as passé toute ta petite enfance avec mon fils, tes parents, moi et Laura.

Laura, la femme de Justin. Je la connaissais, cependant elle non plus n'avait éveillé aucun écho en moi quand je l'avais rencontrée, quelques mois auparavant.

– Ton fils ? demandai-je.

Je me mordis les lèvres, me rendant compte que je n'avais pas réussi à me taire plus de trente secondes. Mais Justin n'eut pas l'air fâché.

– Keryam. Keryam est mon fils.

– Quoi ? Keryam ? Je comprends mieux pourquoi il était si différent après t'avoir parlé, dis-je. Attends, il ne se souvenait pas de toi ?

– Non, pas plus que tu ne te souvenais de nous.

– Vous avez vraiment effacé nos mémoires, alors.

– J'y viens. Nous avons vécu tous ensemble jusqu'à ce que tu aies sept ans et Keryam, neuf. Cette période a été la plus heureuse de nos vies, puis elle a pris fin. J'imagine que tu as entendu parler de la Grande Guerre contre les vampires.

Je hochai la tête. C'était du temps du prédécesseur de Lorenzo, Marcus, qui avait finalement été abattu par l'Organisation. Par la suite, Lorenzo avait rétabli la paix et évité l'extermination de ses sujets en signant des accords avec nous et en instaurant une discipline de fer sur les membres de son clan.

– À cette époque, Virgile avait décidé de prendre le contrôle de l'Organisation. Je n'avais déjà pas de très bons rapports avec lui, mais il haïssait ton père à un point inimaginable. Il n'avait pas supporté de ne pas avoir été désigné par le Conseil pour succéder à ta grand-mère à la tête de l'Organisation et de la famille Fara. Alors il s'est allié aux vampires, à Marcus et à son bras droit, l'actuel dirigeant. À partir de ce moment-là, les attaques contre nos hommes ont redoublé, et nous avons commencé à craindre quelque chose de plus grave. Évidemment, pour les vampires, tout ce qui importait était de nous détruire le plus possible. Virgile, lui, tenait à se venger de notre famille – de ton père, surtout. Et puis, il a…

Il se tut un instant et avala bruyamment sa salive. Je n'avais plus envie d'intervenir. Je cherchais dans ma mémoire la moindre trace de ce qu'il me racontait, cependant elle demeurait vide.

– Il a donné l'emplacement de notre propriété aux vampires. Elle est très protégée, mais il leur a fourni les plans et les codes d'accès.

– Il a livré sa propre famille ?

Je comprenais à présent pourquoi Justin l'avait si froidement abattu – ça n'avait rien à voir avec son enlèvement, c'était une haine qui remontait à bien plus loin.

– Oui. Ils ont investi la maison et nous avons vite compris qu'ils cherchaient les enfants : toi et Keryam. Seulement, le temps que nous parvenions à les maîtriser, l'un d'entre eux s'était introduit dans la chambre où tu étais seule avec ta mère. Elle a tout fait pour te protéger et ce monstre… il l'a… il l'a tuée sous tes yeux.

Justin avait l'air si triste, et moi, je ne me souvenais de rien. De rien ! Pourquoi n'étais-je pas capable de me souvenir de ça ?

– Il est devenu évident que, malgré nos précautions, nous ne pourrions pas garantir votre sécurité assez efficacement – un jour ou l'autre, les corbusards parviendraient à vous atteindre. Ton père, Laura et moi avons donc décidé de vous éloigner.

Il reposa sur son bureau le stylo qu'il tournait nerveusement entre ses doigts et pressa sa main contre son visage.

– Vous ne vouliez pas partir, et vous n'étiez que des enfants, incapables de vous taire à propos des corbusards et de toutes les choses étranges que vous aviez vues. Fatalement, ils finiraient par vous retrouver. Alors nous avons pris la plus difficile décision de notre vie : nous avons fait effacer vos mémoires. Nous t'avons envoyée dans un orphelinat géré par une branche secondaire de notre famille, et j'ai fait placer Keryam chez une cousine éloignée de Laura. De cette façon, nous pouvions continuer à vous protéger en attendant que vous soyez assez forts pour vous défendre.

Il soupira. D'un coup, il avait l'air beaucoup plus âgé. Je ne voyais plus en lui le chef de section efficace et sans état d'âme, mais le père qui avait dû abandonner son fils pour lui sauver la vie. Et c'était une vision d'une tristesse infinie.

– Pourtant je me souviens de t'avoir vu quand j'avais treize ans, protestai-je. Il y avait aussi des seringues avec un liquide jaune et des voix... (Je fermai les yeux un instant, pour essayer de préciser les images confuses.) J'avais peur, et j'étais incapable de faire un mouvement.

– Oui, nous avons dû faire une entorse à la règle que nous nous étions fixée.

– Pourquoi ?

– Nous pensions que tu étais sous bonne garde dans cet orphelinat, mais un groupe de corbusards avait quand même réussi à te retrouver et à t'enlever. Nous avons été prévenus et il nous a fallu des jours avant de te localiser : de ma vie entière, je ne me rappelle pas avoir été aussi terrifié qu'à ce moment-là. Nous ne savons pas exactement ce qui t'est arrivé. Ils avaient visiblement l'intention de t'échanger contre plusieurs de leurs compagnons. Nous avons été contraints d'éliminer ceux qui connaissaient ton existence et d'effacer de nouveau ta mémoire.

– Oui, confirmai-je. Quand je suis rentrée, j'ai été punie pour m'être enfuie et je ne me souvenais de rien.

– Ça a été difficile, pour toi, dit affectueusement Justin.

– Ça n'a pas été la seule fois, continuai-je. Beaucoup de souvenirs me manquent, y compris la période où j'étais dans la Maison mère. Démétrius m'a expliqué que certains de mes souvenirs avaient été scellés, et que d'autres avaient été modifiés ou même extraits de ma mémoire.

Une expression embarrassée se fit jour sur son visage et il s'éclaircit la gorge :

– J'avoue que j'aurais aimé ne jamais avoir à te parler de ça, parce que je ne suis pas très fier de moi. Lorsque nous avons effacé votre mémoire pour la première fois, nous avons extrait les souvenirs de vos esprits. C'est un sorcier en qui j'avais toute confiance qui a effectué l'opération sous notre contrôle. Cependant, nous nous sommes rapidement aperçus qu'il nous avait trompés et qu'il était en réalité l'un des partisans de Virgile : il avait bâclé son travail dans l'espoir que les souvenirs vous reviendraient et vous pousseraient à vous trahir. La situation a rapidement dégénéré et j'avoue avoir un peu paniqué. J'avais peur que vous ne vous mettiez en danger, et Cyrius était parti inspecter une de nos bases dans les États Fédérés de l'Est. J'ai donc décidé de vous faire subir une nouvelle extraction, doublée d'un scellement à l'aide d'un produit que nos laboratoires venaient de synthétiser.

Le produit ? Oh oui, le liquide jaune dans la seringue, c'était ça, j'en étais certaine.

– Seulement, nous ignorions à l'époque que deux extractions de souvenirs trop proches, doublées d'un aussi puissant amnestique, pouvaient se révéler nocives et avoir des conséquences désastreuses sur vos facultés de mémorisation à plus ou moins court terme. Keryam et toi avez été malades pendant plusieurs jours après l'opération, et ensuite il vous est périodiquement arrivé de souffrir de troubles de la mémoire. Nous avons finalement découvert qu'il était devenu impossible de réactiver vos souvenirs effacés, ce que nous avions l'intention de faire au moment où vous auriez pu revenir à la maison.

– Alors, Keryam disait la vérité pour ses problèmes de mémoire, marmonnai-je pour moi-même. Mais vous avez effacé l'enlèvement malgré les risques ?

– Nous ne pouvions pas procéder à une nouvelle extraction, aussi nous sommes-nous contentés d'un scellement, ce qui explique peut-être que tu gardes quelques vagues réminiscences.

– Je pourrais récupérer ces souvenirs-là ?

– Les souvenirs scellés ? Ce serait sans doute possible avec du temps, cependant réfléchis bien avant de tenter quoi que ce soit en ce sens : se faire enlever par des monstres dont tu ne soupçonnais pas l'existence a dû être une expérience très traumatisante, et je ne suis pas certain que tu voudrais t'en rappeler si tu en connaissais le contenu.

– Et pour la Maison mère ?

– Nous avons intégré le plus de mécanismes de défense possible en toi, et pour qu'ils soient efficaces, il fallait évidemment qu'ils soient inconscients – il y a eu un autre scellement. Tu sais, notre seul but a toujours été de vous protéger, Keryam et toi. Nous avons peut-être eu tort, mais nous avions trop peur pour prendre le risque de vous garder avec nous ou de vous laisser connaître notre existence. Je pense que maintenant, tu es assez grande pour le comprendre.

Je ne répondis pas. Quelle que soit la façon dont je tournais les choses, si je devais admettre que ça apportait beaucoup de réponses à mes questions, l'ensemble continuait de n'avoir aucun sens pour moi. Si ma vie entière n'était qu'un mensonge, qu'est-ce qui me prouvait qu'à présent on me disait la vérité ?

– Je peux te montrer ton acte de naissance et les papiers de ton placement dans l'orphelinat, si tu veux. Tiens, regarde : c'est toi avec Hellène, annonça Justin en extirpant une photographie d'un tiroir.

Je regardai d'un œil vide la petite fille d'environ six ans, assise sur des marches devant une porte ouverte, à côté d'une jeune femme souriante. Celle-ci avait de très longs cheveux, noirs et lisses comme les miens, coiffés en chignon. On distinguait mal ses yeux : la photographie était assez ancienne et le soleil rendait leur couleur indéterminable – étaient-ils verts comme les miens dans le souvenir qui était réapparu ? La petite fille semblait heureuse. Elle portait une jolie robe blanche plutôt démodée, et des rubans dans les cheveux qui lui donnaient l'air de sortir d'un vieux livre d'images.

Elle ne pouvait pas être moi ! Moi, je n'avais jamais été comme ça !

– Ta mère était une personne formidable, dit Justin en laissant errer un regard plein de regrets sur la femme à côté de la petite fille. Je suis vraiment désolé que tu ne puisses pas t'en souvenir.

– Ma mère ? Non, protestai-je, ça ne peut pas être moi !

Justin leva la tête vers moi, surpris.

– Ce n'est pas possible, m'entêtai-je. Je ne suis pas ce genre de fille de bonne famille. Moi…

Je m'arrêtai et fixai désespérément la photographie des yeux, à la recherche d'un quelconque détail qui m'aurait échappé. Mais non, rien.

Ma mère ? Cette femme est ma mère ?

– Je ne m'en souviens pas. Je ne m'en souviens pas ! criai-je.

Je pensais que savoir apaiserait enfin cette inquiétude, au fond de moi. En réalité, je ne ressentais qu'avec plus d'acuité ce vide qui avait englouti tout ce que j'aurais dû être au moment où le liquide jaune de la seringue avait effacé Saralyn Fara.

Chapitre 22

Justin ne chercha pas à me consoler – il comprenait aussi bien que moi que c'était inutile. Il me montra les preuves promises, ainsi que ses propres papiers, sur lesquels je pus vérifier que son nom était effectivement Fara. Je lui posai des dizaines de questions sur la véritable nature de notre famille, le bannissement de Démétrius, et sur la raison pour laquelle il avait attendu que je vienne lui parler pour me révéler notre lien de parenté. Sur ce dernier point, son explication se rapprochait assez de celle que m'avait suggérée Lorenzo : il semblait que plus le temps passait, moins ma famille savait comment m'annoncer la nouvelle. En réalité, Justin paraissait assez soulagé que j'aie fait le premier pas.

Il renvoya en revanche les réponses à mes autres questions à plus tard, et sa gêne fut visible quand j'évoquai encore la possibilité de recouvrer ma mémoire. Il me répéta qu'elle avait été effacée de façon irrémédiable, et je ne parvins pas à déterminer si c'était cet aveu qui l'embarrassait ou l'évocation des souvenirs eux-mêmes. Pour ma part, je n'étais pas certaine d'avoir envie de les retrouver : ils renfermaient ma mère, mon père, et la période qui avait apparemment été la plus heureuse de ma vie, mais ils contenaient également la mort de ma mère et ce que j'avais peut-être subi durant ma brève expérience en tant qu'otage.

Il y avait aussi les questions que je n'osais pas poser, craignant autant d'obtenir une réponse que le contraire.

Les vampires nous avaient attaqués et leur actuel dirigeant faisait partie des opérations. Lorenzo était-il dans la maison quand ma mère avait été tuée ? Était-il possible que ce soit lui qui...

Non, je ne voulais pas savoir ça. Lorenzo comptait trop pour que je le perde maintenant, alors que j'avais enfin le sentiment de parvenir à l'atteindre.

Et si Lorenzo était un mensonge ? S'il était vraiment le cruel Rack, le maître des vampires assoiffé de sang ?

J'ouvris la bouche pour demander des précisions sur mes pouvoirs et ceux de Keryam, mais Justin ne semblait plus disposé à satisfaire ma curiosité. Il me proposa d'aller passer quelques jours dans la propriété familiale pour rencontrer mes autres parents, et il me promit de plus amples explications une fois sur place.

– Raconter l'histoire de sa famille est le rôle d'un père, dit-il, et tu en as un. Je pense qu'il sera heureux de te revoir.

J'acceptai sans hésitation, et il fut convenu que je partirais le lendemain matin en vue de rester jusqu'à la fin du week-end suivant, avec Justin et Keryam. Justin me donna ma journée pour préparer mes valises, et je sollicitai la permission d'emmener Jamara avec moi : j'avais déjà mauvaise conscience de l'avoir abandonné le week-end dernier et je ne comptais pas recommencer de sitôt. Justin m'accorda cette faveur en riant et je sortis de l'Organisation, un peu étourdie par toutes ces révélations.

J'avais si peur de ne pas plaire aux Fara que c'est à peine si j'accordai une pensée à Gaspard. Après tout, il ne risquait qu'une désagréable mutation temporaire, et puis il avait bien cherché ce qui lui était arrivé. S'ils pouvaient doubler sa sanction d'une dizaine de séances chez le psychiatre, j'étais certaine que l'expérience se révélerait somme toute assez profitable à mon impétueux ancien coéquipier.

***

Le lendemain, à 11 heures tapantes, j'étais debout devant la porte de mon immeuble, une valise posée devant mes pieds et Jamara dans les bras. Je n'avais pas jugé nécessaire de l'enfermer dans une petite boîte pour le trajet : il détestait manifestement l'exiguïté autant que moi et je le savais capable d'une inertie exemplaire dans ce genre de situation. J'avais passé une nuit horrible à essayer tous mes vêtements sans rien trouver d'adéquat, et la matinée à me coiffer et à me décoiffer.

C'est plutôt décevant. Cette petite n'est vraiment pas jolie.

Je secouai la tête pour faire taire les souvenirs. Finalement, j'avais opté pour un jeans et un chemisier, me disant qu'il valait mieux ne pas avoir l'air trop apprêtée, même s'il m'avait fallu des heures pour parvenir à cette conclusion. Je m'étais coiffée comme la femme de la photographie, sans même y faire attention – je n'en pris conscience que devant l'expression choquée de Justin. Il se reprit très vite et me sourit, cependant la façon qu'il avait d'éviter de me regarder le trahissait. Je me maudis intérieurement d'avoir été aussi stupide.

Justin mit ma valise dans le coffre, près d'un sac de voyage vert foncé, et me fit monter à l'arrière de la voiture. Keryam était déjà assis sur le siège avant. Il me jeta un coup d'œil par-dessus son épaule et eut un sourire moqueur. Je songeai qu'il était étonnamment différent de celui que j'avais rencontré, même d'un point de vue physique : il était toujours bien mis, mais il ne ressemblait plus à l'un de ces garçons de bonne famille cérémonieux. À le voir, j'avais du mal à croire qu'à peine cinq jours auparavant, il était du genre « pull bleu marine sur chemise blanche et cheveux soigneusement lissés avec une raie sur le côté ».

Je me demandais s'il avait retrouvé la mémoire.

– Je vois que tu aimes toujours autant les petites bestioles, dit-il.

– Quoi ?

Je tiquai et serrai un peu plus Jamara contre moi. Il poussa un miaulement de protestation et me mordilla la main pour que je cesse de lui broyer les côtes.

– Arrête d'ennuyer Saralyn, réprimanda Justin, démarrant la voiture après avoir jeté un regard sévère à Keryam.

– Très bien, désolé, fit celui-ci.

Ce que j'apercevais de son visage dans le rétroviseur n'avait pas l'air désolé le moins du monde. Lui et Justin se comportèrent à partir de là avec un naturel déconcertant, comme si nous n'avions jamais cessé d'être de la même famille. Ça me faisait plaisir, mais d'un autre côté c'était terrifiant : j'avais l'impression d'avoir été précipitée sur une scène de théâtre sans connaître mon texte, et j'avais peine à reconnaître Justin dans ce père attentif et cet oncle dévoué.

Je profitai de ce qu'il soit parti nous chercher à déjeuner, me laissant seule avec mon cousin, pour mettre fin à mes doutes.

– Keryam ? appelai-je, prenant mon courage à deux mains.

– Qu'est-ce qu'il y a ?

Je fixai brièvement mes yeux sur Jamara, qui s'était endormi à côté de moi, roulé en boule sur la banquette.

– Tu t'en souviens ? De notre enfance, je veux dire... Moi, je ne garde aucun souvenir de tout ça, et Justin prétend que ma mémoire a été effacée de façon irrémédiable.

– Pourquoi tu me demandes ça ?

– Tu n'as pas l'air mal à l'aise. (Je rassemblai mes impressions pour essayer d'expliquer ce que je ressentais.) On jurerait même que tu n'as jamais quitté ton père, alors que moi qui travaille avec lui depuis des mois, je ne sais plus du tout comment me comporter face à lui. Et puis tu as beaucoup changé, depuis qu'il t'a expliqué qui tu étais. Alors, est-ce que tu as retrouvé la mémoire ?

– Un peu, dit-il en haussant les épaules. Pas grand-chose en fait, il m'a presque tout raconté. Je pense que toi aussi, tu t'y feras et, à ce moment-là, tu croiras que tu t'en souviens.

Je le scrutai, essayant de déterminer ce qui m'inquiétait autant chez lui.

– Et les choses que tu sais faire ? Tes pouvoirs, questionnaje.

– Ah, ça. J'ai toujours fait des trucs bizarres, mais ça s'est pas mal développé, ces derniers temps. Toi aussi, non, Miss Tremblement de terre ?

Je rougis et marmonnai quelque chose d'inintelligible en songeant à mes tentatives désespérées pour détourner son attention de mes étranges aptitudes.

– Papa n'a encore rien voulu me raconter, là-dessus. Je crois qu'il attend qu'on soit à la maison. Je suis sûr que c'est ma mère qui a voulu qu'on vienne quelques jours. Quand je l'ai vue, elle n'a fait que pleurer en répétant mon nom, et je me souvenais à peine d'elle. C'était plutôt embarrassant.

Papa ? À la maison ?

Pas de doute, Keryam s'adaptait à une vitesse fulgurante. Il m'observait dans le rétroviseur, et je pris alors conscience de l'antipathie viscérale que j'éprouvais à son égard.

– Tu sais, dis-je, je ne te crois pas.

Il aurait sans doute répliqué quelque chose, mais Justin revint à cet instant précis avec son sourire béat de père de famille. Je décidai de reprendre cette discussion plus tard, ne souhaitant pas que mes angoisses gâchent sa joie.

– Vous en faites une tête, commenta-t-il.

Il me passa un truc vert impossible à identifier qui baignait dans une sauce blanchâtre – qui aurait, à mon sens, tout aussi bien pu être de la moisissure de culture –, et était conditionné dans un emballage plastique peu ragoûtant.

– Ah, je parie que vous vous disputiez, continua-t-il en se mettant à rire. Quand vous étiez petits, on ne pouvait pas vous laisser ensemble cinq minutes sans que ça ne se termine en bagarre.

– Vraiment ? demandai-je, plutôt perplexe devant l'air attendri qu'il prenait pour évoquer ces curieux souvenirs.

– Absolument. On ne dirait pas maintenant, mais tu pouvais être une vraie furie quand tu étais petite. Et au fond, vous vous adoriez.

Je gardai mon scepticisme pour moi et m'obligeai à manger ce que le menu prétendait être : une salade composée. Curieusement, Jamara sembla apprécier plus que moi, et termina la barquette avec une visible satisfaction sous l'œil horrifié de Keryam. Justin ne fit qu'en rire – d'ailleurs, il passa presque tout le voyage à rire pour lui-même. C'était la première fois que je le voyais si heureux, et je m'en voulus de ne pas réussir à éprouver l'amitié qu'il aurait souhaité que j'aie pour Keryam. Seulement, je ne pouvais pas lutter contre mon instinct – j'en étais à peine capable quand il s'agissait de Lorenzo : j'étais un loup, et mon cousin était *autre chose*.

Une chose qui ne me plaisait pas.

Après plusieurs heures de route, Justin nous annonça enfin notre arrivée aux abords de la propriété Fara. Nous étions au sud-est d'Edencity, dans un endroit plutôt isolé. Justin m'expliqua qu'une partie des membres de notre famille vivait là, s'occupant sur place de l'administration de l'Organisation, même si peu parmi eux habitaient la maison principale. Ceux qui travaillaient sur le terrain, comme lui et sa femme, logeaient en semaine dans un appartement en centre-ville, proche du Quartier des bureaucrates où était situé notre Central. Je pensai que ce va-et-vient constant devait être épuisant, mais Justin semblait tenir énormément à passer le maximum de temps possible dans la maison de ses ancêtres. Il m'apparut que cette situation devait être extrêmement pénible pour Laura. Quoiqu'en réalité, peut-être était-ce cela qui l'empêchait de sombrer dans la mélancolie : n'avait-elle pas abandonné son propre fils pour le protéger des monstres ?

Je compris assez vite que ce qui attirait Justin, c'était moins la maison elle-même que les souvenirs d'une époque heureuse et désormais révolue. Et il semblait bien décidé à la ressusciter coûte que coûte, à présent que nous étions de nouveau au complet. À l'exception de ma mère, bien sûr.

Justin me fit remarquer que je lui ressemblais. Je ne le contredis pas, malgré ce que j'avais vu d'elle sur la photographie, qui me laissait penser qu'elle était bien plus jolie que moi : dans cette reconstitution, j'allais visiblement devoir jouer deux rôles en même temps – le sien autant que le mien.

La maison était belle. Elle était grande et ancienne, imposante sans lourdeur, et entourée d'un parc dont l'étendue se dérobait à ma vue. Elle trahissait une grande aisance financière sans être unique en son genre. Mon impression se modifia pourtant au fur et à mesure que nous approchions de l'entrée principale. Je n'éprouvais aucun sentiment de familiarité face à cet endroit, mais mon cœur se serrait, et je ne parvenais pas bien à déterminer si c'était l'effet de mon angoisse ou du silence qui régnait ici.

Justin tapa un code et s'identifia devant une caméra, comme si nous entrions dans une prison de haute sécurité. Il nous fit par ailleurs remarquer que toutes ces formalités n'étaient valides que parce qu'il était attendu : un visiteur venant à l'improviste ne verrait jamais les grilles s'ouvrir, dût-il évoquer l'intégralité de ses souvenirs communs avec les maîtres des lieux.

Les lourds battants de métal s'écartèrent enfin, et je dus me convaincre qu'il ne s'agissait que d'un simple mécanisme, à peine du niveau de l'ouverture automatique des portes d'un grand magasin, pour étouffer la pensée qu'elles s'étaient réellement ouvertes *toutes seules*.

La voiture s'engagea sur le petit chemin qui conduisait à l'entrée de la maison principale. Elle était encore suffisamment éloignée pour que je ne puisse distinguer nettement le grain des pierres qu'avec effort. Je jetai un dernier regard sur la grille hérissée de pointes acérées qui se refermait derrière nous, tel un barrage face au monde extérieur.

Je songeai que la première fois que ma mère s'était rendue dans la maison de sa nouvelle famille, elle avait dû pareillement regarder ces grilles et sentir son courage chanceler. Alors, je fis ce qu'elle avait dû faire : je lissai ma tenue, rajustai les épingles dans mes cheveux et inspirai à fond en fermant les yeux pour me préparer à ma première rencontre avec la famille Fara.

Chapitre 23

Je contemplai les reflets de la lumière dans la tasse de thé qu'on m'avait servie. Il était clair et il sentait bon – c'était du thé au jasmin, et il était contenu dans de jolies tasses en porcelaine, ornées d'arabesques bleues sur fond blanc.

Quand Justin avait ouvert la porte du salon, où les principaux membres de notre famille nous attendaient, j'avais cru que mon cœur allait s'arrêter. D'ailleurs, je me sentais à peine mieux maintenant que les présentations étaient faites. Ne restait que cet affreux vide, contre lequel aucun doute n'était désormais possible : je ne me souvenais de rien, ni de ces gens ni de cet endroit. Il n'y avait pas le moindre soupçon de familiarité dans ces rideaux crème ou chez la tante Augusta.

Mon père n'était pas là. Justin me promit qu'il rentrerait au cours de notre séjour et il m'expliqua que son frère étant à la tête de l'Organisation, il voyageait souvent. En ce moment, il se trouvait quelque part au sud, pour négocier avec un groupe d'archanges qui convoitait les terres d'un clan de mages.

Je pensai avec amertume que j'aurais aimé être un peu plus importante que l'Organisation à ses yeux : il ne m'avait pas revue depuis près de seize ans, et ne paraissait pas impatient de me retrouver. Cette idée assombrit beaucoup mon après-midi, qui dépassait pourtant mes espérances les plus folles. Laura se joignit à son mari pour m'exprimer la joie qu'elle ressentait à enfin pouvoir arrêter de me mentir et à retrouver notre famille au complet, et tous ceux dont je fis la connaissance furent très gentils avec moi. Je ne fis qu'apercevoir les quatre silhouettes emmitouflées dans d'épaisses couches de vêtements des membres les plus anciens de notre famille. On m'indiqua que la plus vénérable d'entre eux manquait à l'appel. Ils ne nous adressèrent pas la parole, ni à Keryam ni à moi, et se contentèrent de nous observer un moment de loin avant d'aller se reposer dans la partie de la maison qui leur était réservée. C'était peut-être de la paranoïa, mais il me sembla voir dans la façon dont ils me scrutèrent le même jugement qu'on avait porté sur moi à mon entrée à l'orphelinat : je n'étais pas assez jolie, vraiment pas.

Ce que je visitai de la maison était magnifique, et on m'installa même dans mon ancienne chambre, qui avait été gardée en l'état. Je déduisis de la décoration et des poupées sur les étagères que j'avais dû être une enfant très gâtée, et je regrettais amèrement de ne pas m'en souvenir. Ces constatations, alliées à ce que je reconstituai de mon histoire personnelle, terminèrent de me convaincre que, si j'avais pu m'en rappeler, le bonheur de mon enfance m'aurait comblée pour le reste de ma vie.

Keryam était magnifiquement à son aise dans cette situation. Il fit preuve d'une sollicitude filiale tout à fait remarquable face à sa mère, qui fondait en larmes à chaque fois que ses yeux se posaient sur lui, et plaisanta avec naturel avec nos cousins au quatrième degré, comme s'il les avait connus toute sa vie.

Il essaya de me mêler à la conversation avec une constance admirable, et parvint même à me débusquer sur le petit balcon où je m'étais réfugiée pour s'enquérir de la façon dont j'encaissais le choc.

– Tu te caches ? demanda-t-il en surgissant de derrière le rideau que j'avais laissé tiré derrière moi.

Je fis un bond de deux mètres et il se mit à rire.

– Je ne t'avais pas entendu approcher, me justifiai-je.

Je pressai ma main droite contre ma poitrine m'efforçant de calmer les battements accélérés de mon cœur.

– Je croyais que tu avais des sens extraordinairement affûtés, non ?

– Ah, comment le sais-tu ? laissai-je échapper.

– Ça se voit. Et puis, j'en ai parlé avec mon père. Sans compter que j'ai quelques souvenirs à ce sujet, dit-il en haussant les épaules.

– C'est vrai ? Tu te souviens réellement de tout ça ? questionnai-je en englobant d'un geste notre famille, la maison, et notre bonheur enfui.

– Un peu. Tu verras, quand ils nous auront raconté trente fois l'anecdote du loup qui te suivait partout, ce sera comme si on s'en souvenait : je te parie qu'à la fin de la semaine, on aura l'impression de ne jamais avoir quitté cet endroit.

– Peut-être, concédai-je, ayant un peu de mal à y croire. Tu sais, je t'envie : tu as des souvenirs, tes parents sont ici, et ils ont l'air aussi heureux de te revoir que si tu étais devenu millionnaire. Tout paraît si… facile pour toi : nous ne sommes dans cette maison que depuis une heure ou deux, et ils t'ont déjà accepté. Tu fais partie de cette famille, alors que moi je suis devenue une étrangère pour eux. Je ne suis pas certaine de réussir à m'intégrer, avouai-je.

– Tu as peur de ne pas être à la hauteur, c'est ça ?

– Oui, quelque chose dans ce genre-là.

– Tu as tort de te poser tant de questions. D'après ce que j'ai compris, ta mère t'adorait assez pour sacrifier sa vie afin de sauver la tienne, et ton père arrivera demain ou après-demain. Tous les autres sont aussi de ta famille, et ils t'accepteront sûrement. En fait, tu as même un avantage certain sur moi.

– Ah oui ? Lequel ?

– Tu es la fille du chef, dit-il en ricanant. Allez viens, il faut qu'on y retourne : après tout, c'est en notre honneur qu'a lieu cette petite réunion.

– Tu penses qu'il nous reste encore beaucoup de Fara à rencontrer ? demandai-je.

– Tu vois bien que tu réfléchis trop.

Il m'entraîna à l'intérieur, et je fis un effort pour l'imiter et me montrer plus communicative que je ne l'étais d'ordinaire.

Oui, vraiment, Keryam fut parfait tout au long de la journée et cela fit croître mon antipathie à son endroit jusqu'à un niveau inquiétant.

***

La matinée du lendemain se déroula paisiblement. Jamara avait établi ses quartiers au premier étage et se plaisait énormément dans ma chambre. Keryam et moi eûmes l'occasion de visiter le parc et de faire plus ample connaissance avec chacun des membres de notre famille. Je constatai tout de même avec un vif déplaisir que je me retrouvais seule avec mon cousin plus souvent qu'à mon tour. Je soupçonnais Justin d'organiser cela sciemment, de façon à encourager les bonnes relations entre nous. Le pauvre ne se doutait visiblement pas le moins du monde des sombres sentiments qui m'agitaient, à savoir que si Keryam se préoccupait encore une seule fois de mon manque d'appétit ou de la fatigue que la longue promenade à pied m'occasionnait, je n'étais pas certaine de réussir à me retenir de lui sauter à la gorge pour lui faire ravaler son immonde gentillesse. La fureur que ses attentions m'inspiraient, et dont la jalousie m'apparaissait de plus en plus clairement comme la cause, faisait naître en moi une honte mal dissimulée. Keryam semblait s'en rendre compte et s'en amuser beaucoup, ce qui n'accrut guère mon amitié pour lui.

Après le déjeuner, on vint m'annoncer que mon père était là et qu'il souhaitait me voir. J'étais convoquée dans son bureau comme un élève turbulent chez le directeur. Je suivis en silence un adolescent au nez proéminent – son nom m'échappait déjà, tout autant que le lien de parenté qui nous unissait. Arrivée devant une sévère porte de bois sombre, je pris une inspiration tremblante et frappai.

– Entrez, dit une voix assez grave, mais sans timbre particulier.

Je poussai le battant, prenant bien garde à relâcher doucement la poignée pour ne pas faire de bruit. Un homme en costume strict et démodé me considéra sans émotion.

– Ferme derrière toi, ordonna-t-il.

Je m'exécutai, refermant la porte sans la faire claquer, et me retournai, aussi raide qu'un soldat de plomb, vers l'homme qui devait être mon père.

Le frère aîné de Justin ? Impossible : cet homme avait à peine quarante ans, et Justin m'avait avoué avoir dépassé la cinquantaine. En fait, je le soupçonnais même de s'être rajeuni.

D'après ce que Laura m'avait dit, mon père aurait dû avoisiner les soixante-dix ans.

– Assieds-toi.

Il me désigna une chaise devant son bureau encombré de livres.

Je songeai avec malaise qu'il se comportait comme si nous nous étions quittés la veille et pas des années plus tôt : c'était à peine s'il me regardait. Et à sa contenance, je me doutais qu'il n'avait pas demandé à me parler pour faire le panégyrique de ma mère ou relater mes exploits d'enfant avec des trémolos dans la voix, ainsi que Justin le faisait sans discontinuer depuis plus de vingt-quatre heures.

Mon père avait les yeux verts que j'avais retrouvés chez la plupart des membres de notre famille, ce qui me rappela désagréablement l'allusion de Démétrius à notre goût pour la sélection génétique. Ses cheveux châtain foncé très courts complétaient une mâchoire volontaire et des lèvres minces qui lui donnaient un air dur. Si j'avais dû lui attribuer une profession, je l'aurais bombardé capitaine d'une armée.

Mon père me faisait peur.

– J'imagine que tu sais pourquoi tu es ici, commença-t-il, tournant et retournant une règle en fer entre ses doigts.

– Eh bien, Justin m'a prévenue que… vous auriez des choses à m'expliquer, mais il ne m'a pas dit quoi. Il avait l'air de penser que vous voudriez le faire vous-même, marmonnai-je.

Ma voix avait trébuché sur le « vous », cependant c'était la seule solution envisageable : il avait beau être mon père, Cyrius Fara n'était pas le genre de personne qu'on tutoyait facilement. Et mon vouvoiement ne parut pas du tout le troubler.

– Justin ne changera jamais, toujours ce sentimentalisme ridicule, commenta-t-il en levant les yeux au ciel. Bon, dans ce cas, je vais t'expliquer ce qu'est la famille Fara, et qui tu es *toi*. J'imagine que pour le moment, c'est ce qui t'importe le plus.

Je hochai la tête, ne sachant trop à quoi j'acquiesçais. Je ressentais une étrange excitation à la pensée que la vérité allait enfin m'être révélée. Oui, je connaîtrais finalement ma place, et mon impatience chassait même mon angoisse. Qui j'étais importait peu: ce qui comptait était que je le sache avec certitude.

Je me demandais si cela réussirait à combler le trou béant que je percevais parfois, tout au fond de moi.

– As-tu la moindre idée de ce que fait notre famille ? m'interrogea-t-il.

Il me scruta de ses yeux perçants au point que je perdis le peu de contenance qui me restait.

L'Organisation, la consanguinité, Virgile, Démétrius, tout me revint en bloc, et je dus avaler ma salive avant de pouvoir répondre.

– Nous sommes à la tête de l'Organisation, dis-je enfin.

– À la tête ? Non, nous l'avons créée, il y a de cela des siècles. Je ne pourrais pas te donner de date précise, mais tu dois savoir qu'elle a été fondée à peine quelques années après l'apparition des corbusards dans notre monde. L'unique mission de notre famille a toujours été de lutter contre eux, dans l'espoir de réussir un jour à réparer le mal que nous avons causé.

Il s'arrêta et se leva brusquement pour aller à la fenêtre. Il me tournait le dos à présent, et je n'osais pas poser de questions.

– Tu as dû te rendre compte que tu n'étais pas un être humain comme les autres; d'après ce que j'ai pu voir, tu as même déjà développé certaines de tes facultés. Tu es le fruit d'une très lente élaboration et de siècles de sélection. Tout à l'heure, quand je t'ai demandé ce que tu savais de notre famille, tu as pensé à la consanguinité. Nous avons en effet beaucoup pratiqué l'endogamie, et, de même que Keryam, tu es issue des plus puissants des Fara. Un sang humain aurait dilué le pouvoir jusqu'à le faire disparaître, et nous ne pouvions pas nous le permettre.

Je ne savais ce qui m'effrayait le plus : ce qu'il me disait ou le fait qu'il ait lu si facilement dans mon esprit. Je gardai le silence, attendant l'explication qui rendrait toute cette histoire acceptable.

– Dans des temps très anciens, alors que le monde était sur le point de sombrer dans le chaos à force d'affrontements entre les hommes, que les rivières étaient polluées par le sang et que la poussière soulevée par les batailles masquait le soleil au point que la terre semblait plongée dans la nuit, deux êtres émergèrent. Leur seule présence démontrait leur supériorité, et ils gouvernèrent bientôt les hommes. Ils donnèrent naissance à deux enfants, et, à eux quatre, ils restaurèrent la paix et l'harmonie sur la Terre grâce à l'équilibre de leurs pouvoirs. On les appelait alors des Dieux, récita-t-il.

– Ils avaient pour nom Lazare le Juste, Nausicaa la Clairvoyante, Saskia la Sage et Falcor l'Obscur, continuai-je. Oui, je connais cette histoire, c'est une des légendes les plus célèbres du monde – les sorciers vont jusqu'à prétendre descendre de Nausicaa.

– Cela n'a rien d'une légende, même si les humains l'ont oublié !

– Je le sais bien, dis-je, un peu troublée par son ton sec. Mais des événements aussi anciens deviennent toujours pour une grande part légendaires. Ça fait des siècles que les Anciens Dieux sont morts, et nous ne sommes même pas certains qu'il ne s'agissait pas de simples sorciers.

– Viens avec moi, ordonna mon père, s'approchant d'un lourd rideau en velours rouge que je trouvai passablement théâtral.

Il l'écarta et appuya d'un geste rapide sa main contre le battant de la porte qu'il avait découverte. Quand il la retira, la porte s'ouvrit, et une trace rouge demeurait sur le bois ouvragé. Mon père referma le canif avant de le remettre dans sa poche, et en sortit du même coup un mouchoir en tissu pour essuyer le sang sur la porte et sur sa main. Je remarquai que le mouchoir était brodé d'un « F. ».

J'hésitai à entrer. Cette phrase me revenait en mémoire.

Le sang des Fara ouvre bien des portes.

Oui, c'était ce que Virgile m'avait révélé avant de mourir.

Ma famille ? Ces gens étaient ma famille ? Mais qu'étaient ces gens ? Pourquoi l'Organisation était-elle si importante à leurs yeux ? Plus que ma personne visiblement, au point que je ne pouvais m'empêcher de me demander si ce n'était pas pour protéger l'Organisation de moi et non le contraire qu'on m'avait éloignée. Après tout, je sentais ma force se développer à une vitesse prodigieuse, ces derniers jours, et je n'avais pas la moindre idée de ce dont j'étais capable. À présent, je ne pouvais plus nier ce que Démétrius avait tant essayé de me faire comprendre : lui et moi, nous étions exactement la même chose.

Mon père savait-il que je pouvais percevoir les battements de son cœur, sentir l'odeur de pouvoir qui régnait dans la maison et me donnait des frissons, et l'incompréhensible lutte intérieure qui avait lieu en lui depuis mon entrée dans la pièce ?

Je ne comprenais pas pourquoi il me parlait de légendes, quand il aurait dû me raconter combien notre vie était parfaite avant qu'il ne soit obligé de se séparer de moi. Je me moquais de ces vieilles histoires, je voulais qu'on me dise à quel point ma mère m'aimait et à quel point je leur avais manqué : m'aurait-il révélé le plus grand secret du monde que ça n'aurait pas eu la moindre valeur à mes yeux.

J'entrai à sa suite dans une pièce qui ressemblait à s'y méprendre à une salle de musée. Il y avait de vieux documents encadrés au mur, et une impressionnante gravure jaunie qui représentait clairement les quatre Dieux. Elle n'était pas très nette, mais on reconnaissait immédiatement la faux de Falcor, l'ample tunique grise et la beauté rayonnante de Nausicaa, les yeux sans iris de Saskia et les boucles blondes de Lazare.

Il me vint à l'esprit l'étrange idée que ce dernier présentait de vagues similitudes avec mon cousin et son visage innocent. Je l'observai un instant et tiquai.

– Je crois que tu commences à saisir, dit mon père, éprouvant un sentiment qui ressemblait à de la fierté. Maintenant, regarde.

Il m'indiqua un document mis sous verre, à côté de la gravure : un arbre généalogique soigneusement calligraphié. Le papier paraissait très ancien, et les écritures étaient différentes d'une génération à l'autre, comme si chacune avait inscrit son propre temps.

– Il s'agit de tes ancêtres, depuis ceux qui ont donné naissance à notre famille jusqu'à toi et Keryam. Tous les membres de la branche principale de la famille Fara s'y trouvent. Lis.

Je restai muette de stupeur, au bord de la nausée. Je ne savais pas si je comprenais ce que je lisais et si mon père était sérieux, mais rien dans son attitude ne semblait indiquer la moindre ironie.

Je levai les yeux vers lui.

– Qu'est-ce que ça veut dire ?

– Exactement ce que tu vois, répondit-il.

Sur la première ligne du document étaient inscrits quatre noms, d'une écriture fine et presque effacée :

Nausicaa Lazarus Falcor Saskia

Plus loin, on trouvait Démétrius, à côté de la date « 1839 ». Et les deux dernières rangées de cases comportaient des noms que je ne connaissais que trop :

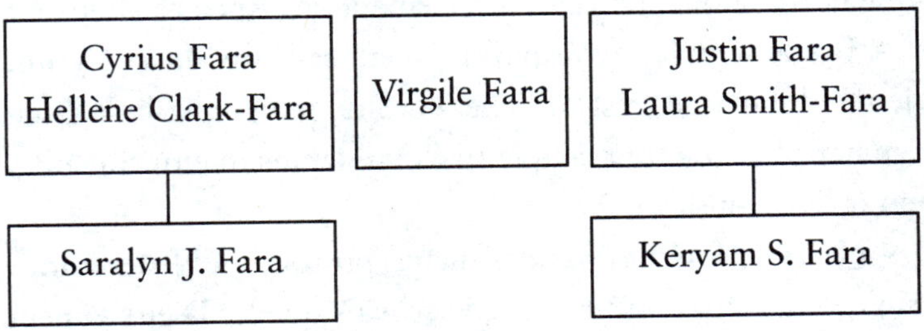

Chapitre 24

– Je ne suis pas certaine de bien saisir, dis-je. Vous prétendez que notre famille descend directement des Anciens Dieux ?

– Tu me sembles avoir parfaitement saisi, répondit Cyrius. Je me doute que c'est difficile à croire, mais, cela l'est-il tellement plus que tout ce que tu as vu depuis que tu travailles pour l'Organisation ?

– Nous ne sommes pas des dieux, protestai-je. Je le saurais si j'en étais un, non ? Et puis, je croyais que les Dieux étaient subitement morts, alors qu'ils vivaient reclus dans une citadelle depuis des siècles. Comment auraient-ils eu une descendance ?

– Nous ne descendons pas d'eux au sens biologique du terme – c'est un peu plus compliqué que cela. Je vais essayer de te résumer l'histoire. Les Dieux vivaient en effet dans la Citadelle, située en Terre Sainte, à l'emplacement actuel d'Edencity. Nos bureaux centraux sont assez proches de l'endroit où se trouvait la Citadelle. Ils y sont restés pendant des siècles, observant l'humanité et n'intervenant que pour prévenir les conflits. Il n'y avait pas de corbusards en ce temps-là, seulement des humains et les quatre Dieux. Mais les hommes se sont multipliés et, malgré leurs pouvoirs, les Dieux ont eu de plus en plus de mal à maintenir la paix. Ils se sont alors partagé les territoires en quatre zones égales, et ils ont créé des êtres pour les seconder dans leur tâche. Il s'agissait des djinns : les premiers corbusards de ce monde.

Les djinns ? Je savais qu'ils se prétendaient les plus anciens de tous les corbusards, mais je n'avais jamais entendu dire qu'ils avaient été créés par les Dieux. Ce que Cyrius relatait ressemblait bien aux histoires qu'on racontait aux enfants sur les Vénérables, mais d'un coup, ça me fascinait. Je voulais en savoir plus que « il y avait des Dieux qui gouvernaient la Terre et un beau jour, ils sont morts. »

– Au départ, les djinns se sont montrés des alliés efficaces et ils ont permis de conserver l'équilibre de ce monde. Seulement, les Dieux avaient sous-estimé l'attrait du pouvoir. Un jour, un djinn qui avait toute la confiance de Falcor s'est introduit dans son domaine et lui a dérobé un sérum dont il croyait que les Dieux tenaient leur puissance : il s'appelait Tenzen Sangmore.

– Tenzen Sangmore ? répétai-je.

Le nom avait une consonance familière. Je fouillai ma mémoire, me balançant nerveusement d'un pied sur l'autre. D'un coup, je m'en souvins : Cal l'avait mentionné comme étant une sorte de guide spirituel dans la communauté des djinns.

– Mais, c'est impossible : il est toujours en vie, soufflai-je.

– En effet.

– On prétend qu'il supporte les doigts-de-mort. Il paraîtrait même que cette plante serait à l'origine de son pouvoir.

– J'y viens, me coupa Cyrius, visiblement agacé par mes interruptions.

– Pardon, m'excusai-je, résolue à me taire, cette fois.

– Ce que Tenzen Sangmore a dérobé, c'était de l'essence de ce que tu appelles des « doigts-de-mort ». À l'époque, elle portait le nom de *sapientia*, et les Dieux s'en servaient pour obtenir des visions sur l'avenir.

– Ils se servaient de plantes ? Mais si c'étaient des Dieux, ils…

Je m'interrompis et me mordis la lèvre inférieure, consciente d'avoir parlé une fois de trop. Les yeux verts de Cyrius Fara étaient posés sur moi et il paraissait se demander comment une créature aussi stupide pouvait partager le même nom que lui. Honnêtement, je commençais à me poser la même question.

Tout ça devait être une regrettable erreur – je n'avais rien à voir avec des Dieux, pas même pour un millième de mon sang. Oui, on avait dû me confondre avec une autre petite fille de l'orphelinat et, sans s'en rendre compte, les membres de l'Organisation suivaient la mauvaise personne depuis des années. Je laissai échapper un éclat de rire nerveux : quelle serait leur réaction, s'ils s'apercevaient de leur erreur maintenant ?

– Ne sois pas ridicule. Tu es ma fille – il n'y a aucun doute là-dessus. D'ailleurs, tu ressembles à ta mère : tu as exactement les mêmes cheveux qu'Hellène, affirma Cyrius d'un ton qui laissait entendre que cela ne le ravissait pas spécialement.

Je sursautai, non parce qu'il avait lu dans mes pensées, mais parce qu'il semblait enfin me *reconnaître*. Il me considérait avec toujours autant de froideur, mais je me sentis terriblement soulagée. C'était ça, ce que je désirais entendre. À présent qu'il avait dit que j'étais sa fille, il pouvait bien me rejeter ou me trouver stupide : c'était comme si une partie de moi qui m'avait toujours manqué venait enfin de trouver sa place.

– Laisse-moi terminer. Tu poseras tes questions à Justin si tu en as. Il a toujours été meilleur que moi pour s'occuper des enfants.

Des enfants ? Je croisai les bras, ayant subitement froid. Je venais de comprendre la façon dont mon père se comportait : pour lui, j'étais toujours une enfant. Il me considérait de la même façon que la dernière fois qu'il m'avait vue, comme si le temps n'avait pas passé.

– À l'origine, les Dieux étaient humains. Supérieurs, certes, mais uniquement grâce à leur faculté de maîtriser le pouvoir qui existait à l'état latent dans le monde, reprit mon père. Ils possédaient quasiment toutes les facultés que tu peux imaginer : guérison, immortalité, télékinésie, invocation... Mais, s'ils ont acquis le contrôle de l'espace, celui du temps leur a toujours échappé. L'*herbea sapientia* fut découverte par Nausicaa à la suite de longues recherches, et elle permettait d'étendre leurs pouvoirs d'une façon considérable dans ce domaine. Cette précieuse substance donnait une vision globale du monde – de son passé, de son présent et de son avenir. Seulement, ses dons n'étaient pas sans contrepartie, et elle se révéla potentiellement mortelle pour celui qui en consommait. Nausicaa décida alors de la confier à Falcor et de ne pas s'en servir. Tenzen Sangmore la vola et l'utilisa afin de devenir l'égal d'un dieu. Avec la puissance qu'il avait obtenue, il leva une armée de djinns pour attaquer la Citadelle. Ces traîtres prirent les Dieux par surprise et les massacrèrent. Plus tard, Tenzen comprit qu'il aurait désormais besoin de la plante pour vivre et, à ce jour, il en consomme encore. Pour une raison que nous ignorons, c'est le seul djinn à la supporter, tous ceux qui ont essayé après lui sont morts.

– Les Dieux ont donc bien disparu sans laisser de descendance ? demandai-je après que Cyrius se fut tu suffisamment longtemps pour que je me sente autorisée à parler. Dans ce cas, d'où vient la famille Fara ?

– Durant leurs siècles d'existence, les Dieux ont accumulé en eux une grande partie du pouvoir de ce monde. Ils ne pouvaient pas simplement mourir et disparaître comme des humains. Quand leurs corps ont été détruits, le pouvoir s'est concentré en une source située quelque part dans l'actuelle Edencity, et de cette source sont nés les corbusards.

– La disparition des Dieux a fait apparaître les corbusards ? répétai-je.

– Oui. Les Dieux avaient perdu leurs enveloppes physiques, mais leurs esprits ont survécu. Lazare a réussi à prendre forme humaine. Il était faible et ne disposait plus d'aucune aptitude extraordinaire – il n'a d'ailleurs vécu qu'une trentaine d'années sous cette apparence. C'était vers la fin des Temps Obscurs, il y a environ six siècles. Lazare avait perdu la trace des esprits des trois autres Dieux, mais il savait qu'ils étaient quelque part sur Terre, attendant de se réincarner pour réparer le mal qu'ils avaient fait en donnant naissance à des créatures incontrôlables. Il a fondé la famille Fara ainsi que l'Organisation. Cette dernière n'était qu'un moyen d'endiguer le flot des corbusards, jusqu'au moment où les Dieux reviendraient pour les détruire, car seul un dieu en est capable. La famille Fara a été créée dans ce but. Petit à petit, nous avons évolué et concentré nos pouvoirs de façon à ce qu'un jour, Nausicaa et Lazare puissent s'incarner et redonner naissance à Falcor et Saskia.

– Si ce sont des Dieux, un seul devrait suffire pour détruire les corbusards, non ? demandai-je.

– D'après la légende, Lazare et Nausicaa seront les premiers à s'incarner. Et l'autre nom de Falcor l'Obscur était le Tueur de monstres : c'est à lui qu'il incombera d'éliminer définitivement les corbusards de cette Terre, afin que cesse la corruption du pouvoir.

– Comment savons-nous autant de choses sur les Dieux ?

– Lazare a laissé un écrit qui s'est transmis de génération en génération dans notre famille, expliqua Cyrius en désignant dans une vitrine un livre dont la couverture brune paraissait près de tomber en miettes. Il y décrit de façon détaillée la vie des Dieux, et prophétise leur retour afin de purifier le pouvoir.

– Le purifier de quoi ? demandai-je.

– Le sang versé par les corbusards a fini par corrompre le pouvoir, ce qui a bouleversé l'équilibre du monde et finira par le détruire. La disparition des corbusards et la purification du pouvoir sont les seuls moyens de sauver l'humanité.

— Donc, nous attendons que les Dieux renaissent depuis des siècles ? dis-je, soucieuse de vérifier que j'avais bien compris. Et comment saurons-nous de qui il s'agit ? Démétrius est très puissant : ce n'est pas lui que vous attendiez ?

– Non. Démétrius est un être corrompu dès le départ. Il nous a trahis il y a de nombreuses années – il a renoncé à sa condition pour devenir un corbusard. Je pensais que tu l'aurais compris : les êtres que nous attendions, ce sont Keryam et toi. Tu es la seconde incarnation de Nausicaa la Clairvoyante.

J'éclatai de rire – c'était la chose la plus improbable que j'avais entendue de ma vie. Mon père me considéra d'un air contrarié.

– Tu le sais bien : tu as toi-même reconnu Keryam quand tu as vu le portrait de Lazare, il y a un instant.

– C'est vrai qu'il lui ressemble. Et Keryam a l'air d'avoir des pouvoirs importants, ajoutai-je en repensant à la brume étouffante qu'il avait créée par sa seule panique. Mais je n'ai rien de commun avec Nausicaa.

S'ils me prenaient pour elle, je comprenais mieux le désappointement du couple qui m'avait accueillie à l'orphelinat : Nausicaa était une femme d'une beauté renversante, tandis qu'à part l'effrayante couleur de mes yeux, j'étais terriblement ordinaire.

– C'est parce que tu ne t'es pas encore réveillée. Keryam en est à un stade plus avancé, mais tu seras aussi puissante que lui quand le changement se sera produit. D'ailleurs, tu as déjà commencé à évoluer, n'est-ce pas ?

La façon dont il m'avait raconté l'histoire des Fara trahissait la grande familiarité d'un récit maintes et maintes fois recommencé. Je supposais que je l'avais déjà entendu étant enfant et je me demandais s'il me l'avait débité avec cette même brièveté impersonnelle, et ce que j'avais ressenti face à ce fardeau qu'il tentait de me faire porter sous le nom de prophétie.

Je détournai le regard, soudain mal à l'aise. Se pouvait-il que ce soit vrai ? Que je sois destinée à causer la destruction de tous les corbusards ?

– Ça veut dire que je vais disparaître ? Nausicaa va se réveiller un jour et me balayer ?

– Non. Tu *es* Nausicaa, seulement tu retrouveras les pouvoirs dont tu disposais, ainsi que les souvenirs de ce qui s'est passé au cours de ton existence précédente.

– Et il faut que j'épouse Keryam, c'est ça ? interrogeai-je d'un ton hésitant, éprouvant une nausée latente à cette idée.

– Je conçois que cela te paraisse étrange – nous ne sommes plus à une époque où les mariages arrangés sont bien perçus. Et nous ne t'obligerons à rien. En vérité, tu es *déjà* sa femme depuis des siècles, c'est donc dans l'ordre des choses : quand tu te seras réveillée, tu le désireras toi-même.

Je ne répondis pas, et celui qu'on disait être mon père ne m'apporta plus que des précisions secondaires sur les Fara avant de me laisser retourner dans ma chambre, semblant comprendre que j'avais besoin de rester seule pour réaliser ce qui m'arrivait. Pour le moment, j'avais beaucoup de mal à croire que tant de puissance sommeillait en moi sans que j'en aie la moindre conscience. Et il m'était plus difficile encore de concevoir désirer un jour épouser Keryam ou détruire ceux que je considérais comme m'étant plus proches que ma propre famille.

Comment pourrais-je tuer Cal ou Lorenzo ? Mais, pour l'instant, une autre question m'obsédait bien davantage : comment oser paraître de nouveau devant leurs yeux, en sachant qui j'étais et ce que j'étais destinée à faire ?

Chapitre 25

– Alors tu sais.

Je sursautai, tirée de la contemplation de ma propre image reflétée par le miroir de la coiffeuse. Justin avait passé la tête par l'entrebâillement de la porte de ma chambre sans même que je l'aie entendu l'ouvrir.

Il entra et referma le battant derrière lui.

– Tu trouves que j'ai changé ? demandai-je, scrutant de nouveau mon visage dans la glace.

– Tu ne le vois pas ? Mmm, c'est presque imperceptible, le changement sera progressif, comme pour tes pouvoirs. J'imagine que tu te sentiras évoluer de jour en jour, maintenant que tu sais d'où tu viens.

– C'est vrai, concédai-je. Plus mon passé s'éclaire, plus le pouvoir se développe. Mais je n'ai pas l'impression de le contrôler de la même façon que les corbusards. En réalité, c'est plutôt lui qui a le dessus. Ça me fait peur, ajoutai-je à mi-voix.

– Comment ça ?

– Je ne maîtrise pas ce que je fais. Keryam peut se dissimuler dans le brouillard quand il est menacé, ou réchauffer son café quand il est froid, alors que je me contente de tout casser sans le faire exprès à chaque fois que je panique. Si tu voyais l'état dans lequel j'ai laissé mon appartement…

Justin fronça les sourcils. Il venait visiblement de remarquer la literie rouge-marronnasse roulée en boule au pied de mon lit.

– Désolée, marmonnai-je.

– Qu'est-ce que c'est que ça ?

– Quand je dors… Je ne sais pas : tout mon corps se met à saigner, je crois. J'ai bien peur que vos draps ne soient irrécupérables, dis-je, angoissée par sa réaction.

Justin sembla songeur quelques instants, puis son air préoccupé s'évanouit et il me sourit.

– Ça ne fait rien – ce n'est pas de ta faute.

– Ce n'est pas normal, n'est-ce pas ? Vous êtes bien sûrs que je suis vraiment celle que vous croyez ?

– Sûrs et certains, affirma Justin, souriant de plus belle. Ne t'inquiète pas : nous ne t'avons pas quittée des yeux une minute depuis que tu es venue au monde, et il n'y a pas l'ombre d'un doute : tu es bien Saralyn Judith Fara. Sans compter que, comme on dit, bon sang ne saurait mentir : physiquement, tu es un pur produit de la lignée Fara et tu as les magnifiques cheveux de ta mère. Quand tu étais petite, tu avais également les yeux verts typiques des membres les plus puissants de notre famille, mais je suppose que ta nature propre a fini par l'emporter sur nos gènes, ajouta-t-il avec une pointe de regret.

– Mes cheveux… Oui, je me souviens qu'à l'orphelinat, ils n'avaient pas le droit de me les couper : j'étais la seule pensionnaire à avoir les cheveux longs.

« Pensionnaires », c'était ainsi qu'on nous appelait. Comme si nous étions toujours sur le point de partir du grand bâtiment gris aseptisé, alors qu'après seulement quelques mois passés dans ses murs, nous avions toutes la certitude désespérante de ne plus jamais les quitter. La rangée de lits au carré, aux pieds desquels trônaient les paires de bottines soigneusement cirées chaque jour, semblait se moquer de nous, clamant que personne ne voudrait plus de nous à l'*extérieur* jusqu'à ce que tout espoir se soit évanoui.

– C'est moi qui avais donné cet ordre, dit Justin. Tu disais toujours que tu voudrais avoir les cheveux aussi longs que ceux de ta mère quand tu serais grande, alors, même si tu ne pouvais pas t'en souvenir, je n'ai pas voulu t'enlever ce à quoi tu semblais tellement tenir.

Cela m'émut sincèrement de penser que Justin avait prêté attention à ce genre de détails, alors qu'à cette époque la guerre faisait rage, et qu'il avait certainement d'autres choses à s'occuper.

Mon père, quant à lui, semblait fort peu se soucier de moi, à ce moment-là autant que maintenant. D'après la discussion que nous avions eue, il était évident qu'il ne désirait pas me connaître : tout ce qu'il voulait, c'était que j'accomplisse sa maudite prophétie.

Pourquoi Justin n'était-il pas mon père ? Pourquoi fallait-il que Keryam soit adoré par ses deux parents, alors que je me retrouvais seule face à cet homme glacial et trop imposant qu'était Cyrius Fara ?

– Cyrius aussi a remarqué que j'avais les mêmes cheveux que ma mère. Mais ça n'a pas eu l'air de lui faire plaisir. En fait, ajoutai-je avec un sourire forcé, j'ai l'impression qu'il ne m'aime pas beaucoup.

– Cyrius ? Tu n'oses pas l'appeler ton père, hein ? Je suppose qu'il t'a intimidée – il n'a jamais été très doué pour les relations humaines. Quand tu étais petite, tu l'appelais « Père » et tu le vouvoyais. Tu as reçu une éducation très traditionnelle, expliqua-t-il devant ma stupéfaction. C'était un peu étrange de voir une petite fille se comporter d'une façon si cérémonieuse, mais j'avoue que ça avait un certain charme, et tes parents y tenaient. Tu étais bien mieux élevée que Keryam, reconnut-il en éclatant de rire.

Il se tut un instant et chercha un endroit où s'asseoir, éliminant d'office mon lit souillé de sang. Il choisit finalement la chaise en bois, à côté de la fenêtre, et la tourna vers moi.

– Tu sais, il n'est vraiment pas méchant. Il a sûrement dû te paraître brusque, et je parie qu'il s'est comporté exactement comme s'il t'avait quittée hier – ce n'est pas le genre de personne qui laisse transparaître ses sentiments.

J'acquiesçai silencieusement, à la fois soulagée de pouvoir parler de mon désarroi et soucieuse de ne pas trop manifester mon désappointement : après plus de seize ans d'absence, on ne peut s'empêcher d'espérer un peu plus de son père que le récit abrégé de la destinée familiale, même si j'avais eu le sentiment que Cyrius me livrait alors ce qu'il y avait de plus précieux à ses yeux.

– La vérité, c'est qu'il ne s'est jamais remis des événements qui l'ont poussé à se séparer de toi, il y a seize ans. À cette époque, il venait tout juste d'être nommé président de l'Organisation par le Conseil des Anciens et il avait énormément de mal à gérer la situation.

– Le Conseil des Anciens ? Les personnes qui sont passées hier ?

– Oui. Ce sont les représentants les plus âgés de notre famille, et ils prennent les décisions importantes en ce qui concerne l'Organisation. C'est ta grand-mère, Tallulah, qui le préside – elle dirigeait l'Organisation avant ton père. Tu auras peut-être la chance de la rencontrer, mais sa santé est très fragile, et en ce moment elle est partie se reposer dans le Sud.

– Quel âge a-t-elle ? demandai-je, sidérée par l'incroyable apparence de jeunesse des membres de ma famille qui, si j'en croyais l'arbre généalogique que Cyrius m'avait montré, étaient pour la plupart beaucoup plus âgés qu'ils ne le paraissaient.

– Elle va sur ses cent sept ans. C'est une femme extraordinaire. Pour en revenir à ton père, il n'a pas eu de chance : il est entré en fonction au moment où les vampires ont décidé de saigner à blanc Edencity. Il travaillait tout le temps pour régler les conflits et il culpabilisait de ne pas pouvoir s'occuper de toi et de ta mère autant qu'il l'aurait voulu. Et il y avait Virgile… Cyrius avait beaucoup d'affection pour lui, et il a dû se battre contre son propre frère. Malgré tous ses efforts, il n'a pas réussi à le sauver : Virgile aimait trop le pouvoir, beaucoup plus que sa propre famille. Et puis, ta mère est morte. Ton père a été averti de l'attaque des vampires alors qu'il était au Central. À cette époque, il *vivait* presque dans son bureau. Et quand il est arrivé ici, c'était déjà trop tard.

Justin s'arrêta et baissa la tête. Il soupira et ses mains s'agitèrent quelques instants, esquissant une suite de gestes sans signification.

– Il n'a jamais accepté la mort d'Hellène, et même si je suis certain qu'il est heureux de te revoir, ta présence ravive des souvenirs qu'il préférerait oublier.

– Je comprends. Mais je n'ai pas l'impression d'être la personne que vous attendez : si j'avais les pouvoirs d'une déesse, je crois que je le saurais, non ?

– Tu les as, m'assura Justin. Ils sont seulement en sommeil – tu te réveilleras bientôt. Regarde-toi mieux. Il n'y a pas que tes facultés qui se développent, ton apparence change aussi.

Je me regardai une nouvelle fois dans le miroir. Même si ça ne me plaisait pas de l'admettre, il avait raison : les modifications de mon visage étaient presque imperceptibles, pourtant elles étaient bien là. Évidemment, mes cicatrices avaient toutes disparu, à l'exception de celle qui me barrait le cou, mais ce n'était pas seulement cela. Il y avait… Ce n'était pas très net – ma peau me paraissait plus pâle, mes yeux légèrement plus grands et plus gris. Je devais bien l'avouer : je ressemblais à un corbusard.

– C'est le pouvoir qui fait ça, n'est-ce pas ?

– Je ne sais pas. Toi et Keryam êtes uniques dans votre genre : de toute l'histoire de l'humanité, il n'y a jamais eu d'êtres comme vous. Personnellement, j'ai plutôt tendance à penser que c'est Nausicaa qui commence à se manifester.

– Keryam n'a pas changé, lui.

– Si, mais ça s'est fait plus progressivement, et c'était déjà presque achevé quand tu l'as rencontré. Toi, tu en es encore au début.

Je songeai avec amertume que, si j'étais censée ressembler à Nausicaa en bout de parcours, il allait en effet falloir un certain temps. Pourquoi tout semblait tellement plus facile pour Keryam ? Il était conforme à ce qu'on attendait de lui sans aucun effort, alors que j'avais l'impression de n'être jamais qu'une déception pour les miens.

– Keryam a deux ans de plus que toi. C'est normal qu'il soit plus avancé, dit Justin, comme s'il lisait dans mes pensées.

– Justin ? repris-je après un silence. Tu peux me dire pourquoi Démétrius a été banni de la famille Fara ?

– Démétrius ? Je ne pensais pas avoir un jour à lutter contre lui. Avant qu'il ne revienne à Edencity, nous étions même certains qu'il était mort. Ainsi que tu as pu t'en rendre compte, la plupart des membres de la branche principale des Fara jouissent d'une longévité exceptionnelle, mais il n'empêche que nous sommes mortels, et Démétrius a plus de cent soixante ans, si je ne me trompe pas.

Cela correspondait effectivement à ce que j'avais lu sur l'arbre généalogique. Je réprimai un ricanement à la pensée qu'il était remarquablement bien conservé pour son âge. Je supposais qu'aux yeux d'un humain, il paraissait à peine quarante ans, même si pour moi, il était trop peu humain pour que je puisse lui donner un âge quelconque : ce genre de critères ne s'appliquait pas à lui.

– C'est le pouvoir, expliqua Justin. Ceux qui le possèdent au plus haut degré, comme Démétrius, ton père ou Virgile, ne vieillissent quasiment pas, même s'ils mourront un jour ou l'autre. C'est pour ça que j'ai l'air plus vieux que mes frères alors que je suis le plus jeune, dit-il avec une vague aigreur.

– Et moi ? demandai-je. Je suis déjà morte, non ?

– Oui. Seulement, ça ne signifie pas que tu es immortelle. Tu es simplement plus résistante au pouvoir qu'un corbusard. Ça ne vaut pas pour des armes conventionnelles : tu ne survivrais pas à une balle de revolver. En revanche, tu as une grande capacité de régénération, c'est comme cela que tu as pu survivre aux blessures que les corbusards t'ont infligées dans cette décharge. Le choc a même déclenché le processus de ton réveil.

– Dans la décharge… Alors, tu étais au courant ?

– Bien sûr, je t'ai déjà dit que l'Organisation voyait tout. Et tu es un membre de notre famille, nous t'avons toujours protégée à distance.

Je me retins de faire remarquer qu'en l'occurrence, les Fara ne m'avaient pas été d'une grande aide, puisque j'étais morte. Maintenant, au moins, je savais que j'avais effectivement été surveillée tout ce temps : ça prouvait que je n'étais ni folle ni paranoïaque.

– En fait, reprit Justin, nous pensons qu'une fois Nausicaa réveillée, seul un membre de ta propre famille pourrait te tuer, alors je suppose que tu vivras éternellement.

– Démétrius est plus puissant que mon père ? demandai-je, n'aimant pas le tour que prenait la conversation.

Je n'appréciais pas l'idée que Keryam pouvait me tuer.

– Non, je ne crois pas. À part Keryam et toi, Cyrius est le membre le plus puissant de la famille Fara depuis sa création.

– Démétrius prétend qu'il avait été banni parce que la famille Fara le percevait comme une corruption de notre sang, repris-je.

– Je ne connais pas tous les détails de l'affaire, dit Justin d'un ton circonspect, et je n'ai jamais rencontré Démétrius. D'ailleurs, je pense que très peu de ceux qui l'ont côtoyé sont encore en vie, tant à cause de l'ancienneté de ces événements que de sa détestable manie d'éliminer ses proches parents. D'après ce que je sais, Démétrius a manifesté des pouvoirs très étendus dès sa naissance. Pendant un temps, nous avons même cru qu'il était celui que nous attendions, mais il est très rapidement devenu incontrôlable. À six ans, il a tué ses deux parents pour qu'on lui rende un jouet confisqué.

J'avalai ma salive. Que ferait un enfant d'un pouvoir aussi monstrueux que celui de Démétrius ? Assurément, il ne pourrait que répandre la mort sans même avoir conscience de ce qu'il faisait.

– Le Conseil des Anciens a alors décidé qu'il était trop dangereux pour rester au sein de la famille Fara. Il a été élevé à l'écart, et, quand il a été assez grand pour être juge de ses actes, nous l'avons laissé partir, à la condition qu'il ne s'approche plus jamais de notre famille. J'ignore où il est allé ensuite, mais il a tenu parole jusqu'à son retour, il y a quelques mois. À présent, il semble assez évident qu'il a prévu de t'utiliser pour nous détruire : une fois la famille Fara éteinte, il sera sans doute l'être le plus puissant de ce Continent, et il n'aura aucun mal à étendre sa domination partout où il le désirera.

C'était logique, et j'avais moi aussi ressenti combien le pouvoir de Démétrius était vicié et oppressant, telle l'odeur du sang. Pourtant, je n'avais pas eu l'impression qu'il désirait me détruire, quand je l'avais eu en face de moi.

– Démétrius est quelqu'un de très difficile à cerner : il possède une puissance immense qu'il utilise de façon irresponsable. Je ne suis pas certain qu'il agisse par méchanceté. Je pense qu'il réfléchit comme un enfant : il est prêt à tout pour obtenir ce qu'il veut, et maintenant, ce qu'il veut, c'est principalement se venger de la famille qui l'a rejeté, reprit Justin après un instant de réflexion. Beaucoup de gens fonctionnent ainsi, et je peux le comprendre. Seulement, Démétrius est beaucoup trop puissant pour que nous puissions le laisser faire. Il risque de tuer des dizaines d'innocents et, même s'il t'a paru sympathique, il faudra sans doute te résoudre à l'éliminer.

Je le regardai, angoissée. Je n'avais pas la moindre envie de me battre contre Démétrius à cause de ses hypothétiques projets ou de tuer Lorenzo, juste parce qu'il avait peut-être fait partie de ceux qui avaient attaqué ma famille, il y a seize ans.

Non, je ne pouvais pas croire une seule seconde que Lorenzo avait tué ma mère. Je savais bien qu'avec le sang qu'il buvait, il devait avoir causé la mort de beaucoup d'humains, autrefois comme aujourd'hui, mais l'idée qu'il puisse être mon ennemi provoquait un sentiment de détresse en moi que je refusais d'éprouver.

Si j'étais réellement Nausicaa, alors je parviendrais à arrêter tout ça. À quoi me servirait-il d'être la réincarnation d'une déesse si je n'arrivais même pas à garder à la fois ma famille et mes amis en vie ?

Rassérénée par cette idée, je souris. Je trouverais un moyen pour les faire s'entendre, quoi qu'il en coûte. Après tout, les aweryths, corbusards, ou quel que soit le nom qu'on leur donnait, n'étaient pas si loin de nous. Maintenant, je le savais : entre un dieu et un monstre, il n'y avait jamais qu'une interprétation différente de quelque chose qui dépassait le simple être humain.

– C'est vrai que les corbusards ne pleurent pas ? demandai-je soudain.

– Oui. Certains disent que c'est parce qu'ils n'ont pas d'âme, et d'autres parce qu'ils sont les créatures les plus puissantes du monde : quand on porte un tel poids, on ne peut pas se permettre d'être faible. Je me dis parfois que les détruire sera sans doute les libérer – vivre durant des siècles de cette façon doit être la pire des souffrances, tu ne crois pas ?

Je pensai à la douleur de Lorenzo et, pendant une seconde, j'eus l'impression que Justin avait raison. Je n'avais réfléchi à ce problème qu'en égoïste, ne songeant qu'à quel point je serais malheureuse de causer la destruction de toutes ces créatures et de perdre des êtres que j'appréciais. Mais l'idée que c'était peut-être ce qu'ils voulaient vraiment ne m'avait pas une seconde effleurée.

Je baissai la tête, troublée.

– Allons, je suis certain que tout ira bien, dit Justin en posant sa main sur mon épaule. La transformation s'achèvera et tu arrêteras de souffrir. Tu finiras par te rendre compte que nous t'aimons tous, même si Cyrius a plus de mal à montrer ses sentiments que nous.

– Oui, dis-je. Je suis contente d'être rentrée à la maison.

Justin me laissa et j'entrepris d'ouvrir tous les placards et les tiroirs de ma chambre, pour voir à quoi ressemblait ce qu'un jour j'avais pu appeler « chez moi » sans avoir à m'en persuader.

Chapitre 26

Après deux jours passés avec nous, Justin dut retourner à Edencity pour s'assurer de la bonne marche de l'Organisation. Il promit de revenir avant la fin de de notre séjour. Je compris assez vite que c'était mon père qui aurait dû aller aux nouvelles, mais il avait cédé sa place à Justin, tentant visiblement de se rapprocher de moi.

La propriété des Fara s'était révélée n'être la demeure que des membres de la branche principale de la famille, aussi, la plupart des parents qui m'avaient été présentés lors de mon arrivée étaient rentrés chez eux. Ceux qui restaient n'étaient généralement que des silhouettes entraperçues dans les couloirs, comme les membres du Conseil, que je n'avais jamais approchés, et quelques personnes vivant dans les autres ailes de la maison. Ces derniers faisaient sans cesse de brèves apparitions, au point que je ne parvenais à retenir ni leur visage ni leur nom.

Je restai donc avec mon père, Laura et Keryam. Ce dernier, malgré sa gentillesse et sa patience, ne m'inspirait toujours qu'une vive aversion. Cependant, la présence quasi constante de ma tante, qui avait visiblement les plus grandes difficultés à quitter son fils du regard plus de cinq minutes d'affilée, m'obligeait à me contrôler, et nos relations restèrent donc très courtoises.

Mon père, loin d'endurer les mêmes angoisses que Laura, passait la plus grande partie de ses journées dans son bureau. Il ne m'accordait de l'attention que par à-coups, et j'étais quasiment certaine que, si j'avais gardé des souvenirs de lui, ç'aurait été ceux d'un père occupé et absent. De toute façon, le temps qu'il passait en ma compagnie ne parvenait guère à nous rapprocher, et il avait beau me raconter toutes sortes de choses intéressantes sur notre famille ou notre patrimoine, il me demeurait totalement opaque. Après être restée auprès de lui durant cinq jours, je n'avais toujours pas la moindre idée de qui était réellement Cyrius Fara.

Le dimanche matin, je me levai tard. Au milieu de l'escalier descendant vers la salle à manger, je perçus que quelque chose n'allait pas.

Non, il n'y avait aucune raison. Il était presque 10h45, Laura et Keryam se trouvaient sans doute au salon, et j'avais réussi à dormir une nuit de plus sans me noyer dans mon propre sang – c'était à peine si mon hémorragie quotidienne faisait flageoler mes jambes.

Je regardai les photographies posées sur le buffet qui trônait à quelques pas derrière moi, contre le mur qui faisait face à l'escalier. Il y avait Keryam et moi, nos parents, et même une photographie de moi tenant un louveteau. Justin m'avait raconté que, quand j'étais petite, l'animal me suivait partout comme un chien.

Je ressentais une impression bizarre à être dans cette maison, loin d'Edencity. Comme si toutes ces dernières années n'avaient été qu'un mauvais rêve, comme si les corbusards, le

Guillotineur et les angoisses n'existaient plus. Nous n'étions qu'une famille normale qui prenait son petit déjeuner dans de la porcelaine à fleurs avant de se promener dans le parc ou de jouer aux cartes dans le salon. Laura avait même la délicatesse de décaler mes repas pour que je puisse manger à l'abri des regards sans que cela parût étrange. D'ailleurs, personne n'avait fait de remarque sur ma propension à me nourrir de viande crue.

Jamara lui-même se comportait comme s'il vivait ici depuis toujours, et le cuisinier lui gardait tellement de choses à manger que je craignais qu'il ne prenne des goûts de luxe et refuse de retourner à ses croquettes une fois que nous serions rentrés.

Tout était si parfait que je ne comprenais pas pourquoi je continuais de me sentir si étrangère dans cette famille.

Je secouai la tête et agrippai la rambarde de l'escalier, légèrement étourdie par le sentiment oppressant qui m'envahissait soudain et me semblait si familier. Ça venait de l'étage. Je remontai lentement la portion d'escalier que je venais de descendre, et me dirigeai vers le bureau de mon père, me mettant inconsciemment sur la pointe des pieds.

Oui, cette énergie écrasante, que j'avais peur de reconnaître, venait bien de là.

La porte du bureau était entrebâillée. Je posai la main sur le battant, mais les voix de Justin et de Cyrius me parvinrent : ils ne s'étaient visiblement pas rendu compte de ma présence et discutaient avec animation. Étonnée que mon oncle soit déjà de retour, je me demandai avec un peu d'inquiétude si tout allait bien à Edencity. J'hésitai un instant, le bras suspendu en l'air, m'apprêtant à entrer, puis je le laissai retomber et restai silencieusement derrière la porte. J'avais mauvaise conscience, mais c'était probablement ma seule chance de mettre fin aux horribles doutes qui m'assaillaient dès que j'avais éteint la lumière le soir, dans mon joli lit de petite fille bien sage.

– Tu en es sûr ? dit Justin. Mais comment est-ce possible ?

– Je n'en sais rien, répliqua mon père avec humeur.

Me demandant s'il se passait quelque chose de grave, je notai avec un vague soulagement que Cyrius se montrait aussi froid et intransigeant avec son frère qu'avec moi.

– Quelque chose a été volé ? demanda Justin après un silence.

– Je n'ai pas encore pu inventorier ce qu'il y a dans la pièce, mais elle a été fouillée : tu l'as vu toi-même, c'est évident. Entrer dans cette maison et en ressortir sans alerter personne relève du miracle, et si l'énergie n'avait pas été aussi forte, je ne me serais même pas aperçu qu'il y avait quelqu'un. Un corbusard aussi puissant n'a pas pu venir pour le simple plaisir de déranger nos reliques familiales et me laisser des fleurs !

– Ah oui, ces roses… Elles sont bizarres, ce sont des créations du pouvoir, non ?

– Oui, acquiesça Cyrius. Tout ça ne me dit rien qui vaille. Tu penses que ça peut être Sangmore ?

– Le djinn ? On raconte qu'il est dans les parages, mais même si la rumeur sur l'épuisement progressif de l'herbea sapientia se confirme, nous n'en détenons pas ici, n'est-ce pas ?

– Il ne pouvait pas le savoir, et je ne vois pas d'autre corbusard assez fort pour… À moins bien sûr que ce ne soit… Mmm, c'est sûrement cela : faire partie de notre famille facilite grandement l'entrée dans la propriété. Mais pourquoi maintenant ? Et qu'est-ce qu'il cherchait ?

– Le livre de Lazare… suggéra Justin.

– Non, il est à sa place : j'ai vérifié. Et je ne vois pas ce qui…

– Je me charge de cette affaire, le coupa Justin. Nous découvrirons bien ce qu'il en est.

J'expirai le plus silencieusement possible – j'avais jusque-là retenu mon souffle sans même en avoir conscience. Je savais déjà ce qu'il en était parce que, ce pouvoir, je l'avais tout de suite reconnu, et qu'une seule personne laissait des roses derrière elle.

Mais qu'est-ce que Démétrius était venu faire dans l'arrière-salle du bureau de mon père ?

***

– Comment ça s'est passé avec Saralyn ? demanda Justin.

J'avais alors calmé ma respiration laborieuse, jusque-là si bruyante que je m'attendais à voir mon père ouvrir violemment la porte pour me prendre en train de l'espionner.

Mon père ne répondit pas, mais je supposai à son silence éloquent qu'il haussait les épaules.

– Tu devrais faire un effort, dit Justin d'un ton sévère. C'est quand même ta fille : tu ne lui as pas parlé depuis des années, et maintenant, tu la traites en étrangère. Si tu n'agis pas en père avec elle, tu vas finir par la perdre définitivement.

– Je ne suis pas doué pour ce genre de choses.

– Force-toi ! Ce n'est pas une enfant difficile, et elle ne demande rien de plus qu'un peu d'attention : ce serait la moindre des choses de ta part, après ce que tu as fait.

C'était aussi ce que je pensais : même si mon père m'avait abandonnée pour ma sécurité, j'estimais qu'il aurait dû se sentir coupable et essayer de se racheter auprès de moi. J'avais conscience de mon égoïsme, et que le président de l'Organisation avait sans doute d'autres sujets de préoccupation, mais je ne pouvais pas m'empêcher de souhaiter être ce qui comptait le plus à ses yeux. J'aurais voulu avoir l'impression d'être importante, et pas seulement parce que j'étais la réincarnation de je ne sais quelle déesse.

– Elle n'est pas telle qu'elle devrait être, reprit mon père, comme s'il s'agissait d'une excuse.

– Oui, c'est vrai. C'est étrange.

Je sentis mon cœur s'arrêter de battre pendant une seconde, et mon sang bourdonna à mes oreilles. Alors c'était ça ? C'était bien ce que Justin voulait dire, que je n'étais pas comme ils l'espéraient ?

Qu'est-ce que j'ai fait de travers ? Pourquoi tout le monde finit par m'abandonner ?

Tout le monde sauf Lorenzo, celui qui avait probablement fait tuer ma mère et que je ne parvenais pas à haïr. Étais-je donc si faible ?

– Elle continue de saigner, reprit Justin. L'éveil se fait difficilement, comme si elle rejetait Nausicaa – c'est vrai que Keryam a pu se préparer plus progressivement, mais il a tout de même bien mieux réagi. Nous n'aurions peut-être pas dû jouer autant avec la mémoire de ta fille… J'ai peur qu'elle n'ait été endommagée de façon irrémédiable.

– Ne sois pas ridicule ! C'est une déesse, elle n'aurait aucun mal à achever le processus, si elle le voulait. De toute façon, nous n'avons pas eu le choix – tu te souviens dans quel état elle était après la mort d'Hellène : elle serait devenue aussi dangereuse que Démétrius, si nous lui avions laissé ses pouvoirs.

– J’en suis conscient, mais il n’y a pas que ça. Je dois t’avouer que ça me trouble qu’elle présente aussi peu de ressemblances physiques avec Nausicaa. Elle possède certes des caractéristiques évidentes de la famille Fara, et le changement est très loin d’être terminé, mais, à part la couleur de ses yeux, elle n’a rien de commun avec elle. Ne serait-ce que ses cheveux : la déesse avait de très longs cheveux blonds…

– … si lisses et si fins qu’on aurait pu en tisser une étoffe, le coupa Cyrius. Je sais, je connais l’histoire. Mais tu as tort de t’en faire pour ça : le pouvoir la façonnera. Et puis les gravures ne sont pas très exactes, elles sont trop anciennes pour qu’on puisse juger de ce à quoi Nausicaa ressemblait vraiment. Dis plutôt que ce qui t’inquiète, c’est qu’elle ne paraît pas éperdue d’amour pour ton fils.

– Euh… oui, en effet, admit Justin, embarrassé. Lazare était l’unique amour de Nausicaa, et Saralyn n’a pas l’air d’éprouver le moindre sentiment à l’égard de Keryam. C’était déjà le cas quand elle était petite, mais j’avais mis ça sur le compte de l’âge : ils ne cessaient jamais de se chamailler.

– Et du côté de Keryam ?

– L’idée de l’épouser ne semble pas lui poser de problèmes.

J’écarquillai les yeux et posai ma main contre ma bouche pour m’empêcher de hurler. Comment pouvaient-ils parler de ça comme si c’était une affaire entendue ? Moi, je n’avais rien décidé, on ne m’avait rien demandé.

– En vérité, nous n’avons aucune idée des relations que Lazare et Nausicaa entretenaient de leur vivant. Ils étaient mariés, et après ? Beaucoup de couples s’entendent mal, reprit mon père d’un ton atrocement pragmatique. Ne t’en fais pas : nous ne leur imposerons rien – quand ils seront tous les deux éveillés, ils sauront ce qu'ils ont à faire. D'ailleurs, cette histoire de mariage n'existe certainement que pour donner une fin satisfaisante à la légende : peut-être qu'une simple collaboration entre eux sera suffisante. Si tu continues de te tracasser à propos de tout et n'importe quoi, tu vieilliras prématurément, conclut mon père d'un ton moqueur que je ne lui avais jamais entendu et qui me fit penser que, malgré les apparences, il avait probablement de l'affection pour son plus jeune frère.

– Toi aussi, tu t'inquiètes à propos de Saralyn.

– Oui. Pour être honnête, j'ai peur d'avoir tout gâché avec elle, dit mon père avec un petit rire amer. Mais je suis le chef de cette famille, il faut que je tienne mon rôle.

Je me sentais mieux : ma vie et celle de Keryam avaient été décidées en fonction de ce que nous devions devenir, mais je ne pensais pas qu'on irait contre notre volonté. J'éprouvai un vague élan d'affection envers mon père, qui me paraissait d'un coup plus humain.

– Au fait, comment vont les choses à Edencity ? Est-ce que tu as réglé notre *problème* ? reprit-il.

– Il y a eu des complications, dit Justin d'un ton hésitant. Ne t'en fais pas, je vais tout arranger au plus vite, mais je dois avouer que ce sale gamin me donne plus de fil à retordre que ce que je pensais.

De quoi parlaient-ils ? J'avais un mauvais pressentiment. Je tournai la tête vers la droite, mal à l'aise.

Keryam me regardait depuis le bout du couloir.

Comment était-ce possible ? Je ne l'avais pas entendu arriver, je n'avais même pas senti sa présence. Est-ce qu'il était là depuis longtemps ? Oh non, il ne devait pas me voir espionner nos pères ou sinon…

Les choses commençaient tout juste à s'améliorer, je ne pouvais pas le laisser détruire ma famille maintenant !

Je levai de nouveau le bras et frappai contre la porte. La voix de mon père prononça un sonore : « Entrez ! » Keryam eut un étrange sourire qui me glaça le sang, et tourna les talons sans rien dire.

Je pénétrai dans le bureau, et je me sentis aussi intimidée qu'à chaque fois que je paraissais devant mon père.

– Oui ? Tu veux quelque chose ? demanda celui-ci.

– Oh, non... me troublai-je. J'ai entendu la voix de Justin, alors je suis seulement venue le saluer et prendre des nouvelles d'Edencity.

J'étais ridicule. Comment un mensonge aussi grossier pourrait-il fonctionner ? Des nouvelles de quoi ?

– Des nouvelles, répéta Justin. Tu veux parler de Gaspard, je suppose.

Gaspard ? Son passage devant la Commission devait avoir eu lieu avant-hier, mais je l'avais complètement oublié.

– Qu'est-ce qui a été décidé ? demandai-je.

– Pour le moment, pas grand-chose : nous avions prévu d'être cléments, mais il a pris la fuite. Je suis vraiment désolé – je ne pensais pas que c'était ce genre de lâche.

– La fuite ? balbutiai-je. Pourquoi ? Pour aller où ?

Justin haussa les épaules et écarta la main en un large geste d'impuissance.

– Que veux-tu que je te dise ? Nous l'avons auditionné mercredi et j'ai convaincu la Commission de le laisser libre jusqu'au prononcé de la sentence, en considération de ses états de service. Seulement, il ne s'est pas présenté pour entendre le verdict, et il s'est évaporé dans la nature. D'après ce que j'ai vu de son appartement, il a pris de quoi partir en voyage. Il a même dû laisser ses trophées de chasse dans sa précipitation, ajouta-t-il avec un rictus mauvais.

– Des trophées de chasse ? Tu veux parler d'objets appartenant à des corbusards qu'il a tués ?

Je me souvenais que Lorenzo m'avait parlé de cette rumeur qui courait sur les spécialistes dans le milieu des corbusards. Mais elle m'avait alors paru parfaitement absurde.

– Non, Saralyn, je parle de *morceaux des corbusards* qu'il a tués. D'ailleurs, nous avons pu constater qu'il a été un spécialiste redoutablement efficace.

– Mais j'ai travaillé avec lui pendant des mois et je n'ai jamais rien remarqué, protestai-je.

– Tu le surveillais tout le temps ? Ce n'était pas lui qui enterrait les corps ?

– Si, dis-je avec réticence, mais Justin, jamais…

– Si je me souviens bien, il y a un grand coffre derrière les sièges de sa voiture, et il lui était très facile d'emporter une dent ou une griffe sans que tu t'en rendes compte.

Je m'assis brutalement sur une des chaises avant que mes jambes ne m'abandonnent. Gaspard pouvait-il être aussi monstrueux ?

Démétrius avait pénétré dans le bunker de la propriété Fara, apparemment dans l'unique but de se moquer de mon père, Gaspard s'était enfui sans attendre le verdict, et je n'avais pas besoin de Justin pour savoir que Lorenzo était devenu l'une de nos principales cibles : non seulement il était allié à Démétrius et faisait partie de ceux qui s'étaient attaqués à notre famille, mais ses sujets avaient tué beaucoup d'humains ces derniers temps. À croire qu'ils avaient tous décidé de m'obliger à les éliminer.

Alors, il ne me restait plus qu'à choisir entre les assassins que je considérais il y a quelques jours encore comme mes amis, et les inconnus qui disaient faire partie de ma famille.

Mais y avait-il une seule personne que je pouvais prétendre connaître, moi qui ne savais même pas quel être se cachait réellement au fond de moi ?

Chapitre 27

– À quoi jouez-vous ? Vous êtes complètement inconscient ! Non seulement vous vous mettez en danger, mais vous condamnez les dirigeants de tous les clans qui se sont ralliés à vous, dis-je, claquant la porte des « Délices de Bacchus » derrière moi.

Démétrius me considéra un instant, l'air vaguement surpris. Lorenzo était assis sur le comptoir, près de lui, un pied posé sur un tabouret tandis que son autre jambe pendait dans le vide. Je l'ignorai sciemment, me sentant trop remplie de rage à l'égard de Démétrius pour me laisser distraire.

Était-il vraiment un monstre ? Avait-il tué ses parents pour un caprice et trahi notre famille pour accumuler du pouvoir ? C'était possible – Démétrius m'horrifiait et je le plaignais, car je ne savais pas ce que j'aurais fait si j'avais gardé la puissance que je possédais apparemment lorsque j'étais enfant. Peut-être aurais-je tout détruit autour de moi, quand ma mère était morte. Pour cette raison, j'étais presque reconnaissante à Justin de m'avoir ôté mes souvenirs et l'usage de ces pouvoirs à la mort de ma mère.

– Comment es-tu entrée ? demanda Démétrius. La porte était pourtant scellée par un sort.

Je savais ce qu'il sous-entendait : « Toi qui te prétends humaine, quelle explication peux-tu fournir à cela ? » Mais je n'étais pas humaine, pas plus que lui, et je ne pouvais plus le nier. Je perçus du mouvement du côté de la cave – deux personnes, dont une seule vivante. Je supposai que Cal était l'une des deux, et ne m'en préoccupai pas, pas même lorsque la porte s'ouvrit : je regardais cet ancêtre si lointain, me cherchant à travers lui.

Je ne pus m'empêcher de grimacer un sourire en réponse à sa question, et lui présentai mon avant-bras encore dégoulinant de sang. Je me rendis compte que j'avais toujours mon poignard à la main, et je le rengainai par réflexe, sans prendre la peine de l'essuyer, maculant ma robe de rouge. Il faudrait que je pense à la laver : c'était Justin qui me l'avait offerte et elle était jolie.

– Virgile m'a dit un jour que le sang des Fara ouvrait toutes les portes, expliquai-je.

– C'est très juste, confirma Démétrius. Mais si tu avais attendu quelques secondes, cela t'aurait évité d'avoir à t'ouvrir le poignet.

Je haussai les épaules et essuyai de ma main droite le sang qui couvrait mon bras pour lui montrer ma peau intacte. Démétrius resta impassible, autant que Lorenzo, mais je sentis leur ébahissement aussi clairement que s'ils avaient physiquement tressailli.

– Je vois, dit Démétrius. Tes capacités de régénération sont devenues assez impressionnantes.

– Saralyn ?

Je me tournai vers ceux qui étaient entrés. Il y avait Cal, comme prévu, et…

– Gaspard ? Mais qu'est-ce que tu fais là ? Justin te cherche partout : il m'a dit que tu t'étais enfui sans attendre le verdict de la Commission. Tu cherches à te faire tuer ou quoi ? Qu'est-ce que vous avez tous à agir n'importe comment ? demandai-je, à bout de nerfs, me tournant vers Démétrius que je tenais pour responsable de la plupart de mes problèmes actuels.

– Tu n'es pas tout à fait comme d'habitude, dit Gaspard d'un ton hésitant.

– Quoi ? demandai-je.

Je compris à son regard qu'il faisait allusion à mon apparence physique, à ce pouvoir qui donnait d'étranges reflets au noir de mes cheveux, qui agrandissait mes yeux et blanchissait ma peau au point qu'elle était devenue presque aussi pâle que celle de Lorenzo. Je voyais la même question dans les yeux de Lorenzo et de Cal, ainsi que cette atroce compassion dans ceux de Démétrius. Une violente nausée étreignit mon estomac et j'eus envie de disparaître dans l'ombre : j'avais peur de ce regard, qui me disait ce que j'étais et ce que je n'étais pas.

Je n'étais pas un être humain et je n'étais pas un corbusard non plus.

– Ce n'est pas ce que je te demande, dis-je, me sentant plus en colère que je ne l'avais jamais été de ma vie.

– Ce n'est pas de sa faute, dit Démétrius d'un ton calme.

– Vous, n'intervenez pas ! Qu'est-ce qui vous a pris d'aller provoquer mon père en fouillant dans son bureau. Et, il a fallu que vous laissiez ces maudites fleurs derrière vous... Pourquoi ? m'écriai-je.

J'avais l'impression de devenir folle et de ne rien pouvoir y faire.

Cette conversation était surréaliste, cette situation ne correspondait à rien. Pourquoi n'étais-je pas restée auprès de ma famille au lieu de me précipiter ici, ainsi que je le faisais à chaque fois que les choses allaient mal ?

Je refermai ma main droite sur mon bras gauche, le pressant le long de mon corps. La vérité, c'était que je me sentais davantage chez moi dans ce bar que dans la grande maison froide des Fara. Peu importait ma volonté d'oublier ces monstres pour mieux faire connaissance avec mon père : ma place était là, dans cet endroit qui sentait le sang et la mort.

– Ton père ? Cyrius Fara est ton père ? demanda Démétrius. Tu n'es pas n'importe qui ! reprit-il, l'air amusé. Je comprends mieux pourquoi tout le monde fait si grand cas de toi. Messieurs, je vous présente la fille du président de l'Organisation, le plus puissant des membres vivants de la famille Fara, lança-t-il à la cantonade.

– Qu'est-ce que c'est que cette histoire ? demanda Gaspard, semblant totalement perdu. Tu es la fille du président de l'Organisation ?

– Oui. Enfin… oui, c'est ça, balbutiai-je.

Je fermai les yeux et enserrai mes tempes dans mes mains un instant, pour ne plus entendre leurs questions. Tout cela était encore bien trop confus pour que je puisse décider de ce que je devais faire.

– Expliquez-moi ce qui se passe, dis-je à Démétrius. Pourquoi étiez-vous à la résidence Fara, et qu'est-ce que Gaspard fait ici ?

– Il semblerait que l'Organisation ait décidé de se débarrasser de tous ses problèmes d'un coup en accusant Monsieur Flynn des meurtres qui t'occupaient encore il y a peu.

– Quoi ? Ils te soupçonnent d'être le Guillotineur ? demandai-je, tournant vers Gaspard un regard effaré.

– Ils ne me soupçonnent pas : ils m'ont accusé de l'être et ils m'ont condamné à mort. Une chance que j'aie assuré mes arrières. Je te passe les détails, mais j'ai réussi à leur fausser compagnie juste à temps. J'ai essayé de te joindre, mais tu étais introuvable, alors je suis venu ici.

Je me mordis nerveusement la lèvre, envahie par la culpabilité. Je m'étais si peu préoccupée du sort de Gaspard que je n'avais pas jugé bon d'emporter mon portable pendant mon séjour avec ma famille. Je n'avais même pas pensé à consulter ma messagerie en rentrant.

– Ici ? Mais, pourtant tu as… balbutiai-je, regardant alternativement Gaspard et Lorenzo.

– Il nous a aidés à rétablir l'approvisionnement du sang, expliqua ce dernier, le regard fuyant. Et puis, c'est un de vos *amis*. Alors, je l'ai autorisé à rester quelque temps.

Une fois encore, j'éprouvais tant de reconnaissance envers lui que je n'aurais su l'exprimer. Il parut le percevoir, et me sourit d'un air contrit.

– Mais comment ont-ils pu penser que c'était toi ? repris-je, en direction de Gaspard. Ce n'était pas toi, n'est-ce pas ? ajoutai-je, hésitante.

– Bien sûr que non, même *eux* sont au courant. Ça les arrange de se débarrasser de moi, c'est tout. Et j'avoue que je les comprends.

Ce que je comprenais surtout était que, comme à son habitude, Gaspard avait aggravé ce qui n'était probablement qu'un horrible quiproquo. On m'écouterait sûrement à l'Organisation, si j'allais expliquer la situation : après tout, je faisais partie de la famille.

– Et vous ? demandai-je à Démétrius. Qu'êtes-vous venu chercher à la résidence Fara ?

– Je voulais récupérer quelque chose, répondit-il sans émotion.

– Quelque chose qui vaut la peine de faire de vous notre ennemi numéro un ?

– C'était déjà le cas, remarqua-t-il.

Je devais reconnaître qu'il avait raison.

– Et pourquoi avez-vous encore laissé ces roses ? Il y avait une chance pour qu'ils ne vous soupçonnent pas, alors que maintenant…

– Comment aurais-tu su que tu devais venir me voir si je n'avais rien laissé ? dit-il avec un étonnement désespérant. Ce que j'ai pris là-bas, c'était pour toi, expliqua-t-il, se mettant à fouiller dans les poches de sa veste. Dis-moi, comment est notre famille ? Toujours aussi cérémonieuse ?

– Mon père a l'air… (Je me tus, le seul mot qui me venait à l'esprit était « puissant ».)… concerné.

– Concerné ? répéta Gaspard. Ben dis-moi, les retrouvailles ont dû être hyper touchantes.

– Il me fait peur. Ils m'ont tous fait horriblement peur, avouai-je, prenant soudain conscience de la réalité de mes sentiments.

J'avais réussi à les ignorer jusque-là, mais je les ressentais désormais avec acuité, et je me sentais plus découragée que jamais. Ils avaient tous été parfaits, et moi, au lieu de m'en réjouir, je n'avais perçu que ma jalousie pour Keryam et le manque de chaleur de mon père.

Je ne méritais pas d'avoir une famille comme celle-ci.

– Qu'est-ce qui s'est passé ? Ils t'ont mise au courant du grand plan de la famille Fara ? Je serais très curieux de le connaître enfin, intervint Démétrius.

Je n'hésitai pas vraiment avant de tout lui raconter. De toute façon, j'aurais fini par céder : ce poids était trop lourd pour mes épaules. Je pris soin de taire les passages concernant directement Lorenzo et Démétrius, ne voulant pas créer des tensions supplémentaires : ce que j'avais à dire était déjà suffisamment difficile.

– Nausicaa ? Rien que ça ? dit Démétrius.

Je détournai le regard, gênée : j'avais l'impression de faire preuve d'une monstrueuse prétention en considérant cette idée ne serait-ce qu'un instant. Après tout, Nausicaa était un modèle de beauté, de sagesse et de puissance.

– Quand je pense que je descends de Dieux et que je ne le savais même pas, ajouta-t-il, semblant trouver la situation vraiment cocasse. En tout cas, je suis très honoré de pouvoir faire la connaissance d'une des quatre divinités de cette Terre.

– Ne vous moquez pas de moi ! dis-je, très vexée. Je n'y suis pour rien.

Derrière le comptoir, Cal se servait une pinte de sang de bœuf d'un air absent, faisant semblant de ne pas nous écouter. Je remarquai alors qu'il avait bien meilleure mine que la dernière fois que je l'avais vu. Gaspard s'était assis sur la table la plus proche et me dévisageait avec une insistance à la limite de l'impolitesse, tandis que Lorenzo fixait méditativement le vide. Seul Démétrius paraissait s'amuser.

– Tu y crois ? demanda Démétrius. Tu penses être Nausicaa ?

Je réfléchis, essayant d'être la plus honnête possible.

– Je pense être quelque chose de différent, ni un être humain ni un corbusard. Mais pas Nausicaa.

– Pourquoi ça ? demanda Démétrius, soudain intéressé.

– D'abord je ne lui ressemble pas du tout – croyez bien que je le regrette, ajoutai-je à mi-voix.

Je vis Gaspard sourire. Lorenzo me regardait à présent attentivement, aussi concentré que s'il essayait de résoudre mentalement un calcul très compliqué. Cal avait fait déborder sa chope sans s'en rendre compte. Il cessa immédiatement d'appuyer sur le bouton du distributeur de sang frais, et jura entre ses dents en essuyant la petite flaque qui s'était formée à côté de son verre.

– Mon père est persuadé que mon apparence va se modifier, ajoutai-je. Mais à ce point-là… Et puis, il n'y a pas que ça : si Keryam est vraiment Lazare, et je suis certaine qu'il l'est, je devrais l'aimer, non ?

– Tu penses que les gens s'aiment juste parce qu'ils ont des gosses ensemble ? demanda Gaspard. Je savais pas que tu étais aussi fleur bleue.

Je me sentis devenir cramoisie. Cal laissa échapper un éclat de rire, puis se tut. Il était déjà nerveux en présence de Lorenzo, mais Démétrius le terrifiait.

Je me demandais si, moi aussi, j'inspirerais un jour cette terreur sourde aux corbusards rien qu'en me tenant dans la même pièce qu'eux.

– Non, ce n'est pas ça, dis-je, essayant de préciser ma pensée. Tu ne comprends pas. Ce n'est pas seulement que je ne l'aime pas : je le déteste.

– Il vous a fait quelque chose ? demanda Lorenzo d'un ton à la fois surpris et inquiet.

– Non. Il est… parfait. Vraiment, insistai-je devant le regard dubitatif de Gaspard. Je t'assure, il est beau, gentil, intelligent, serviable… Être trop parfait est la seule chose qu'on pourrait lui reprocher.

– Je crois que j'ai un moyen d'être fixé, dit Démétrius, extirpant enfin quelque chose de ses poches. Si tu le souhaites, bien sûr.

Il me présenta l'objet et je reculai d'un pas, épouvantée. C'était une boîte, une simple petite boîte blanche.

Et elle débordait.

Le liquide était épais et rouge : la boîte saignait.

– Qu'est-ce que c'est que ça ? demandai-je d'une voix tremblante.

– Saralyn ? Est-ce que vous allez bien ? demanda Lorenzo.

Du coin de l'œil, je vis Gaspard lui lancer un regard noir et, pour une raison que je ne comprenais pas, sa haine à son encontre se réveilla d'un coup. Il se leva et vint poser la main sur mon bras.

– Eh, qu'est-ce qu'il y a ? C'est rien qu'une boîte, dit-il.

– Mais, ce sang… murmurai-je.

– Quel sang ? demanda Gaspard. Il n'y a rien sur cette boîte.

Je levai un regard effrayé sur les autres, mais il était évident que j'étais la seule à voir le sang couler.

– Qu'est-ce qu'il y a dans cette boîte ? demandai-je.

– Je pense que ce sont tes souvenirs, répondit Démétrius. Personne d'autre que toi ne peut l'ouvrir, et le faire devrait te rendre la mémoire. Est-ce que tu veux ?

– Je ne sais pas, hésitai-je. Mais vous êtes sûr ? Justin m'a dit que mes souvenirs avaient été extraits de façon définitive.

– Justin dit beaucoup de choses, marmonna Gaspard d'un air sombre.

J'approchai d'un pas, puis de deux. Je tendis la main vers la boîte avec une extrême répugnance. Plus le moment approchait, et moins mon envie de savoir se faisait pressante. J'arrêtai mon bras, puis saisis la boîte d'un coup. Le sang devint alors bien tangible : je le vis dans leurs yeux, à la façon dont ils fixaient mes mains rouges et poisseuses, et les lourdes gouttes qui tombaient sur le plancher dans un clapotis écœurant. Je laissai échapper un glapissement et manquai lâcher la boîte. Je cherchai Lorenzo du regard, éprouvant le besoin de me raccrocher à quelque chose. Son expression était horrifiée, et je pouvais lire sur son visage son envie de m'arracher cette boîte des mains pour la faire disparaître.

– Tu veux l'ouvrir ? demanda Démétrius.

– Je ne sais pas. Je ne sais pas, je ne sais pas ! répétai-je. Je dois l'ouvrir, mais je n'ai pas envie de revoir ça… Je ne veux pas voir ma mère mourir, murmurai-je d'une voix qui me sembla ridiculement étouffée.

Lorenzo fit le geste de se lever, mais Démétrius le retint et le força à se rasseoir en secouant la tête. Il fallait que je prenne cette décision toute seule, et au fond, elle était déjà prise : je n'avais pas le droit de me montrer faible. Démétrius avait peut-être signé son arrêt de mort en allant chercher cette boîte, alors maintenant je devais l'ouvrir.

– Tu veux que nous partions ? demanda-t-il. Si nous restons ici, nous verrons tout, nous ressentirons tout exactement comme toi. Maintenant qu'elle est dans cette boîte, ce n'est plus seulement ta mémoire, tu comprends ?

J'avalai ma salive et hochai la tête. Je ne voulais pas être toute seule – je ne m'en sentais pas la force.

– Vous pouvez rester, dis-je, posant mes pouces sur le bord du couvercle.

– Ça va aller ? demanda Gaspard. Tu n'es pas obligée, tu sais.

– Si, dis-je. Il le faut.

J'appuyai mes pouces vers le haut et la boîte s'ouvrit. C'est toujours si facile d'ouvrir une boîte – seulement certaines ne se referment pas.

Le couvercle heurta le sol et je l'entendis rebondir sur le plancher dans un bruit mat et lointain.

Chapitre 28

Propriété de la famille Fara – dix-sept ans plus tôt

– Saralyn ? Tu y vas, maintenant.

– Bien, père, dis-je, inclinant la tête en signe d'assentiment.

Je passai la porte de la pièce que Keryam et moi appelions « la salle d'en bas ». Juste ça : la salle d'en bas. On nous y envoyait de plus en plus souvent, ces derniers temps.

Je relevai ma robe à deux mains pour descendre les quelques marches qui me séparaient de la créature – ce matin, Maman m'avait dit que je ressemblais à une fée, habillée ainsi.

La créature était menottée à un pilier, et ses ailes se pliaient et se dépliaient nerveusement. Elle avait des bleus, du sang coulait sur son torse et il lui manquait des morceaux de dents, qui jonchaient à présent le sol.

Je n'avais pas peur, j'en avais déjà vu des dizaines, des comme elle. Elle me regarda d'un air incrédule.

– C'est quoi ça ? demanda-t-elle.

– Commence, Saralyn, dit mon père dans le haut-parleur.

Je m'approchai de la créature, mais restai quand même à quelques pas d'elle. Je lui arrivais à peine à la taille et je devais me tordre le cou pour voir son visage.

J'ouvris mon esprit et je me mis à trier les informations qui se trouvaient dans celui de la créature. On m'avait demandé de chercher tout ce qui contiendrait les mots « armée » et « Gabriel » pour savoir s'il allait nous attaquer.

– Il sait pas, annonçai-je au miroir sans tain. De toute façon, Gabriel l'aime pas.

– Très bien, dit mon père après un soupir. Alors termine le travail.

L'effroi du monstre ne dura qu'un instant. Je fendis l'air de ma main droite, de l'intérieur vers l'extérieur pour que le sang ne m'atteigne pas : si je me salissais, je me ferais encore gronder. La créature poussa un cri, qui s'étouffa dans un gargouillement, et mourut.

Je ressortis de la pièce sans regarder le corps, que je devinais maintenu dans une position debout par les menottes.

Je levai les yeux vers mon père, qui m'attendait dans la salle d'à côté. Il me tapota la tête.

– C'est bien, tu es une bonne fille, dit-il. Tu peux aller jouer, maintenant.

Je partis en courant, songeant que jouer et travailler se ressemblaient étrangement : au final, il était toujours question de monstres. Je n'aimais pas beaucoup m'occuper des créatures, mais j'aimais que Père soit fier de moi, et c'étaient les seuls moments où il arrêtait de poser sur moi ce regard qui me donnait envie de disparaître.

***

Keryam me faisait des grimaces, posté derrière son père, mais je continuai à énoncer les caractéristiques des vampires en combat sans me troubler. Je fixai mon regard au-dessus de sa tête pour ne plus le voir, mais il créa une boule de feu qui vint tournoyer autour de la tête d'Oncle Justin. Celui-ci m'écoutait, sans se douter de rien et la boule passa si près de lui qu'elle faillit griller ses cheveux. J'éclatai de rire, mais le temps qu'il se retourne, le feu avait disparu.

Oncle Justin eut l'air perplexe, puis haussa les épaules et continua son cours. Il savait parfaitement qu'il était incapable de nous suivre, quel que soit le domaine.

– C'est très bien, Saralyn, me complimenta-t-il enfin.

– Dis, Oncle Justin ?

– Oui ?

– Est-ce qu'on va devoir attendre longtemps avant de détruire tous les corbusards ? demandai-je. Il y en a beaucoup – moi, je suis fatiguée de m'entraîner tout le temps.

Keryam se moqua de moi. Il me traitait toujours de pleurnicheuse, parce que ça ne m'amusait pas de me battre contre des monstres qui faisaient cinq fois ma taille dans l'arène du jardin : je n'avais jamais le temps de jouer.

– Tu n'aimes pas te battre ? interrogea Justin.

Je haussai les épaules et tripotai le bout du ruban qui retenait mes cheveux.

– Maman s'ennuie toute seule, dis-je, et je peux presque plus la voir.

– C'est à cause de la guerre. On va avoir besoin de vous deux très bientôt. Si vous ne vous entraînez pas assez, les corbusards vont tuer plein de gens. Tu ne voudrais pas que ta maman ou ta tante Laura meurent, n'est-ce pas ?

Je secouai la tête : j'avais compris. Moi, je n'étais pas encore très forte, alors que Keryam était déjà considéré par la famille comme un prodige – il avait vaincu tout seul le dirigeant sorcier qui gouvernait depuis plus de quatre-vingts ans. J'aurais aimé pouvoir en faire autant, mais je savais que c'était impossible : le terrible Dragon avait été remplacé par mon oncle Virgile, et, même si Père et Oncle Justin ne l'aimaient pas du tout, ils ne me demanderaient jamais de l'éliminer. Quand j'y pensais, ça me contrariait beaucoup, et j'en venais presque à espérer qu'il se ferait renverser pour que je puisse montrer que, moi aussi, je pouvais battre un dirigeant sorcier.

– Je vais m'entraîner dur, promis-je. Tu as demandé à Père pour le chien ?

– Ah oui, c'est vrai, dit Oncle Justin, l'air fatigué. Écoute, tu auras le droit d'avoir un chien si tu accomplis bien tes cinq prochaines missions – ça te va ?

J'acquiesçai avec enthousiasme, sachant que la cinquième mission viendrait probablement très vite, avec toutes les créatures qu'il fallait éliminer en ce moment.

Le bruit d'un camion me fit tourner la tête, et des hommes en combinaison blanche en descendirent. Je les reconnus pour les avoir déjà vus auparavant : à part les gens de ma famille, c'étaient les seuls à franchir la porte de notre maison et à en repartir vivants. Ils ressortirent quelques instants après avec un lourd et volumineux sac noir que je savais contenir la créature que j'avais éliminée une heure plus tôt. Les hommes jetèrent un coup d'œil dans notre direction et pressèrent le pas vers le camion.

– Ils travaillent pour Père ? demandai-je.

– Oui, dit Justin.

– Ce sont ses esclaves, déclara Keryam avec sérieux.

Justin éclata de rire.

– Non, ce sont juste des employés de l'Organisation.

– Pourquoi ils ont peur de moi ? questionnai-je.

– Qu'est-ce qui te fait croire ça ? interrogea Justin en retour.

– Je le sais, affirmai-je. Et puis, ils m'appellent « la machine à tuer » quand Père n'est pas là.

– C'est vrai, dit Keryam. Ils pensent qu'elle est plus effrayante que moi.

– C'est parce que c'est moi la plus forte, dis-je en tirant la langue.

– Allez, on va s'entraîner, dit Justin, se levant d'un air contrarié et époussetant la terre sur son pantalon.

Keryam et moi partîmes en courant. À cette époque, nous nous entendions aussi bien que des enfants de six et huit ans pouvaient s'entendre. De toute façon, chacun de nous était la totalité de l'univers de l'autre, puisque nous ne connaissions pas d'autres enfants et que nous savions qu'il n'existait aucun être semblable à nous où que ce soit dans le monde.

Quelques semaines plus tard, sans que je comprisse pourquoi, Keryam changea. Et rien ne fut plus jamais comme avant.

***

– Sale bête !

Je sortis de la maison en courant, reconnaissant la voix de Keryam et, surtout, les couinements pathétiques d'Eiri. C'était un louveteau, arrivé tout seul à la propriété peu de temps auparavant. Il me suivait partout et m'obéissait au doigt et à l'œil, paraissant presque me comprendre. Moi, j'avais compris que toute sa famille avait été tuée, et j'avais demandé à le garder. Oncle Justin m'y avait autorisé malgré ses réticences : il semblait assez intrigué par l'attrait que mon pouvoir exerçait sur Eiri, et puis cela lui évitait d'avoir à s'occuper de chercher le chien qu'il m'avait promis. Pour une raison que je ne saisissais pas, Keryam avait pris le louveteau en aversion à la seconde même où celui-ci était arrivé, et il ne cessait de le tourmenter.

– Arrête, Keryam ! Qu'est-ce que tu fais ?

Je m'empêtrais dans ma robe trop longue, pleine de dentelles et de rubans. Il était inutile de tenter d'utiliser ma pleine rapidité contre Keryam : je ne la maîtrisais pas encore bien et, de toute façon, il était aussi capable de percevoir mes déplacements que moi les siens.

Keryam tourna à demi la tête et me jeta un regard par-dessus son épaule. Il n'avait plus de pupilles.

Le louveteau profita de sa distraction pour se précipiter dans ma direction, et se mit à labourer ma robe de ses griffes en essayant de se réfugier contre moi. Je le pris dans mes bras, me faisant griffer au passage. Keryam grimaça un sourire et ses pupilles réapparurent. L'odeur du sang me fit baisser les yeux, et je m'aperçus que l'échine d'Eiri était couverte d'estafilades, comme si, incapable de contenir ses organes, la peau avait fini par éclater.

La fureur me secoua au point de redoubler l'effroi de l'animal. Je passai ma main au-dessus de lui, me concentrant suffisamment pour le soigner, mais ne quittant pas Keryam des yeux. Quand ce fut terminé, je reposai Eiri à terre.

– Pourquoi tu lui as fait ça ? Ce n'est qu'un bébé ! m'écriai-je.

– Cette bestiole m'énerve, rétorqua-t-il. Elle n'avait qu'à pas venir chez nous !

– Si jamais tu t'approches encore de lui, alors je…

– Tu quoi ? me coupa-t-il, moqueur. De toute façon, tu peux rien me faire, tu existes seulement pour te marier avec moi, et si tu m'abîmes, Papa te tuera.

Il apparut juste devant moi et attrapa ma robe pour me tirer vers lui. Je retroussai mes lèvres dans un rictus haineux. Eiri était parti se cacher dans les buissons, terrifié par ce pouvoir vicié par la colère qui émanait de nous.

Je repensai brièvement à tous ces moments que Keryam et moi avions passés ensemble : depuis ma naissance, il avait toujours été là. Nous avions couru ensemble dans le jardin pour attraper des papillons et les faire changer de couleur. En hiver, nous avions passé des heures dehors à avaler des flocons de neige alors qu'on nous avait défendu de sortir. Et nous avions combattu tant de fois côte à côte dans l'arène que j'en avais perdu le compte.

Je repensai aussi à la journée durant laquelle nous avions vidé chargeur après chargeur sur une cible : Justin avait été obligé de nous retirer les armes des mains parce que aucun de nous deux ne voulait s'avouer fatigué tant que l'autre continuerait. Nous étions les deux mêmes faces d'un seul pouvoir qui devrait un jour s'unifier – c'était là notre destin, l'unique but de notre existence. Je me souvenais même de notre dispute pour savoir qui de nous deux régnait sur la nuit : je pensais qu'il s'agissait de moi, puisque mes cheveux étaient sombres comme le ciel nocturne, ma peau aussi pâle que la lune, et que les loups me suivaient toujours. Keryam, lui, était un enfant beaucoup plus gai, avec les cheveux blonds et brillants de Lazare, et ces yeux si bleus qu'ils semblaient avoir absorbé le ciel de printemps.

La meute ne l'approchait pas.

Avant, les oiseaux se pressaient toujours là où il allait, mais, en y réfléchissant bien, à présent tous les animaux le fuyaient. J'en aurais fait autant si j'avais pu.

Keryam était persuadé d'être la nuit, mais je savais bien qu'il était le soleil de la famille Fara, alors que j'étais destinée à rester dans son ombre toute ma vie – à la laisser m'engloutir jusqu'à disparaître.

Alors, j'eus envie de le tuer.

Keryam était rapide, mais je l'étais autant que lui : il eut à peine le temps d'éviter d'un bond le coup que je lui portai. Ses iris redevinrent bleus, faisant disparaître ses pupilles, et je me mis instinctivement en position de combat, les pieds légèrement écartés et les sens en alerte. Ma robe était déjà tellement déchirée que je n'eus pas d'état d'âme en arrachant le pan qui m'empêchait de me déplacer librement. Une boule incandescente apparut dans les mains de Keryam. Les attaques à distance n'auraient aucun effet sur lui, je le savais. Je recherchai son point vulnérable, me concentrant entièrement sur lui, et décidai de viser ses yeux.

– Mon oncle ne s'occupe même pas de toi, dit Keryam. Il s'en fichera si je te fais mal – je peux m'occuper des missions tout seul.

– Je te déteste ! Je ne me marierai jamais avec toi, criai-je, furieuse au-delà de toute mesure.

– Tu es obligée ! Et je pourrai faire tout ce que je veux avec toi : c'est ce que j'ai décidé quand j'ai créé les Fara.

– Peuh, tu t'en souviens même pas, crachai-je.

– C'est quand même moi, c'est pour ça que je suis le chef : c'est Grand-Mère Tallulah qui me l'a dit, répliqua mon cousin.

Je serrai les dents. Keryam était le préféré de Grand-Mère Tallulah depuis toujours – en vérité, à part Maman, tout le monde préférait Keryam.

Pourquoi ? Qu'est-ce que j'ai fait ?

L'eau se mit à ruisseler sur moi sans que j'aie réellement à y penser, me protégeant du feu. Je concentrai mon pouvoir dans ce qui ressemblait à une banale boule d'énergie au creux de ma main, mais qui contenait en réalité des pointes acérées et meurtrières. J'avais développé ce sort pendant les entraînements, mais je ne l'avais jamais utilisé. Si je visais bien les yeux, alors Keryam…

L'arbre derrière moi reçut le coup qui m'était destiné, et le tronc se fendit dans un sinistre craquement, répandant une désagréable odeur carbonisée. Je n'aimais pas du tout que Keryam abîmât le jardin. Je m'élançai vers lui.

Je ne pensai pas une seconde à l'étrange hasard qui avait fait manquer à la boule de feu sa cible immobile.

Alors que j'étais encore à quelques pas de mon cousin, une main me saisit le bras et me tira vers l'arrière. Je tournai vivement la tête sur le côté, furieuse et prête à frapper. Mon père me toisait, et Justin arriva en courant, complètement essoufflé – l'afflux de pouvoir qu'avait causé notre bagarre avait dû les alerter.

Je fis disparaître la boule d'énergie, et Keryam mit les mains dans ses poches, ne ressemblant plus qu'à un enfant de huit ans ordinaire, dans son costume noir.

Je levai craintivement le visage vers mon père, dont la main se crispait sur mon bras au point de me faire mal. Le coup partit sans que je m'y attende, et m'envoya contre le tronc de l'arbre que Keryam avait abattu. Les os de mon dos craquèrent, et je sentis le sang tiède se mêler à l'eau sur mon visage.

Je n'osai pas me remettre debout. Mon père me regardait avec un air de dégoût et de mépris qui me paralysa.

– Que croyais-tu faire, petite idiote ? demanda-t-il. Si je te reprends à lever la main sur ton cousin, tu n'auras plus jamais le droit de sortir de ta chambre, comprends-tu ?

Je baissai la tête, assommée par la douleur et la stupéfaction : j'étais plus forte que mon père, et c'était la première fois qu'il levait la main sur moi.

– Comprends-tu ? répéta-t-il plus fort en faisant un pas vers moi.

– Oui, dis-je. J'ai compris.

– Bien. Justin, occupe-toi de ton fils, lança-t-il avant de tourner les talons en direction de la maison.

Le silence demeura quelques instants après qu'il eut disparu. L'ombre de Keryam se dessina devant moi, mais je ne ressentais plus aucun sentiment belliqueux à son égard, seulement cette étrange douleur qui apparaissait parfois dans ma poitrine quand Père me grondait.

– Est-ce que ça va ? demanda Keryam.

Je restai prostrée, sans répondre – il ressouda les os de mon dos et referma la plaie de mon crâne. Comme toujours, je ne savais pas ce qu'il pensait, mais je sentais qu'il était choqué par ce que Père avait fait. Oncle Justin restait près de nous, ignorant visiblement comment réagir – il ne réprimanda pas Keryam.

La coupure de ma joue s'était déjà refermée, mais les dommages causés par le choc étaient trop importants pour se réparer immédiatement : si Keryam ne m'avait pas soignée, la douleur aurait encore duré des jours.

Cependant, je continuai de la percevoir même quand elle eut objectivement cessé. Je me relevai et remerciai mon cousin sans le regarder, horriblement humiliée, avant de me précipiter dans la maison.

Chapitre 29

– Saralyn, on m'a dit que tu t'étais battue avec Keryam.

– Oui, c'est vrai.

Ma mère suspendit un instant sa main, qui tenait le peigne, et je croisai son regard dans la glace qui nous faisait face. Ma mère passait toujours beaucoup de temps à me brosser les cheveux, peut-être pour m'éviter de porter trop longtemps les rubans avec lesquels le Conseil des Anciens l'obligeait à me coiffer : je faisais semblant de rien, mais je savais bien qu'ils contenaient un sceau qui m'affaiblissait. Parce que, malgré ce qu'ils disaient, ils avaient tous peur de moi. C'était à cause de ce que Démétrius le Traître avait fait : Keryam était respecté en tant que réincarnation du fondateur de la famille, mais moi, j'étais juste un être monstrueusement puissant et trop jeune pour être réellement capable de se contrôler. Ils craignaient qu'un matin, je me lève, et que je les tue uniquement pour le plaisir d'exercer ma puissance. Et parfois, j'avais envie de les punir pour la façon dont ils me traitaient comme si j'étais un de ces monstres que j'éliminais dans la salle d'en bas.

– Vous vous êtes disputés ? demanda ma mère, recommençant à lisser mes cheveux.

– Il a fait du mal à Eiri, expliquai-je.

– Comment ça ?

– Il l'a fait saigner, alors qu'Eiri n'avait rien fait du tout.

– C'est quand même un loup, dit ma mère, plutôt réticente. Tu sais, j'ai un peu peur quand tu joues avec lui.

– Ce n'est qu'un bébé, protestai-je. Et les loups ne me feraient pas de mal. Père pense que j'ai des pouvoirs de lycaride, et il veut que je reste avec Eiri pour voir si j'arrive à le faire parler. J'aimerais bien – comme ça, j'aurais un ami.

– Et Keryam, ce n'est plus ton ami ? Vous vous entendiez bien pourtant, avant.

– Oui. Mais c'est différent, maintenant. Il s'est tordu et j'ai envie qu'il disparaisse. Alors peut-être que c'est moi qui me suis tordue, dis-je après un silence.

Je voyais bien dans le regard de ma mère qu'elle ne comprenait pas ce que je voulais dire. Pourtant, c'était évident : Maman était très triste, Tante Laura et Oncle Justin aussi. En revanche, j'ignorais ce que ressentaient Père et Keryam : je n'arrivais jamais à lire dans leur esprit.

Oui, même si je ne parvenais pas à déterminer ce que c'était, quelque chose avait tordu l'esprit de la plupart des gens que je connaissais.

Et je savais que je ne devais sous aucun prétexte chercher de quoi il s'agissait.

– J'aurais pu le battre, repris-je, je suis plus forte que lui, maintenant. C'est la vérité, même si Grand-Mère Tallulah n'est pas contente. Elle dit que le pouvoir vient trop vite chez moi.

Je me tus un instant. Ce n'était pas encore tout à fait vrai : je progressais beaucoup, mais je ne dépassais Keryam que par à-coup, lors d'un combat ou d'un exercice. Mais j'étais persuadée que, si je m'entraînais assez dur, je finirais par avoir le dessus.

– Maman ? Dis, pourquoi Père ne m'aime pas ? Est-ce que j'ai fait quelque chose de mal ?

– Quoi ? Mais qu'est-ce que tu racontes ? Ton père t'adore. S'il ne passe pas beaucoup de temps avec toi, c'est parce qu'il a du travail, mentit Maman avec un sourire contraint.

Elle se retenait de pleurer, je pouvais le sentir, même si je ne pouvais le comprendre, moi qui ne versais pas de larmes.

– Est-ce que c'est parce que je ne suis pas assez jolie ? questionnai-je en me regardant dans la glace. Je le sais bien, mais je fais des efforts, je t'assure. Je fais tout ce que Père veut, mais je n'y peux rien si je ne suis pas aussi belle que Nausicaa l'était avant, dis-je, contemplant la petite fille aux cheveux trop noirs et aux yeux verts trop grands en face de moi.

J'ignorais si j'étais jolie ou non – je manquais de points de comparaison car je ne voyais jamais que Maman, Tante Laura et Grand-Mère Tallulah. À quoi devait ressembler une petite fille de mon âge ? Tout ce dont j'étais certaine, c'était que mon père haïssait mon apparence : elle n'était pas ce qu'il attendait de moi.

– Ne raconte pas n'importe quoi, tu es parfaite, protesta Maman avec sincérité. Tu es la plus jolie petite fille du monde et, quand tu seras grande, tu seras si belle que tu feras chavirer le cœur des Dieux.

– Je serai aussi belle que toi ? demandai-je avec espoir.

– Beaucoup plus, répondit Maman en souriant.

– Je voudrais avoir les cheveux aussi longs que toi, affirmai-je, tirant sur une des mèches de mes cheveux, bien plus courts que ceux de ma mère, qui lui arrivaient pratiquement à mi-cuisse.

– Ne sois pas trop pressée de grandir.

– Mais il faut que je sois grande pour être utile, protestai-je. Keryam a raison : ce que je fais maintenant, il pourrait le faire aussi, même Père en serait capable – moi, je ne suis là que pour aider Saskia et Falcor à revenir.

Le visage de ma mère se rembrunit, et je me demandai si j'avais dit quelque chose qu'il ne fallait pas.

– Tu veux bien me faire une promesse ? demanda-t-elle.

J'acquiesçai sans réserve, désireuse de lui rendre sa bonne humeur. De toute façon, ma mère ne m'aurait rien demandé de mal.

– Tu dois me promettre de toujours suivre ton instinct. Ne laisse jamais les autres t'obliger à faire ce que tu ne veux pas.

– Je veux seulement faire ce que Père veut pour qu'il soit content de moi, dis-je.

– Écoute-moi, me coupa ma mère avec douceur. Réfléchis toujours bien : même ton père peut croire qu'une chose est bien, alors que ce n'est pas vrai. Il faut que tu sois sûre que c'est le mieux que tu puisses faire avant d'agir. Mais surtout, le plus important, c'est que tu trouves un homme qui t'aimera et qui te protégera.

– Pourquoi tu dis ça ? demandai-je, perplexe. Papa et Justin me protègent, et toi, tu m'aimes déjà. Je vais me marier avec Keryam : c'est écrit dans le livre.

– Tu es si petite, murmura ma mère, de nouveau au bord des larmes. Tu ne sais même pas ce que c'est que ce mariage.

– C'est pour faire revenir Falcor et Saskia, pour détruire les monstres, expliquai-je, étonnée qu'elle ait l'air de l'avoir oublié.

– Promets-moi de ne pas les laisser te rendre malheureuse. Promets-moi de ne jamais renoncer à trouver cet homme qui sera prêt à mourir pour toi, juste pour toi.

Je promis sans rien y comprendre. Elle aurait pu me faire promettre n'importe quoi, si cela pouvait effacer la mort que je lisais sur son visage si triste.

Je me demandais si c'était moi qui la décevais au point de la tuer, puisqu'elle semblait penser que quelqu'un devait me sauver – moi, la déesse toute-puissante.

Si je voulais aider ma mère, il fallait que je devienne plus forte. Beaucoup plus forte.

***

La première fois que je discernai un être vivant dans les monstres que nous appelions corbusards, j'avais six ans et demi. C'était dans l'arène, alors que je m'entraînais à me battre contre un vampire au corps à corps. Il s'agissait d'un entraînement « avec handicap », ainsi que le disait l'Oncle Jake : à part ma vitesse, je n'avais pas le droit d'utiliser le pouvoir.

Évidemment, j'avais déjà combattu des dizaines de monstres semblables à celui-ci, et je savais déjà que je le tuerais – sinon, on ne me laisserait pas sortir de l'arène. Comme les autres, il avait d'abord paru surpris en me voyant, puis nerveux, pressentant que si on laissait une enfant seule avec lui, c'était qu'elle devait être un monstre bien pire que lui.

Je songeai en l'attaquant que je me souvenais à peine du temps où je ne combattais pas. Pourtant, ça ne devait pas faire plus d'un an qu'on m'avait autorisée à aller avec mon cousin : avant, je regardais toujours Keryam partir sans moi avec une pointe de jalousie.

Le vampire était fort. J'avais remarqué que, depuis plusieurs mois, mon père avait compliqué l'exercice en n'affaiblissant plus mes adversaires. Avant ils avaient toujours faim, alors que celui-ci venait de manger.

Il hésita un peu avant de me rendre mes coups, dérouté par mon apparence. En réalité, ma petite taille m'avantageait, car elle le déstabilisait beaucoup ; j'étais si rapide que, comparée à lui, je semblais me téléporter.

Le combat ne dura pas très longtemps : c'était un vampire fort et en pleine possession de ses moyens, mais ce n'était visiblement pas un fin tacticien. Et puis, j'avais envie de manger du gâteau au chocolat et on ne m'autoriserait à goûter qu'une fois l'exercice terminé – j'avais peur que Keryam ne m'en laisse pas.

Mon dernier coup jeta le vampire à terre, brisant son bassin dans un craquement sec. Il se serait reconstitué, mais j'avais largement le temps d'achever mon adversaire avant. Je m'approchai, et extirpai de ma ceinture le pieu couvert d'échardes que j'y avais glissé avant de descendre dans l'arène. Le vampire ne dit rien, mais il leva la tête vers moi et je croisai involontairement son regard – habituellement, j'évitais plutôt de regarder le visage de mes adversaires, car on m'avait appris qu'un tueur est beaucoup plus efficace quand il ne s'attarde pas sur ce genre de détail.

Dans les yeux du monstre, je vis qu'il savait qu'il allait mourir. Mon geste se figea, et je restai la main suspendue au-dessus de sa poitrine sans parvenir à le frapper. D'un coup, il avait l'air humain, et sa douleur me fit de la peine.

Il semblait avoir si peur. À me voir reflétée dans ses yeux, j'eus soudain l'impression que c'était moi le monstre.

– Saralyn, qu'est-ce que tu fais ? On ne va pas y passer la journée, s'impatienta l'Oncle Jake, qui supervisait souvent mon entraînement.

Le vampire crut avoir une ouverture et me saisit le bras. Il le serra de toutes ses forces et broya mes os pour me faire lâcher le pieu. Mon bras droit était effectivement inutilisable, mais l'espoir disparut du visage du monstre quand l'arme se retrouva contre son cœur, tenue par ma main gauche.

– Pardon – j'ai deux mains, m'excusai-je platement avant de le transpercer.

Je ressortis de l'arène et je me fis gronder pour mon manque de concentration. Je réparai mon bras du mieux que je pus, néanmoins la douleur était encore forte, et il faudrait plusieurs jours pour qu'elle cesse : j'aurais eu besoin de l'aide de Keryam pour récupérer et ressouder tous les fragments d'os, mais je n'avais pas l'intention de lui demander quoi que ce soit.

Je trouvai Justin avec ma mère, dans les appartements qui nous étaient réservés, à mes parents et à moi. Il passait beaucoup plus de temps avec elle que mon père, même si je sentais que ma mère n'appréciait pas vraiment sa compagnie – encore moins qu'avant, depuis quelque temps.

Ma mère s'essuya vivement les yeux à mon arrivée et m'adressa un sourire forcé. Je cachai mon bras meurtri derrière mon dos pour ne pas l'inquiéter.

– Est-ce qu'Oncle Justin a été méchant avec toi ? demandai-je en fronçant les sourcils.

– Bien sûr que non, pourquoi dis-tu ça ? dit ma mère en écarquillant les yeux.

– Tu pleures. Les larmes sont la manifestation de la tristesse ou de la douleur chez les humains, récitai-je implacablement.

– Non, ce n'est rien du tout, ma chérie, dit ma mère avec un petit rire. Ne t'en fais pas. Et ce n'est pas la faute d'Oncle Justin. Tu as fini ton entraînement ? demanda-t-elle après un silence.

– Oui, répondis-je. Et je voudrais bien parler à Oncle Justin.

– Je vois, dit ma mère. Dans ce cas, je vous laisse.

Elle quitta le petit salon, et je pris place sur le fauteuil où elle se trouvait auparavant. Justin cligna des yeux quand j'apparus devant lui – à croire qu'il ne s'était toujours pas habitué à ma vitesse réelle.

– Qu'est-ce qui se passe ? dit mon oncle. Oh, tu as eu des difficultés ? ajouta-t-il devant la coloration noirâtre et violacée qu'avait pris mon bras à certains endroits. Pourtant, ce n'était qu'un vampire…

– Pourquoi les monstres ne sont-ils pas comme nous ? demandai-je. Je sais qu'ils ne sont pas comme les humains, mais Keryam et moi non plus. Nous venons tous du Pouvoir, alors pourquoi est-ce que nous, nous sommes gentils, et qu'eux, il faut les tuer ?

Gentille ? Je n'avais pas l'impression d'être une gentille petite fille quand le sang tiède éclaboussait mes chaussures vernies. En tout cas, je n'étais pas pareille que les enfants qu'il y avait dans les livres qu'on me laissait parfois lire, quand les corbusards se tenaient tranquilles. Et Keryam non plus.

– C'est à cause du vampire de tout à l'heure ?

– Il avait l'air triste, dis-je.

– Nous sommes en guerre contre les vampires, en ce moment, me raisonna Justin. Ils tuent des humains qui n'ont rien fait pour boire leur sang, et ça, c'est très mal. Et puis, il t'a blessée au bras, non ? Les monstres qui blessent des enfants sont très dangereux. Toi, tu sais te défendre, mais si ça avait été une autre petite fille, elle serait morte.

– Oui, mais moi, je l'ai tué, dis-je.

– Bon, très bien.

Justin rapprocha sa chaise de mon fauteuil et se pencha vers moi pour souffler sur le ton de la confidence :

– Si tu veux, je vais t'expliquer la vraie raison pour laquelle toi et Keryam êtes là.

– Quoi ? Tu m'avais menti, avant ? m'indignai-je.

– Non, mais tu étais trop jeune pour bien comprendre : tu as beau être une déesse, tu n'as que six ans. Si tu te souviens bien, on t'a dit qu'on devait faire disparaître les méchants pour protéger les humains.

J'acquiesçai : c'était effectivement l'explication que j'avais reçue le jour où j'avais tué pour la première fois.

– En fait, c'est un peu plus compliqué. Quand les Dieux sont apparus, c'étaient des êtres humains qui savaient se servir du Pouvoir. Avec le temps, ils se sont transformés et sont devenus une partie de ce pouvoir, et leurs enfants ont été des Dieux complets. C'est pour ça que nous avons besoin de faire revenir Saskia et Falcor : ils étaient beaucoup plus forts que leurs parents.

– Plus forts que Keryam et moi ? demandai-je, à moitié contrariée.

— Oui. Il n'y a qu'eux qui pourront faire disparaître les corbusards, mais pour ça, Keryam et toi devez les faire revenir. Tu dois comprendre que les corbusards ne font pas que tuer des êtres humains : ils font partie du Pouvoir, comme Keryam et toi, puisqu'ils viennent de celui qui appartenait aux Dieux, mais ils ont fini par le rendre mauvais.

– Parce qu'ils tuent des gens ?

Justin hocha la tête et me sourit.

– Et surtout parce que, en fait, ils n'auraient jamais dû exister. Ils sont une sorte d'accident, tu vois ?

– Mais ils ne sont peut-être pas tous méchants ? suggérai-je. Alors il ne faudrait pas tous les tuer.

– Ce n'est pas si simple. Comment t'expliquer ça ? marmonna-t-il. Voilà : tant que le Pouvoir existera, ils continueront de vivre, et tant qu'ils vivront, ce sera comme si le Pouvoir était malade.

– Malade ? répétai-je. Alors, les corbusards aussi doivent être malades, s'ils sont faits avec du pouvoir.

– Exactement. Du coup, les corbusards ont tout le temps très mal, ils sont un peu cassés à l'intérieur. Mais le Pouvoir existe toujours, alors ils ne peuvent jamais se reposer : ils sont morts il y a très longtemps, seulement ils n'arrivent pas à s'en aller, même s'ils le veulent. C'est ce que tu as vu dans ce vampire.

– C'est pour ça qu'ils sont méchants ? Parce qu'ils sont malheureux ?

– Oui, c'est à peu près ça. Alors, quand grâce à Keryam et à toi on pourra faire revenir Saskia et Falcor, ils soigneront le Pouvoir pour qu'il soit comme avant, et les corbusards seront guéris – ils ne tueront plus d'humains, et ils iront dans un endroit où ils ne souffriront plus du tout. Tu comprends ?

J'acquiesçai avec enthousiasme. Je n'avais jamais considéré les choses sous cet angle, et ma tâche m'apparaissait maintenant de façon tout à fait satisfaisante.

Même si j'aurais quand même bien aimé savoir ce qui rendait tous les adultes si bizarres, ces derniers temps.

Chapitre 30

– J'ai l'impression que ça va mieux avec ton père, en ce moment, n'est-ce pas ? demanda ma mère, refaisant soigneusement les nœuds de ma robe.

– Oui, dis-je avec un immense sourire. Je fais très bien mon travail, alors il est content de moi.

– Ah, c'est bien.

Ma mère avait le teint gris et des cernes sous les yeux, parce qu'elle était malade. On m'avait expliqué que ce n'était pas très grave, mais qu'elle devait se reposer beaucoup, et que c'était ça qui la faisait pleurer. J'avais voulu la guérir, mais on m'avait dit que je ne pouvais pas faire disparaître ce genre de maladie, qu'il fallait juste être très sage et attendre.

De toute façon, moi, j'étais très occupée. Depuis qu'Oncle Justin m'avait tout expliqué, je faisais plus consciencieusement ce qu'on me demandait, et les adultes étaient plus gentils avec moi. Même Keryam semblait s'être un peu calmé, et il se mettait moins souvent en colère.

– Père a même dit qu'il allait m'emmener en ville pour une mission spéciale, aujourd'hui, annonçai-je fièrement.

Ma mère n'eut pas l'air aussi transportée de joie que je m'y attendais. Moi, j'avais du mal à tenir en place, et elle n'arrêtait pas de me rappeler à l'ordre, ne parvenant pas à m'habiller correctement. Je n'étais jamais allée dans une véritable ville, et j'espérais bien voir des enfants de mon âge, même si je savais qu'on m'y emmenait pour le travail et que nous allions dans un quartier plein de monstres. Oncle Justin m'avait dit qu'il y avait une personne qu'il fallait abattre – un monstre très important avec qui nous étions en guerre. Je m'en moquais de toute façon, j'espérais seulement avoir terminé assez rapidement pour pouvoir visiter un peu Edencity.

– Est-ce qu'elle est prête ? demanda la voix de mon père, alors qu'il apparaissait sur le seuil de ma chambre.

– Presque, dit ma mère.

– N'oublie pas de la coiffer. Je l'attends dans la voiture, ajouta-t-il avant de tourner les talons.

Je ne me souvenais pas l'avoir déjà vu aussi près de ma chambre, auparavant. En réalité, il n'était même presque jamais dans nos appartements : il rentrait tard le soir pour partir tôt le matin et, la plupart des soirs, il ne rentrait pas du tout. J'avais cru comprendre que Grand-Mère Tallulah lui avait donné un nouveau travail à l'Organisation, qui l'obligeait à rester souvent à Edencity, mais personne ne m'avait expliqué exactement de quoi il retournait, et je n'avais pas osé le lui demander.

– Allez, ma jolie petite fille, dit ma mère. Va vite en bas : ton père t'attend. Et sois bien prudente, d'accord ? Je te ferai préparer un gâteau pour quand tu rentreras.

– D'accord. À tout à l'heure ! criai-je.

Je dévalai les escaliers, incapable de contenir mon impatience plus longtemps. Keryam était déjà en bas et, même s'il faisait celui qui a l'habitude, il était aussi énervé que moi. Me tenir tranquille pendant que Tante Laura m'aidait à passer mon manteau fut un véritable supplice, et, s'il n'avait pas fait si froid, je ne l'aurais probablement même pas laissée faire.

Dehors, deux camionnettes blanches d'apparence anodine nous attendaient. Keryam et moi montâmes dans celle où se trouvaient déjà mon père et deux hommes avec des pistolets. Justin, entouré de quatre hommes armés, était dans le second véhicule. Nous partîmes sans attendre, et il ne fallut que quelques heures pour qu'apparaissent les premiers immeubles de la ville.

Mon père indiqua que nous allions dans un endroit appelé le « secteur 1 du Quartier Rouge », et qu'il nous désignerait la cible en temps voulu. Il opposa un regard si désapprobateur à mes questions, que même Keryam n'osa plus ouvrir la bouche de tout le trajet. Apparemment, les hommes armés n'étaient là que pour assurer nos arrières en cas de problème : toute l'opération reposait sur Keryam et moi. Au début, ils nous observèrent du coin de l'œil : ils avaient l'air de nous craindre. Puis, voyant que nous ne faisions rien d'autre que nous tordre le cou pour admirer les vaches, ils finirent par se désintéresser de nous. Ils restaient pourtant tendus et anxieux, ce qui me fit penser que la mission allait être dangereuse.

Tout cela ne ternit en rien ma joie de sortir de la propriété familiale. Évidemment, j'avais déjà rempli des missions en dehors, mais toujours en forêt ou en rase campagne, et je n'avais que très rarement l'occasion de m'éloigner de la maison.

Quand nous pénétrâmes dans le Quartier Rouge, le Pouvoir me frappa de plein fouet. La tête me tournait et je me sentais étrangement grisée. Jamais de ma vie je n'avais vu autant de corbusards réunis, et c'était la première fois que j'en croisais qui ressemblaient à des enfants. Il m'apparut presque immédiatement que Keryam et moi étions bizarrement accoutrés par rapport à eux : mes lourdes robes à dentelles garnies de nœuds de satin et les sévères costumes sombres de Keryam ne paraissaient guère en vogue à Edencity.

J'avais toujours été fascinée par le fait que mes tenues étaient semblables à celles des poupées que Grand-Mère Tallulah gardait dans sa vitrine – elle s'était d'ailleurs occupée de remplir la plus grande partie de ma garde-robe. En fait, même à la maison, j'étais la seule à porter de tels vêtements. Mais d'un autre côté, personne n'était non plus habillé comme Keryam, aussi avais-je pensé que c'était à cause de notre âge – ce qu'avaient confirmé les illustrations de mes livres de contes. Je n'avais pas alors saisi la dérisoire tentative de ma grand-mère pour préserver un certain élitisme dans notre façon d'être, mais j'avais confusément compris son obstination presque superstitieuse à m'enfermer dans des robes à cerceaux, comme si, en consolidant bien la petite fille modèle, on pouvait empêcher le monstre de sortir. Aussi, bien que je ressentisse mes robes comme des handicaps lors de mes combats, je ne m'en plaignis jamais – Grand-Mère Tallulah me trouvait déjà beaucoup trop meurtrière, pour mon âge.

Par la vitre de la voiture, je vis avec une certaine stupéfaction des filles en pantalons – en réalité, ça paraissait même plutôt courant. Toutes ces découvertes m'occupèrent jusqu'au moment où les relents de pouvoir corrompu et la terrible douleur qui planait sur cet endroit finirent par réellement m'incommoder. Je m'aperçus assez vite que le Pouvoir affectait mon cousin autant que moi. Cependant, Keryam n'avait pas l'air malade, alors que le désespoir tangible qui régnait dans cet endroit m'étouffait.

Le chauffeur gara la camionnette entre deux voitures, et celle de Justin s'arrêta non loin de nous. Nous étions en face d'un large trottoir, près d'un endroit appelé « Les Délices de Bacchus ». Je me demandais ce que ce nom pouvait bien vouloir dire.

Mon père adressa un signe de tête à notre chauffeur.

– Très bien, les enfants, dit celui-ci, nous faisant passer à l'avant de la camionnette et nous indiquant quelques individus rassemblés devant l'endroit en question. La cible est un vampire – il faut l'éliminer au plus vite, parce que le maître vampire va bientôt mourir, et que c'est lui qui va devenir roi après.

Visiblement, il avait décidé de nous traiter de la même façon que des enfants normaux, mais le regard de mon père, que je ne connaissais que trop bien, fit se perdre les explications du pauvre soldat dans un bredouillement inintelligible.

– Il faut l'abattre d'ici, à travers la vitre. Faites ça vite et proprement, ordonna mon père.

– On a le droit de se servir de nos pouvoirs, pour cet exercice ? demanda Keryam.

– Ce n'est pas un exercice, coupa mon père d'une voix sèche. Attendez, maintenant.

Nous attendîmes. Je me sentais de plus en plus malade, et j'avais envie de quitter cet endroit. Il y avait déjà un certain nombre de vampires devant le bar, et d'autres arrivaient – je n'en avais jamais vu autant à la fois. À un moment, un vampire avec l'air très important arriva, et le pouvoir qui émanait de lui m'était si douloureux que je crus qu'il s'agissait de notre cible. Mais ce n'était pas le cas.

Enfin, le monstre que nous devions tuer sortit d'une voiture bleue. Je fus surprise, quand mon père nous le désigna : il était ancien et puissant, mais moins que celui devant qui les autres s'inclinaient discrètement. Keryam et moi commençâmes à rassembler notre énergie – nous ne maîtrisions qu'imparfaitement nos facultés, et l'épaisse atmosphère gorgée de pouvoir brouillait le nôtre : atteindre un corbusard de cette trempe et à cette distance était périlleux.

Alors que je me préparais à lancer mon attaque, le vampire se retourna et jeta un regard circulaire autour de lui, comme s'il se doutait de ce qui se tramait. Ses yeux étaient noirs et profonds et, bien qu'ils ne me vissent pas, ils m'atteignirent de plein fouet, au point que la douleur me plia en deux.

En lui, je voyais…

– Non ! criai-je.

Je poussai Keryam, faisant s'évanouir tout le pouvoir qu'il avait accumulé au moment où il allait attaquer.

– Qu'est-ce que tu fais ? demanda mon père d'une voix sévère, mais semblant tout de même désarçonné.

– Non, dis-je, secouant la tête. Je ne veux pas ! Il ne faut pas le tuer, pas celui-là !

– Keryam !

Mon père lui ordonna d'un geste de continuer, cependant il était déconcentré : il lui faudrait quelques secondes pour se préparer.

– Non ! répétai-je, m'accrochant au bras de mon cousin. Si vous lui faites du mal, alors je vais me réveiller, menaçai-je.

Ils étaient tous stupéfaits, et je sentis un frisson d'effroi passer parmi les soldats. Pourtant, je savais que ce n'était qu'une question de temps avant qu'ils ne relancent l'opération : avec ou sans moi, Keryam réussirait à le tuer. Quoi que je dise, ils ne m'écouteraient pas, alors je n'avais plus qu'une seule chose à faire.

J'ouvris la portière de la camionnette. Mon père m'attrapa fermement par le bras pour me retenir. J'hésitai un instant, certaine d'aller au-devant de graves ennuis si je désobéissais. Mais, derrière le visage impassible du vampire, je pouvais voir, tout au fond de lui, l'enfant perdu dans le noir qui pleurait.

Il pleurait sans arrêt, et j'avais l'impression de reconnaître cette douleur.

– Keryam, dépêche-toi : on va le perdre ! ordonna mon père. Saralyn, reste ici où tu seras punie.

Je me dégageai d'une secousse et partis en courant. Je traversai la route sans regarder où j'allais, et manquai me faire renverser par une femme à bicyclette qui me cria de faire attention. Je ne m'arrêtai qu'après m'être cognée contre une grande silhouette enveloppée dans un manteau noir. J'étais entre Keryam et sa cible, et j'entendis mon père lui dire de suspendre son attaque.

– Est-ce que ça va ? demanda la silhouette en se penchant vers moi.

C'était lui, le futur dirigeant des vampires. Un instant, en me regardant, il eut l'air de percevoir quelque chose, mais l'impression s'évanouit et il me sourit gentiment.

– Où est-ce que tu courais comme ça ? reprit-il. Tu es perdue ?

Je fis « non » de la tête. Je n'avais qu'un seul moyen de le sauver et j'ignorais comment procéder sans qu'il s'en aperçoive. Un autre vampire s'en chargea pour moi : il me bouscula et je tombai à la renverse. Je luttai pour me relever, empêtrée dans ma robe et mon gros manteau rouge bordé de fourrure blanche. Le vampire se baissa et me souleva de terre – même si c'était impossible, j'eus la sensation qu'il dégageait de la chaleur.

– Pardon, m'excusai-je.

– Ça ne fait rien, dit-il.

Je m'excusais pour n'avoir pas compris avant, pour avoir tué tant de ses semblables et pour avoir failli le faire disparaître sans chercher ce qu'ils étaient vraiment. Mais évidemment, lui n'en savait rien.

– Comment tu t'appelles ? demandai-je, curieuse de connaître le nom de cet être que je pressentais si important, sans trop savoir pourquoi.

Il eut l'air surpris et hésita un peu avant de me répondre.

– Lorenzo. Et toi, comment tu t'appelles ? Tu ne veux pas me le dire, devina-t-il après un silence gêné de ma part.

Je n'osais pas lui révéler mon nom. J'avais trop peur qu'il découvre ce que j'étais et ce que j'avais fait, et qu'il me déteste.

Pour la première fois de ma vie, je ressentais de la honte pour tout ça.

– Il ne faut pas rester seule ici, dit-il. Où sont tes parents ?

Je l'observai avec sérieux et cherchai à comprendre son être dans sa globalité. Il n'était pas mort. Non. Il souffrait, mais il n'y avait en lui aucun désir de disparaître – Justin s'était trompé : ce corbusard était exactement comme moi.

Je posai pensivement la main à l'endroit où aurait dû battre son cœur, et le vampire eut un léger sursaut. C'était ce silence immobile qui le faisait souffrir.

– Tu sais, je ne suis pas encore très forte, mais je vais grandir, annonçai-je, après avoir réfléchi.

Il me sourit, l'air perplexe. J'étais consciente de n'être qu'une enfant dont on pouvait brider les pouvoirs, à l'aide d'un sceau dissimulé dans un ruban. Mais je finirais par être assez puissante pour réparer ce qui s'était cassé en lui sans le détruire – pour faire battre ce cœur de nouveau. Je le devais parce que, sans être capable de verser une seule larme, il ressentait lui aussi cette douleur.

Je concentrai mon pouvoir pour ouvrir mon poignet, et je fis couler mon sang sur sa nuque. Il tressaillit à peine quand je liai mon esprit à son corps – je ne l'avais jamais fait auparavant, et personne ne me l'avait jamais appris. Pourtant, ça me semblait si *évident*.

– Qu'est-ce que tu fous ? demanda le vampire qui ne pouvait être que le dirigeant, se tournant vers celui dont je venais de sauver la vie à son insu. Tu as un petit creux ?

Lorenzo fronça les sourcils, l'air contrarié et vaguement inquiet. J'aurais voulu lui dire de ne pas s'en faire pour moi, parce que je pouvais me défendre contre des vampires, mais il ne fallait pas lui montrer que je savais.

– Écoute, dit-il, il va falloir que je parte. Mais toi, tu ne dois pas rester toute seule. Est-ce qu'il y a quelqu'un que tu veux que j'appelle pour toi ?

Je secouai la tête. Les vampires fixaient sur lui un regard rempli de défiance et d'hostilité que je connaissais pour le sentir souvent braqué sur moi. D'un coup, je compris que, quand il serait dirigeant, Lorenzo se ferait attaquer par tout le monde jusqu'à ce qu'il meure. Pas seulement par moi et Keryam, mais aussi par les autres monstres, car ils avaient aussi peur de lui qu'ils avaient peur de moi. C'était pour cela que lui saurait me voir sans me craindre.

Il fallait qu'il vive.

– Il a l'air très méchant, dis-je en regardant le dirigeant.

– C'est parce qu'il est très fort, dit Lorenzo avec un sourire mélancolique.

– On déteste les gens plus forts que nous, parce qu'ils nous font peur, acquiesçai-je. Alors que les gens qui sont malades, on leur en veut jamais, même quand ils font des choses méchantes. Comme ceux qui boivent plein d'alcool, ajoutai-je après réflexion en pensant à mon oncle Jake.

Il finissait souvent les réunions de famille en insultant Tante Leda et en me traitant de monstre, et personne ne le punissait, même pas Grand-Mère Tallulah.

– Même quand on devrait les gronder, on se moque seulement d'eux.

À cet instant il se passa quelque chose dans l'esprit du vampire. Il regarda autour de lui, semblant d'un seul coup voir la situation d'une façon totalement différente, puis il planta ses yeux dans les miens.

– Merci beaucoup, mademoiselle, dit-il avec gravité.

Étonnée, je ne répondis pas. Alors, il me posa par terre avec précaution.

– Au revoir, dis-je.

Le vampire répondit à mon salut, et je retournai en sautillant à la camionnette, dans laquelle je montai comme si rien ne s'était passé.

***

Mon père m'accueillit avec une gifle qui m'envoya cogner contre le tableau de bord.

– Est-ce que c'est pour obtenir ça que j'ai fait tous ces sacrifices ? demanda-t-il.

Ça ? Ma vue avait l'air de tant l'écœurer que je ne pus qu'écarquiller les yeux et rester là où le coup m'avait projetée, sans rien dire.

– Qu'est-ce que tu as fait ? gronda-t-il, voyant la trace de sang sur mon bras.

– J'ai mis ma vie à l'intérieur de lui, dis-je. S'il meurt, moi aussi.

Mon père passa la main sur son visage et ferma les yeux un instant, essayant de retrouver un semblant de calme.

– Annule ça immédiatement ou je te jure que tu vas le regretter.

– Pardon, dis-je, contemplant mes pieds. Je ne peux pas.

– Pourquoi ? s'étonna Keryam. Si tu l'as fait, tu peux le défaire.

– Parce que j'ai promis. J'ai promis !

– Toi, tu peux l'annuler ? demanda mon père à Keryam.

Celui-ci secoua négativement la tête : j'étais la seule à être capable de le faire. Ce fut alors que mon père me saisit le bras et y planta la seringue – je sus que je n'aurais pas l'occasion de profiter de ma sortie en ville.

Chapitre 31

Je ne mangeai pas de gâteau en rentrant à la maison. En fait, je ne mangeai rien pendant deux jours. À la fin, j'étais si affaiblie que je ne parvenais plus à régénérer mes cellules, et la coupure de ma joue resta ouverte après la dernière visite de mon père. Ensuite, il ne vint plus.

On m'avait enfermée dans la salle d'en bas pour me punir d'avoir désobéi. Évidemment, j'aurais pu me libérer et sortir, mais l'idée ne me traversa même pas l'esprit. Je m'entêtais de plus belle, répondant à chaque personne qui essayait de me raisonner que jamais je ne lèverais le sort que j'avais jeté sur le vampire.

Enfin, Oncle Justin vint. J'étais soulagée de le voir – à part ma mère, c'était le seul adulte à avoir toujours été gentil avec moi.

– Alors Saralyn, tu as fait des bêtises ? demanda-t-il d'un ton qui n'appelait pas de réponse. Ton père t'en veut beaucoup.

– Je sais, répondis-je en baissant la tête. Il me déteste vraiment, maintenant.

– Non, dit Justin, l'air sérieux, ce n'est pas ça. Ce n'est pas lui qui te punit, c'est une décision du Conseil. Il leur a demandé de te délivrer, mais ils n'ont pas voulu.

– C'est Grand-Mère Tallulah, devinai-je.

– Je… je ne sais pas, hésita Justin. Si ton père est fâché, c'est parce qu'il n'aime pas qu'on te fasse du mal et que, tant que tu continueras à désobéir, tu resteras punie. En plus, ta maman est triste de ne pas pouvoir te voir, et ton père déteste qu'elle soit comme ça. Écoute, reprit-il après un silence, ce n'est qu'une bêtise et ce n'est pas très grave, alors annule le sort et on dira qu'il ne s'est rien passé. On ne te demande même pas de t'occuper du vampire : contente-toi de faire disparaître le lien que tu as créé, et on te laissera sortir. Je crois qu'Emma a fait ce gâteau aux amandes que tu adores…

– Pardon, dis-je. Je ne peux pas.

– Pourquoi ? demanda Justin, écarquillant les yeux. Je ne comprends pas : qu'est-ce qu'il a de si spécial, ce monstre ?

– J'ai promis à Maman de toujours suivre mon instinct, expliquai-je.

Je vis au visage de Justin que je venais de faire la plus grosse erreur de ma vie. Sur le moment, je ne compris pas très bien pourquoi, mais il était évident que ma mère n'avait pas été autorisée à me demander de tenir cette promesse.

– Et combien de temps va durer ce sort ?

Je savais qu'il avait déjà posé la question à Keryam et à des sorciers, mais j'étais le seul être vivant à l'avoir jamais exécuté. Aussi, personne n'avait été capable de lui donner de réponse.

Je haussai les épaules – je sentais bien que je n'étais pas suffisamment puissante pour le maintenir au-delà de quelques semaines, mais je ne l'aurais jamais admis.

– Tu n'as pas une petite idée ? insista-t-il.

– Des mois, peut-être des années, bluffai-je, répétant ce que Keryam lui avait dit. Mais, tu sais, il pleure tout le temps, repris-je, suppliant presque.

– Saralyn, c'est un corbusard. Les corbusards ne pleurent pas !

– C'est pas vrai, protestai-je. C'est juste qu'on ne peut pas le voir, mais moi, je le sens.

Il n'y avait pas que ça. Il y avait d'autres raisons pour lesquelles j'avais choisi de protéger Lorenzo, mais elles n'étaient pas très claires, même pour moi. Je savais que ce choix serait le plus douloureux, mais je pensais être assez forte pour le supporter.

Quelques heures plus tard, mon père obtint finalement du Conseil qu'il me laissât sortir. Grand-Mère Tallulah vint me libérer avec une mauvaise grâce affichée et un long sermon, dans lequel elle m'exposa le mépris que lui inspirait mon attitude et la honte dont j'étais la cause pour mon père. Cependant, elle avait compris qu'elle ne tirerait rien de moi dans l'immédiat.

Et puis, après tout, je n'avais que six ans.

La semaine suivante, j'appris que Keryam et moi allions partir en voyage pour notre instruction. J'entendais ma mère pleurer toutes les nuits, et le désespoir se lisait sur son visage même quand elle souriait calmement en donnant des directives à la domestique pour préparer mes valises. Mon père, quant à lui, était parti à Edencity immédiatement après m'avoir appris la nouvelle et n'avait pas reparu.

J'étais très ennuyée que ma mère soit aussi triste de quitter la maison, mais j'étais malgré tout excitée à la perspective de vivre ailleurs que dans la résidence Fara. On m'avait annoncé que l'endroit où nous allions s'appelait la « Maison mère ». Toutefois, un point me préoccupait : tout le monde parlait de notre départ, mais personne n'avait mentionné la date de notre retour…

***

– Viens. Nous y allons.

Je relevai les yeux de ma leçon.

– Allez, c'est l'heure de partir, annonça mon père.

Je ne l'avais pas vu depuis des jours, mais sa brusquerie étrangla mes mots de bienvenue avant qu'ils n'aient franchi mes lèvres. Mon père avait déjà son manteau et tenait le mien. Je me levai docilement et il m'aida à l'enfiler.

– On va en voyage maintenant ? demandai-je.

– Oui.

– Mais… mes affaires ?

– Tes bagages sont déjà dans la voiture.

Je me précipitai vers le petit salon où ma mère passait presque toutes ses journées.

– Où vas-tu ? m'arrêta mon père.

– Prévenir Maman que nous partons, dis-je, sans comprendre.

Père regarda par la fenêtre de ma chambre et enfonça ses mains dans ses poches.

– Elle ne vient pas avec nous, m'informa-t-il.

Je me figeai, un peu perturbée par cette nouvelle.

– Elle viendra plus tard ? demandai-je d'une petite voix.

– Oui, c'est ça, répondit mon père. Descendons.

– Il faut que je lui dise au revoir ! protestai-je, ouvrant la porte du salon.

Le salon était vide. Ma mère n'était pas là. Mon père y jeta un coup d'œil, puis il me prit fermement par la main et m'entraîna vers les escaliers.

– Nous n'avons pas le temps, dit-il. Tu l'appelleras plus tard.

Je traînais les pieds, espérant que ma mère arriverait – je ne voulais pas partir sans l'avoir vue. D'un coup, je me sentais malheureuse, et je n'avais plus envie de m'en aller – ce voyage dont je me réjouissais tant m'apparaissait comme une chose horrible.

– Cyrius ? Que fais-tu ?

Ma mère sortit d'une des chambres, lâcha le livre qu'elle tenait à la main, et dévala l'escalier vers nous, l'air inquiet.

– Maman ! m'écriai-je, soulagée.

Mon père semblait contrarié, mais il ralentit le pas.

– Que fais-tu ? répéta-t-elle, nous regardant alternativement mon père et moi.

– Nous partons. Nous en avons déjà largement discuté, Hellène, alors embrasse ta fille et ne nous retarde pas : nous allons manquer notre train.

Ma mère s'approcha. Mais elle n'avait aucune intention de me faire ses adieux, je le sentis immédiatement. Elle m'attira brutalement en arrière et me prit dans ses bras avant de reculer.

– Hellène, gronda mon père d'un ton menaçant. Ne fais rien de stupide : pose Saralyn par terre.

– Non, dit ma mère d'une voix tremblante en secouant la tête. Tu ne me la prendras pas. C'est ma fille : elle reste avec moi.

Elle avait peur, et le désespoir émanait d'elle en ondes chaotiques. Je m'agrippais à elle avec inquiétude, sentant quelque chose arriver.

Quelque chose de rouge et d'affreux contre lequel j'étais totalement impuissante.

– Maman, répétai-je. Qu'est-ce qu'il y a ?

Mon père monta les marches qui nous séparaient à grandes enjambées, tandis que ma mère reculait en trébuchant, handicapée par mon poids et la terreur qui l'étreignait tel un grand serpent froid. Il m'arracha à elle et fit mine de partir, mais elle attrapa son manteau.

– Non ! Tout mais pas ça ! Je t'en prie, Cyrius, ne me prends pas mon bébé ! Je t'en prie !

Elle sanglotait, maintenant. Terrifiée, je me débattais pour me libérer de l'étreinte de mon père – il me faisait mal. Il repoussa violemment ma mère, la faisant tomber.

Alors, il recommença à descendre, les lèvres tordues dans un rictus, ignorant les cris et les pleurs de ma mère qui restait assise sur les marches. Soudain, il se ravisa et se retourna vers elle.

– Tu sais bien qu'il le faut, dit-il. Ils la voient déjà comme une menace. Comment oses-tu faire une scène pareille devant elle, alors que c'est la seule solution ? Tu réussis toujours à rendre les choses encore plus difficiles – comme cette promesse absurde que tu lui as arrachée ! Tu prétends que tu l'aimes, mais, au fond, tu ne penses qu'à toi : ton égoïsme me dégoûte.

Il repartit, mais ma mère ne trouva pas la force de se relever pour nous suivre. Je sentais son esprit s'enfoncer peu à peu dans le désespoir, et je finis par comprendre pourquoi personne ne parlait de notre retour à la résidence des Fara : aucun retour n'était prévu pour nous. C'était probablement la dernière fois que je voyais ma mère avant des années. Les bribes que j'avais saisies dans l'esprit de ma mère et de Justin prenaient enfin un sens, et celui-ci ne me plaisait pas du tout.

Je frappai alors le bras gauche de mon père. Il ne s'y attendait pas et l'os se cassa net, lui faisant pousser un hurlement de douleur. Il me lâcha et je courus jusqu'à ma mère. Cependant, je ne l'atteignis pas aussi vite que la balle.

Je me retournai et vis mon père, tenant à la main l'arme qu'il portait habituellement à la ceinture. Son visage était crispé mais totalement inexpressif. Il avait…

Je regardai ma mère, les yeux écarquillés. Je ne comprenais pas. Je refusais de comprendre. La tache rouge s'élargissait au niveau de la poitrine sur sa robe. Ma mère me sourit, et un filet de sang dégoulina sur son menton. Elle s'affaissa sur les marches de l'escalier, et je prêtai une oreille distraite aux pas précipités de Justin et d'inconnus qui venaient vers nous.

– Maman ? demandai-je d'une voix tremblante.

– Viens, murmura-t-elle, parvenant à peine à désigner la marche à côté d'elle.

– Maman ? Attends, ne bouge pas : je vais te soigner, dis-je, m'agenouillant à côté d'elle. Je sais faire ça.

– Non, ma chérie, c'est trop tard. Même toi, tu ne peux pas ramener les morts, dit-elle, consumant ce qui lui restait de forces pour passer sa main dans mes cheveux.

Son bras retomba lourdement. Je serrai mes genoux l'un contre l'autre, au point d'avoir l'impression que mes os allaient transpercer ma peau. Je me sentais sourde et aveugle : il n'y avait plus que l'odeur du sang qui gouttait sur les marches de l'escalier.

– Écoute-moi bien, Saralyn, murmura-t-elle, si bas que je fus obligée de me pencher pour l'entendre. Cet homme… promets-moi de le trouver et de le laisser te sauver.

– Mais Maman… Keryam…

– Non, souffla-t-elle. Tu sauras que c'est lui quand tu le rencontreras. Les Fara ne doivent pas te détruire comme ils l'ont fait… avec moi.

Elle agrippa mon bras, respirant de plus en plus irrégulièrement. Je remarquai que ses yeux avaient terni, un voile invisible semblant à présent les recouvrir.

J'ai peur. J'ai peur !

– Oh, mon Dieu ! Qu'est-ce que tu as fait, Cyrius ? dit Justin d'une voix blanche.

Il monta les escaliers quatre à quatre. Je percevais mon père, toujours immobile et le pistolet à la main derrière moi, et les deux hommes en bas de l'escalier.

– Qu'est-ce que tu as fait, Cyrius ? répéta Justin, prenant mon père par les épaules et le secouant.

Le pistolet tomba par terre.

– Je… je ne sais pas, dit mon père. Elle allait… Je ne sais pas !

Je me retournai vers ma mère, sentant son sang tremper mes mains appuyées sur les marches et dégouliner sur mon manteau.

Mon beau manteau rouge. Est-ce que les taches se verraient, dessus ?

– Je suis vraiment désolée, mais je dois te dire au revoir, maintenant… Sois une gentille petite fille, d'accord ? demanda ma mère dans un souffle. Il faudra que tu sois toujours bien sage, ma chérie.

Ses lèvres frémirent, laissant échapper un flot sombre, et sa tête retomba mollement sur le côté.

– Maman ? appelai-je, complètement paniquée. Maman ? Non, s'il te plaît. Je serai gentille – ne me laisse pas ! Je serai sage. Ne me laisse pas ! criai-je.

Mais il n'y eut rien à faire, et au regard de Justin quand il m'écarta d'elle, je compris qu'elle était morte.

– Maman ? continuais-je pourtant d'appeler, d'une voix de plus en plus faible jusqu'à ce qu'elle devînt quasi inaudible.

– Saralyn… Oh, mon Dieu, Cyrius ! balbutiait Justin.

Il me releva, l'air hagard. Je baissai les yeux sur mon manteau couvert de sang, et un sentiment violent monta en moi, étouffant le désespoir.

Père. Père avait tué Maman alors qu'elle n'avait rien fait.

Je me tournai vers lui. Il avait ramassé son arme et l'avait remise dans son holster. En croisant mon regard, il tressaillit. J'avais souvent vu dans la façon dont il m'observait qu'il se demandait à quel point j'étais puissante. Parfois, l'ignorer l'effrayait presque, même si je n'en avais jamais pris conscience auparavant.

J'étais un monstre ? Oui, Grand-Mère Tallulah avait raison : j'étais un monstre.

La rambarde de l'escalier se mit à trembler. Le Pouvoir se concentra tant autour de moi qu'il créa un léger mouvement dans l'air, qui agitait mes cheveux et mon manteau. Justin tenta de me retenir, mais je sentais bien qu'au fond de lui, il était partagé entre la conscience de son devoir et le désir de me voir faire du mal à son frère.

Oncle Justin était si triste.

J'arrachai les rubans qui attachaient mes cheveux et je me rapprochai de mon père. Il s'y attendait, mais il eut malgré tout un mouvement de recul en me voyant apparaître devant lui : je me déplaçais bien plus vite qu'il le pourrait jamais.

– Que crois-tu faire ? Tu as vu ce qui est arrivé à ta mère ! dit-il.

– Je suis plus forte que vous, affirmai-je.

Il me toisa avec froideur et commença à descendre l'escalier, comme s'il se préparait réellement à partir ainsi qu'il l'avait prévu avant que ma mère n'arrive. Je ne parvenais pas à savoir ce qu'il ressentait – son esprit avait toujours été opaque pour moi.

Je l'attrapai par son manteau, ayant vaguement dans l'idée d'enfoncer ma main à travers son corps pour saisir l'un de ses organes. Alors, il serait bien obligé d'avoir aussi mal que moi.

– Qu'est-ce que tu espères ? demanda-t-il.

– Rendez-la-moi ! criai-je. Rendez-la-moi, tout de suite ! Je veux ma maman !

– Tu sais bien que je ne peux pas : si toi tu ne peux pas, moi non plus.

Je n'arrivais plus à réfléchir. J'avais l'impression qu'un ressort avait été cassé à l'intérieur de mon crâne et que les idées ne s'enchaînaient plus correctement.

– Pourquoi ? Pourquoi ? répétai-je faiblement. Pourquoi vous avez fait ça, Père ?

– Pourquoi ? Mais à cause de toi, voyons. C'est à cause de toi que ta mère est morte. Si tu étais partie quand je te l'avais demandé au lieu de jouer les petites égoïstes capricieuses, elle serait toujours en vie, cracha-t-il avec colère.

– Cyrius, arrête ! ordonna Justin.

Justin avait peur. Moi, je restais à fixer le vide, envahie par le désir de détruire le monde entier.

– Tu n'es qu'une enfant, tu n'es pas si forte que ça, alors suis-moi sans discuter, dit mon père, haussant le ton.

Il semblait essayer d'en convaincre quelqu'un, mais je voyais bien dans son regard qu'il n'y croyait pas lui-même. Son visage se crispa dans un spasme de pur désespoir, comme s'il voulait me faire comprendre quelque chose d'important. Seulement je m'en moquais bien – je désirais uniquement sentir le sang couler. Après, tout irait sûrement mieux.

Je vais les tuer, Maman, comme ça on ne fera plus jamais de mal à personne.

La rambarde de l'escalier éclata. Mon père en évita la plupart des débris, cependant une grosse écharde vint se planter dans son épaule. Les hommes d'Oncle Justin étaient allés chercher des renforts. Ils voulaient m'arrêter, mais ils ne pouvaient même pas m'approcher – ils mourraient, sinon. Moi-même, je percevais à quel point le pouvoir qui s'échappait de mon être était vicié, mais je m'en moquais. J'entendis Justin appeler Keryam d'un ton désespéré, et je sentis mon cousin tout près de moi, alors que ce qui restait de la rampe s'abattait sur mon père. Celui-ci saignait à la tempe. Il ne chercha même pas à se défendre.

Les marches de l'escalier tremblaient, et j'avais le sentiment de pouvoir faire écrouler le monde.

– Saralyn, arrête ! dit Keryam, posant sa main sur mon bras. Tu vas casser toute la maison !

Je le projetai contre le mur d'un seul geste, et j'entendis l'horrible craquement quand il le heurta – il était moins fort que moi, lui aussi. J'étais la plus forte, et je voulais tout détruire. En fait, je ne savais plus ce que je voulais : il n'y avait plus que cet immense vide mué en colère, qui avait le goût du sang et me donnait une incontrôlable envie de faire mal.

J'entendais Eiri hurler à la mort dans le jardin.

J'étais exactement comme Démétrius. Cette évidence me frappa de plein fouet. Est-ce que c'était cela, ce que ressentaient les autres en me voyant ? Est-ce que c'était moi qui m'étais tordue ? Non, le corps de ma mère refroidissait au milieu de l'escalier.

Et si c'était de ma faute… Alors, si je l'avais tuée…

Keryam profita de mon moment de désarroi pour m'immobiliser – il souffrait horriblement, mais il trouva quand même la volonté de bouger et d'utiliser toutes ses forces disponibles contre moi. L'espace d'un instant, je ressentis une véritable admiration pour lui. Le temps que je me dégage, mon père avait déjà planté la seringue dans mon bras, et je luttais contre l'engourdissement qui s'emparait inexorablement de mes membres.

Chapitre 32

Quand je repris conscience, j'étais dans une pièce que je ne connaissais pas, dans laquelle il n'y avait ni porte ni fenêtre. J'étais toujours à la maison, cependant. Je remuai un peu, essayant de reprendre mes esprits : ne devais-je pas partir en voyage ? J'observai les murs lisses d'un œil trouble à la recherche d'une issue. Ce fut alors que je me souvins de ce qui avait précédé ma mise en cage. Je ne tentai plus de trouver un moyen d'en sortir et je restai assise sur mon lit sans bouger, l'esprit totalement vide.

Comment des choses si affreuses pouvaient-elles arriver sans prévenir ?

Je baissai les yeux et m'aperçus qu'on m'avait enlevé mon manteau. Ma mère… Elle était morte et je n'avais rien pu faire – toute cette puissance que je possédais ne m'avait même pas permis de sauver ma mère.

Personne ne vint me voir pendant un temps que j'estimai à environ quarante-huit heures. Est-ce que c'était pour me punir d'avoir causé la mort de Maman ? Ou est-ce que…

Ils m'ont oubliée ! Je ne suis pas assez parfaite, alors Père va se marier avec une autre femme et avoir une autre petite fille bien mieux que moi.

Non, c'était moi, Nausicaa. Ils ne pouvaient pas me remplacer. Pourtant, Maman était la seule à s'occuper de moi et à m'aimer, alors maintenant qu'elle n'était plus là, qui le ferait ? Est-ce que j'allais rester dans cette pièce pour toujours, avec juste cette petite porte qui s'ouvrait deux fois par jour pour qu'une main prenne le plateau vide et en glisse un plein ?

Je sentais la présence de Keryam se déplacer dans la maison, parfois jusque dans la pièce à côté de celle où je me trouvais, mais c'était la seule qui était assez puissante pour filtrer jusqu'à moi. La pièce dans laquelle j'étais avait été scellée, et il m'aurait fallu une concentration et une force dont je ne disposais pas à ce moment-là pour en sortir. Je me contentai donc de rester prostrée, repliée sur cette douleur lancinante qui engourdissait mes membres.

Je reconnaissais cette douleur, c'était celle que j'avais ressentie dans le Quartier Rouge, et chez ce vampire que j'avais sauvé.

Ensuite, mon père vint me voir. Plusieurs fois. Mais dès qu'il apparaissait dans la pièce, ma colère devenait incontrôlable, et je n'éprouvais plus que ce désir de meurtre qui empêchait toute autre pensée de venir en mon esprit.

– Je vais vous tuer, dis-je. Je vous déteste ! Je ne veux plus jamais vous revoir !

Après ça, mon père cessa de venir. Moi, je savais que quelque chose en moi s'était réveillé, quelque chose d'horrible qui m'empêchait de dormir la nuit.

Cette colère… Ce découragement si total que j'avais l'impression que la lumière avait disparu pour toujours…

Finalement, ce fut Justin qui ouvrit la porte de ma cellule. Je savais que les autres lui avaient demandé d'essayer de me calmer.

Tout le monde était au courant, qu'après ma mère, Oncle Justin et Tante Laura étaient les personnes que j'aimais le plus.

Il m'expliqua qu'on m'avait laissée seule pendant presque deux jours, non parce qu'on m'avait oubliée, mais parce que l'enterrement de ma mère les avait beaucoup occupés.

– Quoi ? Mais… Je n'étais pas là ! paniquai-je, les yeux exorbités.

– Hein ? Ah, non, dit Justin, l'air absent. Vu l'état dans lequel tu étais, nous nous sommes dit qu'il valait mieux te laisser te reposer.

– Mais Maman ne pourra pas s'en aller si je ne suis pas là, dis-je. Elle doit m'attendre !

– Qu'est-ce que tu racontes ?

– Je n'ai pas pu lui dire « au revoir ». Elle n'a pas pu partir sans moi !

Je sentis qu'une idée germait dans l'esprit de Justin.

– Toi et Keryam, vous êtes très puissants quand vous combinez vos forces, dit-il. Je sais que tu es triste toute seule. Tu serais heureuse de revoir ta maman, n'est-ce pas ?

Je hochai la tête, tripotant l'ourlet de ma robe en velours.

– Il existe un moyen de lui parler, si tu veux. C'est une magie très ancienne, mais les Dieux l'utilisaient, et toi et Keryam vous pourriez sans doute y arriver…

– C'est vrai ? On peut vraiment ? demandai-je, pleine d'espoir. Mais… on ne peut pas ramener les morts.

– Pas les ramener à la vie, c'est vrai. Mais ce n'est pas pour ça qu'on ne peut pas parler avec leur esprit. Seulement, ajouta-t-il après un silence, cela réclame beaucoup de moyens et de pouvoir. Cela vous épuiserait sûrement tous les deux pour plusieurs jours.

– C'est pas grave !

– Pour toi, non, mais pour l'Organisation, ça l'est. Tu sais qu'en ce moment, nous sommes en guerre : nous avons besoin de toutes nos forces. Pour faire revenir ta mère, il nous faudrait une autorisation du Conseil des Anciens et de ton père.

– Alors c'est pas la peine de demander : ils voudront jamais, dis-je, me rembrunissant.

– Ça dépend, il y a bien quelque chose qu'on peut leur proposer en échange…

– Quoi ? Je donnerai tout, je ferai tout ce qu'ils veulent, dis-je, agrippant sa chemise.

– Il faut juste que tu redeviennes une gentille petite fille.

Il me tapota la tête avec affection.

– Si tu annules le sort, on te laissera sortir et tu pourras voir ta maman, d'accord ?

Je compris ce qu'il voulait : il voulait que je récupère la partie de ma vie que j'avais glissée dans le corps du vampire, pour pouvoir le tuer.

– Non, dis-je, reculant vers le mur. Ça, je ne peux pas.

Pardon, Maman. Ça, je ne peux pas.

Je suis désolée !

Justin avait l'air fâché, et je sentis ma mâchoire se contracter sous l'effet de la peur.

– Pourquoi ? demanda-t-il, visiblement bouleversé. Si tu avais seulement fait ce qu'on te demandait, rien de tout ça ne serait arrivé. Tu as tué ta mère juste pour protéger un vampire que tu ne connais même pas ? Mais quel genre de monstre es-tu ? lâcha-t-il enfin.

J'écarquillai les yeux de stupeur.

Je l'ai tuée ? C'est de ma faute ?

C'était ça, moi je n'étais qu'un monstre dont il leur était interdit de se débarrasser – même Oncle Justin…

– Je ne comprends pas pourquoi tu t'entêtes. Explique-moi !

– Il sera là, dis-je.

Je refermai mes poings sur mes genoux, en rage et anéantie par mon impuissance. C'était vrai, j'étais un horrible monstre et je ne savais pas pourquoi je faisais toutes ces choses.

– C'est seulement qu'il sera là, répétai-je.

– Ne sois pas ridicule ! Tu ne peux pas voir l'avenir : Nausicaa n'a jamais eu ce pouvoir. Et puis, tu as déjà ta famille : pourquoi aurais-tu besoin d'un monstre pour veiller sur toi ? demanda Justin.

– Je ne sais pas, dis-je d'une voix quasi inaudible en baissant la tête.

– Tu vas le regretter, si tu continues de refuser. Encore beaucoup plus que maintenant. Tu comprends ?

Je me mordis la lèvre inférieure jusqu'au sang. Plus rien ne comptait, moi je désirais seulement faire le plus de mal possible à Père, parce que je pensais que ça me soulagerait de lui faire ressentir autant de souffrance et de désespoir que moi. Mais j'avais beau avoir six ans, l'esprit qui m'habitait était beaucoup plus ancien, et il savait quoi faire : un jour, ce vampire m'aiderait à porter le poids de cette douleur, puisqu'il versait les mêmes larmes silencieuses que moi. Je relevai la tête.

– Fais ce que tu veux – moi, je m'en fiche, dis-je.

***

À partir de ce moment, j'attaquai toutes les personnes qui franchirent la porte de ma cellule à l'exception d'Oncle Justin.

Ils essayèrent de me faire prendre des médicaments, mais ma fureur faisait exploser les seringues, et je refusais d'avaler quoi que ce soit. Je lus dans l'esprit de Justin qu'ils avaient essayé de faire venir un sorcier pour me calmer, mais que les barrières qui avaient été mises partout autour de la pièce pour limiter mon pouvoir l'avaient empêché d'intervenir efficacement.

Je restais la plupart du temps couchée, la douleur gagnait sans cesse en intensité. Je ne pouvais pas les entendre, mais je percevais les hurlements d'Eiri, dans le jardin. J'espérais que le cuisinier continuait de lui donner à manger, parce que je n'avais pas l'impression qu'il l'aimait beaucoup.

Finalement, Justin débloqua la situation. Il m'extorqua la promesse de me tenir tranquille. En échange, je pourrais sortir et aller voir la tombe de ma mère.

Je promis. De toute façon, ma colère n'était plus aussi forte qu'avant – j'avais fini par comprendre que rien au monde ne me ramènerait ma mère. Et puis, elle m'avait demandé d'être sage, alors j'allais obéir. C'était tout ce dont j'étais capable, moi qui avais été trop faible pour la protéger.

***

Ce fut le chauffeur qui m'emmena au cimetière. Son fils de dix ans était avec lui – d'après ce que j'avais compris, le chauffeur et sa femme se partageaient le garçon, et sa mère ne pouvait pas le garder aujourd'hui : le chauffeur s'était profusément excusé de sa présence. De toute façon, ils faisaient aussi partie de la famille Fara, même s'il s'agissait d'une branche éloignée et que je ne leur avais jamais parlé.

Personne d'autre ne vint avec moi. Depuis que j'avais détruit la cage d'escalier, ils avaient tous trop peur de moi pour m'approcher. Aussi, quand j'étais sortie de la pièce sombre, la veille au soir, ils m'avaient évitée autant que possible, et un silence hostile me suivait partout. J'avais entendu Justin dire à mon père que je n'étais qu'une enfant, et qu'il lui fallait essayer d'arranger les choses avec moi avant qu'il ne soit trop tard. Je l'entendis même dire que, s'ils étaient intervenus plus tôt, Oncle Virgile n'aurait peut-être pas si mal tourné.

Oncle Justin avait dit à Père que j'étais « quand même sa fille », et, pendant un instant, j'hésitai à venir m'excuser auprès de Père. Après tout, on m'avait longuement expliqué qu'il fallait que je sois formée pour mon bien, et que Père n'avait pas fait exprès de tuer Maman.

C'était peut-être vrai. Même si une voix me disait que c'était impossible, j'avais envie d'y croire. Seulement, mon père avait répondu : « Ce n'est pas ma fille. Ce n'est que le corps de Nausicaa. Pour le moment, contente-toi de trouver une solution et ne viens plus m'ennuyer avec ce genre de problème, j'ai du travail. »

Je savais qu'il n'y avait pas de solution, parce que j'étais irrévocablement seule. On m'avait enlevé l'unique personne qui m'acceptait telle que j'étais, et les autres étaient incapables de jamais aimer un monstre tel que moi.

J'avais donc emmené Eiri au cimetière avec moi, même si le chauffeur n'avait pas eu l'air content de le voir sur sa banquette arrière. Mais il n'avait rien osé dire. Eiri me comprenait, lui. Il ne m'abandonnerait pas, parce qu'il avait besoin de moi. Je lui donnai quelques gouttes de mon sang avant de monter en voiture pour qu'il se tienne correctement ; j'avais remarqué qu'il comprenait plus de choses quand il en avait bu – Oncle Justin m'avait même affirmé que, quand je serais grande, je pourrais le faire parler.

Je me demandais si Eiri avait des choses à me raconter.

Ce jour-là, je m'étais habillée toute seule pour la première fois de ma vie. C'était Tante Laura qui avait choisi mes vêtements : elle avait sorti une robe noire très stricte et mis des rubans assortis dans mes cheveux. Je savais que c'était comme ça que les enfants des morts devaient s'habiller, alors je n'avais pas protesté, même si c'était la plus laide de mes robes.

En arrivant au cimetière, je remarquai avec désarroi que les tombes étaient toutes garnies de fleurs. Le fils du chauffeur m'expliqua qu'il fallait toujours en apporter pour montrer aux morts qu'on pensait à eux. Son père le fit taire d'une taloche, et ils me laissèrent aller seule jusqu'à la tombe avec Eiri. Je me sentais très coupable de ne pas avoir de bouquet pour Maman, aussi je m'ouvris le poignet pour faire couler mon sang sur la terre battue. Même si cela faisait assez mal, c'était encore de cette façon que je pouvais faire le plus de choses : mon sang était du pouvoir à l'état presque pur, même moi je le sentais.

Une pousse émergea de la terre à l'endroit où mon sang avait coulé, ses feuilles et ses épines s'épanouirent, puis une unique rose s'épanouit. Elle était parfaite et son coloris était aussi profond que le sang dont elle était issue. Ainsi, je sus que j'avais apporté des fleurs à ma mère pour tout le restant de ma vie : ce rosier ne s'arrêterait jamais de fleurir.

Ma mère adorait les roses, et je regrettai de ne pas avoir eu l'idée de lui en faire lorsqu'elle était encore en vie. Ça, et tant d'autres choses. Néanmoins, je me sentis mieux après avoir vu son nom gravé sur la pierre, et j'eus l'impression d'être prête à affronter la solution qu'Oncle Justin aurait trouvée au problème que j'étais devenue.

– Au revoir, Maman, dis-je. Je te demande pardon de n'être encore qu'un bébé. Tu sais, je vais grandir, et même si ce sera trop tard, ils auront aussi mal que toi. C'est promis.

Oh oui, si j'étais un monstre, ils allaient regretter de m'avoir créée, parce que tuer et détruire étaient les seules choses qu'on m'avait jamais apprises à faire.

Chapitre 33

À mon retour, on m'administra un sédatif. Je me laissai faire sans rechigner, alors qu'Eiri hurlait comme un possédé, au point que je lus l'envie de meurtre dans les yeux de mon père. J'essayai de me calmer et de résister le moins possible, craignant qu'il ne le tue s'il recommençait à s'agiter.

On m'emmena dans le salon, où se trouvaient déjà Oncle Justin, Grand-Mère Tallulah et Keryam. Je m'assis sur le canapé comme on me le demandait, et je sus à leur mine qu'ils avaient trouvé « une solution ». Cependant, mon esprit était trop embrouillé pour que je parvienne à lire leurs pensées – je voulais seulement me coucher et dormir pour toujours afin de faire taire cette douleur.

– Tu as mal quelque part ? demanda Justin. Tu n'as pas l'air bien.

– Je pense que je suis cassée, murmurai-je.

– Cassée ? Où ça ?

Je posai la main quelque part entre mon cœur et mon estomac, incapable de l'expliquer.

– Tu as été une très méchante petite fille, intervint Grand-Mère Tallulah, ignorant le regard meurtrier que mon père lui lança. Est-ce que tu t'en rends compte ? Tu nous as beaucoup gênés, alors que nous sommes en guerre et que nous avons autre chose à faire que nous occuper de toi. Tu es censée nous aider : tu existes pour détruire les corbusards.

– Non, c'est pas vrai. Je ne veux pas ! dis-je.

– Je crois que nous n'avons pas le choix, commenta ma grand-mère en se tournant vers mon père.

Celui-ci acquiesça d'un signe de tête, le regard perdu dans les motifs du tapis. Le pouvoir s'accumula en Keryam et je me raidis malgré moi. Il avait l'air concentré et prêt à agir en bon soldat, comme toujours, mais il avait lui aussi les yeux fuyants.

– Vous êtes sûrs que c'est le seul moyen ? demanda Justin. Ce n'est qu'une petite fille…

– Souviens-toi de Démétrius, dit mon père. On ne peut pas prendre ce risque, elle est trop importante. Tu es sûr de pouvoir le faire ? demanda-t-il à Keryam.

– Oui, répondit celui-ci, l'air gêné.

Mon père se plaça alors derrière moi et m'attrapa par les épaules pour m'immobiliser. Il me faisait mal – je sentais de petites veines éclater sous la pression de ses doigts quand j'essayais de me dégager. J'aurais pu le battre, surtout que le bras que je lui avais brisé le faisait encore souffrir, mais les sédatifs entravaient mes réflexes, et Keryam se mit immédiatement devant moi : malgré mes progrès, j'étais encore incapable de tenir tête aux deux à la fois.

– Non ! criai-je, certaine qu'ils allaient me faire quelque chose d'affreux. Maman ! Je veux ma maman !

– Tiens-toi tranquille ou je tue Eiri, menaça mon père.

Alors, je ne bougeai plus. Je leur en voulais, je leur en voulais à tous d'avoir créé un être tel que moi : cette machine de guerre que personne ne pouvait aimer et qui était condamnée à rester seule pour toujours.

– Je vous déteste, dis-je, alors que l'esprit de Keryam pénétrait dans le mien et que la terreur s'emparait de moi. Je vous déteste et je vous tuerai tous !

Keryam… Que faisait-il à mon esprit ? Nous n'avions pas les mêmes compétences, lui et moi, et j'ignorais de quoi il était capable.

Pourquoi était-il né pour être admiré de tous, lui, le fondateur si beau et si obéissant, alors que je n'étais que le monstre qui devait porter toute cette douleur ? Qu'avais-je fait de si horrible pour qu'on me punisse de cette façon ? Pourtant j'avais toujours agi exactement ainsi qu'on me l'avait demandé…

Mon père se pencha vers moi, alors que Grand-Mère Tallulah se désintéressait déjà de mon cas, replaçant des épingles dans son chignon en se regardant dans le miroir, et que Justin faisait semblant de lire les titres sur les dos des livres posés sur les étagères, au-dessus de la cheminée.

– Pardonne-moi, murmura-t-il d'une voix quasi inaudible. Ils t'auraient détruite.

Pourquoi ? Pourquoi tu ne m'as pas protégée ?

J'eus une dernière pensée pour les roses qui fleuriraient sur la tombe de ma mère, et je perdis mes souvenirs, mes pouvoirs, ainsi que tout ce qui faisait de moi une Fara jusqu'à ce jour.

Il n'y avait plus que la sensation de cette eau tiède, qui gouttait sans bruit dans mon cou.

***

Je me réveillai à l'arrière d'une grande voiture grise. J'avais peur, et mes épaules me faisaient mal. Un coup d'œil sous le col blanc de ma robe noire me découvrit une chair violacée et couverte de bleus. Je ne savais plus rien, ni qui j'étais ni ce que je faisais là.

S'apercevant que j'étais éveillée, un homme m'informa que mon nom était Saralyn Judith Fara, que mes parents étaient morts dans un accident de voiture, d'où mes bleus, et, qu'étant donné que je n'avais pas d'autre famille, il était chargé de m'emmener à l'orphelinat John Langton dans une ville appelée Central Town.

Je restai muette durant tout le trajet, recroquevillée sur la banquette arrière. À mon arrivée à l'orphelinat, on tint devant moi beaucoup de propos dont je ne saisissais pas la signification, mais qui semèrent la confusion dans mon esprit au sujet de ce qui était arrivé à mes parents. Ensuite, on m'envoya à la douche avec une serviette marquée aux initiales de l'établissement ainsi qu'un uniforme noir.

J'entrai dans l'une des dix cabines de la rangée de droite et je dus me mettre sur la pointe des pieds pour atteindre le bouton qui commandait l'eau. Une fois habillée, je sortis et m'approchai de l'un des miroirs accrochés derrière les lavabos. Je traînai avec difficulté l'un des bancs alignés contre le mur et montai dessus pour pouvoir me regarder dans la glace. Tout ce que j'avais compris de la discussion entre la femme qui m'avait accueillie ici, l'homme qui m'avait amenée et d'autres personnes que je n'avais même pas osé regarder, c'était qu'après m'avoir examinée sous tous les angles, on m'avait jugée très laide.

J'observai la petite fille qui me faisait face sans la reconnaître. Je détaillai les cheveux noirs et lisses qui lui arrivaient aux épaules, ses grands yeux verts et sa peau pâle.

Elle pleurait.

– Saralyn Judith Fara, dis-je. Saralyn…

Mais Saralyn Judith Fara n'était personne. Je vis la bouche de la petite fille se tordre dans une grimace de colère – elle saisit un porte-savon en métal et frappa le miroir de toutes ses forces.

J'avais mal. Je reposai le porte-savon et regardai alternativement le miroir brisé et les échardes brillantes plantées dans ma main qui saignait.

Qui je suis ?

Dites-moi qui je suis ! Pourquoi je ne me souviens pas ?

Alors, je m'assis par terre et je me mis à pleurer à chaudes larmes pour la première fois de ma vie, attendant que l'une des dames en noir vienne pour me gronder.

– S'il vous plaît, implorai-je à voix haute. Il faut que quelqu'un vienne me chercher. Je ne veux pas rester ici toute seule. S'il vous plaît, je serai sage, c'est promis.

***

En vérité, j'étais loin d'être seule : l'orphelinat regorgeait d'autres filles en uniforme noir et chemise blanche. Cependant, je m'aperçus rapidement qu'on me mettait à l'écart : personne ne m'adressait la parole, et même mon lit était éloigné de celui des autres. J'avais alors l'impression d'avoir fait quelque chose de mal sans le savoir, et j'appréhendais sans cesse une punition qui ne venait jamais vraiment. Mon attitude apeurée ne faisait rien pour arranger mes relations avec les autres filles ou les Demoiselles qui s'occupaient de nous.

Le pire, pour moi, restait les jours où l'orphelinat était ouvert au public pour que de futurs parents puissent venir faire leur choix. On m'envoyait systématiquement dans le dortoir avec l'interdiction d'en sortir. Il y avait toujours de bonnes raisons à cela.

Non, tu n'es pas assez mignonne, personne ne voudra de toi, de toute façon.

Tu n'es pas assez intelligente, pas assez souriante...

Tu es trop grande, trop triste, trop bizarre...

On ne doit pas te voir. Non, tu ne participes pas au spectacle de bienvenue – je sais que tu as travaillé pour le rôle dans la pièce de théâtre, mais Margaret le fera très bien. Non, toi, ça n'ira pas. Personne ne doit te voir.

Personne...

Une fois où j'étais tout de même sortie, on m'avait emmenée en hâte dans le placard du premier étage pour me punir. J'avais entendu les Demoiselles dire aux adultes qui m'avaient vue que je n'étais « pas adoptable ». Je n'avais pas compris ce que ça voulait dire, mais j'avais eu l'impression que c'était un horrible défaut.

J'allais souvent dans le placard – à chaque fois que je disparaissais, en fait. On me disait que c'était mal de m'enfuir et que je finirais par me faire tuer à aller rôder ainsi dans les bois, mais je ne me souvenais jamais être partie – pas plus que je ne savais d'où venaient les entailles que j'avais aux poignets et toutes ces blessures. Certains matins, je découvrais en me réveillant que le jour précédent s'était évaporé ou que je n'étais plus dans mon lit, voilà tout.

En réalité, c'était simplement dû à l'incapacité de l'Organisation de se passer de mes talents de combattante, et, durant les douze années qui suivirent mon entrée à l'orphelinat, je fus régulièrement envoyée en mission, sans jamais en garder le moindre souvenir. Pour y parvenir, une méthode assez complexe de division de ma mémoire fut développée sous le contrôle des laboratoires de l'Organisation : si certains souvenirs, comme la mort de ma mère, avaient été définitivement extraits de mon esprit, une sorte de mémoire-relais avait été aménagée. Cette dernière pouvait être réactivée, afin qu'une partie de mes souvenirs et de mes facultés me revienne. Mes pensées étaient un peu floues, et je me sentais passablement désorientée, mais c'était généralement suffisant pour mener mes missions à bien.

Sans compter que ma confusion leur évitait d'avoir à répondre à d'éventuelles questions inopportunes de ma part.

Ce fut ainsi que, quelques mois seulement après mon entrée à l'orphelinat, je mis fin à la Grande Période vampire en éliminant seule leur dirigeant et sa garde rapprochée sous les yeux médusés d'une équipe de spécialistes. Son successeur prit pourtant ses fonctions presque immédiatement, puisque, pour une raison que je ne compris pas alors, Justin avait choisi un jour où celui-ci était absent pour me faire attaquer. Justin était le seul à me guider pendant mes missions, et il me ramenait souvent à l'orphelinat : durant tout ce temps, je ne revis jamais mon père.

Au fil des années, je développai une double vie et ce qui ressemblait beaucoup à une double personnalité : la tueuse de l'Organisation qui obéissait sans broncher aux ordres ressemblait assez peu à la petite fille qui pleurait chaque nuit dans son lit, priant toutes les puissances imaginables pour que quelqu'un vienne la chercher, et qui brisait tous les miroirs qu'elle rencontrait. Cette curieuse manie avait terminé de me faire mal voir par les Demoiselles de l'orphelinat et les autres pensionnaires, qui considéraient déjà mes disparitions d'un œil méfiant. J'essayais moi-même de réfréner cette détestable habitude, mais c'était plus fort que moi : croiser l'image de cette petite fille bien trop laide dans le miroir rendait plus présente encore la fissure que je sentais dans ma poitrine.

Parfois je retrouvais Keryam, à l'occasion d'une mission ou d'un test, mais on m'utilisait plus que lui. Je croyais savoir que ça avait un lien avec le liquide jaune qu'on nous injectait avant de nous rendre à notre vie quotidienne. La sienne semblait plus facile que la mienne, et cela me faisait le haïr davantage à chaque fois que je le voyais.

Au fil du temps, le produit jaune créa de plus en plus d'effets secondaires. Au bout d'environ trois ans, je commençai à être agitée par des tremblements et des spasmes musculaires durant des jours après chaque mission. Je finis par oublier des choses qui n'étaient pas censées être effacées, et, lors des derniers mois, je fus très malade à chaque fois que je me réveillais sans savoir ce que j'avais fait la veille.

Ça inquiétait Justin, mais moi, je ne songeais même pas à protester.

***

Alors que j'avais neuf ans, je fus envoyée dans une base de renégats – des gargouilles, surtout. Comme toujours, j'arrivai sur place dans la grande voiture noire, avec le médecin chargé de faire revenir ma mémoire-relais. Et, comme toujours, je descendis du véhicule et me heurtai au regard de quelques hommes en combinaison blanche assis dans leurs camions et d'hommes armés, généralement en tenue militaire, qui travaillaient pour Oncle Justin.

– Ah, vous voilà, chef, dit l'un des hommes à Justin. Écoutez, je suis désolé, mais ce n'est pas possible : ils sont trop nombreux, on va se faire massacrer !

– Ne t'inquiète pas, Ethan, dit Justin. Saralyn va s'en charger.

– Hein ? Cette gamine ? demanda Ethan.

Je tournai la tête vers mon oncle, et il me fit signe d'y aller. Je m'approchai de la porte de la maison – elle était scellée. Je m'aperçus que j'avais toujours mon cartable à la main.

– Vous pouvez me tenir ça, s'il vous plaît ? demandai-je à l'homme le plus proche en le lui tendant.

Il le prit en écarquillant les yeux.

– Votre couteau… Je vous le rendrai après, annonçai-je en le faisant glisser hors de sa ceinture sans qu'il réagisse.

Je fis couler mon sang pour ouvrir la porte et entrai dans la maison. Les ennemis étaient nombreux et j'eus plusieurs côtes cassées. Quand une gargouille me déboîta l'épaule, un des spécialistes voulut intervenir, mais Justin le retint.

– C'est à elle de se débrouiller. Contente-toi de regarder, l'entendis-je dire.

Je sentis les hommes hésiter, mais ils étaient habitués à obéir. Exactement comme moi.

Je finis par arriver à ma cible, couverte de mon sang et de celui de mes ennemis. Je boitais et j'avais mal au point que je devais lutter pour rester consciente. Je n'avais aucun moyen de guérir des blessures de cette ampleur, car si ma mémoire-relais me permettait d'accéder à une partie de mon pouvoir, il était bien moindre que celui que je possédais auparavant. Mais à ce moment-là, je l'ignorais.

Celui que je devais éliminer était une gargouille. Il était assez jeune. Je ne savais pas pourquoi on m'avait demandé de le tuer : on ne me révélait jamais ce genre de choses.

– Alors les rumeurs étaient vraies ? dit-il en me regardant. C'est toi, la machine à tuer de l'Organisation.

– Pardon, m'excusai-je. Je suis obligée.

Au moment où ma main s'enfonça dans sa poitrine pour arrêter son cœur, ses griffes se plantèrent dans mon abdomen et il déchira une partie de mes tissus en tombant sur le sol.

En retraversant la maison, je jetai un coup d'œil sur les cadavres que j'avais laissés dans chaque pièce.

Est-ce que je suis une méchante fille ? Est-ce que je suis…

Je sortis enfin à l'air libre en titubant, tandis que du sang coulait de mon ventre en faisant de drôles de bulles rouges. L'homme près de la porte tenait toujours mon cartable. Je le lui repris en lui rendant son couteau.

– Merci de me l'avoir… gardé, dis-je.

Il m'observait comme tous les autres, avec ce regard rempli d'horreur et de pitié auquel je m'étais habituée au fil des années sans toutefois le comprendre.

– C'est bon, Saralyn, dit Justin. Mais tu n'aurais pas dû te déconcentrer : tu dois surveiller tes arrières quand tu te bats.

– Oui, pardon, dis-je, regardant mes chaussures.

– Ça ne fait rien, soupira Justin. Attends ici, le médecin va venir t'examiner, et puis il te donnera un uniforme propre. Est-ce que ça ira ? demanda-t-il après m'avoir observée un moment en silence.

Je relevai brusquement la tête – j'étais toujours debout, mais, pendant un court instant, j'avais eu l'impression de m'assoupir.

– Oui, dis-je. Je vais faire mes devoirs.

J'allai m'asseoir un peu à l'écart et commençai à faire mes multiplications en essayant d'ignorer les hommes qui me dévisageaient. La douleur m'empêchait de me concentrer et je faisais plein d'erreurs.

– Excusez-moi, appelai-je l'un des hommes qui montait la garde près de mon arbre.

Il sursauta et me regarda de biais, l'air tendu.

– Sept fois huit, ça fait combien ? demandai-je, éloignant de moi le cahier pour éviter de mettre du sang dessus.

Les yeux de l'homme s'agrandirent et, quand il répondit, sa voix tremblait tellement que je me demandai si c'était si grave que ça de mal connaître ses tables de multiplication à mon âge. Il avait l'air vraiment désolé pour moi.

Habituellement, le médecin m'examinait, me faisait une piqûre et je me réveillais dans mon lit avec quelques plaies soigneusement bandées. On m'avait déjà sacrée la pensionnaire la plus maladroite de l'orphelinat John Langton. Mais ce jour-là, ce fut différent. Jamais je n'avais été si grièvement blessée, et le médecin entraîna Justin à l'écart pour lui parler. Pas assez loin cependant, pour m'empêcher de l'entendre.

– Il faut arrêter avec ce produit, dit-il. Ce n'est qu'expérimental : vous allez finir par en faire un légume, si vous continuez de lui racler la cervelle de cette façon. Ça n'a pas seulement des effets secondaires physiques. Vous l'avez bien vu aujourd'hui, elle est en train de perdre ses réflexes, son pouvoir s'affaiblit et elle se régénère de moins en moins bien.

– Qu'est-ce que vous insinuez ? demanda Justin.

– Sauf votre respect, Monsieur Fara, je vais être très clair : ce n'est qu'une petite fille, et si vous continuez de l'utiliser de cette façon, vous allez casser votre jouet.

Je ne comprenais pas tout ce qui se disait. En fait, je me sentais trop faible pour faire l'effort d'essayer. La sensation du sang qui coulait hors de mon corps était tellement fatigante que je m'endormis avant que le médecin ne soit revenu.

Quand je me réveillai, les hommes de Justin et le médecin attendaient, assis en cercle à une distance respectueuse de moi. Je m'étirai en bâillant et m'aperçus qu'un énorme loup était couché à mes pieds, la tête posée sur ses pattes.

– Ah, quand même, dit le médecin. Ça fait presque une heure que tu dors. Monsieur Fara n'a pas pu attendre : il a dû repartir.

– Il ne m'a pas réveillée ? demandai-je en me frottant les yeux.

– Il a essayé, mais cette bête n'a laissé approcher personne.

Je me mis debout et le loup se releva pour me regarder. Ensuite il se coucha sur le dos. Je le caressai un peu et aperçus des traces de mon sang, autour de sa gueule : l'odeur l'avait probablement attiré jusqu'ici. Le loup se remit sur ses quatre pattes dès que le médecin fit mine de s'approcher et commença à gronder sourdement en découvrant ses crocs, les oreilles couchées d'une façon menaçante.

Je le tue ?

Il n'avait pas vraiment parlé. Pourtant, j'avais compris ce qu'il disait. Le médecin me criait de le faire partir. J'hésitai un court instant : ce loup me rappelait quelque chose, mais je ne savais plus quoi.

– Non, dis-je. Ça va, je peux me débrouiller toute seule. Rentre chez toi, ta famille doit t'attendre.

Le loup vint se frotter contre moi en gémissant, puis il fila sans demander son reste.

Je me sentais faible. Je n'avais pas l'esprit très clair, mais je savais qu'il n'était pas normal que mes jambes se dérobent de cette façon, ni que mes mains tremblent autant. Et, à l'endroit où je m'étais endormie, mes cahiers d'école s'étaient trempés de sang.

Le médecin me soigna sommairement, puis il m'aida à ramasser mes affaires. Il y avait deux camionnettes et on me fit monter à l'arrière de l'une d'elles, avec les hommes de Justin. Au moment de démarrer, le chauffeur me remit une boîte que mon oncle avait laissée pour moi. Il me donnait toujours quelque chose pour me récompenser de mon travail. C'était une poupée – je la remis dans la boîte pour ne pas la salir.

Les hommes de Justin évitaient de me regarder, alors je passai une bonne partie du trajet à observer ce qu'il y avait dehors.

– Dis-moi, petite, fit enfin un des hommes après s'être raclé la gorge.

Je tournai la tête vers lui et reconnus celui qui avait tenu mon cartable – il avait à peine plus de trente ans et sa barbe lui donnait l'air sérieux.

– Tu es… un corbusard ? demanda-t-il.

C'était la première fois que quelqu'un osait me poser cette question. Je fus surprise qu'on puisse penser ça.

– Non, dis-je après quelques secondes de réflexion. Moi, je suis une arme. Juste une arme.

Pendant un instant, ils me regardèrent tous, et ils eurent l'air vraiment tristes. J'eus envie de leur dire que ça ne faisait rien, que ce n'était pas grave, mais je n'en étais pas sûre, alors je dis :

– Je suis habituée, maintenant.

***

Le séjour que je fis dans l'infirmerie du Central de l'Organisation après cette mission fut différent des autres. Généralement je n'y passais que quelques heures, alors que cette fois-ci, il fallut des jours pour me remettre sur pied. Les médecins en profitèrent pour faire un bilan de santé général et, si on ne parlait pas, je compris rapidement qu'il n'était pas bon. Je n'interrogeai personne : de toute façon, j'étais dans un état quasi comateux presque tout le temps. Finalement, les conversations murmurées dans le couloir, derrière la porte de ma chambre, m'apprirent qu'on cherchait un nouveau moyen d'effacer ma mémoire et un traitement pour remédier à la dégradation que les missions et le produit jaune avaient provoquée, car le pouvoir se révélait impuissant à la compenser.

Le lendemain, un sorcier vint modifier mes souvenirs : il m'expliqua que cette façon de procéder était moins traumatisante que l'effacement pur et simple. Moi, je m'en moquais – je haïssais autant l'orphelinat que les missions, alors peu m'importait de ne pas m'en rappeler.

La différence se fit pourtant vite sentir : au lieu de simplement me réveiller avec des jours de retard, il fallait à présent m'inventer des journées perdues. C'est ainsi que je fus retrouvée par une patrouille de police cinq jours plus tard, errant dans les bois avec les pieds en sang et mon uniforme en lambeaux, serrant une poupée contre moi et incapable de me souvenir de ce que je faisais là. Je fus punie de ma fugue, et ce fut dans la salle de repentance que commença ma phobie des espaces clos : après trois jours dans le noir, j'aurais donné n'importe quoi pour en sortir. Cependant, j'étais bien incapable de faire ce qu'on me demandait, puisque je ne pouvais expliquer ce dont je ne me souvenais pas.

Si personne ne peut me voir, alors je n'existe pas.

Je n'existe pas !

Pardon… Dites-moi, qu'est-ce que j'ai fait de mal pour que personne ne veuille me voir ?

Pardon !

Chapitre 34

Orphelinat John Langton – six mois plus tard

Quand je découvris la solution que l'Organisation avait trouvée pour régénérer le pouvoir en moi, je venais d'avoir dix ans. J'avais alors encore peur du croque-mitaine, et je courais jusqu'à mon lit dès qu'on avait éteint les lumières, pour éviter qu'il ne m'attrape par les pieds pour m'attirer dans l'ombre. Une fois sous les couvertures, personne ne m'en aurait fait sortir avant que le jour ne se soit levé, et il m'arrivait de retenir mon souffle au point de suffoquer, de peur que l'ombre qu'il me semblait avoir aperçue sur le mur ne me remarque.

Je pensais parfois que j'aurais eu moins peur si mon lit avait été plus proche de ceux des autres filles, mais la directrice m'avait interdit de me déplacer, prétendant que j'étais trop grande pour me mettre dans des états pareils. Je ne comprenais pas pourquoi j'avais un traitement particulier, pourquoi on m'isolait et pourquoi on ne me coupait jamais les cheveux, alors que mes camarades se retrouvaient coiffées d'une coupe quasi militaire deux fois par an. Je les enviais, me demandant ce qui n'allait pas chez moi pour qu'on me traite comme une pestiférée. Du point de vue des autres enfants, j'étais plutôt une privilégiée, et cela renforçait mon isolement : en trois ans d'orphelinat, je ne m'étais pas fait une seule véritable amie – à peine quelques vagues relations et pas de réelles ennemies. Face à moi, il n'y avait qu'une masse légèrement hostile qui m'ignorait la plupart du temps.

Je jetai un coup d'œil vers le lit le plus proche, où dormait une petite de sept ans qui s'appelait Zoé. Elle était bien plus jolie que moi, et j'étais sûre qu'elle serait bientôt adoptée. Moi, je savais qu'on ne me présentait même pas aux Rencontres, parce que je n'étais pas assez bien pour avoir une seule chance d'être remarquée.

Non. Zoé était mignonne, mais elle ne pourrait pas m'aider si le croque-mitaine passait à l'attaque. Je soupirai le plus silencieusement possible : j'avais l'impression qu'il y avait quelque chose d'anormal dans la tranquillité du dortoir. Mais je ne pouvais évidemment prévenir personne, sinon je me serais fait gronder pour avoir réveillé les autres. De toute façon, pour faire quoi que ce soit, il aurait fallu que je pose les pieds par terre, sur le sol si sombre que j'étais incapable de le distinguer, et il n'en était pas question.

J'entendais ce bruit qu'il n'y aurait pas dû y avoir – une fenêtre était ouverte ? Peut-être que c'était ça, mais il y avait aussi ce souffle près de mon lit. Je fermai les yeux très fort.

Si je ne le vois pas, il ne m'attrapera pas.

Mais la présence était toujours là, alors je rouvris les yeux. La forme se précisa d'un coup, et sa main se posa sur ma bouche, me bâillonnant.

– Tiens-toi tranquille, dit la forme en se penchant vers moi.

Deux yeux… Ah, des yeux brillaient dans le noir comme ceux d'un animal féroce ! Je voulus me débattre et hurler, mais je restai totalement paralysée par la terreur.

C'était un monstre – pourquoi moi alors qu'il y avait tant de lits dans le dortoir ?

Je vais mourir ? Pourquoi moi ?

Je ne veux pas mourir avant de sortir d'ici – je ne veux pas ! Parce que sinon... sinon, personne ne m'aura jamais aimée.

– Oh, dit la voix, légèrement hésitante. C'est vraiment une gamine. Ils doivent avoir très peur de toi pour te faire une chose pareille.

Je me crispai et essayai de m'obliger à bouger. Mais la prise de la créature sur moi était trop forte – j'aurais peut-être réussi à alerter les autres, mais certainement pas à lui échapper. Je sentis des larmes de terreur couler sur mon visage.

Pourquoi ? Qu'est-ce que j'ai fait ?

Expliquez-moi ce que j'ai fait !

– Désolée, petite, mais je tiens à ma peau, dit-il encore.

Alors, les ongles de sa main libre se refermèrent sur ma gorge, et, avant même que j'aie eu le temps d'y penser, le sang tiède gicla, arrosant mon visage et mes draps. Je me sentis mourir sans avoir poussé un cri.

Ces yeux qui brillaient trop fort...

Quand je me réveillai, tout était recouvert de cette substance rouge-brunâtre. Je me traînai hors de mon lit avec difficulté, faible et submergée par la sensation de brûlure qui étreignait ma gorge. Les autres filles n'étaient pas encore levées.

J'allai jusqu'au lit de Zoé et la réveillai en posant ma main sur son bras. Elle me regarda, les yeux ronds, puis se mit à hurler.

On appela en urgence un médecin, et je sus que j'aurais dû être morte. Je racontai ce qui s'était passé et on m'expliqua que je me souvenais mal, à cause du traumatisme. Pour moi, les choses étaient de moins en moins claires, au point que j'avais l'impression de n'avoir fait qu'un cauchemar. Pourtant, la cicatrice restait sur ma gorge, et, en croisant mon reflet dans le miroir de la salle de bains, il m'apparut également que mes yeux étaient devenus gris.

– Ne dites pas n'importe quoi, mademoiselle. Les yeux ne peuvent pas changer de couleur.

– J'ai les yeux verts, protestai-je.

– Là, sont-ils verts ? demanda la Demoiselle en noir qui s'occupait souvent de moi en me plaçant devant un miroir.

– Non, dis-je, hésitant. Mais je…

– Alors, c'est qu'ils ont toujours été gris. Arrêtez de faire des caprices pour n'importe quoi.

Je n'insistai pas. Les choses devinrent encore plus confuses lorsque je disparus de nouveau durant vingt-quatre heures, quelques semaines plus tard. À partir de là, je cessai de remplir des missions : la plupart du temps, Justin se contentait de me faire passer des tests et des examens pour voir comment j'évoluais, parfois avec Keryam.

Lors de ces moments de lucidité, on m'expliqua que ma mort était nécessaire pour régénérer le pouvoir corrompu en moi, et qu'il me faudrait être détruite par le pouvoir encore deux fois pour retrouver ma force, même si c'était douloureux.

Je ne cherchai pas à protester – de toute façon, il n'y avait rien que je puisse faire, à part attendre que quelqu'un vienne me sauver.

Quelqu'un ? Mais qui ? Je n'avais pas l'impression que ma famille voulait me faire du mal, mais une main invisible semblait me broyer le cœur chaque fois que Justin m'annonçait un de mes résultats en souriant.

Celui-ci se félicitait de ne pas avoir utilisé le produit jaune sur Keryam, et il trouvait que ma première renaissance s'était très bien passée.

***

Edencity – huit ans plus tard

J'eus juste le temps de me pencher vers la cuvette des toilettes de l'appartement de Lucas Brigg avant de vomir l'intégralité de la demi-pizza que mes amis m'avaient obligée à avaler.

Quand ce fut terminé, je m'assis sur le rebord de la baignoire, les yeux encore troublés par les spasmes de mon estomac.

Mais qu'est-ce qui ne va pas chez moi ?

Je tentai de repasser le cours de la soirée dans mon esprit pour comprendre où se situait le problème. Lucas était très gentil. En fait, c'était le premier garçon qui semblait s'intéresser à moi, ce qui n'était guère étonnant puisque je n'avais presque jamais parlé à un garçon avant ma sortie de l'orphelinat, quelques mois plus tôt – pas que je me souvienne, en tout cas.

Moi et Carla, une fille de ma promotion universitaire, avions été invitées à dîner et à regarder un film chez lui et son colocataire, un certain Huggs dont je n'avais pas saisi le prénom tellement j'étais nerveuse.

Carla était déjà presque une amie pour moi, et j'étais folle de joie d'être enfin dans le « monde extérieur ». Bien sûr, j'éprouvais beaucoup de difficultés d'adaptation, mais le simple fait d'avoir quitté Central Town, même pour une minuscule chambre universitaire, me paraissait comme un rêve. Je ne porterais plus l'uniforme noir qui avait été mon lot quotidien depuis mes six ans, jamais plus je ne ferais mes devoirs sur une petite table enclavée entre mon lit et le mur, ni ne jouerais les répétitrices pour les pensionnaires plus jeunes. Évidemment, je continuais de faire mon lit au cordeau chaque matin, de cirer mes chaussures tous les soirs et de faire cette multitude de choses qui m'avaient été imposées depuis des années, mais j'avais déjà l'impression d'être une tout autre personne que l'enfant qui se terrait au fond de son lit les jours de visite. En fait, ma nouvelle vie aurait été parfaite si je n'avais pas fait autant d'étranges cauchemars qui me laissaient l'impression floue et poisseuse de me noyer dans mon propre sang.

Alors, qu'est-ce que je faisais dans cette salle de bains ?

– Saralyn ? Est-ce que ça va ? demanda la voix de Carla de l'autre côté de la porte. Je peux entrer ?

– O… oui, balbutiai-je.

Je me levai pour me rincer le visage. Carla ouvrit le battant et grimaça.

– Tu es malade ?

– Oui. Probablement un virus, mentis-je, m'obligeant à sourire. Je vais rentrer.

– D'accord, je t'accompagne, dit Carla.

– Non, c'est pas la peine, protestai-je. Je peux très bien me débrouiller.

– Pas question que je te laisse rentrer toute seule dans cet état. Bah, ça ne fait rien, on aura d'autres occasions de sortir. Je vais leur expliquer qu'on s'en va, annonça-t-elle en sortant.

– Merci, Carla, soufflai-je alors qu'elle était déjà trop loin pour m'entendre.

Qu'est-ce qui s'était passé ? Tout allait bien, et puis Lucas avait passé son bras autour de mes épaules pendant le film. J'avais dû planter mes ongles dans les paumes de mes mains pour éviter de le frapper, et je m'étais précipitée dans la salle de bains pour vider le contenu de mon estomac. Rien d'extraordinaire, en somme, si ce n'était que ça confirmait ce que je soupçonnais déjà depuis un moment : je ne supportais pas les contacts physiques, ça me rendait malade.

Je ne suis pas normale. Alors que les choses commencent à s'arranger, il faut toujours que je me débrouille pour tout gâcher !

– Pauvre idiote, murmurai-je en me défiant du regard dans la glace, résistant à l'envie de la briser pour me faire disparaître.

Je me demandai comment j'allais faire pour cacher ce problème de plus à mes nouvelles connaissances – j'avais déjà beaucoup de mal à éviter de me retrouver dans le noir, pour ne pas trahir mes yeux étranges. À peine dix jours auparavant, j'avais dû sortir en catastrophe d'une salle de cinéma, les yeux fermés, en me repérant à l'odeur et aux sons, et j'avais bien failli me casser la figure en ratant une marche.

Lucas se montra très compréhensif et attentionné, et je n'eus jamais à lui expliquer la raison pour laquelle j'évitais de me retrouver trop près de lui, car, moins de trois semaines plus tard, il sauta du toit d'Eden High.

Quatre jours après ce tragique incident, je n'avais plus la moindre idée de qui était ce Lucas Brigg dont tout le monde me parlait.

Je ne m'en préoccupai guère, ayant suffisamment de difficultés à modérer la paranoïa qui me faisait voir des personnes étranges partout où j'allais. J'en venais même à penser que j'étais contrôlée par la police de façon incroyablement fréquente – dis que je me trouvais dans la même voiture qu'un garçon, en réalité.

La situation ne se représenta cependant plus après que je vis celle de Stephen exploser au moment où il mettait le contact. Ensuite, ma mémoire fut modifiée de façon à ce que je ne me souvienne pas de cet incident, mais mes réserves face aux relations sentimentales s'accrurent sensiblement – en vérité, jusqu'au soir où je fus recrutée par l'Organisation, je fuis instinctivement tous ceux qui cherchaient à m'adresser la parole. Par conséquent, personne d'autre que Carla et Rachel ne m'approcha jamais.

***

Lorsque le sorcier m'attaqua, j'étais seule dans une de ces ruelles tortueuses de la vieille ville. J'eus beau courir, il était toujours plus rapide que moi. Et, quand il fit jaillir cette boule d'énergie, prêt à arrêter mon cœur, je sentis tous ces regards sur moi.

– Qu'est-ce que t'as fait, gamine, pour qu'on me demande de te faire un truc pareil ? Pourtant t'as pas l'air bien dangereuse, à voir comme ça.

– Quoi ? balbutiai-je. Mais qui êtes-vous ? Qu'est-ce que vous me voulez ?

Il ne répondit pas. Mais la chose qui brillait entre ses mains me terrifiait.

Danger…

Il faut s'en aller – il va me faire du mal !

J'étais surveillée. Que voulaient-ils ? Me voir mourir ou me défendre ?

Alors, par réflexe, j'attrapai le bras droit de mon agresseur et l'écartai. Il poussa un cri de surprise et aussi de douleur.

Mon autre main…

Il se débattit et chercha à m'étrangler. La lumière disparut. Mon autre main était déjà dans sa poitrine. Mon pouvoir broya ses os et écrasa ses organes – je le regardai s'étouffer et périr à mes pieds. En tombant, il s'était raccroché à moi et avait labouré ma chair de ses ongles. Je me sentais malade et pétrifiée.

Aidez-moi ! Qu'est-ce que j'ai fait ?

Mon Dieu, qu'est-ce que j'ai fait ?

Évidemment, ensuite, Justin surgit. Il m'expliqua ce que j'avais besoin de savoir sur l'Organisation, et m'assura que le meurtre que je venais de commettre disparaîtrait sans laisser de traces. Moi, j'étais trop hébétée, j'aurais accepté n'importe quoi pour qu'on efface cette chose immonde. Avant de m'envoyer dans la Maison mère, il décida quand même de tester mon niveau d'évolution – on me drogua et on m'emmena dans un endroit qui ressemblait à un laboratoire.

Quand je me réveillai, ma mémoire-relais activée, Keryam était déjà assis sur l'autre table.

Chapitre 35

– Ça faisait longtemps qu'on ne s'était pas vus, dit-il.

Il se mit à jouer avec son briquet, l'allumant pour l'éteindre aussitôt. Je n'aimais pas ça – le feu avait toujours eu tendance à me rendre méfiante.

– Tu fumes ? demandai-je.

– Mmm, j'avais commencé, mais Papa a tôt fait de me remettre dans le droit chemin. Tu sais ce que c'est : un petit lavage de cerveau, et ça repart, dit-il sur le ton de la plaisanterie.

– Range ce briquet, s'il te plaît, demandai-je.

– C'est vrai : j'avais oublié que tu avais peur du feu. Alors, quoi de neuf ? questionna-t-il en me regardant.

– Ils m'envoient dans la Maison mère, et toi ?

– Non. Papa va s'occuper directement de mon entraînement. Je pense qu'ils vont me garder à la maison quelque temps.

À la maison… Ça faisait longtemps que je ne pensais plus à la propriété des Fara en ces termes. Pour moi, ça restait seulement un lieu de souvenirs flous, où ma mère s'était fait tuer pour me protéger d'un corbusard dont je ne gardais pas la moindre image.

– Ils te surveillent beaucoup depuis que tu es sortie de l'orphelinat, pas vrai ?

– Oui. Mais c'est pareil pour toi, non ?

– Évidemment : il y a une voiture au pas derrière moi dès que je mets un pied dehors. Je suis devenu tellement paranoïaque que je pense commencer des études de journalisme pour dénoncer les noirs secrets de notre époque.

Il ricana presque silencieusement. Je ne répondis rien, songeant que nous n'aurions de toute façon jamais l'occasion d'exercer d'autre métier que « membres de la famille Fara ». Keryam se déplaça. Il n'était plus aussi rapide que lorsqu'il était enfant, mais il avait été moins abîmé que moi, et j'eus du mal à le suivre du regard.

Il était devant moi et je détournai la tête.

– Tu es moins forte que moi, maintenant, affirma-t-il.

– La première renaissance n'a pas suffi, convins-je, passant par réflexe le bout de mes doigts sur la cicatrice de ma gorge. Je suis d'accord avec Justin : il faudra au moins deux autres régénérations pour que je puisse me réveiller.

– La couleur de tes yeux me plaît, dit-il, me prenant par le menton pour m'obliger à le regarder en face. Elle te donne un air très mystérieux.

– Ne me touche pas, grondai-je, me hérissant. Est-ce que ton père t'a donné des consignes pour essayer de m'amadouer ?

Il se mit à rire.

– Ne me touche pas, ne m'approche pas ! dis-je, sentant la panique m'envahir.

– Quoi ? Tu n'as pas encore compris : je suis ton seul allié au monde.

Je posai la main sur son bras, ainsi que je l'avais fait treize ans plus tôt, lors de notre unique véritable combat. Mais cette fois-ci, il réagit, et retourna mon attaque contre moi : il évita la table contre laquelle je l'avais projeté et m'envoya à terre.

– Je ne me laisserai pas avoir deux fois par la même attaque, dit-il en se redressant.

J'étais faible – beaucoup plus faible que lui. La détérioration de mon organisme n'en était pas la seule cause : Keryam ne semblait pas du tout affecté par cette pourriture que je percevais dans le pouvoir et qui enserrait mon cœur dans un étau glacé.

Je me mis en position de défense, essayant d'ignorer la sensation de brûlure que le choc avait laissée sur mon côté droit. Keryam m'observait avec une expression vaguement amusée. Il me faisait peur.

Je ne fuirai pas. Je ne fuirai pas. Je ne…

– Tu sais bien que je suis le seul à pouvoir te comprendre. Personne n'acceptera jamais ce que tu es. Personne d'autre que moi ne pourra jamais éprouver le moindre amour pour toi. Tu le sais bien, n'est-ce pas ?

Je secouai la tête, me sentant plus blessée que s'il avait décidé de m'attaquer physiquement. Il ne semblait pas avoir l'intention de se battre avec moi, mais j'aurais préféré.

– De toute façon, ton père ne te laissera jamais voir un autre garçon. Je parie que tu en as déjà fait l'expérience.

Mes pupilles se dilatèrent, alors qu'une partie de ma mémoire se remettait en place. Ils étaient morts, bien sûr, tous ceux qui m'avaient approchée.

Non, ne le dis pas !

Keryam sourit et retourna s'asseoir sur l'une des tables en métal recouvertes d'un drap blanc, qui faisaient ressembler ce laboratoire à une morgue. Il n'avait plus besoin de m'approcher : il savait qu'il avait touché juste.

Ne le dis pas ! Ne le dis pas !

– C'est pour toi que ta mère est morte, affirma-t-il, recommençant à jouer avec son briquet. Tu tues tout ce que tu touches. C'est pour ça que tu t'intéresses à un être mort ? Mais tu sais, il ne pourra rien faire pour toi et tu finiras par le détruire comme les autres. Ou alors il comprendra par lui-même, et il te laissera.

Le vampire… Ça faisait longtemps que je n'avais pas pensé à lui – les circonstances dans lesquelles je l'avais croisé n'étaient déjà plus très claires dans mon esprit. À croire que, même dans cet état de semi-conscience, j'avais perdu la plupart de mes souvenirs : la brume devenait plus épaisse à chaque fois qu'ils jouaient aux sorciers avec mes souvenirs. Je pensai malgré moi qu'à force de gommer et de réécrire sur la même feuille de papier, on finit fatalement par la percer.

– Non, dis-je. Ce n'est pas ça.

– C'est quoi, alors ?

– Tu ne comprends pas. Ce n'est pas juste : c'est vrai que le pouvoir est corrompu, mais tu n'as jamais pensé que, peut-être, c'était de notre faute ? demandai-je.

– Ne te prends pas la tête. De toute façon, ça ne sert à rien : toi et moi, on est nés pour détruire les corbusards, alors c'est exactement ce qu'on va faire. Toute seule, tu ne peux rien contre les Fara.

– C'est pour ça que j'ai besoin de ce vampire, dis-je. Lui, il pourra m'aider.

– Pourquoi lui ? Ce n'est pas le plus puissant des corbusards, pourtant, demanda Keryam.

Il m'avait déjà posé la question, cependant c'était la première fois qu'il semblait vraiment intrigué.

Je songeai que mon cousin avait beaucoup grandi depuis la dernière fois que je l'avais vu – ma haine envers lui aussi.

Mais à présent, j'étais capable de lui donner une réponse. Il méritait sûrement de la connaître puisqu'au final, ce serait bien contre lui que je me battrais.

– Parce qu'il connaît cette douleur, expliquai-je. Il saura m'aider à la porter. Moi, je n'y arriverai pas toute seule.

– Alors il faudra que je le tue, affirma Keryam, sans comprendre le sens de mes paroles.

– Non. Tu sais qu'un jour toi et moi on devra s'affronter, et quand ce jour viendra…

– Le seul jour qui viendra est celui où tu m'appartiendras et où je pourrai faire de toi ce que je veux, me coupa-t-il. Tu seras comme une des poupées que ton père s'obstinait à t'offrir chaque année, sans jamais te laisser le temps de jouer avec. Tu te souviens ?

Je revis à travers lui l'enfant colérique et inquiétant qu'il était, celui qui vous donnait l'impression qu'il n'hésiterait pas à vous faire mourir dans des souffrances inimaginables si vous ne lui donniez pas immédiatement satisfaction.

– Ça, ça n'arrivera jamais, dis-je avec froideur. Je vois bien ce que tu es.

– Moi aussi, je vois ce que tu es, répondit-il avec un sourire effrayant. Et ce que je vois, personne d'autre que moi n'est capable de le supporter sans se détourner avec horreur – tu le sais, n'est-ce pas ? Tu es l'être le plus pitoyable et le plus répugnant de l'univers : tu es couverte de sang, et ça ne s'effacera pas. Même ton père n'arrive pas à s'approcher de toi. Mais, puisque tu casses tous les miroirs qui te reflètent, c'est que je n'ai pas besoin de te le rappeler…

Je tremblais. Je ne savais plus si c'était de colère ou de peur. Il était assez loin de moi, mais je ressentais sa présence physiquement, comme si ses mains étaient toujours sur moi.

– Je pense que tu en as assez d'être seule et cachée comme si tu étais un ratage honteux. M'aider à purifier le pouvoir, comme le veut la famille Fara, est la seule chose que tu puisses faire. Si tu acceptes, je suis sûr qu'ils te laisseront rentrer à la maison avec moi et qu'ils arrêteront de torturer ton pauvre cerveau. Et puis, moi au moins, je ne risque pas de te saigner à blanc juste parce que j'ai un petit creux.

Il avait raison, bien sûr. Et sa proposition implicite était tentante : je n'appréciais pas Keryam, mais je savais qu'il serait loyal envers moi et qu'il plaiderait ma cause si je le lui demandais. Je me mordis la lèvre inférieure et respirai à fond.

Non, j'ai promis ! Ce n'est pas lui !

– Est-ce que tu te souviens de la dispute qu'on avait eue pour savoir si c'était moi ou toi qui représentais la nuit ? demandai-je.

Il hocha affirmativement la tête, semblant intrigué.

– En fait j'avais tort… Je ne l'avais pas compris, à l'époque, mais la nuit, c'était vraiment toi. Comment peux-tu envisager de faire ce qu'on nous demande, comme si c'était juste un genre de travail, ou je ne sais quoi ? On ne doit pas seulement régénérer le pouvoir : on va tuer des tas de gens, des gens qui pensent, qui parlent et qui respirent, Keryam !

– Sans nous, ils ne seraient pas apparus, affirma Keryam en haussant les épaules.

– Mais c'est injuste ! Ce n'est pas parce que nous les avons créés que nous avons le droit de les faire disparaître !

– Bien sûr que si, répondit-il d'un ton raisonnable. C'est pour ça que nos pères peuvent se servir de nous comme de rats de laboratoire, quitte à nous détruire complètement.

Je perçus pour la première fois son amertume. En fait, c'était sûrement ça qui avait fini par le tordre, cette certitude qu'aux yeux de notre famille, nous n'étions rien que des armes, permettant de se débarrasser des êtres qu'elle considérait comme nuisibles – nous étions au service de ses ambitions et rien d'autre.

– Tu es beaucoup trop naïve, ma pauvre Saralyn, reprit-il. Ce sera nous ou eux : on ne peut pas sauver tout le monde.

On me demandait de tuer des personnes pour en sauver d'autres – c'était ça, ma « fonction » dans ce monde. Mais, au fond, qui nous donnait le droit de décréter que les humains méritaient davantage de vivre que les aweryths ?

– Ils sont tellement nombreux – ils ne peuvent pas tous être des monstres sanguinaires, c'est impossible.

– Sans doute, dit-il avec flegme, mais en guerre, il y a toujours des dégâts collatéraux. De toute façon, innocents ou pas, ils n'auraient jamais dû naître, ce sont de simples erreurs de notre part.

– Je ne suis pas d'accord, protestai-je. Je refuse de participer à ça.

– Tu n'as pas le choix. C'est ton destin, l'unique raison pour laquelle tu as été créée. Et ils finiront par disparaître, avec ou sans ton aide, ils le cherchent depuis trop longtemps. Alors, il est plus miséricordieux de leur offrir une mort propre qui ne fera pas de victimes parmi les humains, au lieu d'attendre qu'ils s'entretuent dans une guerre sanglante qui détruira probablement cette ville et ses habitants.

– Si leur offrir un massacre propre est tout ce dont nous sommes capables, alors nous ne sommes pas des Dieux, dis-je, tremblante de colère. Et dans ce cas, nous n'avons pas le droit de décider qui doit vivre ou mourir. Moi, je ne peux pas faire ça – je refuse de le faire. Et je ne te laisserai pas faire non plus, tu entends ? Je t'en empêcherai, même si pour ça je dois te tuer !

Mais j'avais déjà la tête lourde. Je revins à moi quelques heures plus tard, dans la voiture qui m'emmenait vers la Maison mère. Je n'avais plus aucun souvenir de cette conversation : j'étais seulement une étudiante qui avait accidentellement commis un homicide et qui allait éviter les ennuis d'un procès en protégeant la population contre des créatures de cauchemar après avoir reçu une solide formation.

Elle se révéla plus solide que ce que j'avais imaginé, et, au bout d'un an et neuf mois passés enfermée dans une chambre avec salle de bains, subissant des modifications de mémoire hebdomadaires et de constantes implantations de réflexes conditionnés, j'avais l'impression d'avoir définitivement basculé dans la folie.

***

Maison mère de l'Organisation – un an plus tard

Je ne peux pas sortir.

Je ne quitterai jamais cette chambre à part pour ces massacres.

Je renversai le plateau contenant ce que je supposais être mon déjeuner sur le sol et regardai l'eau de mon verre se répandre dans l'espèce de bouillie aux céréales qui accompagnait la viande.

La porte de ma chambre avait été très abîmée par toutes les fois où j'avais tenté de sortir, mais elle restait inébranlable. De toute façon, ça faisait six repas auxquels je ne touchais pas, et je n'avais plus la force d'essayer. Je me penchai en avant, assise sur mon lit, et laissai retomber mes cheveux devant mon visage. J'avais mal au ventre – en fait, j'avais tellement faim que le gouffre qui me creusait l'estomac m'ôtait toute envie de manger. J'essuyai pensivement le sang qui transpirait au travers des bandages et dégoulinait de mon épaule.

Non, je ne devais plus penser à ça.

Le village, les maisons dévastées par les gargouilles, et la terreur dans leurs yeux quand elles m'avaient vue. Je déteste les gargouilles, mais, dans ma douleur, je n'avais même pas compté… J'avais mal, si mal qu'il me semblait sentir de nouveau une fissure dans mon cœur.

Le sabre. Oui, je maniais bien le sabre, à un point qui avait sidéré l'instructeur qui me surveillait.

Il faut libérer le village. Tous les monstres, il faut les éliminer pour protéger les humains qui habitent dans le village.

Personne ne viendra t'aider. Non, personne. Tu es seule, avec le sabre.

Le tas de cadavres, les plumes blanches dans le vent qui donnaient l'impression qu'il neigeait. J'avais été blessée, assez gravement, mais je ne m'en étais pas aperçue. Le médecin qui m'avait examinée avait dit aux autres qu'ils devraient y aller plus doucement, parce que je n'étais encore qu'une gamine.

Ça m'avait fait bizarre de l'entendre parler de moi comme si j'étais toujours un être humain, alors qu'il avait vu ce que je venais de faire. Les autres lui avaient dit de s'occuper de ses affaires.

Ils avaient trouvé mon conditionnement parfait, et j'étais rentrée dans ma chambre tandis que les hommes de la Maison mère nettoyaient les traces de la simulation.

Moi, je m'étais tue pendant le chemin du retour, car une seule chose était présente dans mon esprit : le village était vide.

– S'il vous plaît, dis-je à voix haute, cherchant du regard les caméras incrustées dans le mur. S'il vous plaît, je voudrais…

Le silence demeurait, si épais qu'il me semblait tangible. Est-ce qu'ils me voyaient ? Oui, j'en étais certaine – j'étais surveillée sans arrêt, alors que j'ingurgitais toutes ces connaissances et toutes ces techniques.

– Je veux mourir. Par pitié, tuez-moi ! Je vous en prie !

Bien sûr, ils ne feraient rien. Et moi, j'étais enfermée ici, sans aucun objet dangereux à ma portée. Même mes couverts étaient en plastique.

Mon regard tomba sur le verre. Je le ramassai et l'emportai dans la salle de bains. Il me fallut un moment pour réussir à le briser contre le carrelage. Un si long moment qu'à l'instant où je levai le morceau de verre au-dessus de mon poignet, la porte de ma chambre s'ouvrit en trombe. Ma main tremblait, et Justin me saisit vivement le poignet avant que j'aie eu le temps de faire quoi que ce soit.

Au fond de moi, même si je me détestais et malgré toute la honte que j'en éprouvais, j'étais soulagée qu'il soit entré à temps : je voulais vivre. Mais est-ce que j'en avais le droit, après toutes les horreurs que j'avais commises ?

– Que fais-tu, Saralyn ?

– Je n'en peux plus. Je t'en prie, tue-moi. S'il te plaît : je n'en peux plus d'être toujours toute seule !

– Lâche ça tout de suite, ordonna Justin, l'air terriblement en colère.

Je m'exécutai, m'aperçus qu'une écharde de verre s'était plantée dans mon pied, et je me mis à pleurer.

– J'en ai assez, hoquetai-je. Si je suis un monstre, je veux mourir maintenant.

– Allons, allons, ma petite, ne pleure pas, ça va aller, dit-il, l'air radouci. Viens t'asseoir.

Je hochai la tête en reniflant, incapable de répondre sans m'étouffer avec mes larmes. Justin m'aida à sortir de la salle de bains en évitant les morceaux de verre.

L'idée que j'aurais dû penser à mettre des chaussures avant de commencer à casser des verres me vint à l'esprit et je me sentis stupide.

– Pardon, dis-je, une fois assise.

– Pourquoi tu as fait ça ? demanda Justin, doucement.

– Le village… J'ai massacré toutes ces créatures sans même m'en rendre compte. Je n'ai pas réfléchi, et, quand je suis revenue à moi, c'était trop tard, répondis-je.

– Ces créatures avaient tué des dizaines d'humains. Écoute, ce n'est rien, contente-toi de suivre les ordres et tout ira bien.

– Je ne le suppporte plus, soufflai-je. Si je dois rester enfermée ici, je préfère en finir tout de suite. Tu comprends ? Cet endroit me donne envie de mourir !

Mes larmes redoublèrent et Justin se risqua à me tapoter l'épaule – il savait que les contacts physiques me rendaient malade, mais, bizarrement, sa proximité ne m'indisposait pas.

– Il faut être patiente, Saralyn. Les choses prennent du temps.

– Pourquoi moi ? Pourquoi est-ce que vous m'avez recrutée au lieu de me laisser aller en prison ? Pourquoi…

Pourquoi personne ne m'aime ?

Je pouvais bien rester emmurée dans cette chambre jusqu'à la fin de mes jours : personne ne viendrait jamais me chercher.

– Ça va aller, dit Justin. Je vais demander qu'on te laisse sortir, d'accord ?

– Vraiment ? m'exclamai-je, pleine d'espoir. Mais après, que va-t-il se passer ? hésitai-je, sentant mon enthousiasme retomber aussitôt.

– Tu vas travailler avec moi et avec d'autres membres de l'Organisation. Je suis sûr que tu te feras des amis, là-bas. Et je ne te laisserai pas tomber, c'est promis.

– D'accord, acquiesçai-je, m'appliquant à extraire le morceau de verre de mon pied.

– Toi, promets-moi de ne plus jamais faire quelque chose d'aussi stupide. Sois une gentille fille et recommence à manger.

– Oui, dis-je, sans oser le regarder.

– Il y a encore des choses que tu dois accomplir. Tu n'as pas le droit de mourir avant d'avoir trouvé des amis et une famille qui t'aimeront… Je suis sûr que c'est ce que tu veux, n'est-ce pas ?

– Personne ne m'aimera jamais, répliquai-je en relevant la tête. Je suis un monstre, bien plus que les créatures que vous me faites éliminer.

Justin eut l'air surpris et mal à l'aise. Cependant, il prit sur lui et continua de sourire.

– Ce ne sera pas facile pour toi, tu n'es pas comme les autres. Tu finiras par trouver une personne qui te ressemblera assez pour accepter ce que tu es. Il en existe au moins une dans ce monde, j'en suis certain.

Moi, je ne l'étais pas. J'aurais beau couvrir mes mains de sang, je resterais imparfaite : je serais toujours Fara Saralyn, l'enfant solitaire et pas assez jolie pour être adoptée – à croire que les miroirs me détestaient depuis toujours. Pourtant, j'avais compris que pour le moment sortir était le plus important. J'aurais fait n'importe quoi pour ne plus entendre les haut-parleurs et pour ne plus voir cette porte. Alors, je me tins tranquille comme promis. Moins d'un mois plus tard, je fus renvoyée à Edencity pour rejoindre l'équipe des spécialistes. Après ça, les jours cessèrent de disparaître : les Fara avaient eu tout le loisir de m'étudier durant les deux ans que j'avais passés dans la Maison mère, et ils craignaient que continuer de torturer mon esprit ne l'altère de façon irrémédiable.

De toute façon, la date de ma prochaine mort était déjà programmée environ six mois plus tard. Ils espéraient beaucoup de cette nouvelle régénération.

Mourir deux fois encore… Mais pour découvrir quel être ?

Chapitre 36

Les Délices de Bacchus – de nos jours

Le reste de la boîte suivit le couvercle, percutant le sol alors que mes mains la lâchaient involontairement. Je l'observai stupidement, cherchant à reprendre mes esprits sans y parvenir. Rack l'alcoolique, je l'avais inventé. J'avais tué l'ancien dirigeant vampire et tellement d'autres. Et ma mère…

Je n'étais pas seule dans la pièce. Je me souvins soudain de la présence des autres, et je me sentis vaguement embarrassée de ce qu'ils avaient vu et senti.

Ce que je vois…

Je fis un effort pour relever la tête. Gaspard était agité d'un léger tremblement et les aweryths ne bougeaient pas. Malgré leur impassibilité, leur trouble était très perceptible.

… personne d'autre que moi n'est capable de le regarder.

– Justin… gronda enfin Gaspard à mi-voix, serrant et desserrant nerveusement son poing. Je croyais connaître des ordures, mais des salopards comme ça…

Je pressai mes mains jointes contre mes lèvres. J'avais froid au point de me sentir engourdie. Puis, tout à coup, je fus secouée par un fou rire irrépressible, quelque chose de plus triste que des larmes. Lorenzo me regarda d'un air inquiet – j'étais étonnée qu'il ne m'en veuille pas, maintenant qu'il savait ce que j'avais fait.

Tu es l'être le plus pitoyable…

– Saralyn ? Qu'est-ce qu'il y a ? demanda Démétrius, paraissant aussi fasciné qu'effrayé.

– C'est si…

Je fixai mes yeux sur le plancher. Quelque chose n'allait pas – j'essayai d'ignorer cette sensation horrible, de la repousser au fond de mon esprit.

– C'est si ridicule, dis-je. Pendant tout ce temps, j'avais tellement peur de découvrir que j'étais un corbusard et pas un être humain, que j'étais dans le mauvais camp… Je n'avais jamais envisagé que je pouvais être quelque chose de pire. Mais, finalement, je suis une arme, seulement une arme.

…et le plus répugnant de l'univers.

Lorenzo se leva et Gaspard, qui n'était qu'à quelques pas de moi, fit mine de s'approcher.

– Non, soufflai-je.

Il suspendit son geste, mais mon problème n'avait rien à voir avec lui. Cette sensation – oui, j'étais morte une deuxième fois et, maintenant, je ne pouvais plus rejeter la transformation.

– Démétrius, dis-je avec difficulté, me repliant autour de cette douleur. Je suis désolée, mais je crois que le moment est venu. Alors, si vous voulez me détruire, vous devez agir immédiatement.

Je relevai les yeux vers lui et scrutai son visage pour m'assurer qu'il comprenait bien ce que ça impliquait.

– Après, ce sera peut-être trop tard, insistai-je.

Mon cœur… Mon cœur se contractait. Je me laissai glisser à genoux, obnubilée par cette sensation.

– Saralyn ! appela Gaspard.

– Non, ne t'approche pas !

– Quoi ? Qu'est-ce que tu racontes ? demanda Gaspard.

– Je ne sais pas… Je ne sais pas ce qui va arriver. Vous devriez tous reculer, haletai-je, enfonçant mes ongles dans le parquet. S'il vous plaît ! Démétrius, je vous en prie, il ne reste plus beaucoup de temps, dis-je, tournant mon visage vers lui.

Il hésita. Mais, quand il se leva, Lorenzo se plaça devant lui, impassible et pourtant menaçant. Évidemment, il ne pouvait pas rivaliser avec Démétrius, cependant, il pourrait faire durer leur confrontation assez longtemps pour qu'il soit trop tard.

– Que faites-vous ? m'alarmai-je. Arrêtez : vous ne savez pas ce que vous faites !

– Bien sûr que si, dit Lorenzo. Je vous ai promis de vous protéger, l'avez-vous oublié ?

– Vous ne comprenez pas, m'entêtai-je. Si j'arrive à la deuxième étape, il est possible qu'on ne puisse plus me détruire, et je ne veux plus tuer personne. Je ne veux plus !

Lorenzo ne s'écarta pas.

– Je ne vous laisserai pas, affirma-t-il.

– Alors, si jamais… si jamais je n'arrivais pas à me contrôler, tuez-moi. Jurez-moi de m'éliminer si jamais ça tourne mal, dis-je en faisant un effort pour le regarder en face.

Il tiqua et garda le silence quelques secondes.

– Je le ferai : vous avez ma parole. Tout ira bien, ajouta-t-il, l'air sérieux.

Il s'écarta de Démétrius avec des gestes lents, comme s'il craignait que celui-ci ne changeât d'avis. Mais ce dernier se contenta de se rasseoir. Je n'appréciais pas sa façon de nous considérer tous ainsi qu'il l'aurait fait d'un intéressant spectacle, et je me demandais malgré moi si c'était comme cela que ceux qui vivaient trop longtemps voyaient tous les autres êtres.

Gaspard était resté à côté de moi. Il hésitait, et je le sentais paniqué, dérouté par son impuissance et incapable de décider quelle attitude adopter.

– Tu ne peux rien faire, dis-je.

Il était toujours trop proche, et j'avais peur de ce que je pourrais provoquer une fois transformée. Est-ce que je serais toujours moi ou est-ce que le pouvoir s'emparerait de mon esprit par le biais d'une divinité disparue ?

– Gaspard, je t'en prie : éloigne-toi de moi !

– Mais… Non, je… protesta-t-il.

– Ne t'approche pas !

Il recula de quelques pas, sans me quitter du regard. D'un coup, mon cœur s'arrêta. Je le sentis aspirer mon sang et se bloquer. J'écarquillai les yeux et retins mon souffle, me demandant si je n'allais pas mourir, finalement. Lorenzo, Cal, Démétrius et Gaspard avaient fixé toute leur attention sur moi, comme si j'étais la seule chose existant désormais au monde. Je pouvais percevoir les battements précipités du cœur de Gaspard, son souffle qu'il retenait, et la tension chez les autres. Le rebord du comptoir éclata dans un bruit sec, broyé involontairement par la main de Lorenzo. Il l'en ôta et lâcha les éclats de bois comme s'ils l'avaient mordu.

Je ne voulais pas les effrayer – je ne voulais pas être un poids pour eux. L'espace d'un instant, j'eus la sensation que ma véritable famille se trouvait là, et pas dans la grande maison froide où j'étais née.

Puis mon cœur se tordit, et je crachai tout le sang que contenait encore mon corps sur le sol. Je m'étranglai, toussai, et mes mains dérapèrent dans le liquide poisseux.

– Saralyn ! Est-ce que ça va ? balbutia Gaspard, complètement dépassé.

Il voulut se précipiter vers moi, mais, sur un geste de Démétrius, Cal l'en empêcha. Ça avait beau être un vampire assez jeune, sa force était sans commune mesure avec celle d'un humain désarmé.

Je n'eus pas le temps de m'en réjouir. Le pouvoir entra brusquement dans mes veines, modifiant mon être. Je suffoquais et m'étouffais avec les larmes qui remplissaient mes yeux.

Je changeais.

Ce ne fut pas long – mon organisme avait fini de lutter contre ma nature véritable et, en quelques minutes à peine, ce qui restait d'humain en moi disparut. Quand ce fut terminé, je me sentis mieux, plus en accord avec le monde, et pourtant si honteuse de ce que j'étais que je ne parvenais pas à relever la tête pour me voir dans le regard des autres. Je me redressai lentement, continuant de fixer le plancher des yeux. Les choses me paraissaient légèrement différentes, comme si j'étais capable de tout percevoir dans ce monde.

– Est-ce que c'est terminé ? demanda Démétrius, hésitant.

Je sentais le regard médusé de Gaspard sur moi. Mes cheveux étaient plus souples. Je pris une mèche entre mes doigts et la regardai, étonnée. Ils étaient toujours noirs, mais les reflets que j'y voyais les faisaient plutôt paraître de toutes les couleurs que d'aucune. Je pensai malgré moi que c'était aussi l'impression que m'avait fait la teinte des roses que Démétrius avait créées pour moi.

Mon apparence avait changé, je le sentais. Je m'obligeai à contrecœur à tourner la tête vers le bar pour constater les dégâts dans le miroir situé derrière la rangée de bouteilles. Mes traits se tordirent légèrement. Même si mon visage était très semblable à ce qu'il était auparavant, je ne me reconnaissais pas. Je n'aimais pas ce visage trop lisse, ces yeux trop grands et ce teint trop pâle : ce n'était pas moi, et ce n'était pas Nausicaa non plus.

Le miroir se fendit dans un craquement sec, me faisant sursauter.

– Non. Pas encore. Je ne crois pas, balbutiai-je, essayant de saisir avec précision ce que je ressentais.

– Il faudra encore beaucoup de temps ? interrogea Démétrius.

– Je ne sais pas. Encore au moins une régénération. Ça aurait été difficile, de toute façon, mais les traitements m'ont beaucoup endommagée. Je ne suis même pas certaine de survivre à la troisième étape, ajoutai-je, malgré moi.

Je passai ma main sur mon visage – était-ce encore le mien ? À présent, on pouvait y lire la même chose que sur celui de Démétrius : nous étions bien plus que des êtres humains. Je pensai que j'avais l'air plus jeune qu'avant. Plus intemporelle aussi, en un sens.

– Pardon, murmurai-je, je n'ai pas pu l'empêcher.

Je tournai la tête vers Lorenzo et Démétrius – j'apercevais Cal du coin de l'œil. Oui, maintenant, les choses étaient beaucoup plus claires.

Il y avait tellement de sang sur chacun d'entre eux. Je pouvais même entendre les cris des parents de Démétrius, restés ancrés dans son esprit. Je sus alors que Justin ne m'avait pas menti :

c'étaient bien des monstres que j'avais en face de moi, mais, quelque part, j'étais bien pire.

– Saralyn ? demanda Gaspard d'une voix mal assurée.

Je tournai la tête vers lui. Mon cœur battait plus lentement qu'auparavant, et il me semblait à l'unisson de quelque chose que je ne percevais pas encore.

– C'est bien toi, reprit-il. Enfin, je veux dire : c'est toujours toi, tu n'es pas devenue une espèce de déesse ou je sais pas quoi.

– C'est toujours moi, confirmai-je.

Il se détendit nettement, l'air soulagé. Moi-même, j'étais étonnée et heureuse de le constater : mes sens étaient développés à l'extrême, je ressentais le pouvoir dans chaque fibre de mon être, et pourtant, c'était toujours moi.

Je reportai mon attention sur Lorenzo. Il restait immobile et silencieux, totalement bouleversé. Je ne savais pas si c'étaient mes souvenirs ou ma transformation qui le perturbaient autant. J'étais curieuse de savoir si je réussirais à lire son esprit, à présent. Mais je renonçai à essayer, moins au nom de vertueux principes que parce que je ne voulais apprendre sous aucun prétexte ce qui s'y trouvait caché.

Quelque chose bougea. Infime, rapide, quasi invisible. Je n'eus que le temps de me déplacer, sans réfléchir à ce que je faisais. Je me retrouvai devant Gaspard au moment où le poignard se matérialisa, planté dans ma poitrine.

Je percevais Gaspard, ébahi derrière mon dos, et Cal était dans mon champ de vision, les yeux écarquillés et la bouche ouverte. Je pris le manche du poignard et l'arrachai de ma cage thoracique. J'essuyai le filet de sang qui coulait de mes lèvres, et de l'autre main, je concentrai le pouvoir pour refermer la plaie et ma robe.

– Keryam ? appelai-je. Montre-toi, je sais que c'est toi, ajoutai-je après un silence.

– Jolis réflexes, dit une voix que je ne connaissais que trop bien. Maintenant, il n'y a plus de doute : félicitations, tu as passé la deuxième étape avec succès.

Keryam apparut avec Justin, à mi-chemin entre moi et Démétrius. Il n'avait pas l'air menaçant, comme si son attaque n'avait été qu'un test de plus.

Je n'aimais pas ça.

Cal était blême et tremblait légèrement. Lorenzo avait écarquillé les yeux et il commençait lui aussi à perdre son sang-froid. Seul Démétrius paraissait calme et confiant, mais, après tout, nous étions de la même famille.

– Une invisibilité sur deux personnes ? Je vois que tu n'as pas perdu ton temps, dis-je, essayant de dissimuler mon angoisse.

J'avais peur. Toutes les personnes auxquelles je tenais étaient réunies dans cette pièce, avec l'être le plus puissant de cette ville, et je me sentais terriblement faible. Bien sûr, maintenant que je me souvenais, je savais ce que j'étais théoriquement en mesure de faire, mais j'étais loin d'avoir récupéré mes capacités, et la récente transformation m'avait épuisée. Si je considérais froidement la situation, je devais avouer que je ne faisais pas le poids face à Keryam : s'il décidait d'attaquer, je perdrais.

Keryam resta muet et sourit en découvrant ses dents. Justin avait l'air mal à l'aise. Il regarda la boîte et le sang sur le sol, puis il se décala de façon à ne pas tourner le dos à Démétrius sans me perdre de vue.

– Que voulez-vous ? demandai-je.

– Nous sommes venus te chercher, dit Justin. Tu es passée à la deuxième étape – tu es devenue trop dangereuse pour qu'on te laisse au milieu d'humains. Tu ne te contrôles pas et tu pourrais tuer des gens sans même le vouloir.

– Espèce de salopard ! lâcha Gaspard d'une voix tremblante de fureur.

Il allait faire quelque chose de stupide. Je le sentis à temps et je posai ma main sur son épaule pour le retenir. Il me regarda et je secouai la tête : il ne fallait pas provoquer d'affrontement, ça finirait mal.

– Gaspard, je vois que tu as finalement arrêté de faire semblant : tu es bien dans leur camp, dit Justin d'un ton méprisant.

Même s'il bouillait de colère, Gaspard ne répondit rien – j'espérais qu'il saurait se contrôler jusqu'à ce qu'ils soient partis.

– Viens, nous rentrons à la maison, annonça finalement Justin, tendant la main vers moi.

– Non, dis-je, reculant d'un pas. Non, je ne viens pas avec vous.

– Tu n'as pas le choix, fit observer Keryam. Tu sais que tu n'as aucune chance contre moi.

Je remarquai un mouvement dans un coin de la pièce. Y avait-il quelqu'un d'autre ici ?

– Si tu viens sans faire d'histoire, personne ne sera blessé, ajouta-t-il, sortant un briquet de sa poche.

Il l'alluma et l'éteignit. Ce bruit…

Mes genoux se dérobèrent et j'eus beaucoup de mal à rester debout. Je ne devais pas abuser du pouvoir, j'étais trop faible et trop inexpérimentée : si je tentais quoi que ce soit, je risquais de détruire mon propre organisme.

Gaspard comprit et s'approcha de moi, me soutenant discrètement pour m'aider à ne pas m'effondrer.

Il fallait que je trouve un moyen de les faire partir avant de sombrer. Mais quoi ? Keryam avait raison, je n'avais pas la moitié de sa puissance actuelle.

Cette silhouette floue, je la reconnaissais. Je l'aperçus dans l'air, comme dissimulée derrière un voile invisible.

Pourquoi mon père se cachait-il ?

Je regardai les trois intrus, et essayai d'analyser leurs positions ainsi qu'on m'avait appris à le faire autrefois : Justin avait Gaspard dans sa ligne de tir, et je voyais la forme de son arme sous sa veste, Keryam était proche de Démétrius et je le savais assez rapide pour l'acculer avant qu'il n'ait eu le temps de réagir. Quant à mon père, il était en train de...

Il s'approchait de Lorenzo.

– Oh non, pas ça, balbutiai-je.

Lorenzo tourna la tête dans ma direction, mais son regard traversa la silhouette vague de mon père sans le voir.

Je rassemblai toutes les forces dont je disposais, ignorant la douleur qui s'était réveillée quelque part dans mon estomac.

– Ne bougez pas, aucun d'entre vous, dis-je. C'est valable pour vous aussi, Père.

Keryam tressaillit et me jeta un coup d'œil de biais.

Il faut que tu le fasses. Maintenant !

Les fragments du miroir brisé se retrouvèrent suspendus à quelques centimètres du visage de Keryam, pointés vers ses yeux. Celui-ci hésita.

– Tu crois être assez rapide pour les éviter ? demandai-je. À ta place, je n'essayerais pas : si je me souviens bien, tes yeux sont ton point faible, non ?

J'observai Cal du coin de l'œil, le sentant prêt à se lancer dans une tentative de sauvetage de son maître totalement vouée à l'échec. Dans mon dos, Gaspard était en train de rechercher le contact du manche de son poignard coincé dans sa ceinture. Si l'un d'entre eux intervenait, nous courions à la catastrophe.

Ne faites rien, pensai-je, essayant d'atteindre leurs esprits. *Surtout laissez-moi m'occuper d'eux – ça va aller.*

J'eus l'impression d'être entendue, et ils ne bougèrent pas.

– Qu'est-ce que tu comptes faire ? s'inquiéta Justin. Nous ne te voulons aucun mal, nous sommes ta famille. Si tu viens avec nous, nous pourrons t'aider à trouver ta place et à te sentir mieux.

– Comment ? dis-je. En tuant mes amis et en expérimentant de nouveaux inhibiteurs sur moi ? Je vous vois, Père, ajoutai-je. Si vous faites encore un pas, je tue votre précieux dieu.

– Vous devriez l'écouter, mon cher oncle, dit Keryam, l'air amusé, elle ne plaisante pas du tout.

Mon père s'arrêta et se rendit visible. Il me toisa, et je ressentis la même étreinte glacée dans ma poitrine que lorsqu'il me regardait autrefois. Dans ses yeux, il n'y avait pas la moindre trace d'affection, et, même si c'était douloureux, je devais reconnaître que ça me simplifiait singulièrement la tâche. C'était plus difficile avec Justin, dont je percevais parfaitement qu'il était persuadé de bien faire – pour lui, tout ceci n'était qu'un sacrifice nécessaire pour arriver à un monde meilleur.

– Ne sois pas stupide, Saralyn, dit mon père. De toute façon, tu es déjà épuisée, tu ne vas quand même pas te détruire pour protéger *ça* ? demanda-t-il. Tu es toujours la même gamine entêtée et égoïste.

– Dites-moi, Père, est-ce que régénérer le pouvoir va arrêter les guerres et les épidémies, ou remédier aux famines ? Je sais que les corbusards sont une menace. Je connais les rapports et les statistiques : j'ai *vu* ce dont ils sont capables. Mais est-ce que nous valons mieux qu'eux, si nous sommes prêts à détruire des peuples entiers pour arriver à un monde meilleur ? Je suis désolée, Père, repris-je, mais si vous n'avez pas tous quitté cet endroit d'ici trente secondes, je l'attaque. Il ne mourra peut-être pas, mais il faudra des semaines pour qu'il se remette, et ça risque d'être très douloureux.

Qu'ils partent – vite !

Je n'allais pas tenir longtemps : la concentration de pouvoir que je devais maintenir pour garder les morceaux de verre suspendus dans l'air commençait à attaquer mes propres organes. D'ici quelques minutes, il était très probable que je m'évanouirais. Dans le meilleur des cas.

– Alors, tu refuses de nous suivre. Tu es consciente que tu es en train de passer dans le camp des corbusards ? Je te rappelle que tu travailles pour moi, ajouta-t-il.

– Dans ce cas, je démissionne. Maintenant, allez-vous-en !

– Je crois que nous ferions mieux de partir, dit posément Keryam.

Justin eut l'air surpris, mais acquiesça néanmoins d'un signe de tête. Mon père serra les dents et détourna les yeux. D'un coup, j'eus l'impression que son masque se fissurait.

– Tu ne comprends pas, dit-il. Tu n'as jamais rien compris, exactement comme ta mère. Ce ne sera pas si facile que tu le crois, d'être notre ennemie.

À l'instant où leur présence se dissipa dans l'air, les morceaux de verre tombèrent à terre.

Malgré moi, j'avais fini par comprendre. Dans le dernier regard que mon père m'avait lancé avant de disparaître, j'avais perçu sa solitude, dans l'enfer que l'Organisation lui avait construit. Même si je ne l'avais jamais su jusqu'alors, il avait toujours essayé de me protéger : il n'avait fait que ce qu'il avait pu, et je l'avais haï pour ça.

Et maintenant, il était parti : j'avais choisi mon camp, et j'avais perdu ma famille. Il me sembla sentir quelque chose se briser dans ma poitrine, alors qu'une détresse comparable à celle qui s'emparait de moi lors de mes cauchemars me submergea.

Qu'est-ce que j'ai fait ? J'ai tout détruit, encore ?

Ne me laissez pas seule ! Ne me laissez pas !

Je fus brusquement tirée en arrière et je poussai un cri.

– Ça va, maintenant. Arrête, dit doucement Gaspard.

Il me fallut quelques secondes pour réaliser que c'était lui, qui avait passé ses bras autour de mes épaules et me serrait à présent contre lui à m'étouffer. Mes yeux rencontrèrent la personne de Lorenzo, qui s'était écarté du bar et considérait la rangée de bouteilles brisées d'un air méfiant.

– Oh, pardon, dis-je en considérant piteusement les dégâts.

– Si tu continues à paniquer de cette façon, tu vas vraiment finir par tout casser, observa Démétrius. Tu as failli défigurer Calvin.

Celui-ci s'était en effet réfugié de l'autre côté de la pièce, avec une attitude de chat échaudé. Voyant que je m'étais calmée, il me grimaça un sourire contraint et arracha un morceau de verre de sa joue.

– Désolée, m'excusai-je, portant la main à mon front.

– N'écoute pas ce sale type, dit Gaspard. Tout va bien.

Il était si calme, tellement confiant. Il avait complètement repris le dessus, et aucune peur n'émanait de lui.

– Alors… je suis quoi, à votre avis ? demandai-je à Démétrius, sans chercher à m'éloigner de Gaspard.

Je voulais sentir les pulsations si humaines de ce cœur qui battait contre mon dos. D'un coup, j'avais besoin de trouver une part de vivant en lui, et je comprenais beaucoup mieux ce que Lorenzo avait cherché en moi.

– Je ne sais pas, répondit Démétrius. Mais une chose est sûre : ce garçon et toi êtes quelque chose que je n'avais jamais vu auparavant. Peut-être des Dieux – va savoir.

– Alors, qu'est-ce que vous allez faire ? demandai-je.

Et moi, qu'est-ce que je vais faire ?

Démétrius esquissa un sourire désabusé en haussant les épaules.

– Je t'aiderai, annonça-t-il.

Je l'enviais de réussir à prendre une décision aussi importante avec tant d'assurance, comme s'il acceptait à l'avance tout ce qui pourrait advenir. Alors que moi…

Je frissonnai. Mon corps me paraissait mort et figé, comme celui d'un corbusard. Gaspard posa la main sur mon cœur, me faisant tressaillir.

– Il bat toujours, affirma-t-il, semblant avoir lu mes pensées.

Cette affirmation me déstabilisa, puis, en y prêtant attention, je finis par le sentir, moi aussi : son mouvement était lent, mais il était bien là. Je me détendis et mes jambes se dérobèrent.

– Oui, dis-je, il bat toujours.

Chapitre 37

Gaspard me rattrapa à temps et me fit asseoir sur une chaise.

– Eh bien, tout cela s'annonce très intéressant, dit Démétrius, déplaçant une bouteille de whisky et un verre à moitié plein de glaçons jusqu'à lui.

Je posai les pieds sur un des barreaux de la chaise et étreignis mes genoux sans répondre, essayant d'ignorer le regard inquiet que Gaspard posait sur moi. J'étais trop fatiguée pour faire encore semblant.

Gaspard alla chercher un verre d'eau, qu'il me remit d'autorité entre les mains, et il se servit un whisky de la bouteille que Démétrius avait attirée à lui. Cal eut visiblement l'intention de protester, puis y renonça sur un signe de Lorenzo. Je tentai vaguement de calculer de combien je devrais le rembourser pour la mise à sac de son bar, puis repoussai ce problème à plus tard. Après tout, j'étais à présent sans emploi, et donc privée de ressources.

Je grimaçai – rien que d'y penser, j'avais la migraine.

Gaspard tira une chaise devant moi et s'assit, comme s'il voulait se mettre à ma hauteur pour pouvoir me dévisager plus commodément.

– Arrête de me regarder comme ça, fis-je d'un ton brusque. J'ai l'impression d'être un monstre de foire.

– Désolé, s'excusa-t-il. Ça me fait bizarre que tu ne sois plus exactement comme d'habitude.

Je détournai les yeux et portai le verre d'eau à mes lèvres pour me donner une contenance. J'avais senti Lorenzo se hérisser aux propos de Gaspard. Il vint prendre une chaise près de nous, suivi de Démétrius et Cal. Je songeai que nous devions avoir l'air d'une bande de malfrats préparant un mauvais coup, ainsi réunis dans ce bar vide.

– Ce n'est pas une critique, reprit vivement Gaspard, sentant qu'il avait fait une gaffe. C'est juste qu'il va falloir que je m'habitue.

– Moi aussi, dis-je.

Je décidai qu'il était temps d'arrêter de fuir la réalité et je relevai la tête, posant mon verre sur la table la plus proche. Je percevais de nouveau cette lancinante douleur, cette pourriture au cœur du pouvoir.

– Tu t'es bien débrouillée, finalement, dit Démétrius. Tu as fait preuve de beaucoup de sang-froid.

– Je crois que j'ai endommagé mon foie, dis-je avec un sourire crispé.

– Ton foie ? répéta Gaspard.

– Je ne maîtrise pas encore bien le pouvoir, expliquai-je, me sentant rougir. Ne t'en fais pas, ça va aller : c'est douloureux, mais ça n'est pas grave.

Lorenzo essaya de lire dans mon esprit, par réflexe, mais je lui en bloquai l'accès. Il baissa la tête, l'air surpris et gêné. Je ne lui en voulais pas d'avoir essayé – moi aussi, je m'inquiétais.

– S'ils étaient restés une minute de plus, je n'aurais pas tenu, repris-je. Je n'aurais jamais pu vaincre Keryam.

– Mais ils sont partis, non ? dit Gaspard. C'est ça qui compte.

– Ce n'est pas le problème, répondis-je. Keryam le savait très bien, il était parfaitement conscient que je n'avais pas une seule chance de le toucher : il me restait à peine assez d'énergie pour maintenir les morceaux de verre à leur place. Alors, pourquoi a-t-il insisté pour s'en aller ?

– Vous pensez qu'il vous a délibérément aidée ? demanda Lorenzo.

– Je n'en suis pas sûre, dis-je, mais ça me paraît très probable.

Pourtant, je n'étais même pas Nausicaa – maintenant, c'était une certitude. Keryam ne le sentait-il pas ?

Il ne fallait pas que les autres l'apprennent, car si je le disais, mon père finirait fatalement par le savoir. Et être Nausicaa était mon dernier atout : tant qu'ils penseraient que j'étais ce qu'ils attendaient, les Fara auraient l'espoir que je reviendrais à la raison et se montreraient patients.

Je fermai les yeux un instant, essayant d'analyser cette curieuse sensation – non, je n'étais pas Nausicaa, et probablement pas Saskia non plus. Pourtant, j'aurais juré que j'étais quasiment la même chose que Keryam.

– Saralyn ? Est-ce que vous allez bien ?

– Quoi ?

Je relevai brusquement la tête, tirée de ma torpeur. Je me sentais engourdie – j'avais froid et ma vision devenait floue. Il fallait absolument que je dorme.

– Je crois que je dois aller me coucher, annonçai-je, passant la main dans mes cheveux et étonnée de les trouver si souples. Je suis désolée de vous attirer autant d'ennuis.

Le mieux serait peut-être que je m'éloigne quelque temps. Mon père a raison, je suis dangereuse : je ne sais pas du tout ce que je suis capable de faire, ni ce que je peux contrôler, dis-je, essayant de me convaincre que c'était la meilleure solution. Et puis, je préfère ne pas vous impliquer dans mes problèmes familiaux.

– Je crois que c'est trop tard, dit Démétrius. Nous sommes tous sur la liste noire de l'Organisation, maintenant.

– Il a raison, dit Lorenzo. Et vous n'avez pas le droit de décider pour nous si nous devons vous aider ou pas.

– Pour une fois, je suis d'accord avec lui, dit Gaspard.

Cal acquiesça, et j'eus beaucoup de mal à ne pas me mettre à pleurer tellement je me sentais soulagée.

– Mais, protestai-je, je n'ai pas la moindre idée de ce que je dois faire !

– Nous attendrons, promit Démétrius. Commence déjà par aller dormir un peu, on dirait que tu vas tomber d'un instant à l'autre.

– Oui, vous avez raison, dis-je. Et si jamais Justin décidait d'attaquer ? me ravisai-je, soudain.

– Tu ne pourrais rien faire, dans ton état, objecta Démétrius. Et c'est toi qu'ils suivront : tu es plus importante que nous.

Lorenzo fronça les sourcils à cette dernière remarque. Gaspard n'ouvrit pas la bouche, mais je sentis nettement son antipathie à l'égard de mon illustre ancêtre. Moi-même, je n'étais pas très sûre de mes sentiments à son égard.

– Je te raccompagne, lâcha enfin Gaspard, se levant.

Je repensai à la voiture en flammes de Stephen et je secouai la tête.

– J'aimerais mieux qu'aucun de vous n'utilise de voiture pour un temps, dis-je d'une voix qui me parut très étouffée.

Je vis à leur expression qu'ils voyaient très bien de quoi je parlais, et leur compassion inquiète redoublait encore ma culpabilité. Combien de personnes mourraient encore par ma faute avant que je ne sois capable de les protéger ?

– D'accord, capitula Gaspard. Pas de problème, je me remettrai aux patins à roulettes, ou au skate, si tu préfères.

J'éclatai de rire malgré moi, incapable d'imaginer les quatre personnes que j'avais devant moi sur ce genre d'engins.

– Je t'appelle un taxi, dit Cal.

Il s'éclipsa dans la pièce contiguë à la salle du bar. Lorenzo avait l'air perdu dans ses pensées et Gaspard frottait son poignet droit du plat de sa main, faisant son possible pour rester tranquille : je le connaissais assez pour savoir qu'attendre sans rien faire était un vrai supplice pour lui.

Je me levai et allai mettre mon verre sur le comptoir, puis je fis signe à Démétrius de me rejoindre. Il vint s'accouder au bar à côté de moi, tandis que je faisais nerveusement tourner mon verre sur lui-même. Je sentais bien que Gaspard rongeait son frein, lui qui avait horreur d'être tenu à l'écart, mais je savais qu'il n'aurait pas apprécié ce que je m'apprêtais à demander à Démétrius.

– Je ne sais pas combien de temps je vais mettre à récupérer, dis-je à mi-voix, et je pense que mon père est vraiment très remonté contre moi... Alors, il faut que vous veilliez sur eux, je vous en prie.

– Certainement, dit Démétrius. Je ferai mon possible.

– Merci. Faites en sorte que Gaspard reste ici jusqu'à ce que je revienne : je crois que c'est le seul endroit sûr, pour le moment.

– J'essayerai de le retenir, promit Démétrius.

Il avait pourtant l'air moins confiant que je ne l'avais espéré.

Je pouvais le comprendre: Gaspard était une vraie tête de mule, et il détesterait l'idée d'être protégé par un corbusard. De toute façon, ce n'était pas le genre de personne qu'on pouvait garder enfermée très longtemps.

J'essayai de faire taire ma mauvaise conscience: Démétrius saurait mieux les défendre que moi. Quand le taxi arriva, je leur tournai à tous le dos pour partir. Je posai la main sur la porte et m'arrêtai sans me retourner.

J'aurais voulu faire quelque chose pour eux: j'aurais voulu pouvoir enlever cette amertume de l'esprit de Gaspard, effacer cette peur de Cal, et cette culpabilité de Démétrius. Et, par-dessus tout, j'aurais voulu pouvoir faire disparaître cette horrible douleur qui étreignait Lorenzo sans aucun répit.

– Je ferai de mon mieux, dis-je. C'est promis.

***

J'attendis longtemps après que le bruit du moteur de ma voiture se fut tu. Même l'odeur qui se dégageait de lui quand il chauffait commençait à s'estomper.

– Il faut que j'y aille, dis-je à voix haute pour m'en persuader.

Je sentais que ce que Justin avait à me montrer n'allait pas me plaire. Il m'avait appelée le matin même – d'après lui, ça faisait deux jours qu'il essayait de me joindre, mais je dormais si profondément que je n'avais rien entendu. D'ailleurs, je n'avais pas non plus été réveillée par Jamara quand il avait fait tomber le paquet de croquettes des étagères, ni quand il l'avait éventré, répandant son contenu ainsi qu'une odeur de poisson pas frais dans tout mon appartement. J'en avais écrasé une certaine quantité en sortant de ma chambre, pour ne rien arranger, et je songeai avec un soupir que je n'avais pas eu le temps de nettoyer tout ça avant de sortir.

J'étais dans le parking souterrain du Central de l'Organisation, persuadée que je devais être complètement folle pour être venue. Cependant, quand Justin m'avait dit qu'il avait quelque chose à me montrer que je regretterais sans doute de ne pas venir voir, j'avais senti que c'était une question de vie ou de mort : il fallait que j'y aille, quitte à tomber dans un piège des plus grossiers.

Je pris une grande inspiration et sortis de la voiture. Je n'étais pas encore parfaitement remise, mais mon sommeil prolongé et le solide déjeuner que j'avais englouti avant de partir me permettaient de tenir sur mes jambes sans m'effondrer. Mon organisme semblait avoir assez bien récupéré et les dégâts qu'il avait subis s'étaient résorbés d'eux-mêmes.

Je pris l'escalier et passai par l'accueil, où je m'annonçai à la secrétaire avant d'aller dans le bureau de Justin, ainsi que je l'avais déjà fait des dizaines de fois auparavant. Mais là, c'était différent : je ne venais pas en tant qu'employée. J'avais même l'impression d'être une ennemie : je sentais le poids d'une surveillance hostile sur mes épaules, comme si toutes les caméras de sécurité du bâtiment étaient braquées sur moi.

Je m'inquiétais pour Gaspard, Cal et Lorenzo. Même pour Démétrius, en fait. C'était étrange, mais, depuis que je me sentais plus puissante, je me sentais responsable d'eux. Peut-être était-ce ça, la raison pour laquelle j'existais. Penser qu'il y avait une raison à mon existence affermissait mon courage : s'ils avaient *besoin* de moi, alors je devais me montrer forte.

J'entrai dans le bureau sans frapper. Justin était seul. Il était assis, tourné vers la partie vitrée de la pièce pour regarder dehors. Je fus soulagée que mon père ne soit pas là.

– J'étais sûr que tu viendrais, dit-il. Assieds-toi.

Je m'exécutai. Je n'avais pas envie de me battre contre lui – j'espérais lui faire comprendre que nous affronter n'était pas nécessaire : il y avait sûrement un autre moyen de régénérer le pouvoir et de protéger la population que de détruire tous les corbusards.

– Je suis déçu que tu réagisses aussi mal, soupira-t-il en faisant pivoter son siège de façon à me faire face. Je comprends que ta position et ce qui est arrivé soient difficiles à accepter, mais tu n'es plus une enfant, maintenant. Tu devrais voir par toi-même que la raison pour laquelle toi et Keryam existez est plus importante que toi ou moi – c'est de l'humanité qu'il s'agit.

Je le regardai. Il était tellement sincère qu'il me fit pitié.

– Est-ce que tu le crois vraiment ? demandai-je. Tu penses vraiment que ça valait la peine de faire tous ces sacrifices, alors que nous ne sommes même pas certains que c'est la seule solution ? Ma mère est morte. Toi et Laura, vous avez dû abandonner Keryam et laisser l'Organisation lui faire toutes ces choses. Même mon père a été aigri par la douleur, au point qu'il n'a plus rien d'un être humain. Quant à moi, l'Organisation m'a complètement détruite, et tu le sais très bien. Peux-tu sincèrement prétendre que ça en valait la peine ? dis-je, haussant le ton sous l'effet de la colère que je sentais poindre en moi.

– Je comprends ce que tu ressens, répondit Justin avec beaucoup de tristesse. Moi-même, il m'est arrivé de penser la même chose, pourtant nous n'avons pas le droit de douter. Lazare est revenu et toi aussi tu es là : tu n'as pas encore retrouvé tes esprits, mais quand ce sera le cas, tu sauras qu'il vous faut réparer ce que votre disparition a créé. C'est… c'est tout ce qui compte !

Il releva la tête fièrement, me défiant d'oser prétendre le contraire.

Il était inutile de discuter : Justin avait perdu trop de choses en servant l'Organisation pour accepter de reconnaître que c'était peut-être en vain. Ça faisait trop longtemps qu'il ne vivait plus que dans le but de voir la disparition des corbusards pour que cesser d'y croire ne le détruise pas.

Il m'apparaissait aussi clairement que Grand-Mère Tallulah n'était pas responsable de notre folie : la prophétie de Lazare avait détruit les Fara bien des siècles avant que je naisse. Nous n'avions eu de cesse de chercher l'immortalité et le pouvoir, et nous avions payé le prix fort. Mais finalement, les réponses étaient là depuis toujours, même si nous les avions oubliées : peu importait ce que les hommes pouvaient faire ou détruire, ils ne seraient jamais des Dieux. Moi et Keryam pas plus que les autres.

– Je suis désolée, dis-je, le plus gentiment possible. Je sais que vous avez tout sacrifié pour accomplir la prophétie, mais je refuse de vous aider. Je ne tuerai pas toutes ces créatures.

Je me levai, convaincue que la conversation était terminée. Personne ne pourrait m'empêcher de m'en aller et de rentrer chez moi – je savais pouvoir tenir tête à tout le monde ici, et je ne percevais pas la présence de Keryam dans le bâtiment.

– Ce que j'ai à te montrer ne t'intéresse pas, alors ? demanda Justin. Je pensais pourtant que c'était pour ça que tu étais venue.

– Ah… Mais je croyais que c'était seulement un prétexte pour me faire venir, m'étonnai-je.

Je n'avais pas du tout envie de savoir ce qu'il trépignait visiblement de me faire voir. Je sentais bien qu'il était en train de prendre sa revanche sur mon entêtement.

Je retins mon souffle, me demandant si je serais capable de me contrôler dans le cas où il serait arrivé quoi que ce soit à Gaspard ou à Lorenzo. Non, je réagirais exactement comme la petite fille que j'étais devant le corps sans vie de sa mère : mon angoisse se muerait en haine, et je détruirais tout ce que je pourrais jusqu'à ce que ma force soit épuisée.

Justin posa la main sur le côté de l'écran de son ordinateur et le tourna vers moi. C'était un plan du Quartier Rouge, du secteur 1, plus précisément. Et, tout autour du secteur de Lorenzo, je pouvais voir de petits points verts clignoter par grappes.

– Ils sont encerclés, constatai-je en essayant de ne pas faire transparaître mon désespoir. Vous n'allez quand même pas passer à l'attaque en plein jour et massacrer les vampires sous les yeux des passants – vous risquez de tuer des humains !

Il bluffe, c'est certain.

Il ne ferait jamais ça. Les gens pour qui j'ai travaillé toute ma vie ne feraient pas ça !

Justin haussa les épaules, l'air de dire que je pouvais bien croire ce que je voulais si j'étais prête à en prendre le risque. Et, au fond de moi, j'étais consciente que, pour réaliser ce qu'ils considéraient comme le bien, ils ne reculeraient devant rien. Je me rassis sur ma chaise.

– Qu'est-ce que tu veux ? demandai-je.

– Il est évident que tes souvenirs sont une gêne pour toi – ils empêchent ta véritable personnalité d'émerger, et ils font intervenir trop de souffrances personnelles pour que tu puisses juger clairement de la situation. Sans compter que j'ai l'impression qu'ils sont bien trop lourds à porter pour toi, n'est-ce pas ?

– Vous allez encore effacer ma mémoire, devinai-je. Mais tu sais, ce sera moins facile qu'autrefois.

Je localisai la seringue, dissimulée sous le couvercle d'une boîte à crayons en fer ouverte vers Justin, et en tordis l'aiguille d'une simple pensée. Je ne pouvais pas voir ce que je faisais de là où j'étais, mais le visage de Justin me confirma que ma petite démonstration avait porté ses fruits.

– J'ai pensé que tu serais aussi intéressée de savoir que nous avons enfin remis la main sur notre fugitif, reprit-il d'une voix neutre. Comme il te l'a sûrement dit, Gaspard a été condamné à mort, et sa peine sera exécutée demain dans la matinée.

Il appuya sur une touche du clavier, et Gaspard apparut, assis dans une des cellules du sous-sol, en compagnie de deux vigiles.

Je pouvais aller le sauver : pour moi, c'était facile.

– Ne fais rien d'irréfléchi, m'interrompit Justin, devinant sans peine à quoi je pensais. Je suis directement relié aux équipes d'intervention et aux gardiens de ton cher équipier. Si tu essayes de sauver l'un, les autres mourront.

Je serrai les dents : ce coup-ci, c'était fichu. Si je ne les laissais pas effacer ma mémoire, ils mourraient tous à coup sûr.

– Qu'est-ce que tu proposes ? demandai-je.

– Nous n'allons pas te faire de mal, dit-il. Nous comptons seulement éviter de nous battre avec toi en attendant de trouver le moyen de faire émerger Nausicaa.

– Mais vous n'avez jamais réussi, jusqu'ici, protestai-je. Ça fait près de seize ans que vous réactivez périodiquement mes pouvoirs et des bribes de souvenirs en espérant y arriver, mais les tests n'ont jamais rien donné.

– C'est exact, concéda Justin. Mais Keryam a beaucoup progressé ces derniers temps – il a développé des facultés très importantes, concernant la manipulation de la mémoire. Il a déjà retrouvé une grande partie des souvenirs de Lazare, alors je suis sûr qu'il saura réveiller Nausicaa. Et puis, les recherches de l'Organisation ont elles aussi bien avancé, même si je ne te cacherai pas que nos produits ne sont pas encore au point.

– Vous allez les tester sur moi ?

– Non. Ce serait trop dangereux : je ne recommencerai pas deux fois la même erreur. Pense ce que tu veux, mais je t'assure que je croyais vraiment que l'amnestique fonctionnait correctement – je n'aurais jamais rien fait qui aurait pu te détruire.

– Je te crois, dis-je, sincère. Si j'accepte de vous laisser effacer mes souvenirs, que leur arrivera-t-il ? demandai-je en désignant l'écran. Je n'accepterai que si tu me promets de laisser partir Gaspard et de ne rien faire contre les vampires.

– Tu y tiens réellement, n'est-ce pas ? Comment peux-tu être aussi naïve ? Nous faisons figure de méchants, et eux, ce sont tes *amis*. Pourtant, tu es de notre famille : je t'ai quasiment élevée et j'adorais ta mère. Alors qu'eux, ils cherchent seulement à profiter de toi.

– Ce n'est pas vrai ! protestai-je.

– Tu crois que c'est par altruisme qu'ils t'aident ? Les corbusards voudront tous t'aider, quand ils sauront que tu es destinée à les détruire : ils espéreront t'attirer dans leur camp et éviter la mort. Les vampires encore plus que les autres, puisqu'ils pensent que ton sang pourra les délivrer de leur malédiction.

– Non, dis-je. Leur dirigeant a refusé mon sang.

– Évidemment : ton sang n'est pas encore arrivé à maturité, il est inefficace. Le sang des Fara est comme le bon vin, ajouta-t-il avec un sourire tordu, il faut savoir attendre pour en goûter toutes les vertus.

Je frissonnai, horrifiée par l'analogie, et dus faire un effort pour ne pas porter instinctivement la main à ma gorge.

– Démétrius ne cherche probablement qu'à se venger de la famille Fara en nous empêchant d'accomplir notre but, reprit-il. Quant à Gaspard, il a bien vu que tu étais la dernière à le soutenir : d'ailleurs, il a raison, tu es son unique chance d'échapper à l'exécution.

– Je ne comprends pas, dis-je. C'est pourtant toi qui m'as mise dans l'équipe de Gaspard, alors pourquoi l'as-tu fait si tu le détestes tellement ?

– C'est évident : c'est un sale petit macho et il est pourri jusqu'à la moelle. En plus, tuer est la seule chose qu'il aime, et il a horreur de tout ce qui peut le gêner dans son passe-temps favori. Quand tu es devenue spécialiste, ton niveau de combat était quasiment nul, mis à part les automatismes de survie que nous t'avions fait assimiler, alors il était couru d'avance qu'il serait odieux avec toi. En fait, j'étais certain que vous vous détesteriez, et je pensais être à l'abri de ce genre de situation – mais il faut croire qu'il a fini par voir qu'il pouvait tirer parti de ton innocence. C'est de ma faute, j'ai dû trop afficher mon favoritisme envers toi et il a compris que tu étais un bon atout.

Je regardai le vide pour réprimer l'envie de le frapper qui montait en moi depuis le début de cette conversation. Comment osait-il affirmer des choses pareilles ?

– Je ne te crois pas, tu mens, dis-je.

Je dois croire en eux, sinon, je n'existerai plus.

– Je vois. Si tu préfères continuer de penser que ce sont tes amis, vas-y : tu perdras la mémoire et ils auront la vie sauve. Évidemment, je ne peux pas garder Gaspard comme employé, ni le laisser libre dans Edencity avec tout ce qu'il sait, alors si tu acceptes de te laisser faire, je retire mes hommes du Quartier Rouge et j'envoie Gaspard à l'étranger.

– À l'étranger ? répétai-je.

– Oui, j'ai une place qui vient de se libérer.

Je me mordis la lèvre. Ça signifiait que je ne le reverrais sans doute plus jamais. D'un autre côté, ça ne changerait pas grand-chose, puisque je ne me souviendrais pas de lui. En tout cas, il serait plus en sûreté loin d'Edencity, dans un endroit où il ne serait plus considéré comme gênant et où personne ne serait tenté de l'éliminer.

– D'accord, dis-je, j'accepte de subir vos traitements contre la promesse que vous relâcherez Gaspard sans chercher à le tuer, et que vous n'attaquerez pas les vampires en général et leur dirigeant en particulier. Mais d'abord, j'aimerais comprendre : vous saviez depuis longtemps que Gaspard avait rétabli les combats et qu'il avait détruit les stocks de sang des vampires. Alors pourquoi avoir autant attendu ? Et pourquoi l'accuser des meurtres du Guillotineur ?

– J'imagine que tu as le droit de savoir ça, dit Justin. Nous cherchions depuis un moment à faire disparaître Gaspard, qui était devenu un élément incontrôlable et donc gênant pour nous, mais nous n'avions pas prévu que vous vous entendriez aussi bien. Nous étions très ennuyés par cette fréquentation que nous savions mauvaise pour toi. C'est pour ça que nous l'avons rétrogradé et que vous aviez interdiction de vous revoir.

– Pourquoi ne pas l'avoir tout simplement éliminé ?

– Parce qu'il se trouve que les vampires sont devenus vraiment puissants au cours des siècles, et qu'ils se sont ralliés à Démétrius. Nous savions qu'il était dans les intentions de Gaspard de s'attaquer à eux. C'était une excellente opportunité pour l'Organisation : s'il réussissait son attaque, nous pourrions l'exécuter pour trahison, et s'il échouait, les vampires se chargeraient du sale travail à notre place, nous permettant d'émettre un mandat d'extermination contre eux pour avoir rompu nos accords. Seulement, comme tu fréquentais à la fois Gaspard et le dirigeant des vampires, il était évident que tu finirais par te rendre compte de quelque chose, ou que tu chercherais à nous empêcher de punir le camp qui resterait. Nous avons donc mis en scène la mort de détenus récupérés par nos agents infiltrés dans les services de police, et nous t'avons affectée à l'affaire pour te montrer ce dont les vampires étaient capables. Ensuite, je t'ai envoyée là où Gaspard faisait ses affaires pour que tu le voies par toi-même. Au final, tu as recouvré une partie de ta mémoire, et nous avons été obligés de charger Gaspard de tous les crimes pour parer au plus pressé.

Je fermai les yeux, anéantie par cette horrible mécanique. Comment pouvaient-ils agir ainsi tout en étant convaincus d'être dans le bon camp ? Étaient-ils aveuglés à ce point ?

– Nous pouvons y aller, maintenant ? demanda-t-il.

– J'ai une condition.

– Je t'écoute, dit Justin, souriant d'un air nettement plus serein.

– Moi et Keryam, nous allons sceller cet accord par un pacte de sang, annonçai-je.

– Quoi ? Tu veux signer un engagement solennel avec ton sang ? Je croyais qu'on ne voyait plus ce genre de choses que dans de vieux films d'horreur, se moqua Justin.

– Non, dit une voix derrière moi. Elle parle d'un vrai pacte de sang: si l'une des conditions vient à défaillir, la partie engagée par celle-ci meurt. Les corbusards le pratiquaient beaucoup autrefois.

Cette puissance incroyable… Je fermai les yeux, bercée par le pouvoir qui émanait de Keryam et qui était à la fois si proche et si opposé au mien.

– Mais… s'alarma Justin.

– Ça va, je suis d'accord, dit Keryam d'un ton posé en venant s'asseoir près de moi.

Alors, malgré les réticences de Justin, nous conclûmes le pacte, mon sang coulant dans la plaie de son bras et le sien dans celle du mien. Je ne savais plus comment j'avais appris cette procédure, mais elle me mettait à l'abri des trahisons: personne dans l'Organisation ne risquerait la vie de leur dieu fondateur.

Justin donna les ordres, et je regardai d'un œil morose les points verts quitter peu à peu l'écran de l'ordinateur: j'avais le sentiment de voir mon existence disparaître en même temps qu'eux. Quelqu'un vint aussi chercher Gaspard et le conduisit hors de la cellule.

– Il part quand ? demandai-je.

– Immédiatement. Il va prendre un de nos avions privés, précisa Justin.

J'aurais aimé pouvoir lui dire au revoir, mais je sentais que c'était plus que je ne pouvais exiger. Et puis, je n'étais pas très douée pour les adieux, et je ne voulais pas rendre les choses encore plus difficiles.

Chapitre 38

– C'est bon, maintenant, je suis prête, annonçai-je, tendant mon bras à Justin pour qu'il m'administre le sédatif.

– Très bien, fit celui-ci.

Il m'injecta un liquide transparent. Je ne sentis d'abord rien, puis mes mouvements ralentirent d'eux-mêmes. Je me raisonnai et fis mon possible pour rester calme.

– Je voulais te demander, dis-je à Justin. Quand la transformation sera achevée, je serai une… déesse. Ça fera de moi un être immortel ?

– Nous l'ignorons, dit Keryam. Mais si nous sommes morts une fois, c'est qu'il doit être possible de nous tuer.

– Oui, c'est vrai, marmonnai-je, honteuse de ne pas y avoir pensé toute seule.

– Tu peux y aller, Papa, dit Keryam. Je m'occupe d'elle.

Justin acquiesça et se dirigea vers la porte de son bureau. Il me semblait avoir oublié un détail crucial, mais mon esprit n'était déjà plus très clair et le pouvoir qui émanait de Keryam me faisait littéralement tourner la tête.

– Où… où va-t-il ? demandai-je.

– Qui ça ? dit Justin en plissant le front d'un air perplexe.

– Gaspard, où est-ce qu'il a été affecté ?

– Ah, je ne te l'ai pas dit ? Dans les terres d'Icare, on a toujours besoin de personnel, là-bas.

Je restai un instant muette, essayant d'intégrer l'information. Les terres d'Icare… Celles qu'on prétendait maudites ? On racontait même que quiconque posait son pied sur le sol ne le quittait jamais : il rejoignait les corbusards ou allait pourrir au fond d'une fosse commune.

Mais je n'avais plus la force d'être en colère ou de me lever pour casser chacun des os du corps de Justin, ainsi que je le désirais : le produit qu'il m'avait injecté me clouait à ma chaise.

– Tu m'as bien eue, encore une fois, dis-je. J'aurais dû m'en douter. Tu as raison, je suis trop naïve.

– Je suis désolé, Saralyn. Sincèrement. J'aurais préféré ne pas avoir à faire ça, mais il ne faut pas oublier que c'est un criminel : je n'ai pas eu le choix. (Il secoua la tête.) Je n'arrive pas à croire que tu aies pris le parti de ces assassins en toute connaissance de cause. Mais je veux penser que c'est parce que tu as trop souffert – à ta place, n'importe qui aurait l'esprit troublé. C'est pour ça que, cette fois, rien ne viendra te tourmenter : tu pourras repartir de zéro, et je suis certain que tu seras bien plus heureuse.

Il me sourit et sortit du bureau. Keryam était silencieux. J'étais trop fatiguée pour me battre – personne ne pouvait venir me sauver et je voulais seulement que tout ça se finisse le plus rapidement possible.

– Vas-y, dis-je. Tu as encore gagné, je suppose. Décidément, je ne fais pas le poids contre vous.

– Tu as tort de voir ça comme une guerre entre nous, dit Keryam, prenant mon visage dans ses mains. Moi, je n'ai rien contre toi, je ne t'ai jamais détestée.

Je frissonnai à son contact, mais j'étais consciente qu'il était nécessaire : mon esprit ne s'en remettrait pas, s'il le manipulait à distance.

– Dis-moi, soufflai-je plus bas, pourquoi tu as insisté pour partir du bar la dernière fois, alors que tu savais que j'allais m'effondrer d'un instant à l'autre ?

– Je te l'ai déjà dit : je ne suis pas ton ennemi. Ne t'inquiète pas, je manipulerai tes souvenirs avec beaucoup de prudence, c'est promis, ajouta-t-il, sentant le tremblement nerveux qui m'agitait.

– Tu sais que tout ce que vous faites est inutile, dis-je.

Il se pencha vers moi, et si j'avais été en état de bouger, je me serais levée d'un bond.

– Parce que tu n'es pas Nausicaa ? souffla-t-il dans mon oreille. Je suis déjà au courant : ça ne me gêne pas. Tu es quand même capable de faire revenir les autres Dieux, tu es assez puissante pour ça.

– Alors, est-ce que tu sais qui je suis ? demandai-je.

– Tu es celle qui nous a trahis et qui a causé notre destruction. Toi aussi, tu finiras par t'en souvenir.

Son souffle était tiède sur ma nuque, et j'aurais juré que sa présence envahissante m'anéantissait peu à peu. Il était si proche de moi que je pouvais à présent affirmer sans conteste que s'il existait quelque chose comme un dieu sur cette Terre, Keryam en était bien un.

– Je croyais que c'était le djinn, Tenzen quelque chose… marmonnai-je, abasourdie et me demandant si mon esprit embrumé n'avait pas mal saisi ses paroles.

– Ne t'en fais pas, dit-il doucement. Je te promets que ce sera différent, à présent.

– Je ne comprends pas. Le monde était paix… et harmonie, non ? demandai-je, la bouche pâteuse.

Je me tus, trop fatiguée pour formuler les questions qui se bousculaient de plus en plus confusément dans ma tête.

– Je vais te révéler mon petit secret : le manuscrit que j'ai rédigé quand j'ai créé cette famille, celui duquel vient la prophétie, tu t'en souviens ?

Je fis vaguement « oui » de la tête, incapable de parler. De toute façon, je sentais déjà l'esprit de Keryam s'immiscer dans le mien : je ne tarderais plus à perdre conscience.

– Ce qu'il y a dedans est faux, murmura-t-il. J'ai menti.

Alors il s'écarta de moi et plongea dans les miens ses yeux devenus semblables à des vitres donnant sur un ciel sans nuages. D'un coup, tout me sembla beaucoup plus clair et j'eus l'impression de comprendre.

– Le cœur, dis-je en attrapant la chemise de Keryam et en crispant mon poing sur le tissu pour l'obliger à me répondre. Où est-il…

– Chut, souffla Keryam. Sois patiente.

Les choses devinrent bleues, puis noires. Et, peu à peu, mes souvenirs s'effacèrent. Quand la mer trouble se retira, il ne restait plus que le sable lisse, sans trace de pas ni château. Non, plus rien que cette étendue vide à perte de vue : tout ce qui avait fait Saralyn Judith Fara avait finalement disparu.

Épilogue

Propriété des Fara – trois semaines plus tard

Quand je me suis réveillée, j'étais de retour à la maison. Tout le monde était très heureux que je sois enfin sortie du coma où j'avais sombré après l'accident.

J'étais triste de ne me souvenir de rien, même pas de ma mère qui était morte quand j'étais petite d'une grave maladie. On m'avait emmenée voir sa tombe le jour précédent. C'était la première fois qu'on me laissait sortir de la maison depuis que je m'étais réveillée. J'avais trouvé magnifique le rosier qui y était planté – la couleur sombre et chatoyante de ses fleurs m'avait fascinée et j'aurais pu rester des heures à les contempler s'il n'avait fallu rentrer dîner.

Oui, évidemment, c'était angoissant de n'avoir qu'une cassette vierge pour toute mémoire, sans le moindre souvenir de ce qui avait précédé l'accident. Je ne me rappelais rien, ni la voiture ni la camion qui avait foncé sur moi.

J'observai le pansement qui couvrait une grande partie de ma gorge dans la glace. C'était là la principale blessure que j'avais reçue lors de l'accident, accompagnée de quelques contusions et du traumatisme crânien qui m'avait plongée dans ce long sommeil et qui expliquait ma perte de mémoire. Ma tante Laura, qui me servait aussi de médecin, m'avait dit que j'avais eu beaucoup de chance, et j'étais d'accord avec elle. Après tout, même si je ne savais plus qui j'étais, ma famille était toujours là, et elle s'occupait bien de moi. Surtout mon oncle Justin et mon cousin Keryam, qui passaient énormément de temps avec moi, au point que j'avais honte de les retenir autant. Mais ils m'avaient assuré que cela ne les ennuyait pas de faire d'interminables parties de cartes en ma compagnie ou de me raconter ma vie pendant des heures alors que je me reposais dans mon lit. Mon père, lui, était très occupé par son travail, et, s'il venait me voir chaque jour, ses visites étaient toujours assez brèves. Il avait l'air sévère, et, même si Justin m'assurait qu'il m'aimait beaucoup, il m'intimidait toujours un peu.

Je jetai un coup d'œil par la fenêtre. Il était midi, l'heure où le postier passait. Je m'ennuyais : Keryam travaillait pour son père, et tous les deux étaient partis en ville régler une affaire pour leur société, qui s'occupait d'environnement et de recherche dans le domaine d'une énergie écologique.

Je décidai de descendre et d'aller chercher le courrier en attendant que le déjeuner soit servi. Je courus jusqu'à la grille principale pour attraper le facteur avant qu'il n'ait atteint la boîte aux lettres, dont je ne possédais pas la clef. J'eus du mal à ne pas laisser transparaître ma surprise quand il se tourna vers moi : il était blond, visiblement pas très grand mais très musclé, avec quatre anneaux dans l'oreille gauche. Je remarquai le tatouage d'un corps de femme, laissé visible par son tee-shirt à manches courtes sur son avant-bras droit. Il ressemblait bien plus à l'idée que je me faisais d'un marin que d'un postier. Je le considérai avec méfiance, mais il se contenta de me remettre un paquet de lettres et de partir après m'avoir dévisagée avec un peu trop d'insistance à mon goût.

C'était sûrement moi qui imaginais des choses.

Je commençai à trier les lettres et m'aperçus qu'il y en avait une à mon nom. Justin m'avait dit que, déjà avant mon accident, je ne sortais que très peu de la propriété Fara, et il n'avait pas mentionné d'amis susceptibles de m'écrire. Intriguée, je m'apprêtais à ouvrir l'enveloppe, quand je vis approcher James. Je ne savais pas exactement quelles étaient ses fonctions, mais il apportait le courrier dans la salle à manger tous les midis. J'empochai la lettre par réflexe avant qu'il ne m'ait rejointe.

– Vous ne devriez pas encore sortir seule, mademoiselle, dit-il. Et il est inutile que vous preniez la peine de vous occuper de ce genre de tâche : c'est mon travail.

– Oh, pardon, m'excusai-je. Je suis désolée, je ne voulais pas vous mettre dans l'embarras.

– Il n'y a pas de mal, mademoiselle, mais vous devriez rentrer à la maison : le déjeuner sera bientôt servi.

J'acquiesçai et retournai dans ma chambre, impatiente de voir ce que la lettre contenait. Je remarquai qu'elle n'était pas timbrée, comme si quelqu'un l'avait donnée directement au facteur.

Est-ce que ça pouvait être de lui ? Il m'avait paru si étrange… Mais non, c'était ridicule : il ne m'avait probablement jamais vue de sa vie. Je décachetai l'enveloppe. Elle contenait une simple feuille de papier blanc sur laquelle était écrit au stylo-bille :

Si tu as cette lettre entre les mains, c'est que les choses ont plus mal tourné que ce que je croyais, alors désolé d'avoir encore déraillé. Je reviendrai te chercher, c'est promis : attends-moi sagement.

Ce n'était pas signé. *Sans doute une mauvaise blague*, songeai-je. Je ne comptais pas en parler à Justin ou à Keryam – je ne voulais pas les inquiéter avec tout le tracas que je leur causais déjà.

Je m'apprêtais à jeter la lettre, mais j'hésitai. La cloche retentit pour annoncer l'heure du déjeuner, et ne sachant quoi en faire, je la rangeai finalement dans le tiroir de ma table de nuit, entre les pages d'un livre, bien décidée à ne plus y penser.

Je reviendrai te chercher, c'est promis.

DANS LA COLLECTION

MACADAM

MILAN

Manhattan macadam
d'Ariel et Joaquin Dorfman

Traduit de l'anglais (États-Unis)
par Nathalie M.-C. Laverroux

New York.
Une ville monstrueuse, sans état d'âme. Une ville qui avale les gens sans aucune pitié. Chacun vit dans son coin, vaque à ses petites affaires… Et quand les mauvaises nouvelles arrivent, plus personne n'est là pour tendre la main. Sauf Heller, ce garçon anonyme qu'on ne remarque pas, mais qui rappelle à chacun ce qu'il y a d'humain en lui.

Extrait :
« Le monde entier va fondre », se dit Heller.
C'était le 4 juillet, et tout Manhattan transpirait. La sueur suintait des rues, des immeubles, des robinets. Toutes les radios parlaient d'un temps inhabituel. Les couples se réveillaient dans des draps humides. Les ouvriers du bâtiment travaillaient torse nu, et les agents de change desserraient leurs cravates avec un soupir d'envie. Les touristes se plaignaient, les vendeurs de glaces souriaient, et le mercure menaçait de faire exploser le thermomètre.
Heller Highland voyait tout ça, et ce qu'il ne pouvait pas voir, il le savait, tout simplement.

Le Complexe de l'ornithorynque
de Jo Hoestlandt

Philémon intrigue beaucoup sa voisine Carla qui est l'amie de Rose qui rêve d'Aurélien qui croit aimer les garçons. Chacun se frôle, se dévoile, se ment. Chacun se cherche, se cogne, se blesse. Heureusement, les ornithorynques ont la peau dure…

Extrait :
À chaque fois que je suis tentée par le divin, je bute sur les ornithorynques. Qui ont vraiment une tronche de puzzle raté. Parfois je me sens indulgente et j'explique le cas de l'ornithorynque par un coup de fatigue du Créateur. D'autres fois, il me crève les yeux que tout est affaire de hasard, et que l'ornithorynque en paie le lourd tribut. Mais souvent, je suis tentée de penser : l'ornithorynque… et moi ! Parce que je ne suis pas loin de me sentir aussi bizarre que lui, même si ça ne se voit pas de façon totalement évidente.

Pacte de sang
de Wendelin Van Draanen

Traduit de l'anglais (États-Unis)
par Nathalie M.-C. Laverroux

Joey ne devrait pas être inquiet. Il sait qu'un véritable ami ne trahit jamais un secret. Même un secret terrible, qui les ronge peu à peu…

Extrait :
J'ai l'impression que Joey et moi, nous passions notre temps à sceller des pactes. Un nombre incroyable, qui nous a conduits à cet ultime serment. Joey me disait toujours :
– Rusty, j'te jure, si tu en parles à quelqu'un…
– Je ne dirai rien ! Juré !
Il tendait le poing et nous exécutions toujours le même rituel, qui consistait à cogner nos phalanges les unes contre les autres. Puis, après nous être entaillé un doigt avec un canif, nous mélangions nos sangs, et Joey poussait un soupir.
– Rusty, tu es un véritable ami.
Et notre pacte était scellé.
Pour la vie.

Comment j'ai tué mon père… sans le faire exprès

de Kevin Brooks

Traduit de l'anglais
par Laurence Kiefé

Un cadavre. Un héritage. Une petite amie un peu trop sympa. Un flic fouineur. De quoi faire un parfait roman policier. Sauf que là, c'est pas de la littérature, mais la vraie vie de Martyn, 17 ans. Et depuis que son père s'est fracassé la tête contre la cheminée, cette vie tournerait plutôt au cauchemar…

Extrait :
J'ai sauté de côté et son poing m'a loupé d'un cheveu. Emporté par son élan, il m'a dépassé et je l'ai poussé dans le dos. Poussé, tout simplement. Un geste instinctif de défense. Rien de plus. Je l'ai à peine touché. Ensuite, il a valdingué dans la pièce et s'est cogné la tête contre la cheminée, puis il est tombé et n'a plus bougé. J'entends encore ce bruit. Le bruit de l'os qui s'est brisé sur la pierre.
Je savais qu'il était mort. Je l'ai su tout de suite.

Entre chiens et loups
de Malorie Blackman

Traduit de l'anglais
par Amélie Sarn

Imaginez un monde. Un monde où tout est noir ou blanc. Où ce qui est noir est riche, puissant et dominant. Où ce qui est blanc est pauvre, opprimé et méprisé. Un monde où les communautés s'affrontent à coups de lois racistes et de bombes. C'est un monde où Callum et Sephy n'ont pas le droit de s'aimer. Car elle est noire et fille de ministre. Et lui blanc et fils d'un rebelle clandestin…
Et s'ils changeaient ce monde ?

Extrait :
Callum m'a regardée. Je ne savais pas, avant cela, à quel point un regard pouvait être physique. Callum m'a caressé les joues, puis sa main a touché mes lèvres et mon nez et mon front. J'ai fermé les yeux et je l'ai senti effleurer mes paupières. Puis ses lèvres ont pris le relais et ont à leur tour exploré mon visage. Nous allions faire durer ce moment. Le faire durer une éternité. Callum avait raison : nous étions ici et maintenant. C'était tout ce qui comptait. Je me suis laissée aller, prête à suivre Callum partout où il voudrait m'emmener. Au paradis. Ou en enfer.

La Couleur de la haine
de Malorie Blackman

Traduit de l'anglais
par Amélie Sarn

Imaginez un monde. Un monde où tout est noir ou blanc. Où ce qui est noir est riche, puissant et dominant. Où ce qui est blanc est pauvre, opprimé et méprisé.
Noirs et Blancs ne se mélangent pas. Jamais. Pourtant, Callie Rose est née. Enfant de l'amour pour Sephy et Callum, ses parents. Enfant de la honte pour le monde entier. Chacun doit alors choisir son camp et sa couleur. Mais pour certains, cette couleur prend une teinte dangereuse… celle de la haine.

Extrait :
J'ai compris que je ne savais rien de la manière dont je devais m'occuper de toi, Callie. Tu n'étais plus une chose sans nom, sans réalité. Tu n'étais plus un idéal romantique ou une simple manière de punir mon père. Tu étais une vraie personne. Et tu avais besoin de moi pour survivre.
Callie Rose. Ma chair et mon sang. À moitié Callum, à moitié moi, et cent pour cent toi. Pas une poupée, pas un symbole, ni une idée, mais une vraie personne avec une vie toute neuve qui s'ouvrait à elle.
Et sous mon entière responsabilité.

Le Choix d'aimer
de Malorie Blackman

Traduit de l'anglais
par Amélie Sarn

Imaginez un monde. Un monde où tout est noir ou blanc. Où ce qui est noir est riche, puissant et dominant. Où ce qui est blanc est pauvre, opprimé et méprisé.
Dans ce monde, une enfant métisse est pourtant née, Callie Rose. Une vie entre le blanc et le noir. Entre l'amour et la haine. Entre des adultes prisonniers de leurs propres vies, de leurs propres destins.
Viendra alors son tour de faire un choix. Le choix d'aimer, malgré tous, malgré tout…

Extrait :
Voilà les choses de ma vie dont je suis sûre :
Je m'appelle Callie Rose. Je n'ai pas de nom de famille.
J'ai seize ans aujourd'hui. Bon anniversaire, Callie Rose.
Ma mère s'appelle Perséphone Hadley, fille de Kamal Hadley. Kamal Hadley est le chef de l'opposition – et c'est un salaud intégral. Ma mère est une prima – elle fait donc partie de la soi-disant élite dirigeante.
Mon père s'appelait Callum MacGrégor. Mon père était un Nihil. Mon père était un meurtrier. Mon père était un violeur. Mon père était un terroriste. Mon père brûle en enfer.

L'Affaire Jennifer Jones
d'Anne Cassidy

Traduit de l'anglais
par Nathalie M.-C. Laverroux

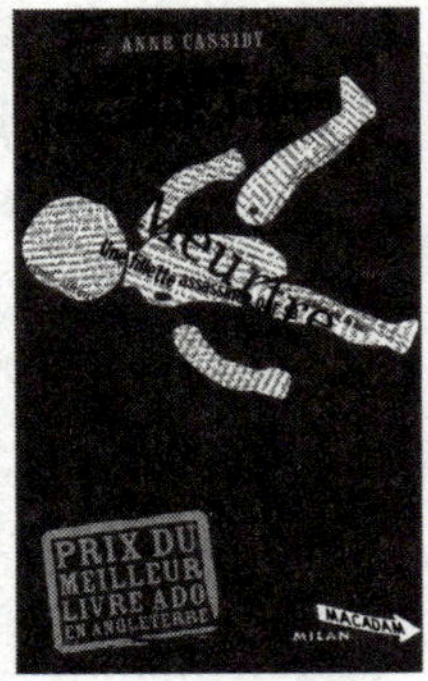

Alice Tully. 17 ans, jolie, cheveux coupés très court. Étudiante, serveuse dans un bistrot. Et Frankie, toujours là pour elle.
Une vie sans histoire.
Mais une vie trop lisse, sans passé, sans famille, sans ami. Comme si elle se cachait. Comme si un secret indicible la traquait...

Extrait :
Au moment du meurtre, tous les journaux en avaient parlé pendant des mois. Des dizaines d'articles avaient analysé l'affaire sous tous les angles. Les événements de ce jour terrible à Berwick Waters. Le contexte. Les familles des enfants. Les rapports scolaires. Les réactions des habitants. Les lois concernant les enfants meurtriers. Alice Tully n'avait rien lu à l'époque. Elle était trop jeune. Cependant, depuis six mois, elle ne laissait passer aucun article, et la question sous-jacente restait la même : comment une petite fille de dix ans pouvait-elle tuer un autre enfant ?

Judy portée disparue
d'Anne Cassidy

Traduit de l'anglais
par Marie Cambolieu

Huit ans. Huit ans déjà que Judy a disparu. Pourtant, pour sa sœur Kim, Judy est partout. Pas un jour sans que Kim ne pense à elle. Pas un jour sans qu'elle croie l'apercevoir parmi les autres enfants. Judy n'est plus là ; mais elle prend toute la place. Et Kim ne vit plus que pour cet infime espoir : retrouver sa sœur.

Extrait :
L'émission sur les enfants disparus commença. L'animateur présenta les quatre enfants dont il serait question ce soir. En voyant la photo de Judy, j'oubliai tout autour de moi, absorbée par la télévision, incapable de détourner les yeux de l'écran.
« Judy Hockney n'avait que cinq ans lorsqu'elle a disparu par un froid après-midi de novembre. Il y a huit ans. C'était une enfant douée, bavarde, chaleureuse. Peu avant sa disparition, elle se trouvait avec sa sœur Kim. Après s'être disputée avec elle, Judy est partie seule de son côté et plus personne ne l'a revue ».

V-Virus
de Scott Westerfeld

Traduit de l'anglais
par Guillaume Fournier

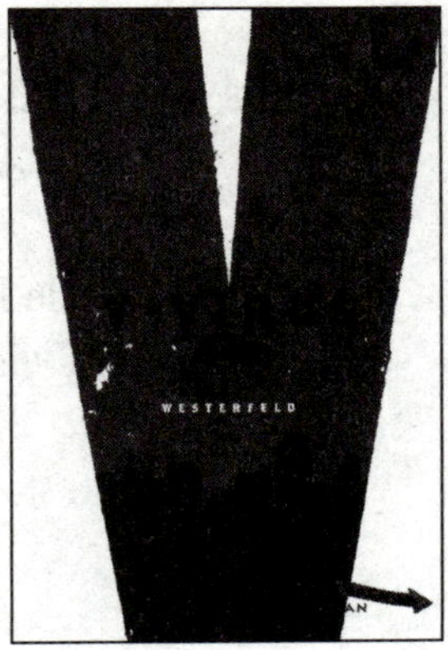

Avant de rencontrer Morgane, Cal était un étudiant new-yorkais tout à fait ordinaire. Il aimait la fête et les bars, la vie insouciante du campus. Il aura suffi d'une seule nuit d'amour, la première, pour que sa vie bascule. Désormais, Cal est porteur sain d'une étrange maladie. Ceux qui en sont atteints ne supportent plus la lumière du jour, fuient ceux qu'ils ont aimés et ont une fâcheuse tendance à se repaître de sang humain.
Des vampires d'un genre nouveau…

Extrait :
Morgane vida son verre, je vidai le mien ; nous en vidâmes quelques autres. Ensuite, mes souvenirs deviennent de plus en plus flous. Je me rappelle seulement qu'elle avait un chat, une télé à écran plat et des draps de satin noir. Par la suite, tout ce qu'il me restait de ma soirée, c'était une assurance nouvelle auprès des femmes, des superpouvoirs qui commençaient à se manifester, ainsi qu'un penchant pour la viande saignante…

XXL

de Julia Bell

Traduit de l'anglais
par Emmanuelle Pingault

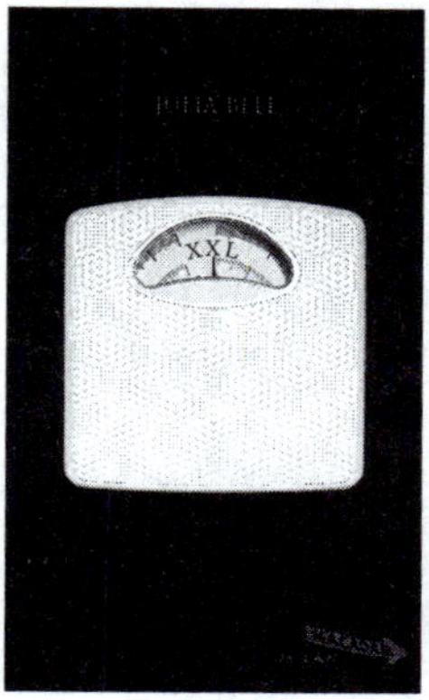

Le poids a toujours été un sujet épineux pour Carmen. Rien de surprenant : sa propre mère lui répète comme une litanie qu'être mince, c'est être belle ; c'est réussir dans la vie ; c'est obtenir tout ce que l'on veut… Alors c'est simple : Carmen sera mince. Quel qu'en soit le prix.

Extrait :
– Si j'étais aussi grosse qu'elle, je me tuerais, dit Maman en montrant du doigt une photo de Marilyn Monroe dans son magazine.
Je suis dans la cuisine, en train de faire griller du pain. Maman n'achète que du pain danois à faible teneur en sel, le genre qui contient plus d'air que de farine. Son nouveau régime l'autorise à en manger deux tranches au petit déjeuner.
– Tu me préviendrais, hein ? Si j'étais grosse comme ça ?
Je me tourne vers elle, je vois ses os à travers ses vêtements.
Je mens :
– Évidemment.

Achevé d'imprimer en France par France Quercy, à Mercuès
Dépôt légal : 1er trimestre 2008

N° d'impression : 80137/